中央高校基本科研业务费专项资金资助
（项目编号：2014WB17）

# 走向"关系诗学"

陈长利 著

中国社会科学出版社

图书在版编目(CIP)数据

走向"关系诗学"/陈长利著. —北京：中国社会科学出版社，
2017.6
ISBN 978-7-5203-0542-6

Ⅰ.①走… Ⅱ.①陈… Ⅲ.①诗学—研究 Ⅳ.①I052

中国版本图书馆 CIP 数据核字(2017)第 134040 号

出 版 人　赵剑英
责任编辑　冯春凤
责任校对　张爱华
责任印制　张雪娇

出　　版　中国社会科学出版社
社　　址　北京鼓楼西大街甲 158 号
邮　　编　100720
网　　址　http：//www.csspw.cn
发 行 部　010－84083685
门 市 部　010－84029450
经　　销　新华书店及其他书店

印　　刷　北京君升印刷有限公司
装　　订　廊坊市广阳区广增装订厂
版　　次　2017 年 6 月第 1 版
印　　次　2017 年 6 月第 1 次印刷

开　　本　710×1000　1/16
印　　张　18
插　　页　2
字　　数　293 千字
定　　价　78.00 元

# 目　录

# 导　　言

21 世纪以来，在破除"本质主义"迷信、反思"文化研究"不足之后，重新审视事物之间的普遍联系和关系价值成为知识发展的内在动力和潜在要求。中外文艺理论的发展趋势表明，当代文艺理论研究正走向一种打破即有成见与学科壁垒而注重文学内部和文学外部相结合的"关系研究"。我们认为，文学本性认识具有三个基本关系维度，即文学接受、文学形式、意识形态，文学接受是文学产生的基础和效果，文学形式是文学存在的标识与形构，意识形态是社会对文学的组织，也是文学进入社会的根本途径和方式，它们是阐释一个文学事件的基本关系系统。新的关系诗学的轴心关系将是围绕着文学接受、文学形式和意识形态三者关系而展开。这种关系研究应分为共时性的体系建构研究和历时性过程演变研究，当务之急，是历时性思想过程研究，因为，它是共时性体系建构的基础、前提和基本参照。本文将具体展现文学接受、文学形式与意识形态三者关系在西方五种主要文学观念即模仿说、实用说、表现说、客观说、接受说中的关系形态和范式演替，并讨论它们的形式基础和生成机制。下面本文将就本课题的研究背景、研究现状、研究思路等问题加以简要描述和说明。

## 一　研究背景

20 世纪形式主义文论把文学形式看作文学存在本体，拒绝主体和意识形态介入；庸俗社会学文论把文学看作为意识形态服务的工具，文学缺少自身的独立品格，文学形式与意识形态之间存在巨大裂隙。

在西方，提出弥合这种"裂隙"的，是 20 世纪 60、70 年代兴起的接受美学，在历史提供的契机下，他们以解决"文学史悖论"为突破口①，以读者的阅读期待视野及其变更为中介，试图搭建审美与历史之间关系得以沟通的桥梁，但是由于其方法论未能对所提出的基本假设诸如在"文本的稳定性""读者""阐释""文学史"② 等方面的问题做出有效回答，使二者沟通的问题"悬而未决"。

随后理论"向外"偏转，"自 1979 年以来，文学研究的兴趣中心已发生大规模的转移；从对文学作修辞学式的'内部'研究，转为研究文学的'外部'联系，确定它在心理学、历史或社会学背景中的位置"。③文学研究的热点由对重视研究文学语言本身、性质和能力的解读，转移到重视语言同自然、上帝、社会、历史等被看作是语言之外的事物关系的阐释学解释方面。文学内部研究遭受冷落，以话语分析为特征的文化研究，一时成为时代的新宠。

就在文化研究带来理论边界极大拓展的同时，引来另外一些学者的质疑，"这同文学研究有什么关系呢？争论和异议就是从界定这种关系的过程中开始的"。④ 在质疑者看来，文化研究所关心的技术统治问题、阶级问题、种族问题、性别问题、人权问题等，这些研究固然重要，但是终究是文学本身的缺失。

出于对文化研究不足的反思，一些理论者提出走向内部研究和外部研究结合性研究的设想。米勒宣称："下一时期文学批评的任务，将是在修辞学式文学研究同当前具有不可抗拒的吸引力的文学外部关系研究之间作调停工作。"⑤ 托多洛夫认为，持"内在论"立场的批评理论注重文学内在构成因素的分析，往往忽略了艺术形象产生的意识形态背景，而意识形态批评又往往持外因决定论的观点，往往忽视文学内部构成因素的分析，"这样，'结构主义者'在这方面的缺陷就可由意识形态专家来弥补，反

---

① 参见朱立元：《接受美学导论》，合肥：安徽教育出版社 2004 年版，第 54—55 页。

② 参见［联邦德国］H. R. 姚斯、［美］R. C. 霍拉勃：《接受美学与接受理论》，周宁、金元浦译，沈阳：辽宁人民出版社 1987 年版，第 436—453 页。

③ ［美］希利斯·米勒：《文学理论的今天的功能》，载［美］拉尔夫·科恩主编：《文学理论的未来》，程锡麟等译，北京：中国社会科学出版社 1993 年版，第 123 页。

④ 同上。

⑤ 同上书，第 124 页。

之亦然。"① 正是在这种反思的浪潮中，审美与历史的关系、文学内部与文学外部的关系、文学接受、文学形式与意识形态的关系才再次被"问题化"，实质上，它们是一个问题的三种不同表述。

如果说，接受美学把沟通审美与历史的关系作为研究对象是出于历史提供的"偶然契机"②，米勒等人的倡议还带有"个人性"认识特点的话，那么，新千年西方出现的"后理论"思潮，则是这种"关系研究"的自觉性的理论思潮。

刘象愚对"后理论"的解释是，"提出'后理论'时代的一些学者其实未必全然反对理论，而是反对数十年来理论逐渐走向空泛，脱离文学和文化研究实践的倾向，或者说反对理论背离传统审美批评，背离经典文本分析的倾向。"③ 重视文本和文化研究是"后理论"的核心观点。"后理论"还强调理论的"自反性"，这种理论不是要求退回从前，而是强调不同的理论主张之间可能并非像以前那么对立。"后理论"者还重视诗歌的功能和读者接受，"我们应该做的，就是回归'诗学'，回归卡勒早期著作中关于诗歌与叙事作品的作用和接收之类的研究了。"④ 这突出了理论的读者之维。"后理论"还体现出一种宏伟的整体性视角，伊格尔顿指出，"后理论"应当在一种更宏伟、更负责的层面上，向后现代主义逃避的那些更大的问题敞开胸怀，这些问题包括"道德、形而上学、爱情、生物学、宗教与革命、恶、死亡与苦难、本质、普遍性、真理、客观性与无功利性等"⑤。综合"后理论"观点，他们不仅有重振文化研究的气势，关注的范围远远超出了传统文化研究的阶级、种族、性别三大主题，而且还突出了审美和价值、艺术和政治之间的关系。

---

① ［法］茨维坦·托多洛夫：《批评的批评——教育小说》，王东亮等译，北京：生活·读书·新知三联书店2002年版，第187页。
② 有关这种偶然契机，姚斯和伊瑟尔后来都做过解释。参见［德］汉斯·罗伯特·耀斯：《审美经验与文学解释学》，顾建光等译，上海：上海世纪出版集团2006年版，第4—5页。［德］沃尔夫冈·伊瑟尔：《怎样做理论》，朱刚等译，南京：南京大学出版社2008年版，第68—69页。
③ ［英］拉曼·塞尔登、彼得·威德森、彼得·布鲁克：《当代文学理论导读》，刘象愚译，北京：北京大学出版社2006年版，译者前言。
④ 同上书，第329页。
⑤ 同上书，第338页。

　　在我国，反思文学与意识形态之间的关系问题，早在新时期肃清"文学为政治服务"影响时就已经开始，"新时期以来，文学理论的'转型'历程就是'社会—政治'型式逐渐被突破，内外结合的'审美—历史'型式逐渐被建构的动态过程"。① 但是，由于我国现代文学理论基础薄弱，意识形态的僵化认识在短时间内不可能彻底根除，社会经验领域自然感性成分居多，经济政治生活中的工作重点在发展社会生产力方面，在这些因素制约、决定和影响下，虽然文艺思想领域经历了"为文艺正名""现实主义和典型问题"的讨论、"人性、人道主义、异化"问题讨论、"审美反映论"讨论、"文学主体性"讨论、"文学本体论"讨论、"文学方法论"讨论、"语言研究""文体研究""叙事研究""文化研究""学科建设""人文精神大讨论""新理性精神提出"等等的探索与争鸣，使理论研究领域空前活跃并获得巨大收获，但是也存在整体性反思不足、学理性偏弱、体系建构的说服力不强等弱点。

　　20 世纪 90 年代以来，文化研究逐渐成为我国理论研究的热潮。面对文化研究所暴露出来的文学理论"何在""何为""何去"问题，我国学者表现出同西方学者相似的担忧，"我们最大的担心还是由于文化研究对象的转移，而失去文学理论的起码的学科品格。"② 出于对理论的反思目的，学者们提出不同的主张。有的主张用"文学自律原则"来抗拒研究对象面临解体的尴尬，但是这无异于一种理论退守，"审美自律"无法回答文学的社会历史根基和理性旨向的问题。有的学者主张走向"理论的批评化"，但是这样一来，文学理论所建立起来的那些一系列的基本概念、规律、原则、方法、技巧、普遍性等的实用性无异于"雪上加霜"，而且，如果没有这些概念、原则、方法、思想，批评从何而生呢？伊格尔顿说："没有理论，就没有反省的人生。"③ 同样，没有理论，也没有反省的批评。无论是退守过去，还是消解理论，均不是中国当代文学理论建设可行的路径。

--------

① 董学文、金永兵等著：《中国当代文学理论（1978—2008）》，北京：北京大学出版社 2008 年版，第 128 页。

② 童庆炳：《植根于现实土壤的"文化诗学"》，《文学评论》2001 年第 6 期，第 39 页。

③ ［英］特里·伊格尔顿：《理论之后》，商正译，北京：商务印书馆 2009 年版，第 213 页。

　　这时，另一些观点就显得格外醒目。钱中文主张，"站在审美的、历史社会的观点上，着重借助与运用语言科学，融合其他理论与方法，重新探讨审美的内涵，阐释文学艺术的意义、价值"。① 为了做到弥合历史理性与人文关怀、审美主义与现实主义、内部研究与外部研究的裂隙，他提出对文学理论进行"综合性研究"的观点。但是，如何才能做到更高层次的综合，被学者认为"是值得我们进一步观察的"。② 童庆炳认为，文化诗学追求在方法论上的革新和开放，不拘于学科性的限制，也不囿于文学自律，而是从语言、神话、宗教、艺术、科学、历史、政治、伦理、哲学等跨学科的文化大视野来考察一切古今中外的文学、艺术问题，"从'视界融合'中来诠释文本和问题。"③ 他从接受理论借鉴来"视界融合"术语，试图在主体间交流和对话中把文化和文学贯通起来，体现出了一种方法论上的新视野。南帆指出："文学理论必须考察某种文本的结构、组织方式，考察相对于这个文本的读者社会，还必须考察特定的意识形态氛围对于文本生产与读者期待视野的隐蔽控制。文学理论不仅分析文学的存在，更为重要的是分析文学如何历史性地存在。"④ 可见，文学语言、读者社会、意识形态是他进入文艺理论问题研究的三个基本方面。至此，文学接受、文学形式与意识形态关系问题在我国清晰呈现。

　　但是，关于"三者"的关系研究究竟该如何展开，并没有一致性意见。接受美学把审美与历史的关系研究限制在读者视域，西方马克思主义文艺理论就性质而言却是政治理论。有的学者与其说是他们研究的关系理论，不如说他们只是表面借用了"关系思维"，在他们那里关系已经没有了具体规定性和历史性，他们并不关心关系的性质变化和空间主题，而没有规定的关系要么走向与相对主义同质的东西，要么陷入主观唯心主义泥潭陷阱；有的学者只是指出某些艺术类型的关系特征，从而使认识停留在局部的批评上；有的学者把这种关系研究上升到当代美学范式类型的高

① 钱中文：《文学理论：走向交往对话的时代》，北京：北京大学出版社1999年版，第359页。

② 陆贵山主编：《唯物史观与文艺思潮》，北京：中国人民大学出版社2008年版，第217页。

③ 童庆炳：《植根于现实土壤的"文化诗学"》，《文学评论》2001年第6期，第40页。

④ 南帆编：《文学理论新读本》，杭州：浙江文艺出版社2002年版，导言第8页。

度,体现出较高的理论性和建构性,但往往局限在了关系认识本身,缺少整体性和历史性视野,因此,既不能建构关系美学的历史理论,也不能建构关系美学的思想体系。

我们认为,真正关系诗学或关系美学的研究,同样是一种历史理论,它一方面具有超越以往文艺范式的在各个基本问题方面崭新特点;另一方面它也有自身的发展历史和类型更迭,更为重要的一点是,它将是作为一种新的立场和出发点,能够实现对以往理论的反思与烛照,从而实现对以往理论的重新发现和重新理解,这些新的发现和那些被历史忽略的观点思想,将成为关系诗学历史理论的有机材料构成。

董学文用"转型"来描述理论研究的当下形势,"'转型'的前方在哪里呢?我们大胆地预测,那就是依据'审美—历史'的型式,建构起有世界意义的中国特色文学理论。"① 董学文准确地指出了当代文学理论的发展趋向。当代学者贝克、拉什、吉登斯等人提出"自反性现代化"思想,认为"自反"的性质是"反叛",而不是基于传统理论内部的一般意义上的"反思"。这种"反思"的"深刻性",用詹姆逊的话说就是:"如果这一对立最终证明是错误的或者是容易引起误解的话,那么唯一的解决办法是把整个问题提到一个更高的辩证水平上,选择一个新的出发点,按新的范畴把有关的问题彻底重新提出。"② 詹姆逊深刻地看到了当代文艺理论即将发生的深刻变革。方克强把"关系主义""整合主义""本土主义",③ 看作是当代学者回应西方后现代主义理论思潮所体现出建构性理论特点的三种典型形态,这指明了关系主义不仅仅是作为一种思维方法而存在,还将作为理论而存在,而且,在我看来,"关系主义"是对一种新的文艺范式性质指明,"整合主义""本土主义"是对在这一新范式中理论的更加具体的规定,因此,前者更加具有基础性认识意义。

如果说,对理论做整体性反思已经成为当代西方学者思考的重要命题

---

① 董学文、金永兵等著:《中国当代文学理论(1979—2008)》,北京:北京大学出版社2008年版,第138页。

② [美]詹姆逊:《语言的牢笼:马克思主义与形式》,钱佼汝、李自修译,天津:百花洲文艺出版社1997年版,第15页。

③ 方克强:《文艺学:反本质主义之后》,《华东师范大学学报》(哲学社会版)2008年第3期,第1页。

的话，那么，对于我国文学理论而言，就显得尤为迫切。目前看，我们对文学理论的一系列基本问题认识还很模糊，在一系列根本问题上存在重大争议。诸如，文学形式怎样理解？意识形态如何认识？接受理论缺陷在哪里？期待视野是什么？为什么说接受美学方法论的有效性不足？该怎样重新理解期待视野才能使其焕发阐释效力？主要文学观念或文艺范式有哪些？它们的性质各是什么？它们的思想构成如何？它们的主导时间如何？这些观念下的文学形式各是什么性质？有哪些表现形态？在这些文学观念中文学接受、文学形式与意识形态的关系性质、变化形态、产生机制如何？不同的文学基本观念之间是什么关系？什么是文学本体？这些观念已经穷尽了对文学的认识了吗？如果没有，新的观念将会是什么？它将为理论带来什么影响？等等。这些问题都是基础理论研究中不可回避的重要问题。文学理论的各种思想不是孤立的存在现象，如果局限在单一的理论内部就容易作出片面的判断，如，对大象作出"柱子""蒲扇""绳子"的判断都各有根据，可是大象的整体形象依然在这些判断之外，理论有待于从个别性的认识研究走向理论间的深层对话和文学领域与历史领域的融通，这样的研究必然是一种关系研究。

　　出于对以上问题的反思和探索的目的，本文引用综合性视角和系统化的观点，从关系反思和理论建构的意图出发，以文学接受、文学形式、意识形态为文学本性认识的三个基本维度，以历史上出现的"五种"最主要的文学观念即"模仿说""实用说""表现说""客观说""接受说"为分别的讨论场域，从形式观念、关系形态、原因阐释三个层面，重点讨论了"三者"之间的"传达关系""表述关系""审美关系""客体关系"和"自反关系"五种复杂关系构成情况，并在结论部分对五种文学基本观念之间的关系作以简要述评总结，提出走向"关系诗学"的思想主张。

## 二　研究现状

　　本文是以文学接受、文学形式和意识形态的关系为认识轴心的关系诗学的历史理论，并重点讨论不同文学观念下的形式现象基础、关系性质类型和展开形态、不同关系的生成机制。这样的课题研究，以往还鲜有理论者系统涉足。但是，就传统理论不断打破自身的限制而或向内或内外寻求的特点来看，无论是形式主义文论，还是社会学文论，都不乏一些独到和深刻的见解，特别是接受美学从读者的期待视野及其变更出发，把自己理论研究的宗旨定位在弥合形式主义文论和传统马克思主义文论之间的裂隙，为本文提供了启示和借鉴，但是，本文并未把"两者"关系的研究局限在读者视域，从而摒弃了接受理论的"读者中心主义"认识局限。

形式主义文论向文学外部拓展。俄国形式主义文论代表艾亨鲍姆承认，形式主义者过去主要注意于文学技巧问题，理论倒是应该研究文学进化事实与文学生活之间的关系，他要求给文学社会学研究确立一个新方向，认为文学社会学迄今总是忽视文学历史事实的性质问题，他重新主张实证主义立场，声称被研究的材料才是首要的。布拉格结构主义代表雅各布森认为一种信息的交流行为包含六种要素，即发信人、收信人、信码、语境、接触、信文，区分了六种要素的不同功能，不仅使诗歌自身的存在特性得到更为具体的解释，而且，也说明了一个交流行为中其他要素对文本要素的决定和影响。

穆卡洛夫斯基断定材料和方法之间具有辩证关系，针对什克洛夫斯基认为文学理论研究只研究文学内部规律的比喻性的解释，他提出批评，"虽然'纺织方法'现在仍是注意的中心，但是一点也已十分明显，即不能完全脱离开'世界棉纱市场的形势'，因为纺织业的发展（也在直接的意义上）不仅服从棉纱生产技术的发展（这一发展系列的内部规律性），同时也服从市场需要，即供求关系。"① 这形象地说明了社会与文学的源流关系。

菲利克斯·伏狄卡主张，由于各个时代的审美标准不一样，甚至不同阶级、不同民族、不同性别、不同年龄、不同心境等的差异，会导致不同的审美眼光。洛特曼认为，文本的内部结构规则与该文本所属的文化代码之间存在相互的联系，是否能把一个文本当作文学文本加以接受，这是由接受者在解码的过程中所使用的代码来决定的。

作为形式主义文论的批评者，巴赫金把文学看成一种特殊的意识形态，认为文学作为一种特殊的意识形态，既反映经济基础，也反映上层建

---

① ［俄］波利亚科夫编：《结构—符号学文艺学——方法论体系和论争》，佟景韩译，北京：文化艺术出版社1994年版，第28页。

筑，还反映其他的意识形态。但是这种反映，不是"直接的"反映，而是"间隔的"反映，这中间隔着作家的能动创造，他通过研究陀思妥耶夫斯基小说，提出"复调"理论①，"复调"小说拒绝同一个声音，主张"多声部"和"全面对话"。

形式主义文论并非铁板一块，不仅他们中各自观点有很大分歧，而且，形式主义文论在总体上还体现出发展趋势，以往一些学者仅仅把形式主义文论局限在内部研究来理解，不能呈现形式主义文论的完整面貌。根据彼得·施泰纳总结，形式主义文论发展有三个阶段，第一阶段重视"形式技巧"，第二阶段重视"有机结构"，第三阶段把模式看作一个"体系"。② 事实上，形式主义文论同样是现代文学在思想领域的反思形式，它与审美经验领域，与意识形态领域，有着千丝万缕的联系。倘若以一种整体性视角、彻底反思的目光，并借助视域融合的阐释学方法，重新认识形式主义文论，也许不难发现这种理论系统的文学社会学思想。

社会学文论向文学形式深入。按照姚文放的观点，在国外，文学社会学主要有四派观点，即实证经验派、辩证派、发生结构主义派和苏联社会学派，在他看来，实证经验派，采用实证主义、经验主义方法，排除文艺现象中的主观因素，通过社会调查、专题报告、填写表格、统计数据等手段对文艺定量分析，把文艺视为一般社会现实，对文艺的审美价值不感兴趣；批评辩证派和发生结构主义派主要集中在西方马克思主义文论当中，这些理论往往"限于闭门造车式理论推演，落入纯粹思辨的套路"；苏联的文艺社会学受实证主义哲学和自然科学影响，把文学作品视为历史文献、文化实例、个人传记，将文学史视为社会思想史，较之20年代的研究水平未能取得实质性进展。在我国，主要有两派意见，一派坚持文艺社会学的美学性质，结果模糊了文艺社会学与文艺心理学的界限，一派强调文学学科的社会学性质，却无视文学审美性质。③ 这个概括基本描述出了

① ［俄］米哈依尔·巴赫金：《陀思妥耶夫斯基的诗学问题》，载［英］拉曼·塞尔登编：《文学批评理论——从柏拉图到现在》，北京：北京大学出版社2006年版，第293页。
② ［英］拉曼·塞尔登、彼得·威德森、彼得·布鲁克：《当代文学理论导读》，刘象愚译，北京：北京大学出版社2006年版，第35页。
③ 参见姚文放：《现代文艺社会学》，南京：江苏文艺出版社1993年版。

20 世纪 90 年代初我国学界对中外文艺社会学认识的基本面貌。但是，近些年的研究成果明显丰富与深化了这些认识。

卢卡奇从资本主义"物化"现实出发，提出"总体性"思想。他把文学艺术归结为一种意识形态，主张文学发展是社会总体发展过程的一部分，文学对社会的作用是以人性的陶冶为中介的。卢卡奇的小说理论主要研究外部世界对小说形式的影响，认为小说形式与创造它的具体社会集团有密切关系。

戈德曼把马克思的社会阶级理论、卢卡奇的审美反映论和皮亚杰的发生认识论原理融会一起，创立了他的"发生学结构主义"理论。他认为作品的内在结构与社会集团的精神结构有一种异体同构的关系，作品的形式方面与社会历史发展过程中的"集团精神"同源。在此基础上，他提出了与社会经济发展相适应的小说发展三个阶段理论，即建立在自由资本主义经济基础上的突出个性、强调个人作用的小说、表现人在垄断资本主义时代中深陷危机感的小说、表现在消费时代个人创造力消失的小说。

本雅明考察了机械复制时代艺术作品的存在特点，认为机械复制时代，文艺从被少数人的垄断地位解放出来，从而促进了艺术的民主化，但也同时导致了艺术"灵韵"的消失。布莱希特从意识形态角度提出的一种独特的戏剧类型，即史诗剧。"史诗剧"的核心是"间离化"，其实质是通过独特的舞台组织方式介入经验的一种政治策略和手段。

阿多诺批判"整体性"的虚幻，抬高现代性作品。他认为现代作品的分解性、零散化的形式原则，正契合了当代社会人的存在的真实状态。审美形式恰恰是抗拒各种"奇异性"野蛮力量的规范。艺术形式在外在上"零散化"，而在内在上具有整一功能。形式是艺术与现实间"否定性"关系的中介，只有借助形式法则的整合，作品才具有审美的真实性，才能与现实疏离，对文明进程既贡献力量也对现实加以批判。

马尔库塞用"形式的专制"来概括真正的艺术中文学形式与意识形态的关系，在他看来，美的形式同意识形态有质的区别，这种不同在于意识形态的内容和形式完全同一，而审美形式与意识形态却发生着对立，真正的艺术在于通过重建艺术经验来改变生存经验。艺术形式是超越和否定，是对无序、狂乱、苦难的把握。

阿尔都塞批判黑格尔和卢卡奇的"总体性"，在他看来，社会是一种

"无中心的结构"，矛盾冲突发生在社会的每一个层面，这些层面具有相对自主性，只有在最终时刻才由经济层面来决定，他拒绝把艺术看成简单的意识形态形式，而是把艺术置于意识形态与科学知识之间，而"一个重要的文学作品能够超越并批判它'沐浴'其中的意识形态"。①

马歇雷是阿尔都塞哲学思想在文学批评中的具体运用，认为文学之所以与意识形态和科学不同，在于它的审美形式是"可体验的"，而不是"可认识的"。文学通过形式对意识形态不是一种"整体性"的反映，而是一种"离心式"的生产，即离开意识形态之心，并在文学的虚构性中，将意识形态挖空、撕裂，从而保住文学对意识形态批判和拯救的领地。

伊格尔顿认为，文学形式不仅是对意义的组织方式，而且它本身就是意识形态，意识形态的变化也必然在文学形式上反映出来，"文学形式的重大发展产生于意识形态发生重大变化的时候。它们体现感知社会现实的新方式以及艺术家与读者之间的新关系。"② 但是，他否定戈德曼那种文学形式与意识形态具有同构的理论，认为二者不是简单对称的，文学同意识形态的关系既表现又突破，从而形成自己独特的话语结构。

詹姆逊提出辩证思维是"思维的平方"，是"思维的思维"，③ 在他看来，文学形式是"一种社会的象征性行为"，是现实矛盾的"想象"解决，它虽然不能真正地改变历史和现实，但就文学形式能够创造出自身的文本现实，并借此表达"政治无意识"及其背后的乌托邦理想而言，它与现实又存在着一种能动的关系。他提出了文本的三个同心圆的阐释框架，即政治历史层、社会层、历史层，三个同心圆分析模式侧重于不同的视域，即个别文本、阶级对话、文化革命，三个层次依次递进，逐渐实现了对文本的总体化、历史化和本质化的阐释。

总之，西方马克思主义文论在文学形式研究上有许多深刻的地方，他们眼中的文学形式思想连接着社会、历史、技术、阶级、革命、集团精

---

① 　［英］拉曼·塞尔登、彼得·威德森、彼得·布鲁克：《当代文学理论导读》，刘象愚译，北京：北京大学出版社 2006 年版，第 120 页。

② 　［英］特里·伊格尔顿：《马克思主义与文学批评》，文宝译，北京：人民文学出版社 1986 年版，第 29 页。

③ 　［美］弗雷德里克·詹姆逊：《马克思主义与形式》，钱佼汝、李自修译，南昌：百花洲文艺出版社 2010 年版，第 307 页。

神、审美经验、思维形式等等，从而体现出文学形式思想的多样化建构。但是，存在的不足也很明显，他们的理论终归是一种政治理论，而人类生活并非尽是政治主题，人类生存是多样化的，自然应该有多样化的关照角度和形式理解。

我国文学社会学理论也有了新的发展。超越以往或偏向内部、或偏向外部研究的，是新世纪影响较大的是"双向拓展"思想的提出，"一方面继续向微观的方面拓展，文学文体学、文学语言学、文学心理学、文学技巧学、文学修辞学、小说叙事学，等等，仍有广阔的学术空间；另一方面，又可以向宏观的方面展开，文学与哲学、文学与政治学、文学与伦理学、文学与心理学、文学与社会学，文学与教育学交叉研究等，也都是可以继续开拓的领域"。① 理论者们主张回到文学文本，从文学文本出发阐释文本的文化意蕴，使文本研究和文化研究的对立得到沟通。应当说，这一思想完全正确，它为文学社会学下一步发展提供了方法论认识。

在当代全球化、消费社会、文化产业、大众传播、媒介经济等语境下，陶东风认为，由于文化的商品化和大众传播方式的普及，导致了大众日常生活审美化与审美活动的日常生活化，文艺学应当正视这一趋势，及时调整、拓宽自己的研究对象与研究方法。② 陶东风将文化研究的意识形态话语分析扩展为文化分析、社会历史分析等多个层面，从方法上超越了西方文化研究和新历史主义批评的单一的意识形态批评路数，显示出重建文艺社会学的勃勃生气。

南帆从"关系主义"视角出发，指出文学形式认识四个层面的问题：第一，写作工具、传播工具、符号的类型、语种无不涉及文学形式特征；第二，文学形式具有强大的自我复制能力，这保证了文学部落的稳定以及传统的持久延续——这种能量同样由历史提供；第三，文学形式竭力呼应历史的特征——文学形式体系或急或缓的演变常常由历史负责解释；第四，欲望、无意识与文学形式的关系在精神分析学的视域成为一个重要的问题。欲望对象的永久缺席与语言的不懈追逐成为文学形式生产的巨大动

① 童庆炳：《文化诗学是可能的》，《江海学刊》1999 年第 5 期，第 170 页。
② 陶东风：《日常生活的审美化与文化研究的兴起——兼论文艺学的学科反思》，《浙江社会科学》2002 年第 2 期，第 167 页。

力。这个问题寄寓的象征涵义远远超出了精神分析学的范畴。① 这四个层面的认识，超越了以往单一的政治视角，体现出了文学形式的多维认识和建构性特征，对于重新反思形式思想资源并建构我国的形式思想理论具有一定意义。

总体而言，我国当代文艺社会学坚持马克思主义文艺方法论的"美学的历史的"方法，力求吸纳当代西方文艺理论研究最新成果又不拘泥于某一方面的理论收获，把多学科的思想成果而不限于政治理论作为文学外部的研究对象，关注审美领域的实际表现和人们日常生活审美需要，从多个角度、多个层面探索文学形式的外部生成机制，从而奠定了良好的文学社会学今后发展思想与方法基础。存在的问题是：理论的整体性反思不足，一些思想洞见因为缺少系统性学理性阐明，而显得根基不稳，往往表现出思想观点随着风潮摆动，不同观点各张其理，基础认识难以沉积，持续发展路向不够明晰。

接受理论寻求沟通文学形式与意识形态关系策略。姚斯受到伽达默尔的阐释学影响，面对以往形式主义文论与传统马克思主义文论之间的巨大裂隙，提出从文学接受的角度重建审美和历史之间的关系，他强调文学接受的历史性，重视读者的审美经验的研究。

伊瑟尔的理论基础是英伽登的现象学，致力于对文本的结构内部的阅读反应机制作一般性现象学分析。伊瑟尔认为文本不断唤起读者基于视域的阅读期待，并不断打破它，从而使读者获得新的期待视域，直到作品最后接受完成。他把文学作品分为"艺术"和"审美"这两极，"艺术极"是作者写出来的具有空白的文本，"审美极"是读者阅读时通过想象对本文的具体化，文学作品处于这两级的中间位置②，一部作品是作者和读者共同创造的。

接受理论产生之后，不仅在联邦德国本土继续发展，而且东进西渐，在东德、美国、法国、苏联、中国等继续发展。孔特·瓦尔德曼关心交流活动中的意识形态的问题；经验派接受理论者如威尔霍夫、葛罗本完全采

---

① 南帆：《历史与语言：文学形式四个层面》，《文艺争鸣》2007年第11期，第16页。

② ［德］沃尔夫冈·伊瑟尔：《怎样做理论》，朱刚等译，南京：南京大学出版社2008年版，第79页。

用了实证的方法；日内瓦学派代表普莱主张批评家排除现实的干扰，持中立化的立场，将注意力集中在作品内部的意识，以确保意识批评的顺利进行；美国读者反映批评代表菲什与伊瑟尔将隐含读者紧紧植根于文本的结构不放不同，他更重视读者的阅读体验，把对文本的阐释建立在"阐释共同体"上；乔纳森·卡勒提出文学阅读需要读者具有"文学能力"的问题；布法罗批评代表霍兰德侧重研究"文学反应动力学"；法国解构主义理论采用"分解式"阅读；民主德国瑙曼力图对接受美学进行马克思主义的理论改造，把马克思关于商品的生产、流通、消费看成是一个统一的、不可分割的过程；苏联学者梅拉赫反对解释的随意性，认为艺术是现实的客观反映，文学接受受到作品的客观性的制约，赫拉普钦柯也反对把文学接受看成是读者独立的再创造，认为正是作品本身所反映的人的生活、情感以及形象系统方面的特征决定了对读者的影响，等等。接受理论在西方的存在情况，如霍拉勃所言，"接受理论在英语世界的接受，截至目前仍是非常有限的事实"。① 这一理论后续问题研究还有待进一步深入。

我国学者对接受理论的研究作出了新的贡献。朱立元的《接受美学导论》是我国系统阐发接受美学思想并建立一套接受理论阐释体系的理论力著。金元浦的《接受反应文论》着力对接受理论的源流、发展、变化做出深入探讨，体现出在当代话语交流理论背景下的理论思考，在《大美无言》一书中，金元浦对接受理论的"空白""未定性"核心概念做了细密的探讨。丁宁的《接受之维》将接受美学与精神分析理论结合，研究艺术接受的心理运行过程及其与文化惯例的关系。谭学纯等人著写的《接受修辞学》从语言学角度研究文学的修辞接受。曹明海的《文学解读学导论》从文学解读原理、文本解读结构、文学本体解读三个方面对文学的接受活动进行了多方面多层面的研究。除专著以外，王列生、姚基、黄颇、夏中义等人纷纷撰文，讨论了文学接受能力、接受主体的调整、接受客体与文学消费、文学阅读的自由等有关理论问题。

但是，我国的接受理论研究也存在不足。金元浦指出："我们必须看

---

① ［联邦德国］H. R. 姚斯、［美］R. C. 霍拉勃：《接受美学与接受理论》，周宁、金元浦译，沈阳：辽宁人民出版社1987年版，第455页。

到，文学作为一种在历史中运作的语言活动方式，应建立在主体间交往的
关系之上，它是意义的交互理解行为，是双向互动基础上的共同活动。"①
这说明，立足于读者的期待视野和主体间的视域融合问题，既是世界性的
一个理论难题，也是我国接受理论研究的一个弱点。

### 三　研究思路

本文是以文学接受、文学形式和意识形态的关系为认识轴心的关系诗
学的历史理论，并重点讨论不同文学观念下的形式现象基础、关系性质类
型和展开形态、不同关系的生成机制。

本文从"关系"立场出发，引用综合性视角和系统的方法，出于理
论反思和重新建构的目的，把文学接受、文学形式和意识形态看成是现代
关系诗学理论的三个基本维度，着重探讨三者关系的历史理论和范式演
替。该研究总体上体现在三个层面：第一个层面，讨论在不同的文学观念
或者称为"文艺范式"下的文学形式总体观念、表现形式，以及形式关
联；第二个层面，讨论不同文学观念下的文学接受、文学形式与意识形态
关系性质与变化形态；第三个层面，对不同文学观念下的"关系形态"
的形成原因加以综合阐释。

全文除导言和结论外，共分为六章。

第一章讨论的是文学形式、意识形态、文学接受三个核心范畴和相关
理论的认识问题。针对文学形式理解问题，主要探讨了我国当代文学形式
认识的三种主要观点，即"工具论""本体论""中介论"，分析了当代
文学形式认识困境的原因，在此基础上提出本文对文学形式重新阐释观
点。针对意识形态问题，梳理自意识形态范畴产生到 20 世纪初之间的认
识演进线索，分析了 20 世纪以来传统意识形态理解遭遇的困境和挑战，
在总结以往合理性的认识上，采用"场域式"的定义方式，给出本文对
意识形态的新的理解。针对文学接受的认识问题，重新梳理了文学接受在
传统理论中的功能，分析了接受理论遭遇的困境和挑战根本原因，针对其
方法论有效性不足的问题，提出重新理解"期待视野"的观点，并给出

---

① 参见陈厚诚、王宁主编：《西方当代文学批评在中国》，天津：百花文艺出版社 2000 年
版，第 374—375 页。

本文的重新阐释观点,指出期待视野在实际应用中采用多种阐释方法的可能性和必要性。

第二章讨论"模仿说"下文学接受、传达形式与意识形态三者关系问题。首先,讨论何谓"传达形式"及其"表现形态",认为"传达形式"是模仿说下的总体形式观念,它以表征"本体"世界为自己的存在特征,它既不是语言符号,也不是事物本身,而是连接"语言符号"与"意义来源"的"关联项",它是一种记号、一种权威、一种力量、一种方式、一种效果,根本上是一种"本体性关系话语"。传达形式的主要表现形式有"数理形式""理式形式""质料—形式""合式形式""内在形式""光的形式""镜子形式"七种,它们之间具有一定的思想演进逻辑。传统文论基于"二元对立"理解模式下的"载体论"或"工具论"的认识,未能对"模仿说"下的形式观念形成及其变更做出合理性解释。

其次,讨论"模仿说"下文学接受、传达形式与意识形态三者关系形态,认为主要包括三种类型,即自然社会理性传达关系、宗教神学信仰传达关系、人文主义理性传达关系。以人欲为文化主因所导致的命运悲剧为人类留下追问理性的命题。自然理性传达关系建立在"数理"等观念之上,"数理"等自然理性被认作解释事物的可靠性依据,并就此建立起自然理性的真实观念和意识形态;以数理等自然理性观念为基础,发展出社会理性观念,社会理性传达关系建立在社会道德关系之上,并以最高道德完善的尺度来建立社会秩序与真实观念。宗教神学信仰传达关系,以关心个体心灵和建立终极信仰权威为特征,它发展了先前理性所忽视的相反的一面,同时,它也继承了先前的部分理性成果,具有在观念、情感、行动等方面严整的体系,因而具有更加强大的控制力量和话语权威;人文主义理性传达关系,是建立在古希腊罗马文化和基督教文明两者成果基础之上的综合,自然欲望、道德理性、终极信仰被统一到人文主义话语内部,人文主义成为一种新的话语权威形式。

再次,对"传达关系"的形成原因加以阐释。"传达关系"的产生,依赖于一种外在的绝对性的话语权威,它是以"最高理性"的方式向人类发出"绝对命令"。"传达关系"的背后是一种服从感或信从感,原始宗教信仰在理性时代到来之后,沉积成一种对外在权威膜拜的集体无意识心理，古希腊时期的"逻各斯"的客观理性精神和"努斯"的主观理性精神及它们后来的变化发展的形式，有效地维护了"绝对权威"；传达关系形成还依赖于"模仿说"下大部分时间的口头传播条件及其文学语言的修辞技巧，这种文学所带来的现场感、感染力、震撼力，能够使"传达关系"获得相适应的传达方式；传达关系形成还是基于"对等思维"或"直线思维"水平下的读者接受心理，历史上的人类思维水平不仅要在心理上来解释，还要获得文化上的解释，在两极分化严重，在经济、政治权利被严酷剥夺，稀缺的文化符号被少数人占有的情况下，普通民众的心理成熟程度只能维持在"对等思维"的次原始水平，这构成传达关系得以产生的主体接受条件。

第三章讨论"实用说"下文学接受、表述形式、意识形态三者关系问题。首先，讨论何谓"表述形式"及其"表现形态"，认为"表述形式"是"实用说"下的总体文学形式观念，它是以自然人性与社会理性互动为基础，通过"修辞"为意义赋形，通过"类型"为意义规范级别秩序，通过"中心"指向明确意义的理性归属，它根本上是一种"权力性关系话语"。其表现形式包括"修辞形式""类型形式"和"中心形式"三种。"实用说"作为一种基本文学观念还很少被我们理论界在整体上所重视，在当代的文学领域"表述"已经成为一个十分重要的理论范畴，但论其思想的重要原旨，却不能不在17、18世纪的"实用说"下来讨论，其丰富的思想内涵不是"工具论"思想所能够比拟的。

其次，讨论文学接受、表述形式与意识形态三者之间关系，认为这种关系分为三个层次，即修辞层表述关系、类型层表述关系、中心层表述关系。理性的感性化与感性的理性化是表述关系的突出特征。修辞层表述关系属于基础层面，表述通过修辞，一方面将经验领域产生的意义空间化、可视化，一方面通过选择和排斥程序使"意义"得以定向；类型层表述关系体现为更高一个级别，它负责对意义进行分类、整理、纳入程序，并按照各自特点赋予相应功能，如悲剧的主人公要是王侯将相，喜剧的主人公要是市井小民，类型的背后是权力的筛选和功能的赋予；中心层表述关系旨在提供意义的最终指向，王权政治是所有意义的最终归旨，意识形态采取以"隐身"的方式行使权力，在表面"自然"的背后，意义已然得到定性。

再次，对"表述关系"的形成原因加以阐释。私欲的膨胀、公共价值的漠视，信仰的危机，社会结构的失序，使社会长期处于野蛮、残暴和动乱当中，卑贱生命渴望出现新的铁腕君主来恢复社会和平秩序，新的统治一经建立，社会可能暂时忽略它的铁血残暴的一面，而形成王权崇拜，封建意识形态享有至高的话语权威；由于自然人性和世俗观念已经深入人心，意识形态行使不能不借助感性经验的"形象"来隐匿起"真身"，理性感性化和感性理性化既是权力的行使特点，也是文学存在方式的特点；文化符号从少数权贵占有到播撒向民间的结果，促使稳固的"本体之真"的隐身，生成变化"至善"的登场，这时，以普通民众为主体的社会心理上升到"定向思维"或"平面思维"水平，他们以自然人性为根基，世俗生活为表象，按照愉悦原则判断事物的善恶。"表述关系"与传统的"工具论"认识相比，更加符合理性权力的行使特点。

第四章讨论"表现说"下的文学接受、审美形式与意识形态之间的关系。首先，讨论何谓"审美形式"及其"表现形态"，认为"审美形式"是"表现说"下的文学形式总体观念，它是以主体通过"反思性直觉"的心灵创造为特征，以审美来沟通悟性和理性、经验和道德、自然和自由之间的关系为使命，具有经验、理性、自然、社会、历史等丰富内涵的一种"主体性关系话语"。它的表现形态包括三个方面，中介审美形式、实践审美形式、理念审美形式。"审美形式"思想仅仅在康德思想下来理解还不够，而应当在"表现说"的整体视野下重新加以审视，"表现说"也并非单纯是作家自我情感的表现，"表现说"的理论基础是整个德国古典哲学、美学，至少康德、席勒、黑格尔的思想是不可或缺的环节，"审美形式"有着丰富的理论内涵。

其次，讨论"表现说"下文学接受、审美形式、意识形态之间的关系。认为这种审美关系包括中介审美关系、实践审美关系、理性审美关系三个层面。中介审美关系，侧重形而上的审美性质的思考，强调的是审美判断在先验综合的基础上对认识理性和实践理性沟通的能力；实践审美关系，强调的是审美的社会实践能力方面，文学艺术能够通过审美活动克服感性冲动和理性冲动的对立和冲突，在艺术的游戏冲动"活的形象"中使人性的异化得以消除，作家也能够通过反思性直觉的方式，将现实审美化，重新赋予自然和理性以审美心灵内涵；理性审美关系，强调的是审美的历史理性方面，它以资产阶级人道主义为价值取向，把知识认识、道德实践和快乐自我结合起来，实现普遍与特殊、一般与个别、形式与内容、精神和感觉、历史和现实的高度统一，审美是对这种唯心的历史理性的心灵关照和把握。

再次，对"审美关系"的形成原因加以阐释。资本主义和封建主义的对抗和矛盾激化导致意识形态领域表述危机的出现，个人主义成为资本主义反抗封建主义的有效武器，同时是资本主义早期发展的思想基础，意识形态实质是个人主义、自由主义；在思想领域理性主义和经验主义的矛盾最终在德国古典哲学、美学中得到调节，具有审美判断力的"大写的人"与"天才"成为一切知识与艺术的中心，从而为克服表述领域危机找到新的知识出发点和理由；当"人"获得了现代知识中心位置，这种主体意识快速在经验领域传播，促使社会心理从原来的"定向思维"水平进入到"闭合思维"水平，这种思维水平是"审美自律"形成的心理基础，但是，这种"自律"实际是"他律的自律化"，即外在的约束条件通过在无意识领域的"反思性直觉"方式被主体重新赋予，这种观念下的文学充满了丰富的现实、理性和心灵内涵。

第五章讨论"客观说"下的文学接受、客体形式与意识形态三者关系。首先，讨论何谓"客体形式"及其表现形态，认为"客体形式"是"客观说"文学观念类型下的总体形式观念，它是以无意识结构为基础，以文本为中心研究对象，以探索文学语言的特殊性、形式与意义结合的有机性、文学形式的社会功能为特征，体现为深度建构和阐释模式的一种"形式性关系话语"。其表现主要包括"语言形式""本体形式"和"结构形式"三种类型，它们分别侧重文学语言的特殊性、文学形式与意义的关系的本性认识、文学形式的能力或社会功能。那种把形式主义文论看成无关于"主体"和"社会"的孤立性存在，或者把形式等同于技巧，不是对形式主义文论的整体认识。

其次，讨论"客观说"下文学接受、客体形式、意识形态之间的关系，认为"客体关系"包括"不透明客体关系""透明性客体关系""半透明客体关系"三个认识层次。"不透明客体关系"，是指文学语言是作为依赖艺术传统的特殊"介质性"存在方式，普通经验和一般意识形态被阻挡在外面，不能任意进入文学领域行使权力；"透明性客体关系"，是指文学形式与意义结合为一个有机统一的整体，文学具有穿越迷障追寻本体世界的能力；"半透明性关系"，是指文学形式与社会历史的关系是功能性的，文学形式处于社会结构的指定位置，通过阐释活动建立起文本与社会的广泛联系。

再次，对"客体关系"的形成原因加以阐释。工具理性在现代社会是意识形态的突出特点，无意识结构成为新的知识"认识型"；工具理性表现在知识领域，促使了学科门类的细分，并要求每一学科回答自己学科存在的合理性和正当性，这促使了对文学本性认识深度模式的建立，文学形式体现出复杂多层的构成特点；现代社会人的严重异化、存在意义的隐藏，以及个体心灵对意义的寻觅和渴求，促使社会阅读心理从"闭合思维"转变到"形式思维"，这种对文本的深层意蕴期待成为客体关系形成的心理基础。文学从"他律的自律化"走向"自律的他律化"，即文学结构受制于社会的深层结构。现代社会宗教衰落和非理性蔓延，社会需要重新振作精神领域，现代文学艺术充当了替代宗教的位置和职能，但是，在工具理性的意识形态下，艺术传统、神秘自然、上帝宗教成为文学的慰藉方式，文学在总体上呈现出不及物性。

第六章讨论"接受说"下的文学接受、自反形式与意识形态三者间关系。认为"接受说"是"客观说"之后的一种新型文学基本观念形态，它并不简单地等同于接受美学。首先，讨论何谓"自反形式"及其"表现形态"，认为"自反形式"是"接受说"下的总体形式观念，它是以先前发展出的能动性反身对自己的基础加以反思或反叛为思想特征，以解构理性中心主义、关注人类的情感领域、重视结构与他者对话并寻求新的意义生产的一种"历史性关系话语"。其典型表现主要有"延异形式""召唤形式""话语形式"三种类型，同样，它们需要在整体认识和系统关照中加以重新阐释。

其次，讨论文学接受、自反形式与意识形态的三者关系，认为"消解性自反关系""交流性自反关系""生产性自反关系"是三种典型形态。消解性自反关系，强调的是对传统结构性文本的质疑、批判与颠覆，消解理性中心主义的绝对话语权威；交流性自反关系，是强调结构与他者经验之间关系的交流和对话；生产性自反关系，是强调通过话语交流的目的使新的意义得以产生并重新获得意义的稳定性。而意义在何种性质和程度上获得生产，不只是一个理论的问题，更是一个实践的问题，它受制于特定社会的历史条件和理性要求，与一个社会的文明和解放程度相关。

再次，对"自反关系"的形成进行原因阐释。当代社会以文化主导为重要特征，在文化主导下，意识形态打破自身结构的封闭性，与经验他者展开对话，对话交流并使获得意义重新定向，成为新的意识形态存在特征；当代知识范式转移意味了知识产生无法外在于主体经验，这时主体经验不再是人类中心主义的"大写经验"，而是自律和他律的互动，文学文本呈现出对话性、开放性、多样性等特点；现代生活的剧烈变化、信息传播的简便快捷、不同文化和多元价值的碰撞，促使社会阅读心理从"形式思维"水平进入"经验思维"水平，社会心理反叛专制、蒙昧、僵化，接受对话、交流并以此为基础，参与公共事物和价值的维护和生产，这样的社会心理是"自反关系"得以形成的主体条件。

结论部分：对前面的论述加以简要评述总结，认为五种文学观念不是彼此分割的，而是按照"模仿说""实用说""表现说""客观说""接受说"的顺序，呈现出"世界"—"社会"—"大写的人"—"无意识结构"—"结构与经验他者对话"的对文学本性认识的逐渐演进过程；认为诗学的核心本性在"关系"，并提出走向"关系诗学"的思想主张。

# 第一章 核心范畴:文学形式、
# 意识形态、文学接受

　　文学形式、意识形态、文学接受,在当代遭遇阐释困境,前两个范畴阐释困境原因主要来自范畴本身,后一个范畴关涉接受理论的核心概念,即对"期待视野"的理解。针对前两个范畴,本文主要采用了重新梳理,分析困境原因,给出新的阐释原则的写作进路;针对后一个范畴,主要阐明文学接受是文学发展的隐蔽动力,作为接受美学"方法论顶梁柱"的"期待视野"因为其理论的有效性遭遇质疑和挑战,从而有一个重新认识理解的问题,并且,"期待视野"在实际应用中,具有多种方法确定的可能性。

## 第一节　关系与话语:理解文学形式

　　文学形式是文学理论的核心范畴,历史地来看,不同的时代、不同的思潮对文学形式的理解有天壤之别,有的把它看成是形式技巧,有的把它看成工具手段,有的把它看成文学本体,有的把它看成空洞的形式,等等,以至于谈论文学形式成了理论的畏途。韦勒克深有感慨地说:"如果有谁想从当代的批评家和美学家那里收集上百个有关'形式'(form)和'结构'(structure)的定义,指出它们是如何从根本上相互矛盾,因此最好还是将这两个术语弃置不用,这并不是什么难事。我们很想在绝望中将手一抛,宣布这又是一个巴比伦语言混乱的实例。这种混乱,正是我们文明的一个特征。"[1] 但是,弃置不用是不可能的,塔塔尔凯维奇在《西方

---

　　[1] 〔美〕雷内·韦勒克:《批评的诸种观念》,丁泓等译,成都:四川文艺出版社1988年版,第60页。

六大美学观念史》中指出了"形式"在美学研究中的重要性，"在美学讨论的领域中，极少有像'形式'（form）这样经久耐用的名词：自古罗马以来，它虽是历经沧桑，但却始终屹立不坠；除此之外，它所具有的国际性，也是其他名词难以望其项背的。"① 在本文看来，一个概念不断增殖，恰恰说明了该概念的重要性，文学形式连接着不同人们的审美经验，通过它，能够使不同经验的人们得到沟通与交流。

### 一　文学形式传统理解

就我国当代理论对文学形式的一般理解而言，主要有三种观点，即"工具论""本体论""中介论"。

"工具论"。"工具论"是我国新时期以前长期占据统治地位的文学形式观念。这种观点认为，文学形式是打鱼的网、捕兔子的夹、装运货物的舟和车、盛装酒和水而使用的瓶子或罐子、为了取暖和美观而穿在我们身上的衣服，它们是为了一定的目的而被使用，是内容的载体。② 在这种观念下，形式与内容二分，形式为内容服务。

以《在延安文艺座谈会上的讲话》（以下简称《讲话》）为标志，包括文学在内的新文艺，必须在救亡图存的历史条件下，服从于无产阶级的革命政治，这时文学形式注重的是意识形态效果功能，即文学形式必须承担起来革命宣传与教育的功能。选择什么样的文学形式已经提升到能不能发挥意识形态效果进而关涉革命前景的问题。《讲话》不仅确立了文艺为工农兵服务的新方向，而且突出了政治意识形态对文艺界的渗透和控制。《讲话》是党制定文艺政策的基本蓝本之一，从20世纪40年代末到70年代，文学形式同意识形态的关系，总体上体现出的是工具性关系，即文学形式直接呈现意识形态，个体的小我被集体的大我占据。到了"文革"期间，"文学为政治服务"，"文艺是阶级斗争的工具"的思想达到了极致。

新时期"为文艺正名"逐渐克服了传统僵化认识，文学的实用性内涵被重新审视，文学的教化功能必须以文学语言、修辞、结构、体裁、风

---

① ［波］瓦迪斯瓦夫·塔塔尔凯维奇：《西方六大美学观念史》，刘文潭译，上海：译文出版社2006年版，第226页。

② 王汶成：《文学语言中介论》，济南：山东大学出版社2002年版，第61页。

格等的特殊性为前提。但是,"工具论"形式观并没有彻底消除,在一些对文学形式的典型解释中,依然有这种痕迹,"在文学这个内容与形式的统一体中,内容是主导的方面,它决定形式的性质与特色,而形式是表现内容的,它为内容服务。"①

如果排除极"左"的认识,我国传统文论的"文以载道",西方17世纪"实用说"下的文学形式观念,都强调文学的社会实用功能。"工具"、"载体"观点并非一无是处。"工具"也是"媒介",为达到特殊的接受效果,必须考虑"媒介"的特殊方式。从这个意义上说,文学形式的一些基本要素诸如修辞、结构、风格、体裁等都可以在这个层面认识。

文学形式的"工具性"是同理性和效果联系在一起的,选择了什么样的工具形式,也往往决定了什么样的写作意图和传达效果,故事适合写成小说、激情适合写诗歌、随感适合写散文,这里边总有一个大体的规定。但是,文学形式毕竟不同于语言的修辞技巧,形式和意义总是结合在一起的,单独强调技巧性、手段性,是理解上的片面,这促使了文学形式认识从"工具论"向"本体论"转变。

"本体论"。在西方,席勒较早地提出了艺术家的真正秘密在于用形式消灭内容的观点,康德把形式提高到了独立存在的高度,克罗齐用直觉说代替内容与形式二分说,"审美的事实就是形式,而且只是形式"。②1934年兰色姆首次提出"本体论批评"的口号,主张把文学作品看成一个封闭的、独立自主的存在物,研究其内部的各种因素的不同组合、运动变化、寻找文学发展规律性东西。

但是,中国新时期的形式本体论的本体涵义更多的来自克莱夫·贝尔的"有意味的形式"思想。李泽厚借鉴贝尔的"有意味的形式"思想,将其运用到对中国传统美的分析中,提出形式的"积淀说",对后来形式观念认识产生很大影响。"内容积淀为形式,想象、观念积淀为感受。"③那些远古社会产生的抽象几何纹饰并非是某种"形式美",而是在抽象形式中有内容,在感官感受中有观念。1990年代狄其骢对文学形式的意味

---

① 十四院校编写组:《文学理论基础》,上海:上海文艺出版社1981年版,第50页。

② 〔意大利〕克罗齐:《美学原理·美学纲要》,朱光潜等译,北京:外国文学出版社1983年版,第23页。

③ 李泽厚:《美的历程》,北京:文物出版社1981年版,第18—19页。

形成再次做出解释，"文学形式的意味是借助于文字符号的排列组合而构成一种与人类深层文化心理结构相同的形式。它是人类社会实践和文化历史的产物，在它的无限变化的多种样式中，显示了人对客观世界及其规律的创造性把握。"①

1989 年由童庆炳主编的《文学概论》教材，把审美意识纳入到形式范畴，从而使形式本体论认识突出了审美内涵，"作品的内容是作家主体的思想感情同客观现实交融形成的审美意识，形式则是这种审美意识的客观化形态。"② 1993 年由国家教委社科司编写的《文学概论教学大纲》中把审美内涵的表现形态和呈现方式作为文学形式的原则性定义，"文学作品的内容是指体现在一定形式中的具体的审美内涵，而形式是指作品内容的内部组织构造和外在表现形态，是内容的现象和存在方式。"③

但是，从总体上说，中国的形式本体论认识，依照杜书瀛主编的《中国二十世纪文艺学学术史》中的观点，它还没有超越二元对立的思维模式，"只是对文学'内部'语言形式研究强调的一种极端形态而已。在'语言本体论'中蕴藏着的仍然是走出'外部研究'进入'内部研究'的努力，语言本体论者所做的仍然是以一种独断论取代另外一种独断论"。④ 这种内部研究和外部研究的对立有待于新的认识来调节，"中介论"形式观弥补了这种空缺。

"中介论"。形式中介论产生，直接的引导理论是瑞士心理学家皮亚杰的"发生认识论"思想，这一思想在 20 世纪 70 年代后期介绍进我国，随后产生极大的反响。以往机械反映论观点认为，认知模式表现为简单的外部刺激到主体反映的过程，按照皮亚杰的思想原则，在两者之间还存在"中间项"，即主体对刺激的同化和顺应的认知结构，而这"中间项"的产生不是一个单向的过程，而是主体和客体（刺激）深层交融的产物，由于它的存在，主体的认识过程从一开始就是一个积极主动的，富有能动

---

① 狄其骢等：《文艺学新论》，济南：山东教育出版社 1996 年版，第 340 页。

② 童庆炳主编：《文学概论》，武汉：武汉大学出版社 1989 年版，第 159 页。

③ 国家教委社科司编：《文学概论教学大纲》，北京：高等教育出版社 1993 年版，第 50 页。

④ 杜书瀛主编：《中国二十世纪文艺学学术史》，第四部，上海：上海文艺出版社 2001 年版，第 260 页。

性的过程。

1985 年鲁枢元在《用心理学眼光看文学》一文中认为，文学是经过作家心灵化了的"心理的世界"，是同作家的"生命气息"分不开的，"它反映的是经过作家心灵折射的社会生活，是灌注了作家生命气息的社会生活，是一种心灵化了的社会生活。"① 1986 年钱中文在《最具体的和最主观的是最丰富的——审美反映的创造性本质》一文中，进一步对这种心理存在特征做了说明，他认为，应当把文学的反映看成是审美的反映，"审美反映有其自身结构，它是由心理层面、感性认识层面、语言形式层面、实践功能层面组成的统一体。"② 这种反映具有感情和思想、感性和理性、认识和评价、感受形式和语言形式统一的审美特征。

1994 年陶东风在《文学史哲学》一书中认为，"文学中介环节只能是文学形式"。③ 在他看来，社会生活和人类的日常经验须经中介才能转化为文学的内在因素，社会经济、政治文化等因素也须经中介才能对文学活动产生影响，这个中介环节正是文学的形式。针对传统的形式与内容的关系，他指出两点错误，首先，它错误地假定了表现的手段（形式）与被表现的对象（内容）是可以分离的，而实际上，文学作品中被表现的东西——内容——都是形式化了的，任何未经形式化的人类经验或社会生活没有获得"内容"的资格。其次，"二分法"导致重内容而轻形式的倾向，常说的"内容决定形式"是一种似是而非的说法，因为内容既然已经是形式化了的经验，在形式之先没有什么内容可言，也就谈不上内容决定形式，他主张与形式相对的是"材料"而不是"内容"。

童庆炳提出"题材中介论"思想，他认为，"艺术作品的内容是经过深度加工的题材，形式是对题材进行深度加工的独特方式。"④ 在作品完成以后，形式和内容就不能再区分开，因此文学作品不可以意译和转述。他没有把文学形式看成静态的存在，而是认为是一个过程。他批判了伊格

---

① 鲁枢元：《用心理学眼光看文学》，《文学评论》1985 年第 4 期，第 5 页。

② 钱中文：《最具体的和最主观的是最丰富的——审美反映的创造性本质》，《文艺理论研究》1986 年第 4 期，第 7 页。

③ 陶东风：《文学史哲学》，郑州：河南人民出版社 1994 年版，第 234 页。

④ 童庆炳、程正民主编：《文艺心理学教程》，北京：高等教育出版社 2002 年版，第 247 页。

尔顿把文学形式看成是三种因素（即文学形式的历史、占统治地位的意识形态的结晶、一系列作家和读者之间的特殊关系）的复杂统一体的思想，提出的文学形式包括的四个要素，即形式的历史传统、形式中有意识形态的投影、形式是赋予作品以审美效果的重要手段、形式标示了艺术家与读者的特殊关系。

"中介论"形式观比起"工具论""本体论"形式认识，更加贴近文学形式认识的本性。只可惜这一思想更多的来自于学者们的天才洞察和分散论及，而未能进入更为细致、系统的学理阐释，尤其缺少与历史上文学形式观念的对话和回应，以至于当更多的西方形式观念被我们所了解的时候，反而对文学形式认识变得模糊不清。

### 二　文学形式理解困境

就当代文学形式理解困境而言，主要有三个方面原因。

首先，历史上的形式观念复杂多变，为形式阐释带来巨大难度。单就历史上主要的形式观念来说，波兰学者英伽登在《内容和形式之本质的一般问题》中区分了9种形式，在符·塔达基维奇的《西方美学概念史》列举了11种形式含义，我国学者赵宪章等的《西方形式美学》中论及的形式有18种之多，朱立元主编的《西方美学范畴史》概括形式的达21种，还称只是举其"荦荦大者"。①

形式美学研究者从古希腊一路追索到20世纪前半叶，难以找到一个令人满意的"答案"，"符号学所主张的主客融合的美学，其实是建立在将人溶化为抽象的符号这一基础之上的，从而符号活动以及符号功能仍然是先验的产物，它并没有真正摆脱形而上学的统治。而格式塔心理学所主张的非心非物的形式，其实是一种无法证伪的假设的张力，因而也没有走出康德主义的阴影。"② 那些看似历经淘洗过的"新形式"，在深处总是隐藏着一个不小的问题。

其次，新的立足点难以寻找。审视事物总是需要一个角度，角度的确

---

① 朱立元主编：《西方美学范畴史》第二卷，太原：山西教育出版社2006年版，第124页。

② 赵宪章、张辉、王雄：《西方形式美学——关于形式的美学研究》，南京：南京大学出版社2008年版，第242页。

立决定了观察事物的方式和范围，也决定了观察的对象和结果，如果局限在某一种形式理论内部，就容易被一叶所遮障。

形式理论研究者认为，"且别忙于走向'反形式'或后现代，进行对既有形式理性、形式美学思想的甄别，也许是必须走的第一步。"① 将对形式的探讨终止在 20 世纪中叶，或许并不利于进一步打开视野。西方形式观念发展并不止步在"20 世纪上半叶"，后结构主义的"延异形式"、后现代主义的"差异形式"，接受美学的"召唤形式"、传统的文化研究和新千年的文化理论中的"话语形式"等思想，均是现代西方形式观念的重要发展。后结构主义通过"延异形式"为封闭的结构打开了一道缺口，接受美学以"召唤形式"重新连接历史经验，文化研究通过"话语"分析，扩大了文学边界，新近的文化理论（"后理论"思想的一部分）强调艺术和政治之间的关系，这些都不是普通的事件，它们深刻地影响着当代美学和文艺理论的存在和发展形态。后结构主义之后谁还会说"结构"不可动摇，接受美学之后，哪一种理论可以不顾及读者，文化研究和文化理论的兴盛，谁还能将意识形态拒绝在理论的门槛之外。这些都不仅仅关系到认识，更重要的是它关系到立足点、视野和方法。

再次，对传统的形式认识成果依然还很模糊。这并不是说，我们还不知道历史上的主要形式观念有哪些，形式理论研究者在这方面已经做了大量的工作，一系列重要观念已经呈现在理论面前，而是说，这些复杂观念如何在共同的历史前提和文学基本观念型式下发现分散形式之间的关联，并加以分类和重新提炼概括，给出更为精约的阐释。理论不应该在回答什么是文学形式问题的时候，而把历史上存在的形式观念一一细数出来。以共同的历史前提和文学基本观念型式为形式的认识尺度，就可能存在双向调节的问题，一方面，具体的形式观念存在的丰富性被发掘出来后，可能带来对一种文学基本观念的深入认识理解；另一方面，由于基本文学观念从根本上是建立在对分散观念内在联系的基础之上，它也会为分散观念理解起到方向校准的参照作用，从而有效去除分散观念理解上的芜杂性。

当代的文学形式理解有待于建立在已有的形式观念认识成果基础之上

---

① 赵宪章、张辉、王雄：《西方形式美学——关于形式的美学研究》，南京：南京大学出版社 2008 年版，第 242 页。

并加以重新反思和概括，传统的文学形式理解也许并不像想象的那么陈旧过时，而很可能关于文学形式的一系列精要理解就蕴含在传统形式观念内部，只不过今天的任务是将它们发掘出来，并在当代的观念和视野下加以重新整合、充实与概括。如今天强调的"中介""关系"思想，早在"模仿说"中就有了它的早期的形式，"模仿说"并非像一些学者认为的是基于一种二元对立的思维模式，早在17、18世纪学者们在重新反思"模仿说"的时候，就发现了它的"三元"构成特征，那时，文学形式就是作为"关联项"或"记号"而存在，同样，今天强调文学是一种与社会权力关系密切缠绕的话语，其实早在17、18世纪的"实用说"中就已经突出了这一思想，诸如此类的认识，都启发我们回到文学基本观念中来，这是理论更为基本的落脚点。

理论上的"洞见"有助于打破僵化的认识，但是由于学理上论证不足，也就难以建立共同的基础，从而使成果难以累积彰显、思想推进困难。新的形式理解需要面对形式观念的复杂性、找寻到合适的认识尺度和立足点、在文学基本观念的基础上淘洗传统形式的认识成果。认识什么事物，需要什么尺度，如果不加鉴别地对待历史上的"形式"，"形式"含义就不止上百种，人类的意义如此丰富，没有哪一面大网能够一次将所有的形式种类打捞干净。人类的认识刻度总是随着认识的目的在不断调整，而且，对一个概念的不同解释并非并列地排放在历史的地平线上，如同在价值面前，"文学是人学"与"文学是杂草"不能等量齐观一样，在宏观认识面前，人们也不会把一首诗的平仄用韵和一个时代、一种思潮的"中心形式"相提并论。

形式高度抽象后，不过是一种意义标识，形式细分后，却可能关系到无数不同文化语境下的分析不尽的细小方面的使用，形式是什么在于提问方式是什么。即使是以"时代""思潮"为刻度，从古希腊到当代，各种形式观念汇聚到一处，也足以叫人眼花缭乱。亚里士多德曾经说，"一个非常大的活东西，例如一个一万里长的活东西，也不能美，因为不能一览而尽，看不出它的整一性"[①]。同样，一个范畴复杂性如果超出了人的认

---

① ［古希腊］亚里士多德：《诗学》，罗念生译，北京：人民文学出版社1984年版，第25—26页。

知适应限度，就会引起忽略或混淆，不利于使用和传播。思想史的经验告诉我们，一个问题是基于一种内在的必然性才产生另外一个问题，一个体系也是在进步与完善、矛盾与分解中才引起随之出现的另外一个体系。不应该用"形式"含义的丰富性，取代"形式"认识的深入性，或者说，个别形式的细微辨析代替不了宏观认识的淘汰筛选。本文认为，文学形式的现阶段认识，应当以一个综合性的视角，以历史上出现的文学基本观念为讨论场域，提取传统形式认识的精要，并在新的基础上重新加以概括综合。

### 三 文学形式重新阐释

就基本文学观念而言，根据艾布拉姆斯观点，西方文学观念在历史上的发展类型，主要有"模仿说""实用说""表现说""客体说"四种①，但是，这是基于20世纪前半叶的概括总结，这之后有没有一种新的文学基本观念型式出现，还没有统一的意见。本文认为，20世纪后半叶的文学理论研究重心向读者转移，不局限在个别理论如接受美学那里，而是一个整体性的事件，可以概括成一种新的文学观念型式，这样，加上"接受说"，文学基本观念就是"五种"。每一种文学观念都必然有其对文学形式相对独立的解释方式，在本文接下来的论述中分别概括为"传达形式""表述形式""审美形式""本体形式""自反形式"五种②，在这里主要针对当代文学形式理解，提取五种文学形式的要点，并加以重新理解概括，给出本文对当代文学形式理解的阐释方式。

"模仿说"提出的问题，是文艺与存在的关系问题。在这种范式下，文艺是对世界的模仿，也即对存在的反映形式。那种把文学艺术简单地等同于意识形态的做法，是典型的本体论误认，文学形式在其发展过程中可能带有意识形态的性质，但是，它本身并不就是意识形态，因为存在的事物并非都是意识形态的，也就不能要求文学都是意识形态的。

"实用说"提出的问题，是文艺与社会的关系问题。在这种范式

---

① ［美］M. H. 艾布拉姆斯：《镜与灯——浪漫主义文论及批评传统》，郦稚牛等译，北京：北京大学出版社1989年版，第7—41页。

② 关于五种文学观念下的形式思想详细阐述，见以下各章，在本节只做概括性的观点提示。

下，文艺是母体社会中的一个特殊表述领域，而不是自治领域。它所表述的一切观念都是对真实世界的发言，它承担了社会权力运作的工具，其形式实质是处于感性和理性之间的表征了社会权力关系运作方式的话语系统。

"表现说"提出的问题，是文艺与主体关系的问题。对"表现说"来说，文艺是一种自由心灵的创造。这种"自由"突出的是文艺创造的个体性，但是，这种个体性并非完全不受限制，用康德观点来说，美的艺术需要想象力、悟性、精神和鉴赏力共同完成，而要在天才和悟性之间做出选择，康德宁愿选择后者，"如果在一作品上两种性质的斗争中要牺牲掉一种的话，那就宁可牺牲天才；而这判断力，它在美术事物中从自己的原则有所主张，宁可损及自由和想象力的富饶，而不损及悟性"。质言之，作家的自由创造依然要以历史解放的能动性为前提。

"客观说"提出的问题是，文艺与语言的关系问题。文学形式是一种特殊的语言、是形式与意义多层次结合并在社会结构中发挥功能作用的存在有机体。去除形式主义文论把文艺与语言的关系局限于文学内部解释的话，我们会发现，文学空间其实是社会空间的一种艺术表达方式，人文精神、历史理性、审美创造就蕴含在复杂的文学语言、修辞、结构与意义之间多层次结合的张力构成当中。

"接受说"提出的问题是，文艺与读者的关系问题。离开了现实读者的审美经验和审美需要，对象的审美价值无从谈起。接受美学把读者的期待视野及其变更作为沟通审美和历史的桥梁，读者阅读就不再是文学形式认识的外在要素，而是文学形式本性构成的内在要素。因此，从接受美学角度来说，文学形式是一种世界、社会、作家、文本、读者等不断发生视域融合的话语交流。

综合以上五种文艺范式内涵的普遍性精神，我们能够从中提取普遍性认识质素，采用"场域式"的定义方法，得到关于文学形式基本内涵的如下描述：文学形式是对世界存在的反映；它表征了社会权力关系的运作方式；是作家主体心灵通过反思性直觉方式所进行的自由创造；是以语言符号为媒介和存在标志的，体现为音韵、语言、修辞、结构、风格、体裁等诸要素与意味有机结合的内部充满矛盾和张力的审美空间；是世界、社会、作家、文本、读者等要素不断发生视域融合的对语交流；是对人类有意识的生命活动历史过程进行艺术再现的审美关系话语。

## 第二节 描述与实践：理解意识形态

意识形态是马克思主义文论的核心范畴，我国对意识形态的一般理解是，"系统地、自觉地反映社会经济形态和政治制度的思想体系。是社会意识诸形式中构成思想上层建筑的部分，表现在政治、法律、道德、哲学、艺术、宗教等形式中"；① "系统地自觉地反映社会经济形态和政治制度的思想体系……属意识形态的社会意识形式，有政治法律思想道德、文学艺术、宗教、哲学和其他社会科学等等。"② 其中，"观念""体系""上层建筑""反映"等，是意识形态传统定义的基本词汇。然而，在当代丰富的意识形态理论资源面前，我们不能不思考另外一些问题，说意识形态是"上层建筑"，它会不会也渗入"基础"？说意识形态是"体系"，它有没有向历史敞开的一面？说意识形态是"反映"，它有没有构成自身的传统和历史？意识形态和无意识是什么关系？意识形态和科学技术是什么关系？等等。存在的问题显示，我们对意识形态的内涵理解还有待深入探讨，本文在对意识形态传统理解梳理和当代意识形态理解面临挑战的描述基础上，提取典型理解的合理性认识要素，给出本文的意识形态理解和概括。

### 一 意识形态传统理解

"意识形态"的法文为"Idéologie"，德文为"Ideologie"，英文为"ideology"，其词源源于希腊文"ιδεα"和"λόγos"，前者语义是"观念"或"思想"，后者的直译是"逻各斯"，意译是"学说"，合起来是"观念学"。

"意识形态"一词起源在法国，第一次提出并使用这一概念的是法国大革命时代的政治家、经济学家特斯杜·德·托拉西，他于1796年和

---

① 夏征农等编：《辞海》，上海：上海辞书出版社2000年版，第2453页。

② 金炳华等编：《哲学大辞典（修订本）》下册，上海：上海辞书出版社2001年版，第1817—1818页。

1798 年在他分期宣读的论文《关于思维能力的备忘录》中提出，理论主要见于他的《意识形态要素》和《观念学原理》中。托拉西认为，事物本身无法认识，人类只能认识的是通过对事物的感知所形成的观念，所有知识的建立首先必须经过感知和观念的还原，对它们产生的原因、结果、后果进行系统的、谨慎的分析，在这个过程中各种宗教和传统观念都应当加以拒斥，这样才能够克服错误的"偏见"，使知识和行动建设在可靠的基础上，使社会秩序按照人类的需要和愿望重新安排。

"意识形态"否定性含义的出现与拿破仑执政时对它的态度有直接关系，拿破仑执政意图在于恢复帝制和重建社会宗教信仰，这与意识形态家们坚持自由主义的信条，对宗教持批判态度相冲突，到法国军事失败之后，拿破仑借机将罪责归结为意识形态学说的影响，认为意识形态是为社会不合理提供辩护的学说，指责意识形态家们不但是错误地认识社会和政治现实的空想家，也是秩序、宗教和国家的破坏者。汤普森这样描述这一转变，"'意识形态'最初包含欧洲启蒙运动的一切信心和积极精神，很快成为了一个谩骂的词，它被认为指的是某种思想观念的空洞无物、毫无根据和晦涩诡辩。"①

黑格尔为意识形态概念注入了社会历史内涵，是意识形态概念发展的一次重大转折。这种"转折"并非是说，黑格尔的"意识形态"思想对托拉西有直接继承关系，而是说黑格尔从思辨逻辑出发——"绝对理念"自我形成、自我异化、自我发展、自我完善，阐释了人类社会的"教化"和"异化"问题，尽管他的历史思想和辩证逻辑具有客观唯心主义性质，但是他对异化了的现实世界的说明和对教化的虚假性的揭露，对意识形态概念发展具有决定性的推动作用。我国学者俞吾金把《精神现象学》看成是"意识形态概念发展史上的最重要的里程碑之一"。② 根据他的观点，黑格尔著作虽然没有直接用过德文的意识形态概念，但是使用过法文的"意识形态"写法，贺麟、王玖兴等人也认为，黑格尔的《精神现象学》就是"意识形态学"或者"意识诸形态学说"。③ 这说明，意识形态观念

---

① ［英］约翰·B. 汤普森：《意识形态与现代文化》，高铦等译，南京：译林出版社 2005 年版，第 30 页。

② 俞吾金：《意识形态论》，上海：上海人民出版社 1993 年版，第 34 页。

③ 谭好哲：《文艺与意识形态》，济南：山东大学出版社 2000 年版，第 28 页。

发展，黑格尔是一个不可或缺的环节。

马克思、恩格斯批判吸收了黑格尔历史的、辩证的思想和"教化""异化"学说，纠正了黑格尔的唯心史观，对意识形态概念的阐发实现了革命性的变革。就马克思主义创始人的"意识形态"特征而言，主要有以下五个方面：第一，观念的上层建筑。"人们在自己生活的社会生产中发生一定的、必然的、不以他们的意志为转移的关系，即同他们的物质生产力的一定发展阶段相适应的生产关系。这些生产关系的总和构成社会的经济结构，即有法律的和政治的上层建筑竖立其上并有一定的社会意识形式与之相适应的现实基础。"① 这里说明的是意识形态作为一种精神现象在社会中所处的位置，并被经济或生产关系最终决定。第二，阶级性。"统治阶级的思想在每一时代都是占统治地位的思想。这就是说，一个阶级是社会上占统治地位的物质力量，同时也是社会上占统治地位的精神力量。支配着物质生产资料的阶级，同时也支配着精神生产的资料；因此，那些没有精神生产资料的人的思想，一般地是受统治阶级支配的。"② 这就说明意识形态作为观念，在阶级社会中体现为阶级性，这与当代一种思潮认为意识形态等同于一般文化的观点区别开来。第三，相对独立性。体现为意识形态发展和经济的发展存在不平衡的关系，"经济上落后的国家在哲学上仍然能够演奏第一提琴：18 世纪的法国对英国（而英国哲学是法国人引为依据的）来说是如此，后来的德国对英法两国来说也是如此。"③ 这种与经济基础的错位现象，正是意识形态独立性的突出表现。第四，对基础的反作用性。"在考察这些变革时，必须时刻把下面两者区别开来：一种是生产的经济条件方面所发生的物质的、可以用自然科学的精确性指明的变革，一种是人们借以意识到这个冲突并力求把它克服的那些法律的、政治的、宗教的、艺术的或哲学的，简言之，意识形态的形式。"④ 这与那种认为意识形态只是经济基础的分泌物，对社会发展、变革不起作用的第二国际思想者的僵化观点区别开来。第五，自我继承性。"在每一科学部门中都有一定的材料，这些材料是从以前的各代人的思维

---

① 《马克思恩格斯全集》第 2 卷，北京：人民出版社 1995 年版，第 82 页。

② 同上书，第 3 卷，第 52 页。

③ 同上书，第 4 卷，第 485 页。

④ 同上书，第 2 卷，第 82—83 页。

中独立形成的，并且在这些世代相继的人们的头脑中经过了自己的独立的发展道路。"① 意识形态具有自身的继承性和发展规律的问题，纠正了那种只从经济找意识形态形成解释的简单做法。应当说，意识形态具有革命性的现代含义，已经蕴含在马克思主义创始人的著作当中。

列宁第一次把马克思主义意识形态学说概括为"科学的意识形态"，这与马克思在《德意志意识形态》中说过的一段话有渊源关系，"在思辨终止的地方，在现实生活面前，正是描述人们实践活动和实际发展过程的真正的实证科学开始的地方"，② 根本上说，马克思是把意识形态作为一种描述社会生活中的精神现象来使用时，没有褒贬的意思，但到列宁这里意识形态与科学结合到了一起。列宁说："一句话，任何思想体系都是受历史条件制约的，可是，任何科学的思想体系（例如不同于宗教的思想体系）和客观真理、绝对自然相符合，这是无条件的。"③ 在列宁看来，意识形态作为"科学"，是对历史规律的客观的真实的反映。

毛泽东提出意识形态是"思想体系"的观点，"共产主义是无产阶级的整个思想体系，同时又是一种新的社会制度"。④ 而这种体系的真正形成是应当在把握事物内在的规律联系基础之上，"感觉只解决现象问题，理论才能解决本质问题，认识的真正任务在于经过感觉而达到思维到达于逐步了解客观事物的内部矛盾，了解它的规律性，了解这一过程和那一过程间的内部联系"，⑤ 这说明意识形态的着眼点在把握事物之间普遍的内在联系，失去这种联系，也就失去了意识形态的根基。而且，毛泽东还突出了意识形态的"实践性"和"主体性"等重要方面，他认为，社会意识形态是理论上再造出现实社会，他的"矛盾论"和"实践论"均是主张一切从实际出发，实事求是，在矛盾的普遍性和特殊性中把握历史行动的真理性要素，从而体现出对意识形态理解的新的高度。

第二国际拉布里奥拉提出一个重要范畴"社会心理"。拉布里奥拉把"社会心理"同意识形态区别开来，并把它看作意识形态对社会经济基础

---

① 《马克思恩格斯全集》第 4 卷，北京：人民出版社 1995 年版，第 501 页。
② ［德］马克思、恩格斯：《德意志意识形态》，北京：人民出版社 2008 年版，第 17 页。
③ 《列宁选集》第二卷，北京：人民出版社 1972 年版，第 135 页。
④ 《毛泽东选集》第 2 卷，北京：人民出版社 1991 年版，第 686 页。
⑤ 同上书，第 1 卷，第 263 页。

发生作用的中间环节,"为了从构成基础的结构过渡到一定的具有各种各样形式的历史过程,必须求助于概念和知识的综合。由于找不到另外的术语,我们把这种综合称为社会心理学。"① 而对"社会心理"做出进一步说明和清晰的阐释的是普列汉诺夫和布哈林,普列汉诺夫提出著名的社会结构"五项要素"公式,这五项要素是:生产力状况、经济关系、政治制度、社会中人的心理、各种思想体系,他认为这五要素之间有着来源和作用的相互关系。社会心理在普列汉诺夫那里是"未经加工整理的带有盲目性和自发性的社会意识,包括人们的要求、愿望、情感、情绪、习惯、道德风尚、审美情趣和理性意图等心理现象"②,它是社会意识的低级形态,高级形态是思想体系即意识形态。布哈林在《历史唯物主义理论》中把"系统化程度"看成是意识形态和社会心理的重要区分,与毛泽东把意识形态看作"思想体系"的认识一致。

从寻求建立"观念的科学"到成为意识形态成为"社会结构"中的一个组成部分,传统意识形态观念得到确立。它的基本线索是,托拉西致力于观念的感觉还原,黑格尔为意识形态注入社会历史内涵,马克思、恩格斯奠定了现代意识形态的基本内涵,列宁提出"科学的意识形态"概念,毛泽东强调意识形态的人的"再创造"性质,并把意识形态看作"思想体系",第二国际学者细致划分了社会存在结构,并认为社会心理在社会结构中具有中介作用。

## 二　意识形态理解困境

"意识形态"概念从诞生开始到 20 世纪初叶,对其本性的认识是不断深入的,如果从这种"深入"的角度来说,列宁把"意识形态"称为"科学"也并非没有道理,但是,"真理"可以被"认识"却不能被"占有",当第二国际以占有"真理"为名,片面地、机械的解释意识形态的时候,也就走向了真理反面。

卢卡奇最先打破意识形态的封闭体系结构。在他看来,意识形态不仅

---

① 〔苏〕安·拉布里奥拉:《关于历史唯物主义》,杨启潾等译,北京:人民出版社1984年版,第62页。

② 谭好哲:《文艺与意识形态》,济南:山东大学出版社2000年版,第58页。

仅是社会的经济结构的一个结果，而且也是它能健康地发挥作用的先决条件，这就把恩格斯的意识形态对经济基础反作用的思想，进一步辩证地深化为意识形态也和经济基础结合在一起的思想。卢卡奇从"总体"观念出发，对意识形态的内涵、目的、方式、产生和特点等方面做了精要的描述，"意识形态从根本上说是对现实的思想描述形式，它的目的是使人的社会实践变得有意识和有活力。这种观念的普遍性和必然性的出现，为的是克服社会存在的冲突；在这一意义上，每一种意识形态都有它的社会的同质的存在。它是以直接的必然的方式从当下此刻在社会中以社会的方式行动着的人们中产生的。"① 在这里他不仅始终把意识形态看作是"思想"的观念性的存在，而且它注重效果，是使社会实践变得有意识和有活力，他不仅把意识形态的存在方式看成是社会的同质性存在，而且认为它是普遍性和特殊性特点的结合，他不仅把它的产生看成是由"人们"来产生，而且这种"人们"必须是社会活动的"人们"，这等于认可了一个物质的社会的前提。卢卡奇强调意识形态在基础层面的价值和功能，从而使意识形态的问题从上层建筑层面"下移"到了经济基础层面，成为以后意识形态探讨一个出发点。

威廉·赖希通过分析 1929 年到 1933 年世界性资本主义经济危机中工人阶级思想意识倾向发现，导致德国法西斯社会制度产生的重要原因是法西斯意识形态对工人阶级的教化。这种教化的途径主要有三个：一是母亲和儿童对父亲在经济上的依赖关系；二是母亲在性上对父亲的依赖关系；三是父母通过"同化"和"禁忌"两种方式实现对儿童的意识形态教化。② 通过这些途径，家庭变成为"意识形态工厂"，独裁意识形态通过家庭灌输到每个社会成员内心深处。在当时时代，贫困和失业并没有使工人阶级提升阶级觉悟，走向联合与反抗的彻底道路，相反，在法西斯意识形态教化下，他们的意识形态急剧向野蛮、非理性扭转，从而成为法西斯的帮凶和工具。

弗洛姆从精神分析的角度阐述了意识形态如何进入人的潜意识层面，完成"合理化"观念塑造的。在他看来，统治阶级通过一系列的环节和途径将自己的观念灌输到个体心灵中去，"所有这些意识形态都是通过父

---

① 俞吾金：《意识形态论》，上海：上海人民出版社 1993 年版，第 304 页。
② 同上书，第 257—262 页。

母、学校、教会、电影、电视、报纸，从人们的儿童时期起就强加给人们，它们控制着人们的头脑，仿佛它们是人们自己思考或观察的结果。"①由于这是一个社会的庞大工程，致使施教者本人也很可能被蒙蔽在鼓里，他们一面振振有词地阐发自以为经过深思熟虑的"客观性"知识，一面充当着统治阶级意识形态宣传的吹鼓手。弗洛姆提出"社会无意识"概念，意在指明所有呈现在人们意识的东西都是经过意识形态精心筛选有意放行的东西。"社会无意识"形成渠道，弗洛姆归纳为三个，一是语言，它起到过滤器的作用；二是逻辑，它与人的思维规则相联系；三是社会禁忌，它控制着哪些不允许活动到意识层面。意识形态是通过一系列严密的组织和编织伪造出来的东西。

如果说在现代西方社会个体心理已经被意识形态完全控制的话，那么科学技术是使"意识形态"变得"合理化"的重要手段。马尔库塞在《单向度的人》中，对科技理性到来时人的存在状态给予了深刻的揭示，马尔库塞看到，随着科学的普及，意识形态非但没有衰落，反而和科学技术结合在一起，成为更加让人难以突破的新型意识形态，"以技术为中介，文化、政治和经济融合成一个无所不在的体系，这个体系吞没或抵制一切替代品。这个体系的生产力和增长潜力稳定了这个社会，并把技术的进步包容在统治的框架内。技术的合理性已经变成了政治的合理性。"②在这种状况下，人的异化进一步加深，表现为人的日常生活的"物化"，社会集权进一步加重，社会通过科学的管理和组织达到了直接的自动的一体化，社会和个体思维成了单一向度，人们随着物质需要的不断满足和扩张，心理习惯了容忍和安于现状，也就越来越失去了批判和否定的向度。

哈贝马斯看到传统经济社会和商品经济社会是两种不同的意识形态，"现在，财产制度已能够从一种政治关系变为生产关系，因为它已按照市场的合理性，按照商品交换社会的意识形态，而不再按法的统治制度把自己合法化了。"③ 也就是说，传统的意识形态是自上而下的观念统治，而

---

① 俞吾金：《意识形态论》，上海：上海人民出版社1993年版，第280页。

② ［美］赫伯特·马尔库塞：《单向度的人：发达工业社会意识形态研究》，刘继译，上海：上海译文出版社2006年版，第2页。

③ ［德］尤尔根·哈贝马斯：《作为"意识形态"的科学与技术》，李黎等译，上海：学林出版社1999年版，第70页。

商品的意识形态是建立在交换基础上的意识形态。但是这种意识形态在当代也发生了很大的变化，这种变化体现在两个方面，一个是科学技术成了最为重要的生产力，成为独立的剩余价值的来源，另一个是国家干预，资本主义经济危机可以通过国家干预加以控制，国家增加了"补偿程序"，通过"补偿程序"，社会财富得到调整，人们的心理得到平衡，但是，"资产阶级意识形态实际上完全缺乏解决'人类生存的基本风险'（疾病、死等）问题的任何能力，也缺乏促使人类团结的能力。"[①] 哈贝马斯认为，蕴含在科学技术中的合理化成了新的意识形态的灵魂，这种意识形态导致人的"工具化"存在状态，"工具化"生存势必加重人的"物化"，人除了依据技术从事劳动之外，还需要合理化交往，当代社会恰恰对人的交往合理性忽略与抹杀，交往的合理化需要资本主义意识形态之外的资源构成，他提出"普通语用学"概念，其任务在于重建理解的普遍条件，"探讨人工建构理想的语言环境的可能性，具体分析建立理想语言环境的客观环境和逻辑前提。"[②]

　　意识形态到当代越来越和"文化"联系在一起，可以说"文化研究"的核心就是意识形态，詹姆士·卡雷说："英国文化研究可以被非常容易地，可能是更为准确地描述为意识形态研究。"[③] 意识形态的否定性含义，在葛兰西那里得到根本扭转，他从描述性和实践性意义上使用意识形态，提出"文化盟主权"思想。葛兰西把意识形态定义为"一种在艺术、法律、经济行为和所有个体的及集体的生活中含蓄地显露出来的世界观"。[④] 意识形态是每一个统治阶级得以确立和维护的不可缺少的方面，统治阶级总是通过家庭、教会、学校、传媒和其他过文化形式使其文化得以施行。葛兰西把文化看成一个充满矛盾、斗争的不稳定场所，它必须主动争取并巩固，同时它也容易消失，这里永远是一个纷争的领域。不同于第二国际认识的是，葛兰西认为意识形态就是一种现实的力量，是一个战斗的领

　　① ［美］莱斯利·A.豪：《哈贝马斯》，陈志刚译，中华书局2002年版，第80页。
　　② 姜哲军、刘峰等著：《西方马克思主义艺术与美学理论批评》，社会科学文献出版社2002年版，第337页。
　　③ 罗钢主编：《文化研究读本》，北京：中国社会科学出版社2000年版，第10页。
　　④ ［意］葛兰西：《狱中札记》，曹雷雨等译，北京：中国社会科学出版社2000年版，第328页。

域，而不是经济基础衍生出来的"分泌物"。

深受葛兰西"文化盟主权"思想的影响，结构主义代表人物阿尔都塞在著作《保卫马克思》中，提出"意识形态国家机器"的思想，论述了资本主义社会意识形态的强制性和普遍性。在他看来，意识形态是"个体与其真实的生存状态的想象性关系的再现"。① 这种想象的关系通过国家机器的运作，散布到社会的各个角落、方方面面，直到人的心理无意识层次。首先，意识形态是虚假的，他把意识形态比成神话，神话是对现实虚幻的反映，是不真实的世界，意识形态也同样如此。其次，它又具有"物质性"，即每个人在一生下来就处在虚假的意识形态笼罩当中，它就像人面前的镜子一样，通过它才能确认自己，"这种未经批判的意识形态无非是一个社会或一个时代可以从中认出自己（不是认识自己）的那些人所共知的神话，也就是它为了认出自己而去照的那面镜子。"② 在这个意义上，它又是"中性的""描述性"概念，在阿尔都塞看来，在"意识形态国家机器"笼罩面前，个体是很难逃脱的，这种源出于"想象的"关系，在他们那里就被认作是"真实的"关系，从而获得了"物质性"的身份存在。

电子传媒时代到来，人们看到在社会空间密集的信息传递后面，是庞大的商业运行逻辑和规训性的政治权力，人的身体经验本身是被塑造的，在这种情况下，交往和对话就成了难题。本雅明在 1936 年出版的《机械复制时代的艺术作品》中还在欢呼，"机械复制在世界历史上头一次把艺术作品从它对仪式的寄生性依赖中解放出来"。"艺术的机械复制改变了大众对艺术的反应。大众的反应态度从对毕加索油画的反对变成了对卓别林电影的积极反应"。③ 博恩斯指出本雅明理论的缺陷在于，"本雅明将技术条件从其经济与政治基础中抽象出来的倾向，就他关于它们对艺术影响的分析来说，包含着两种危险。首先冲淡了艺术作为一种商品的新地位并且没有足够地强调资本主义制度同化和利用机械的、大规模复制的技术以

① ［法］路易·阿尔都塞：《保卫马克思》，顾良译，北京：商务印书馆 1984 年版，第233—234 页。

② 同上书，第 144 页。

③ ［德］本雅明：《机械复制时代的艺术作品》，《文艺理论译丛（3）》，北京：中国文联出版公司 1985 年版，第 121 页。

服务于自己利益的程度。本雅明崇拜技术的第二种危险是这样的：他对工具、技术与形式的强调，潜在地瓦解了媒介与信息、形式与内容、艺术与政治之间的关系"。[①] 本雅明既没有看到经济社会的价值杠杆所向哪里，也没有看到以经济为轴心的意识形态与传媒合谋的可能后果。波德里亚在《类象与仿真》中对图像时代中的类象生活做了比喻性的描述，在现代社会中或许可以说，类像是根据现实复制的，但在后现代社会中，人们是根据类象在生产、构造现实，"比如迪斯尼乐园是类象序列中最完美的样板。它一开始就是一种幻象和幽灵游戏，……迪斯尼乐园掩盖了一个'真实'国家的事实，全部'真实的'美国就是迪斯尼乐园。"[②] 在图像时代，人生存的世界，是一个类象的世界。

齐泽克是后马克思主义代表人物，他的"后意识形态"思想，进一步揭示出后工业时代资本主义社会意识形态的存在现实，面对后工业时代思想反思能力的匮乏，批判成为无关于社会痛痒的文人自我慰藉，齐泽克把后工业时代资本主义意识形态概括为"犬儒主义"，即人们不是不知道而是太知道了资本主义意识形态是虚假性的"幽灵"，笼罩着社会和心灵一切，但是因为社会物质补偿同时提供了满足生存需要和使焦虑得到慰藉的"幻象"，人们就在虚假想象中获得自我慰藉，"把正直、诚实想象为不诚实的至高形式，把道德想象为放荡不羁的至高形式，把真理想象为最有效的谎言形式"。[③]

后现代主义理论家在寻找差异，破解权力关系的做法，只是"微观行动"，而无动于资本主义总体的一切批判，不可能达到彻底改变资本主义生产关系所形成的人与人之间的真实关系，赫尔科默把后现代主义主张称为"一个借口"，"'后现代主义是一种借口'，是说它是一种逃避的借口，逃避对于现代资本主义的整体批判。它可以涉及人体感官、涉及监狱、涉及父权制，但是绝对不涉及整个社会，更不涉及作为全球化资本主义研究的现代社会理论。它用文化主义取代社会理论。文化主义对于人体

---

① 单世联：《反抗现代性：从德国到中国》，广州：广东教育出版社1998年版，第283页。

② ［美］道格拉斯·凯尔纳：《波德里亚：批判性的读本》，陈维振等译，南京：江苏人民出版社2005年版，第292页。

③ ［斯洛文尼亚］斯拉沃热·齐泽克：《意识形态的崇高客体》，季广茂译，北京：中央编译出版社2002年版，第41页。

的关注、女权主义、种族关系在后现代主义思想中占据中心位置，但是绝对不会因此而形成一个专门反对资本主义的政治大命题"。① 说明意识形态接近历史，面临着巨大的障碍和困难。

综上所述，通过对无意识心理形成机制的分析，人们发现自我的"真实"，不过是意识形态的"真实"，现代科学技术与权力为谋，个体异化为单一向度，社会通过补偿程序和虚假类象，为现代心理克服焦虑提供了慰藉，后现代主义强调差异和微观政治，为意识形态带来文化活力，但是由于整体性的缺乏，精神上的犬儒主义，还不能形成真正重大的政治命题。说明意识形态理解不仅仅是思想上的认识问题，更是一个实践的问题。

### 三　意识形态重新阐释

面对意识形态的各种复杂含义，整理与总结工作也一直在进行，在当代，伊格尔顿和詹姆逊的总结工作具有代表性。

伊格尔顿在总结了以往人们对意识形态观念 16 种定义基础上，进一步概括出最常用的 6 种定义：（1）社会生活中的观念、信仰和价值等产生的一般物质过程，与"文化"含义接近；（2）特定集团或者阶级的"世界观"；（3）一个集团面临对抗利益而采取提升和合法化自身利益的重视修辞效果的话语工具；（4）并非强加又限定在主导权力下的统治方法，与"文化霸权"思想接近；（5）提升与合法化统治集团利益的欺骗性话语；（6）来自于社会的物质结构而非统治阶级利益的虚假性或欺骗性的信仰。② 伊格尔顿不同意"虚假意识"的说法，也不同意启蒙主义者把意识形态说成是意识的科学，在伊格尔顿看来，意识形态作为人类社会存在的观念现象，必须超出"真假"的认识框架。伊格尔顿给意识形态下了一个简明而深刻的定义："它是社会符号、价值和意义得以再生产的一种具有支配性质的社会权力存在方式。"③

就"社会"来说，意识形态是超越个体性的概念范畴。就"符号、价值和意义"来说，意识形态不是仅仅停留在抽象的认识当中，而是以具体

---

① ［德国］塞巴斯蒂安·赫尔科默：《后意识形态时代的意识形态》，张世鹏译，《当代世界与社会主义》2001 年第 3 期，第 22 页。

② Tetty Eagleton, *Ideology: An Introduction*, London: Verso, 1991, pp. 28—30.

③ Ibid., pp. 5—6.

"形式"或"符号"体现出来，如文学符号、宗教符号、哲学符号等等，带有人类主体性的"价值"和公共性的"意义"，三者结合一体；就"再生产"来说，意识形态具有内在的生成机制，不是一成不变；就"支配性质"来说，意识形态要求紧密关联"政治"，"思想观念被赋予一种积极的政治力量，而不仅仅理解为对世界的反映"；[①]　就"社会权力存在方式"来说，"权力"作用其中，意识形态不是"真假"的问题，而是一个话语实践的问题，意识形态的研究重点是在"发现社会思想系统的规律"。[②]　伊格尔顿强调的"社会性""价值性""再生产性""话语性""实践性""历史性"等方面，深刻概括出了当代意识形态认识的一些关键性特点。

詹姆逊对马克思主义产生以来的各种意识形态理论进行了总结，他概括出以往 7 种意识形态典型模式，分别是：（1）错误意识；（2）领导权或阶级合法化；（3）物化；（4）日常生活的意识形态；（5）意识形态国家机器；（6）支配权的意识形态；（7）语言上的异化。[③]　詹姆逊对它们做了分别的解释和评价。

按照詹姆逊的观点，"错误意识"是一种认识论模式，也是传统上所说的"虚假意识"，强调个人认识的谬误在除掉之后，个人理性会突出出来。但是，这种认识局限，在詹姆逊看来有两个：一个是局限在个人的"主体"视角，而意识形态是以集体性的方式发生作用的；一个是将政治的变革看成是通过教育"理性说服"就会作出正确选择的问题，而这实际上是对理性的单维信仰。

"领导权或阶级合法化"是一种社会政治模式，这两个词分别来自葛兰西和哈贝马斯，詹姆逊认为，在资产阶级和无产阶级两大阵营对垒中，单独的认识模式对帮助并不大，效果比认识更加关键，"本质上是认识论意义上的第一种意识形态分析模式并不能给与我们多大帮助，因为现在起决定作用的不是某一种思想体系是真理还是谬误的问题，毋宁说是其在阶

---

①　[英] 伊格尔顿：《历史中的政治、哲学、爱欲》，马海良译，北京：中国社会科学出版社 1999 年版，第 84 页。

②　同上书，第 79 页。

③　[美] 詹姆逊：《后现代主义与文化理论》，唐小兵译，北京：北京大学出版社 1997 年版，第 257—287 页。

级斗争中的动能、作用及其有效性的问题"。①

"物化"在马克思《资本论》中以"商品拜物教"形式出现，在卢卡奇的《历史与阶级意识》一书中"物化"是个核心词汇，所谓物化，是指人与人之间的关系转化为物与物之间的关系，把人情兑换成价值或商品。在物化面前，量化思维占据思维的主导地位，一些审美的、感性的东西都因为被程序化而变得面目全非，面对将人类全面物化的"铁笼"，詹姆逊欣赏的是卢卡奇那样"将抵制想象为一次全面而系统的变革，消除资本及其全部作用过程，出现一个新的全然不同的社会体系"②。

"日常生活的意识形态"模式在现象学、民俗研究、法兰克福学派那被强调，这一模式认为日常生活是可以独立研究的对象。在一些人看来，真正的社会制度在于"治心"，社会学应该研究人的内心世界和心理过程，但是，日常生活中人们所体验到情感有多大的真实性不能不叫人怀疑，法兰克福学派理论者阿多诺等人的发现告诉人们，日常生活同样可以欺骗感觉，资本主义"文化工业"能够提供人们虚假的满足，文化这块看似自由的领域同样被商品形式所渗透，"他们探讨了一种旧式文化（仍然是对抗性的）的形式和内容，是怎样被抽掉了其中'否定性'和'批判性'力量，被纳入到商品消费中去。"③

"意识形态国家机器"是阿尔都塞在《意识形态与国家》论文中提出的模式，这一模式强调意识形态国家机器为每一个体都备好了在机器中的位置，通过自我形象，"给个人提供一种抚慰性的关于整体的幻景，一种抚慰性的一致感"④。但是，詹姆逊认为阿尔都塞将意识形态定义为"对个体与其现实存在条件的想象性关系的再现"是有问题的，他疑问，"不太清楚的是它是否考虑到了历史性限制的影响（意识形态一直是这种形式吗？在前资本主义社会中是否也这样？）；……这一定义是否真正地使我们可以衡量不同人的意识形态（例如，区别反动的和进步的意识形态），还有，到底这一意识形态模式与政治实践有什么关系。"⑤ "支配权

① ［美］詹姆逊：《后现代主义与文化理论》，唐小兵译，北京：北京大学出版社1997年版，第261页。

② 同上书，第273页。

③ 同上书，第276页。

④ 同上书，第281—282页。

⑤ 同上书，第282页。

的意识形态"模式，主要不是指经济和政治，而是指思想文化上的领导权的问题，在萨特那里，两个人或集团争夺领导权是靠"眼光"为中介的，范农认为殖民地人革命的本质是通过实践学会摆脱掉强加于他们的"自卑感和边缘感"，但这依然是一种种族政治的模式，只有到了福柯那里，才真正成为了一种"关于结构性排斥的理论"，压制性的主体已经消失，代之的是一个"准客观性"的过程，这一控制过程甚至进入到人体的体验中，这种控制是强大而无形的。

"语言上的异化"模式，主要在对传播媒介和大众文化研究当中，传播网络控制了话语权，哪一种声音可以传播，哪一种不可以，决定权不在个体，这种自上而下的传播方式带有"压抑"性质，"传播手段，起码就其今天的存在形式来说，只是为你说话，而你不可能向它们说话或提出不同意见，而且不仅仅是语言，甚至通讯网络的结构从其根本性质来说就是压抑制的。"① 传统的"人说话"变成了现在的"话说人"，语言成了一种意识形态。

尽管詹姆逊认为这 7 种意识形态均有影响势力，但是，他本人并没有选取这其中任何一种定义，在他看来，马克思主义意识形态思想面对这些流行的解释时并没有过时，而且也并不限于只能有一种"马克思主义"，"当今世上应该有几种不同的马克思主义，每一种都适合其社会经济体系的特定需要和问题，这与马克思主义的精神，即思想反映具体社会环境的原则，是完全一致的。"②为了回应当代对意识形态的多种解释，詹姆逊提出：意识形态是"一种贯穿了某种思想体系的文化现象"。③詹姆逊并没有把意识形态简单地等同于文化，在他看来，意识形态有一套自己的思想、原则、观点和世界观，意识形态为特定的社会秩序辩护等特征，而文化不一定要这样。

詹姆逊不认为意识形态是受经济基础决定，而认为是在多种社会因素互相作用下形成，文化、意识形态、司法、政治、经济、生产关系、生产

---

① ［美］詹姆逊：《后现代主义与文化理论》，唐小兵译，北京：北京大学出版社 1997 年版，第 286 页。

② Fredric, Jameson, *Maxism and Form*, Princeton: Princeton University Press, 1971, p. 4.

③ 王晓升等著：《西方马克思主义意识形态理论》，北京：社会科学文献出版社 2009 年版，第 330 页。

力等层面都不具有完全的自主性，它们都是生产方式的一种表现，而这些层面之间具有同构性，一个层面的问题能够借助其他层面加以分析，不同层面之间可以彼此发生解释的中介作用。詹姆逊还认为，后现代文本是表征资本主义总体性特征的失败，但是正是这种"失败"留出了叫人深入理解社会总体的"踪迹"，借助这些"踪迹"，人们得以重新确立在社会总体中的位置，这一思想受到了卢卡奇的"总体性"思想、阿尔都塞的"症候性阅读"、弗洛伊德的"无意识"思想影响，认识是深刻的，为人们理解后现代艺术扫出了一条道路。

詹姆逊的意识形态思想，强调意识形态的"无意识性""文化性""思想体系性""多因决定论""总体性"等特点，有益于打破传统僵化的"经济决定论"认识模式。马克思曾经指出："不应把社会活动的这三个方面看作是三个不同的阶段，而只应看作是三个方面，或者，为了使德国人能够了解，把它们看作是三个'因素'。从历史的最初时期起，从第一批人出现时，三者就同时存在着。而且就是现在也还在历史上起着作用。"[1] 这就有助于澄清对"存在决定意识""经济基础决定上层建筑"的简单化理解，在人类社会中，更应该看到它们之间相互绞缠、互相作用的方面。

强调意识形态的"实践""价值"等思想，并非是伊格尔顿和詹姆逊的新创，但是，他们能够在20世纪意识形态认识无比混乱的时候，重新发掘出它的"认识""实践""价值"等内涵，具有重要的现实意义。

意识形态既是一个哲学范畴，也是一个历史范畴，作为前者，总有一个对它代表的事物不断认识深化的过程；作为历史范畴，不同的历史阶段不同社会语境有着自己对意识形态的不同理解和使用，不能僵化理解，一概而论。中世纪的意识形态以宗教神学为中心，而18世纪个人主义、自由主义成为资本主义意识形态的基础。

我国以往意识形态理解强调"上层建筑性""阶级性""思想体系性"等特点，按照意识形态本性认识来看，它们的确是意识形态内涵构成的基本特点甚至是核心要素，问题是它只强调了"一面"，而忽视了它

---

① 《马克思恩格斯选集》第一卷，北京：人民出版社1972年版，第33页。

的"另一面"。

就"思想体系"来说，意识形态从最早的"观念学"认识开始，"体系性"就蕴含其中了，但是，作为"学"，它绝不是"封闭的"，不再增生与改变，这就像"制订计划"与"计划实施"一样，"制订计划"要有一个相对系统的"目标对象""实施措施""实施步骤""实施进程""人员组织"等等，这是一个系统方案，可是"计划实施"总有一个因地制宜、因时制宜的问题，实施的实际过程既可能按照原计划方案顺利进行，也可能根据实际情况来调整，甚至对原来的计划可行性发生质疑。前一种情况往往存在于对未来情况变化十分了解的"成熟性"基础上，后一种情况往往存在于"摸石头过河"的"探测性"基础上，按照这一道理，意识形态的"思想体系"在本质上不应是一成不变的，而是"体系"与"开放"的结合体，因此，它只能是"体系性"，而不能变为凝固的"体系主义"。

就"上层建筑"来说，意识形态是上层建筑是在社会结构位置上的规定，而并不是它的特殊性质的规定，如政治制度和法律制度也是上层建筑，不能说它们和意识形态在特点上不再有区分。意识形态是一个系统化的观念领域，它不仅以理论的方式直接成为政治制度和法律制度得以形成的思想基础，它也以实践的方式直接和人的思想观念发生接触和作用，而人是生产力的第一要素，这样意识形态又是和基础紧密结合在一起的。

就"阶级性"而言，意识形态作为包含政治、哲学、道德、伦理、宗教、艺术等这样广泛领域的系统性思想，不可能是个别人的事情，而是关乎社会整体观念认识的事情，这使它难以避免地与阶级相连，在阶级社会中，阶级性必然是意识形态的基本属性。但是，如果以"阶级性"属性来否定"人性"属性，就是对意识形态理解的偏颇，尤其是现代社会以来，"人性"是任何社会实现领导权都不能忽视的领域，即使是在西方社会结构主义理性占有绝对霸权的阶段，也不能不考虑社会物质补偿和对个体精神慰藉方面，所以，单纯强调阶级性并不是一种政治成熟的表现。

还有必要强调意识形态的"价值"维度，社会的存在的主体是"人"，"人"是以价值追求和享用为特征的，意识形态作为观念的系统化形式，是"人"的创造产物，这就不可避免地具有"人"的价值追求含义在里面。尽管历史上发展出"非人"的理性，但是如果追问意识形态的本真涵义命题，价值依然占据构成它的诸多要素的核心位置。

以这样的理解为前提，我们就可以思考意识形态和政治关系的问题。传统僵化理解往往把意识形态简单地等同于政治，事实上，政治意识形态只是意识形态的一种表现形式。其他意识形态形式并非是为政治意识形态服务的简单工具，相反，它们之间是一种对话交流的关系，它必须承认其他意识形态具有独立的品格为对话前提。强调其他意识形态形式服务于政治意识形态形式，这等于把意识形态形式之间的关系给分裂了，意识形态既是一个"类型性"的概念，也是一个"总体性"的概念，因为前者，意识形态的具体体现形式具有自身的独立构成特点，因为后者，意识形态每一个具体体现形式都不能说明整体的意识形态，当意识形态作为整体向社会发表意见的时候，它也意味了内部的对话协调和统一行动。但是，历史发展并不以理论认识为转移，不同的历史条件下，社会有理由选择自己的意识形态存在方式，中世纪以神学为意识形态的统帅，新古典主义以王权政治为中心，自由资本主义把个人主义看成反抗封建主义的有力武器，垄断资本主义则强调知识与权力合谋的工具理性，等等，这是历史的选择，而不能单独归于思想领域的认识是否合理。

但是，就实际历史行动而言，现代社会的政治制度建立与完善，总是要经历意识形态领域的先前论证，提出先进性的社会理想模式和纲领，意识形态是以整体的方式向外发言，而不是政治意识形态的单独决定。先前论证还是在计划或理论层面，历史实践的特殊性决定了这种方式可能在实际发生中调整，由于政治制度和法律制度距离经济基础更近一些，这一位置决定了它们必须在行动上反应快捷。在历史的非常态时刻，政治往往直接出来发号施令，政治意识形态将其他意识形态武装到自己的旗帜之下，而当一种社会制度建立起来，处于社会常态发展的时候，政治在精神领域退回自己的位置，意识形态各种形式变得活跃，充分发掘一种体制下的精神能源，这里存在的是认识和实践的关系问题。

意识形态最早作为"观念学"，就意味了它的"精神性""反思性""系统性"，既然是"学"也就意味了它背后必然有一个"共同体"，由于这"学"包括哲学、政治、法律、伦理、道德、宗教、艺术等多个领域，不是三两个人所能胜任这样研究的，这就使意识形态与一个阶级、政党联系起来，而最大的"共同体"对一个社会而言，就是"国家"，一个国家的意识形态又往往是最强大、最有力的意识形态存在形式，它常常能够整合社会各种观念分歧，并把颠覆性因素控制在萌芽状态之中，当一个国家能够以对话、交流、谈判的方式来维护和巩固自身，而不是以暴力为手段来面对冲突和矛盾的时候，也就意味着这个国家意识形态的成熟。

综合历史上对意识形态性质的观念和本文的理解，本文认为，意识形态是受经济基础决定又具有自身继承性、相对独立性和反作用特点的上层建筑；是在社会意识诸形式中构成思想的上层建筑，又是通过无意识渠道向社会基础渗透的表征社会权力关系的观念系统；是特定社会通过策略性的组织方式获取群体认同感为自身秩序辩护、又是以问答方式促进集体精神意义再生产的一种话语实践活动。

## 第三节　经验与阐释：理解文学接受

在传统文学理论上，不重视文学接受环节，这从文学观念几次大的转移能够见出，"模仿说"强调的是文学同"世界"的关系，"实用说"强调的是文学同"社会"的关系，"表现说"强调的是文学同"作家"的关系，"客观说"强调的是文学同语言的关系，只有到了"接受说"，读者才以一个独立角色登上历史舞台。这就容易产生一个误解，认为文学接受、文学形式、意识形态三者的关系，只能在接受理论中讨论，因为历史上没有读者"出现"，也就没有关于读者的理论。在本文看来，固然历史上缺乏"读者"自身的独立理论，但是并不代表他不参与文学观念的形成，相反它是文学观念产生的"动力"因素，在当代文学理论中，它更参与了意义的生产。在这里要讨论的三个问题是，文学接受在历史上对文学观念形成的作用，在当代如何回应接受理论中作为其"方法论顶梁柱"期待视野的理论有效性问题，在现实应用中期待视野的确定方法可能有哪些。

### 一　隐蔽动力：文学接受在历史上的文学功能

柏拉图把诗人驱逐出理想国，是看到了诗对读者的有害影响。亚里士多德从现实出发，看到文学对读者影响的积极的一面，他认为人类欲望为人性所固有，它们有要求获得满足的权利，只要适当引导，不但不会为害，还会对人格养成产生积极的作用，因此，他的诗学主张就是建立在包括读者在内的普遍人性考虑基础之上。贺拉斯首次将作者和读者的关系精炼地概括为"寓教于乐"，这一思想更明显是对读者接受心理和接受规律的自觉认识基础之上。朗加纳斯强调作品以其崇高风格来席卷读者，这也潜在说明了他认为存在着接受崇高风格的社会心理的基本假设。

人们往往用"黑暗"形容中世纪那个以单一信仰代替丰富审美的历史阶段，但是基督教是在民间逐步发展壮大起来的，也必然有其社会心理基础。教会统治将残暴和谎言结合到一起，实现了历史上最长久的"文化霸权"，在这种"霸权"之下，一切外在的信仰、伦理、道德、秩序、规范等，都变得"内在化"，最终人们的思维方式、想象方式、情感方式，都被宗教"意识形态化"，中世纪的教会文学、灵修文学、骑士文学、民间文学，都不难找到文学得以接受的社会心理，或者说，两者本身就发生着互动的关系。

文艺复兴时期，新文化不断被发现并在社会广泛传播，印刷技术的巨大发展，社会财富的累积，资本主义生产关系的发展，科学技术不断被发现，世俗与享乐精神的成长等，这些因素造就了新的时代读者群，文艺复兴的人们从"新文化"发现中看到了人类感性生活的美好，他们在荷马的史诗中看到人情味的神的实质，从古文化对世俗关怀中找回属于人自身的东西，在艺术欣赏中使自身得到关照，这促使了文学大众化、读者社会化的新趋势，文学不再是现实的精华或典型，而就是与生活共存的东西。

新古典主义和启蒙主义时期，诗与政治联系紧密，社会通过文学情绪感染达到施加教育的目的，"诗歌的模仿只是一种手段，其最近目的是使人愉快，而愉快也只是手段，最终目的是给人教导。"① 社会长期处于战争混乱状态，生命如飞絮、草芥一般轻飘卑贱，个体在恐惧中对未来毫无指望，他们无法寄望一个软弱政权能够平息战乱、恢复秩序，反而，在"铁血"与"战火"中建立起的铁腕王权却容易成为他们的崇拜偶像，崇拜王权政治、自然人性，成为新的读者阅读心理。

---

① ［美］M. H. 艾布拉姆斯：《镜与灯——浪漫主义文论及批评传统》，郦稚牛等译，北京：北京大学出版社1989年版，第16页。

从 18 世纪末到 19 世纪，文学观念中的"表现论"上升为主潮，文学观念从原来的"社会政治内涵"转变为"个体心理内涵"，作家成为新时代的弄潮儿，但归根到底，是由社会普遍主体意识增强所决定。"表现说"出现一个重要原因是自由资本主义生产关系的出现，"个人主义"成为资本主义对抗封建主义意识形态的有效武器。美学作为一门新学科的产生其关心的重心在人的情感经验方面，这时的文学接受，旨在给人们情感领域以经验借鉴，文学批评的注意力也从文学的社会道德效果转到阅读的心理研究。

浪漫主义者中并不缺少对读者的关注，华兹华斯说："诗人决不是单单为诗人而写诗，他是为大众而写诗"，他的每一首诗"都有一个价值的目的"。① 雪莱将西方的文明的兴起归功于诗，在他看来，诗是影响人类最深、潜伏时间最久的形式，因此，他拒绝诗歌传统的有限的道德功能，"审美力最充沛的人，便是从最广义来说的诗人；诗人在表现社会或自然对自己心灵的影响时，其表现方法所产生的快感，能感染别人，并且从别人心中引起一种复现的快感。"② 按照浪漫主义的解释学原则，读者对于作者的作品"理解得比作者本人还好"。③ 而且，当时由于商业性印刷业的增加、对文学资助体系的崩溃和读者数量的扩大，也为作家和读者之间保持密切关系提供了客观性条件。

到了 20 世纪，人们往往认为形式主义从不关心读者，但事实上，形式主义对文本模式精心细致的探索、毫发入微的解读适应了现代人对意义的焦虑渴求。现代社会的精神生态已经被人类自己严重毁坏，意义不可能遍布在人们生活的周围，而必然在距离人们渐行渐远的"空际"，现代作家作品充满暗晦、焦虑、渴望，以及朦胧的意义，切合了现代人心理。现代文本的创造不是作家在故弄玄虚，而是现代社会的严重"异化"使"真实"意义的获得变得十分困难，而那些真实意义的矿藏就深藏在传统

---

① ［美］M. H. 艾布拉姆斯：《镜与灯——浪漫主义文论及批评传统》，郦稚牛等译，北京：北京大学出版社 1989 年版，第 30 页。

② ［英］雪莱：《诗辩》，《缪灵珠美学译文集》第三卷，北京：中国人民大学出版社 1990 年版，第 141 页。

③ ［联邦德国］冈特·格里姆：《接受学研究概论》，见《接受美学译文集》，刘小枫编选，北京：生活·读书·新知三联书店 1989 年版，第 78 页。

经典和文化精粹当中。文学的意义在作品深处，要想获得这种意义，就要走进文学的语言迷宫，这个迷宫不是平面的、现实的，而是深层的、形式的，只有符合这样要求的作品，才会赢得现代读者的好感和信赖。

总之，在文学传统上，文学接受或读者问题并非如同以往理解的那样，它对文学理论的形成无足轻重，相反，它是各种文学观念形成语境中的重要因素，是各种观念形成背后的隐在动力。文学接受连接的是经验领域，而经验领域到任何时候都是文学观念形成的土壤。

### 二 期待视野：先验结构与体验建构互动生成

在形式主义文论中，读者的问题并非不存在，但是，他们仅仅是被动的接受对象，而到接受理论这里，读者主动参与了意义的生产。姚斯说："我尝试着沟通文学与历史之间、历史方法与美学方法之间的裂隙。"① 接受理论试图通过读者的期待视野及其变更来沟通审美和历史之间的关系。但是，"期待视野"作为接受理论方法论顶梁柱的有效性问题却遭受诸多质疑，一些重要质疑都和期待视野的认识有关。

霍拉勃在《接受美学与接受理论》最后一章以"问题与展望"为题，对接受美学提出了十个方面的问题，它们分别涉及文本、读者、阐释和文学史，此外，德国学者格林在《接受美学研究概论》对接受美学的不同质疑也做出更细致的描述，但是它们所涉及的主要问题是一致的。我们这里以霍拉勃论题所涉及的四个方面为对象，简要阐明它们同"期待视野"之间的相关性。

第一，文本的稳定性的问题。质疑者认为，接受理论把文本看成是阅读者和接受者的功能，"作品的本质在于作品效应史永无完成的展示"，② 这就等于取消了文本的稳定性。这个问题转化为期待视野问题重新提出就是，期待视野是只与读者有关而与文本无关的事情吗？

第二，读者的问题。批评者认为接受理论对"读者"的观念欠缺进

---

① ［联邦德国］H. R. 姚斯、［美］R. C. 霍拉勃：《接受美学与接受理论》，周宁、金元浦译，沈阳：辽宁人民出版社1987年版，第23页。

② 同上书，第438页。

一步的解释，"最激烈的争论集中于读者问题的研究所关注的问题之上。"① 围绕接受理论的"读者"该怎样理解的问题，产生一大批解释概念，如"意向的读者""想象读者""现实读者""理想读者""被理想化的读者""内在的读者""超级读者""知识读者"等等。读者的问题也是如何确立期待视野的主体性的问题，也就是说，哪类读者才能胜任审美与历史沟通的任务？

第三，阐释的问题。批评者认为："接受理论的最一般化的趋向是需要将注意力从文本转向读者，传统批评所依附的确定性的文本被接受者取而代之。不管怎样，我们没有理由相信，文学的消费者比起易变的文本更加稳定。"② 读者问题的背后是阐释的问题，即读者的期待视野及其变更由谁来判断以及如何解释，显然一般读者从个人阅读喜好出发，可能把三流小说排在一流经典的前头，而结构性的知识读者，则可能将作品的意义阐释再度拉回到理性结构的内部，同样难以实现审美和历史的沟通，阐释的问题，依然是期待视野形成以及意义如何定向的问题。

第四，文学史问题。质疑者认为，如果说当代读者的期待视野还可以通过民意测验的办法加以客观测量的话，那么，古人的期待视野从何建立？而且文本的客观性本身也成为问题，德里达"呼吁历史本身的灭亡"，③ 海登·怀特认为，"阅读和写作历史的基本方法是与一部小说相类似"。④ 按照这些观点，如果根本就不存在一个过去的"真实"历史或文本，也就无法做到古今"视域融合"。实际上，这些是极端的理解，解构主义和新历史主义未必真正认为历史不可认识，在某种程度上，他们质疑的是理性中心主义的历史建构。就历史上的文本存在而言，通过文本自身的客观性，以及历史语境、作家创作情况、时人评价、文学传统、时代思潮等等因素分析，不难确定其客体性的对象身份。

以上可见，几个方面的质疑都和期待视野的认识有关，以期待视野为中轴，它既关涉到文本的问题，也关系到读者的问题，还关系到两者关系

---

① ［联邦德国］H. R. 姚斯、［美］R. C. 霍拉勃：《接受美学与接受理论》，周宁、金元浦译，沈阳：辽宁人民出版社1987年版，第442页。

② 同上。

③ 同上书，第451页。

④ 同上书，第453页。

的问题。究竟该如何认识期待视野，成了问题的关键。

对"期待视野"的通常理解是，认为期待视野是阅读一部作品时读者的文学阅读经验构成的思维定向或先在结构，这一解释没有说清的是，这种"思维定向"或"先在结构"和文本之间的关系是什么，它们是在阅读文本之前先在给定的，还是在阅读文本过程当中，文本参与了期待视野的现实生成，如果是单纯前者，文本的稳定性就必然要被动摇。

本文认为，期待视野是在"先在结构"和"体验建构"中互动生成的，而不应局限在某一方来解释。应当说，这样的思想已经隐含在姚斯和伊瑟尔的相关论述当中了，只是由于他们的理论各有侧重，姚斯偏重于宏观的文本外部构成研究，伊瑟尔偏重于微观的文本阅读研究，而在两者的结合这一最关键处缺少阐释，从而为各种质疑提供了条件。

姚斯在《作为向文学理论挑战的文学史》这篇宣言中说："一部文学作品，即便它以崭新的面目出现，也不可能在信息真空中以绝对新的姿态展示自身。……它唤醒读者以往阅读的记忆，将读者带入一种特定的情感态度中，随之开始唤起'中间与终结'的期待，于是这种期待便在阅读过程中根据这类本文的流派和风格的特殊规则被完整地保持下去，或被改变、重新定向，或讽刺性地获得实现。"[①] 在阅读过程中，期待视野或者"保持下去"、"或被改变、重新定向"，已经明确地说明期待视野在阅读过程中的可改变性。

姚斯在谈到期待视野构成条件中，所说的第三个方面也包含了这个意思："首先，通过熟悉的标准或类型的内在诗学；其次，通过文学史背景中熟悉的作品之间的隐秘关系；第三，通过虚构和真实之间、语言的诗歌功能与实践功能之间的对立运动来实现。"[②] 这里前两点还是读者阅读时先在的主体条件，而重要的是第三点，期待视野是在文本"虚构"和现实"真实"之间不断运动中实现的，这就肯定了期待视野现实地产生于阅读过程中文本和现实的交互运动，文本作为实现的条件不可或缺。只是姚斯对这一重要观点没有进一步展开。

---

① ［联邦德国］H. R. 姚斯、［美］R. C. 霍拉勃：《接受美学与接受理论》，周宁、金元浦译，沈阳：辽宁人民出版社 1987 年版，第 29 页。

② 同上书，第 31 页。

　　伊瑟尔的"游移视点"思想是对姚斯这一思想补充，伊瑟尔认为，整个文本永远不可能被读者一次感知，从另一个方面来说，文学文本也并不是为了指示现存的经验客体。他把"指示"性文本和"转化"性文本区别开来，认为前者预先假定了某种参照，具有明确的意义指向性，而后者把读者的阅读期待从现实的语境中抽离出来，打碎最初的参照系，它不是指向一个固有的意义，而是指向文本的艺术世界。他认为读者阅读过程中，期待视野不是一成不变的，而是不断在"保存"和产生新的"期待"中推进，"每一个个别的句子相关物都预示了一个特殊的视界，但是，由于下一个句子相关物以及必然由转化产生的不可或缺的修改，这个视界立刻就被转化成背景了。由于每一个句子相关物都指向即将出现的事物，因此被本文预示出来的视界就会给读者提供一种视点，这种视点（不管它有多么具体）必须包含不确定性，以便唤起读者对于解决这些不确定性的方式的期待。这样，每一个新的句子相关物都会回答前一个句子相关物引起的期待（或者肯定地回答、或者否定地回答），同时唤起新的期待。"① 在伊瑟尔看来，在读者被修改的期望和被转化的记忆之间，存在着一种持续不断的相互影响，它贯穿了阅读过程始终。但是，文本自身并不系统表述读者的期望，或者系统地表述对这种期望的修改，也不详细解释记忆的可联结性怎样才能得到补充，这是读者自己的领域，有赖于具有真知灼见的读者综合与创造活动，审美客体被持续不断地在阅读中被读者建构，所以，伊瑟尔认为："成功的交流最终必须取决于读者的创造活动。"② 这样，伊瑟尔就建立起来期待视野在阅读中的不断构成的思想，从而维护了文本在阅读过程中的重要性，只是伊瑟尔在专注于文本阅读研究时又忽视了文本外部条件。

　　姚斯的期待视野作为"前结构"的构成因素，还是不充分的，这一点我国学者朱立元作了更加完整的补充，在他看来，"前结构"包含四个层面和因素，即"世界观和人生观""一般文化视野""艺术文化素养""文学能力"是阅读前结构的四个层面、四个要素的有机结合，而姚斯和

---

　　① ［联邦德国］W. 伊泽尔：《审美过程研究——阅读活动：审美响应理论》，霍桂桓、李宝彦译，北京：中国人民大学出版社1988年版，第149页。

　　② 同上书，第150页。

卡勒只看到"文学能力"这一个层次和因素，忽视了前三个层次和因素，"这就等于把文学阅读活动从整个人的精神文化活动的总体中割裂开来、孤立起来，这是不符合文学接受实际情况的，因而是片面的"。① 他还从皮亚杰的发生认识论中的"同化""顺应"原理中受到启发，提出阅读中有"定向期待"和"创新期待"两种类型的观点，按照朱立元解释，"定向期待"在阅读中起到选择、求同和定向的作用，为阅读和接受规定基本的走向，这一期待体现出发生心理学的"同化"特点。"创新期待"观点认为，主体的能动性不仅仅体现为以先在的心理图式去同化客体，而且也表现为主动地调节、变更原有图式以顺应客体，这样，创新期待在"不断打破习惯方式，调整自身的视界结构，以开放的姿态接受作品中与原有视界不一的、没有的、甚至相反的东西。"② 朱立元提出的观点丰富了"期待视野"理论。

本文认为，接受理论的"期待视野"的生命力在于姚斯和伊瑟尔思想的结合处，即期待视野是在阅读前的"先在结构"和阅读中的"体验建构"中互动生成的，它们构成了期待视野的现实生成方式。如果只有"先在结构"，新的意义会因为主体的"先入为主"被遮蔽，如果只有"体验建构"，就可能阅读被文本"牵着走"，"先验结构"更多的连接着历史经验、世界观念、人生观念、文学能力、主体情致等，"体验建构"更多的是强调阅读过程中主体和文本互动中阅读期待不断被打破与重建的过程。优秀的文学作品并不只给读者一种趣味冲动，其多层次的空间构成能够调动起读者的"先在结构"能力，获得深层的审美享受，从而体现出"先在结构"和"体验建构"互动生成的特点。从这个意义上说，"先在结构"在阅读之前，还是静态的、先验的、潜在的、模糊的、排他的，只有在阅读过程当中，才能获得其现实化、具体性，并且呈现出动态生成的特点，从而使读者的审美经验甚至是生活经验得到变更。

文学阅读不是作为一个整体一下子出现的，它是一个复杂的过程，在这个过程中，不单有读者当下的视域与文本的视域即时融合，也有读者的当下视域和自己从前视域的融合，还有新的视域和文本视域的再次融合，

---

① 朱立元：《接受美学导论》，合肥：安徽教育出版社 2004 年版，第 206 页。
② 同上书，第 207 页。

期待视野总是在具体阅读中不断地做出新的调整，新的调整还要包括刚刚阅读过的文本阶段发生的"视域融合"部分。只有这样，整个阅读过程，才是不断打破原来期待形成新的期待的过程，同时，阅读也就成为文本世界和读者生活世界的一场历史性的对话和交流。而能够实现这种对话的读者，不会是单凭个体趣味的普通读者，也不是在理性内部的知识读者，而是具有"历史眼光"的"反思读者"，只有这样的读者才符合沟通审美和历史的主体性要求。

总之，先验结构和体验建构互动生成，更能够说明期待视野形成和读者经验变更的实际情况，它既重视文本的客观性、结构性，也重视反思读者的主观性、经验性，它既维护了文本在期待视野现实形成的首要性，也肯定了历史经验读者参与审美对象形成的生成性，从而使"期待视野"真正成为连接审美与历史的桥梁和纽带。

### 三 实际应用：期待视野多种阐释方法可能性

尽管从理论上讲，读者的期待视野是在先验结构和体验建构中互动生成的，但并不等于说，对期待视野的确认也只有"观察实证"这一条道路。批评者提出一个重要指责，认为如果说当下的读者阅读期待视野还能够通过民意测验的办法得出的话，那么历史上读者的期待视野由于时过境迁就没有办法得出，"文学对社会的影响只能在单个的接受者身上得到证实，永远无法在一个普遍的结构上得到证实；期望水准得通过民意测验法来勾画，因而无法用来进行历史上的接受研究；每个作品都得勾画一条期望水准，每条水准又得根据哪类公众该从作为对象来定——请问，作为接受史的实践文学史怎么写？"[1] 这样的指责未免显得狭隘。

应当说经验实证的方法是一种获得客观接受效果的有益研究方法，定量分析能够弥补主观判断的不足，特别是它直接面对读者，信息直接，更容易了解读者的心理和变化，实践证明，抽样调查、统计学的方法广泛地运用到各种评价当中。葛罗本为了观察现代抒情诗的可交流性比不上古典主义抒情诗歌做了一个实验，他选 17 位学生为主体，从抒情诗中随便选

---

① ［德］G. 格林：《接受美学研究概论》，载马新国编著，《西方文论选讲》，沈阳：辽宁大学出版社 1987 年版，第 507—508 页。

出过去 250 年中不同时期的 17 首诗,要求学生逐次猜测每一首诗前面 6 到 9 行的每一个符号,实验结果证明现代抒情诗的确比古典抒情诗可交流性差,这样实证的方法就佐证了一种主观判断。同样,也可以通过实证的方法帮助发现理论上的不足,如威尔霍夫为了能够使姚斯的期待视野概念"客观化",他给 106 位文学批评家发了咨询信,结果发现,姚斯的期待视野很难确定,"姚斯提出的理想的结构忽视了美学外的尺度",① 而不同的尺度决定着批评家的态度。但是,这种依靠数量和数字的科学实证的研究方法适用限度是有限的,一部优秀的作品不一定有一部通俗的末流小说更有读者人气,但不能证明后者比前者更有价值。

经验派所要证明的有些结果,即使不依靠实证的方法,也同样可以得出,而批评家通过对语境的还原和对文本的深层解读更能够深入地探知某一文本或某一时代特定读者群的阅读期待,因为批评家在阅读过程中,也可能先以普通读者身份即不通过反思判断体验整个一般阅读过程情况,这样批评家就可以利用理性直接对自我阅读过程进行实地分析。"期待视野"不是神秘地不断地隐藏进历史深处的东西,它就提示在文本所提供的一切启示和开放的空隙当中,姚斯曾把文本看成是"期待视野的客观化。"可以说这是一个颇为独到的洞见,倘若创作就是根据一种潜在的问答模式完成的,那么就有理由不经过个别读者,而是直接从文本分析中得出对读者的判断,因为文本就是它们的典型化症候。朱立元在解释"潜在读者"的来源时说:"潜在的读者,不是作家凭空捏造、想象出来的,而是他从现实读者大量阅读的情况和信息中概括出来的。换句话说,是从现实的读者转化来的。"② 在他看来,"潜在读者"参与了作家创作。"潜在读者"也必然表征了作家所概括的那一部分读者的期待视野存在与可能的变动情况。

但是,应当将文本和文本的历史化或具体化区别开来,作为"期待视野的客观化"的文本随着进入社会后就进入了它的历史化存在形态,读者总是以一定的视点或"前结构"阅读以前的文本,后来的时代也总

---

① 〔联邦德国〕H. R. 姚斯、〔美〕R. C. 霍拉勃:《接受美学与接受理论》,周宁、金元浦译,沈阳:辽宁人民出版社 1987 年版,第 425 页。

② 朱立元:《接受美学导论》,合肥:安徽教育出版社 2004 年版,第 268 页。

是根据自己时代的价值需求接近文本，因此，读者阅读不是对作品原貌的单纯还原，而是与文本之间不断发生视域融合的历史过程。不同的读者由于立足点不同，决定了他们所关注的文本对象不同，一般来说，普通读者往往从个性、兴趣出发，批评家读者更多的从社会与职责出发，作家读者则从创作和借鉴角度出发。批评在某种意义上，是对意义的筛选，并建立一个时代与社会所需要的话语权力，期待视野离不开阐释，阐释也离不开价值判断。

　　除了经验实证的方法、批评的方法外，还有理论的方法。并非每一种研究都要直接介入具体文本和个别读者，学科分工和性质的不同往往决定了研究对象和范围取向的不同，相较于文学批评以文学现象为研究对象，文学理论则更重在一般理论层面讨论问题。因此，它的直接材料主要还不是具体文本分析，而是以以往的文学批评成果、文学史、理论史、思想史等研究成果为基础，体现为一种间接的介入经验，而不是要把本属于不同学科的任务再拿过来研究一遍，当然，并不排除必要时可以这么做。本文在考察不同文学观念下的读者阅读心理情况时，借鉴了发生心理学的研究成果。

　　总之，不同的研究目的，决定了对期待视野不同的考察方式，如果是要定量分析，就适合采用现象观察和经验实证的方法，如果是要揭示一个具体文本背后隐含的社会心理，就适合采用文本批评的方法，如果是出于基础理论的探讨目的，就适合借用多个领域的研究成果。不管哪一种方法，只要它有助于研究目的，都应当承认它的合理性。

# 第二章　模仿说:文学接受、传达
## 形式与意识形态

　　"模仿"类文学是人类早期的文学,是一个人心智成长最先接触的文学,还是每个时代的文学多数,而"先锋文学""纯文学"只能在狭小的区域里才能找到知音。早在伯克就认为,模仿的优势在于它不受任何推理的限制,它只能产生于自然情愫,"诗歌或绘画的力量应归于模仿的力量。"① 对于这样关涉文学认识、审美教育、心智成长等重要问题的文学观念研究永远不会过时。

　　当代理论的一些重要命题和"模仿说"紧密相关,当巴尔特在《符号学原理》中大谈"记号"的时候,福柯已经在《词与物》中把"记号"看作"相似性"认识型的中心特征,而艾布拉姆斯就在《镜与灯——浪漫主义文论及批评传统》中强调"模仿"是一个"关联词"。诸多迹象显示,模仿说还是一个有待探索的森林。

## 第一节　形式观念:"模仿说"与"传达形式"

　　据艾布拉姆斯考察,在 18 世纪末期英国批评家们认真研究了古代"模仿说",结果发现,在 16 世纪文艺复兴以后,"模仿说"已经不再占有文学观念的主流位置,"文艺复兴以后,批评家们几乎个个都赞扬并附和亚里士多德的《诗学》,他们其实并不是出于真心。兴趣的焦点早已转移。"② 除

---

　　① Edmund Burke: On the Sublime and Beautiful, P. F. Collier & Son, New York, 1909, p. 45.
　　② [美] M. H. 艾布拉姆斯:《镜与灯——浪漫主义文论及批评传统》,郦稚牛等译,北京:北京大学出版社 1989 年版,第 15 页。

了极少数艺术如雕塑还保留着从前的模仿涵义外，大多数艺术模仿的实际内涵已经发生了变化。而对于 16 世纪这样一个"模仿说"失势的时间划分，我们还可以从其他材料中得到证明信息。当代法国学者达维德·方丹也认为，在公元前 4 世纪到公元后 16 世纪，诗学性质是"模仿诗学"。①同样，在思想史上，福柯把从古希腊到 16 世纪末的"认识型"称为"相似性"，"直到 16 世纪末，相似性在西方文化知识中一直起着创建者的作用。"② 这可以算是文学之外的一个旁证。依据这些观点，"模仿说"的确不像我们文论想象的那么长久，它只在古希腊到文艺复兴这段时间处于文学观念的主导位置，尽管后来"模仿"概念还经常出现在文学理论或批评当中，但是它的实际内涵已经发生了转移。有"模仿说"这样一种文学观念，也必然有对这种文学观念总体上形式的理解，本文将"模仿说"下的总体形式观念概括为"传达形式"，并探讨它的 7 种表现和内部关联。

## 一　何谓"传达形式"

"传达形式"是对"模仿说"下的文学形式总体观念的概括。与轴心时代以前的古老"巫术说"对艺术的认识不同，它具有丰富的理性内涵。"巫术说"是在"人神互渗"的原始思维基础上，以"以己度物""想象性类概念"等比拟类推为艺术形式存在特征，而"模仿说"是建立在"对等思维"或"直线思维"基础上，以事物存在的"因果联系"为特征。

"传达"一词来自阐释学的词源，该词源出自古希腊神话诸神中一位信使的名字，这位信使的名字叫"赫尔默斯"，他往来于奥林匹亚山上的诸神与凡人之间，给人们迅速传递神的消息和指示，因此，阐释学的工作就是"一种语言转换，一种从一个世界到另一世界的语言转换，一种从神的世界到人的世界的语言转换，一种从陌生的语言世界到我们自己的语言世界的转换"③。而传达并非一个中性的事项，赫尔默斯既可以如实地

---

① ［法］达维德·方丹：《诗学——文学形式通论》，陈静译，天津：天津人民出版社 2003 年版，第 2 页。

② ［法］米歇尔·福柯：《词与物——人文科学考古学》，莫伟民译，上海：上海三联书店 2001 年版，第 23 页。

③ 洪汉鼎：《何谓诠释学？》，《理解与解释——诠释学经典文选》，洪汉鼎主编，上海：东方出版社 2006 年版，第 3 页。

传达神的指示，也可以从中作用手脚，使传达的信息符合自己的目的，"希腊人和罗马人相信他既是雄辩者的保护神，又是骗子和窃贼的保护神。"① 因此，作为"传达"的特点总是以"真实"的面目暗中追求特定的目的，它关心的是信息来源、存在方式、如何传递、达到效果等问题。

关于"模仿说"下的文学形式观念，存在两种典型误解：一种认为"模仿说"下的形式观念是"载体论"，它一直延续到"表现说"以后，"历史上所有的以内容为重的文学理论，无论是再现论的，还是表现论的，对语言的基本看法都不会超出载体论的范畴"，② 这一观点不能成立有两处，一是"模仿说"并不占据这么久的主导时间，这也至少等于说，随着"模仿说"退出文学观念的主流，那么，与它相适应的总体文学形式观念也必然退出舞台的中央，从这一点来说，该文学形式观念也不会持续到和表现说"接壤"；另一处是将"模仿说"下的文学形式观念或"语言"看作是"载体论"并不准确，"载体"等于是承载信息的媒介或工具，相当于装东西的"器皿"，这就把"形式"和"意义"二者分割了，这不符合"模仿说"形式观念的存在事实；二是认为"模仿说"下的形式观念是建立在一种二元对立的思维模式基础上，"这种'摹仿说'一无例外地预设了这样一种理论观念：人与外在世界构成了主客体二元对立的关系模式，而人作为主体是能够把握作为客体的外在世界的。这个理论预设恰恰就是古希腊文学观念的知识基础，也是两千年间西方文学理论最主要的知识论基础。"③ 这种认识与前者"载体论"认识在性质上同出一辙。这两种典型误解的原因出在对"模仿说"本性认识不足造成的，"模仿说"是由三个要素构成，即模仿物、模仿对象、关联项，而不是两个要素，西方文论长期认为，"模仿说"由"模仿物"和"模仿对象"两个要素构成，而对这一认识的转变在西方是18世纪末期，"'模仿'是一个关联语词，表示两项事物和它们

---

① 张隆溪：《二十世纪西方文论述评》，北京：生活·读书·新知三联书店1987年版，第173页。

② 王汶成：《文学语言中介论》，济南：山东大学出版社2002年版，第61页。

③ 李春青：《在审美与意识形态之间——中国当代文学理论研究反思》，北京：北京大学出版社2006年版，第67页。

之间的某种对应"，① 这 "第三要素" 就是艾布拉姆斯所说的 "关联项"。

福柯在《词与物》中指出西方直至 16 世纪以前的 "认识型" 是 "相似性"。所谓 "认识型"（episteme），又称 "知识型" "认识价"，是福柯《词与物》中的核心概念，指的是 "在某个时期存在于不同科学领域之间的所有关系"，② 它是一定时期话语产生的条件，是一个时代整个认识论的潜在结构。福柯把这期间的 "认识型" 归结为四种 "相似性"："适合" "仿效" "类推" "交感"，"适合" 是空间位置邻近的相似性，如陆地与海洋；"仿效" 指一种形象相仿的相似性，如人的脸与天空相仿；"类推" 是类比的相似性，如星星与天空的关系可以想象成类似于植物和土地之间的关系；"交感" 遵循一种运动性原则，如植物的根趋向于水，它与 "恶感" 对立、相互作用构成事物的平衡。通过这些 "相似性" 方式，词与物被连接到一起。

但是，只有这些相似性原则，还不能告诉人们相似性究竟在何处，要想认出 "相似性"，就必须有能够识别 "相似性" 的 "标识"，为了使我们知道乌头能医治我们的眼疾，或者磨碎的核桃与酒精混在一起能治头痛，就必须要有某个标记，使我们注意这些事物；否则，秘密就会无限期地搁置。这种 "标识" 是 "世界" 赋予事物的可以叫人识别的 "提示"，所以，福柯说，"没有记号，就没有相似性"。③那个 "记号" 是 "相似性" 认识型的核心，世界统一性的寻找在于对这个 "记号" 的发现和揭示，"记号" 成为连接 "词" 与 "物" 之间的桥梁。

巴尔特在《符号学原理》中专门论述了 "记号"，索绪尔曾把 "记号" 当成由能指和所指组成，它们是一张纸的两面，能指属于 "表达面"，所指属于 "内容面"。据巴尔特考察，"记号" 这个词并非一个现代词汇，从 "福音书到控制论" 它有着自己悠久的历史，早在奥古斯丁就对这个词做出清楚的表述："一个记号是这样一种东西，它除了本义以外

---

① ［美］M. H. 艾布拉姆斯：《镜与灯——浪漫主义文论及批评传统》，郦稚牛等译，北京：北京大学出版社 1989 年版，第 7 页。

② ［法］米歇尔·福柯：《词与物——人文科学考古学》，莫伟民译，上海：上海三联书店2001 年版，第 4 页。

③ 同上书，第 36 页。

还可在思想中表示其他的东西。"① 在巴尔特看来,后来所产生的信号、指号、肖像、象征、譬喻等等词语,都不过是这个古老的"记号"的替用词,而要想合理解释那些替用词,就首先要明白"记号"这一共同成分,即它的基本的"关系"义项:"它们都必然归结为两个关系项之间的一种关系"。② 齐美尔曾明确认为,"形式的含义不是某种固定的形而上学的东西,而指一种形式关系,它存在于对象的诸要素的相互关系中"。③记号的性质在关系。

巴尔特还考察了与"记号"相近的一些概念,"记号"与"信号"和"指号"有所不同,按照瓦隆的观点,后两者是不具有"心理表象"的关联项,"信号"与"指号"相比,"信号"是直接的和存在性的,而"指号"仅是一种痕记。"记号"与"符号"也不完全相同,巴尔特认为,"符号"中代表的是类似性的和不相符的,如基督教超出了十字架的含义,而"记号"所代表的关系是"无理据性的和相符的",如在"牛"这个词和牛的形象之间无类似性,但两个关联项之间"完全相符"。④

不论是索绪尔强调"记号"是"能指"和"所指"的构成,还是巴尔特认为"记号"代表"无理据性的"和"相符的",或是,福柯的"相似性"认识型中"词"与"物"通过"记号"获得连接,这背后突出一个十分重要的观念,就是"来源的权威性",这一点,对于我们理解"模仿说"下的"传达形式"内涵尤为关键。质言之,构成"传达形式"内在的最核心的东西,并非现代意义上通过心灵才产生的"美",而是一种外在的绝对性权威"本体",无论是赫拉克利特提出的"逻各斯"概念,还是阿那克萨格拉提出的"努斯"概念,或者柏拉图的"理式"概念,亚里士多德的"形式"概念,或者基督教的"光"或"上帝",或者文艺复兴的"人性",这些都是在说"现象界"背后有一个"本体界"

---

① [法]罗兰·巴尔特:《符号学原理》,李幼蒸译,北京:中国人民大学出版社 2008 年版,第 23 页。

② 同上。

③ 朱立元主编:《西方美学范畴史》第二卷,太原:山西教育出版社 2006 年版,第 158 页。

④ [法]罗兰·巴尔特:《符号学原理》,李幼蒸译,北京:中国人民大学出版社 2008 年版,第 25 页。

的存在，那是"在"的世界，它"稳固不变"，是最高的"善"，是"美"的"完全"，正因为"传达形式"作为"记号"连接的是这样一种至高无上的"在"，才使语言具有无上的权威性，才有古代的女巫说：不要听我，要听我的"逻各斯"。

关于传达形式的"记号"性质，还有一点值得注意的是它的"值项"（valeur）问题，这是对"语境"的强调，索绪尔在开始写作《普通语言学教程》的时候，对于"值项"还不是很重视，但是，他后来发现这是一个无比重要的概念，索绪尔注意到，大多数科学都不存在历时性和共时性之间的二元性，天文学是共时性的科学，历史是历时性的科学，地质学是历时性的科学，但是，对于经济学和语言学而言，却具有这种二元性，对于它们的等价存在物，如劳动和工资、能指和所指，并不是唯一的、固定的、不变的，而是一项变了，整个系统也逐渐会改变，"所以要想有记号（或经济学中的价值）存在，就应当一方面交换与其不相似的事物（劳动与工资，能指与所指），另一方面又去比较二者之间相似的事物。"①这样，意义就是"意指关系"和"值项"的双重作用下才产生的结果。这一原理对于理解"传达形式"的重要性在于，它可能通过"语境"这一要素介入建立起传达形式内部各种观念之间的联系，而文学接受条件是这种语境的关键性要素，从而克服形式研究中观念间的彼此分离和孤立问题。

"传达形式"既不是四处散布的词（语言、符号），虽然它需要借助词得以传达，也不是那个终极来源所指物（事物、理式或上帝），虽然它终究要有所指向，而是符号（语言）与实在（事物、绝对）中间的那个具有关系连接作用的"关联项"，作为"关联项"或"关系系统"它需要阅读与阐释。世界的"真实"，其实是意识形态的"真实"，它受制于经验本身的认识局限，随着"语境"的变化，这种"真实"观念也必将发生变化，并以新的形式呈现出来。这就既与基于二元对立的思维模式下，认为模仿说是"模仿物"和"模仿对象"的两项构成的认识区别开来，其"因果联系"与早期基于"巫术思维"的原始艺术形式区别开来。

---

① ［法］罗兰·巴尔特：《符号学原理》，李幼蒸译，北京：中国人民大学出版社 2008 年版，第 39 页。

概括而言,"传达形式"是"模仿说"下的总体形式观念,它以表征"本体"世界为自己的存在特征,它既不是语言符号,也不是事物本身,而是连接"语言符号"与"意义来源"的"关联项",它是一种记号、一种方式、一种力量、一种效果,它根本上是一种本体性关系话语。

## 二 "传达形式"表现

如果把"传达形式"看作"模仿说"下的总体形式观念,那么,从古希腊到文艺复兴时期,主要形式观念有哪些?赵宪章先生在《西方形式美学》一书中论述了古希腊罗马时期的四种典型形式:"数理形式""理式形式""质料—形式""合式形式",该书把它们称为"西方形式美学之滥觞"。① 但是,该著作没有讨论古罗马后期、中世纪和文艺复兴时期的典型形式观念,而忽略后者还不能完整展现"模仿说"下的传达形式的总体形貌。朱立元主编的《西方美学范畴史》中对之后几个阶段的形式观念有进一步的描述。本文不拟重述这些观点,而是着重讨论不同形式观念之间可能存在的内在联系,这里主要讨论 7 种形式观念,即"数理形式""理式形式""质料—形式""合式形式""内在形式""光的形式""镜子形式"。

数理形式。在人类社会进入轴心时代以后,"理性"成为人存在的标志。早期的理性是一种"自然理性","数理"是"自然理性"阶段的突出表现形式,毕达哥拉斯学派是这种思想的代表。毕达哥拉斯学派把"数"看成是万物的本源,整个天体是数的和谐统一,人和天体是"小宇宙"和"大宇宙"的关系。"数理"成为物质世界的存在状态和基本规律,数的原则也是一切事物包括人事的原则。他们发现,1、2、3、4 加起来等于 10,认为这四个数字非同一般,其神秘内含为:1 代表点;2 代表线;3 代表面;4 代表体,四者合起来构成万物的形体之数,同样,他们认为 5、6、7、8、9、10 代表抽象的精神或非形体之数:5 代表性质;6 代表灵魂;7 代表健康或理性;8 代表爱情或贤明;9 代表正义;10 代表宇宙之和谐。他们用"8"来表示爱情和友谊,是因为"爱情和友谊是

① 赵宪章、张辉、王雄:《西方形式美学——关于形式的美学研究》,南京:南京大学出版社 2008 年版,第 36 页。

和谐，而八个音度是和谐"，① 在"数理"思想下，他们把"比例"看成美的最重要品格，人体之美在于人的头部和身躯成为一与八的比例，前额与面部成一与三的比例，艺术也离不开比例与数字计算，"音乐是对立因素的和谐的统一，把杂多导致统一，把不协调导致协调"。② 可见，将"数理"看成事物存在的秩序，并非是他们的凭空杜撰，而是出自他们对事物秩序的观察，通过类比，建立起符号与事物之间的广泛联系。

"理式形式"。"数理形式"追求精确性的形式不能恰当解释人这一复杂体的天职和本性问题，也难以解释人与人在社会关系中存在的道德问题，因此，毕达哥拉斯学派之后，经过苏格拉底的"美善合一"阶段后，由柏拉图提出"理式"形式，完成了社会伦理体系的建构。"理式世界"是现实世界的"原型"，郑元者指出："毕达哥拉斯学派是在一个演员去模仿的意义上理解摹仿的；德谟克利特是在一个学生摹仿的意义上理解摹仿的。只有柏拉图是在一个临摹者摹仿一个原型的意义上理解摹仿的"。③这就是说，这种"原型"不仅包含了现实世界自然秩序的"原型"，也包含了现实世界社会伦理秩序的"原型"，而且是它们之间结合的完善。

柏拉图发展了苏格拉底的思想，继续探究事物的共相本质，追问普遍的、一般的东西，提出"理式"思想，在他那里，理式是统摄一切事物的"原则大法"，是先于世界存在的，超时空、非物质、自本自根、永恒不灭的宇宙"本体"。柏拉图认为，社会道德秩序的重新建立，只有从统一的社会理性出发，使"一般"成为"个别"的根据，而不能相反。"理式"是"真美善"统一的"神"，是现世界的"本源"和"正本"，是一切事物运动的源泉和动力，距离"理式"越远的事物，分享的理式就越少，自身的完善程度就越差，就越难向"理式"世界返还。

"理式"思想落实到现实政治，就是他的"理想国"体系的构想，"理式"思想落实到艺术，就是他的"模仿说""神灵凭附"说、"灵魂回忆"说，对于前者，由于它是对"理式世界"的"影子的影子""模仿的模仿"，不能达到对真理的认识，相反逗弄人的情感，因此，被列入

---

① ［美］梯利：《西方哲学史》，葛力译，北京：商务印书馆2006年版，第18页。

② 北京大学哲学系美学教研室编：《西方美学家论美和美感》，北京：商务印书馆1980年版，第14页。

③ 郑元者：《艺术之根：艺术起源学引论》，长沙：湖南教育出版社1998年版，第167页。

驱逐之列。后两者的艺术性质是一致的，都是对理式世界之美的直接宣喻和传达，只不过一个是从状态来说，一个是从来源来说。柏拉图在《斐德若》篇提出"灵魂回忆"说，他认为人在降生之前，灵魂栖息在"理式"世界自由而有知，进入肉体后就失去了自由，原来的知识也都忘了，要想重新获得自由和知识，只能摆脱物质的束缚，努力回忆"理式"世界所拥有的知识，这个回忆过程是由低到高的渐进过程，即先从外在形式的美，进入到心灵的美，再遍及到行为制度的美，再上升到学问知识的美，直到美的本体。那些在"理式"世界见到"美"最多的人，降到世间也将是"一个爱智慧者，爱美者，诗神和爱神的顶礼者"，① 这些人在尘世如果遇到了分有"理式"世界之美的事物，他们就会被触动，进入"迷狂"状态，实现灵魂向"理式"世界的飞升，可见，"理式形式"是受世间事物触动产生的对上界之美与完善的一系列回忆和联想。

"质料—形式"。无论是人的天职与本性，还是道德与政体，都不是一成不变的，亚里士多德放弃了柏拉图的"理式"思想，他的"质料—形式"思想认为，事物的存在、发展方式、动力和目的就在事物本身。

亚里士多德的"四因说"思想，先后出现在《物理学》和《形而上学》中。"四因"包括"质料因""形式因""动力因"和"目的因"，按照亚里士多德的解释，"质料"是事物形成的原料，如造像用的青铜；"形式"是"事物的通式或模型"，它是对象之概念性的本质，如造青铜器的"范"；"动力"是变化或停止的原因，它是事物形成的驱动力量，如制造青铜器的工匠；目的是"事物之所以成为事物的目的"，② 它是一具体事物追求或迫向的目标，如造出的青铜器用于祭祀。亚里士多德认为，后三者原因属于同一种类，"形式"是对"质料"的塑形，它本身即是动力，也是目的，因此"四因"也就变成了"两因"，即"质料因"和"形式因"，"质料—形式"是亚里士多德的形式思想。

"质料—形式"思想运用到政治领域，就是他的"共和政体"思想。亚里士多德作为中等贵族奴隶主的思想代表，他反对极端禁欲主义的贫民

---

① ［古希腊］柏拉图：《柏拉图文艺对话录》，朱光潜译，北京：人民文学出版社 1963 年版，第 116 页。

② ［古希腊］亚里士多德：《形而上学》，吴寿彭译，北京：商务印书馆第 1995 年版，第 84 页。

派和极端享乐主义的权贵派，提出"中庸"之道的道德理论，以消除社会动荡和混乱，使奴隶制城邦重新回到和平状态。

"质料—形式"思想运用到诗学领域，体现在他对文学的一系列认识上。不同于柏拉图把"理式"世界作为艺术的源头，亚里士多德认为诗是对人的现实行动的模仿，他把美的艺术和职业性的技术区别开来，亚里士多德的"模仿"包括颂歌，但是不承认"神灵凭附"的艺术，模仿的对象是现实存在的事物，是行动的人，人的性格、感受和行动。诗不是低于历史，而是比历史更富有哲学意味，"诗人的职责不在于描述已发生的事，而在于描述可能发生的事，即按照可然率或必然率可能发生的事。……写诗这种活动比写历史更富于哲学意味，更被严肃地对待。"① 历史是业已发生的事，而艺术是以个别来显示一般；艺术求其与"实物"相似而又比原物更美，在模仿过去的或现在的事、模仿传说中的或人们相信的事、模仿应当有的事之间，亚里士多德认为后者才是最理想的艺术，"合情合理的不可能"比"不合情合理的可能"要好，因为前者更符合事物发展的必然性。

"合式形式"。贺拉斯提出"合式"思想。按照朱光潜观点，亚里士多德的"整一"思想，主要是针对作品的内在结构和逻辑来说的，而贺拉斯进一步把"整体概念推广到了人物性格方面"，② 这主要指人物的类型和定型思想。贺拉斯还使形式成为一个专门的认识对象，并且规定了它的性质，即一方面它连接着材料或经验，另一方面连接着道德或理性，从而体现出在形式认识上的进一步深化。

"合式"即"妥帖得体""节制感"、秩序和结构相整一。这样的形式法则不仅仅是技巧本身，也关涉经验和理性。针对当时古罗马诗坛上"复古派"和"亚历山大里亚派"的两种不同主张，"复古派"主张以罗马本民族的古拉丁语诗歌为典范，"亚历山大里亚派"倾向于阴柔、感伤，表现个人的私情，迎合大众的趣味，贺拉斯认为古罗马的诗风正走向堕落，他主张学习古希腊的艺术形式，创造出一种健康的新诗，呼吁统治

---

① 伍蠡甫、胡经之主编：《西方文艺理论名著选编》上册，北京：北京大学出版社 2007 年版，第 61 页。

② 朱光潜：《西方美学史》，北京：人民文学出版社 1984 年版，第 105 页。

者支持歌颂英雄、歌颂时代的"新诗派",因此,"合式形式"不单是对技巧的重视,其背后还蕴含了丰富的理性内涵。

在古典主义三原则当中,"合式形式"的位置应处于"借鉴原则"和"理性原则"中间,"借鉴原则"指借鉴古希腊的艺术典范,"理性原则"指内容要有"高雅的趣味",即奴隶主阶级意识。"合式原则"是对"借鉴原则"得来的题材、"合理原则"那儿的理性进行的有机组织,从而使艺术做到"得体""妥帖""工稳""适宜""恰到好处"和"尽善尽美"。① 贺拉斯的"合式思想"不仅是对亚里士多德的"质料—形式"思想的继承,而且是对经验或材料、艺术、理性三者关系的重新厘清,把诗的艺术功能简明地概括为"寓教于乐"思想。

从形式观念演进来看,亚里士多德的"质料—形式"还是把形范、动力、目的融合在一起,处于未分化状态,贺拉斯的"合式形式"则把形式单劈为一个独立存在,这就为艺术形式朝着语言化走向开辟了道路。

"内在形式"。古罗马后期出现"内在形式",使贺拉斯的"形式语言化"向"形式心灵化"转移。普罗提诺提出"内在形式"观念,他遵循柏拉图的哲学思路,即用"一般"来约束"个别",但是,他的"一般"却不是外在的,而是来自人的内在心灵。他认为世界最高实体"太一",由于自身的圆满而发生流溢,"太一"先流溢出"世界心灵",再流溢出"灵魂"(个体心灵),又由"灵魂"流溢出万物。"太一"流溢得越远,对象的等级越低,复返就越困难,纯粹物质则不能复返。这样对于信仰神灵的人,就使被现实所弃绝而退回的自我心灵重新被统一的"神"("太一")所关照。在"人"和万物面前,"人"成了根本。但是,这种"根本"并不停留在人作为"物"的肉体存在层次,人由心灵和肉体构成,但它们却不是统一体,肉体可以毁灭,而心灵却能够长久。

在普罗提诺看来,肉体不是恶,而是美的"心灵形式"的缺乏,"肉体本身并不是恶,就像黑暗是缺少光明一样,恶是物质缺少形式。"② 同样,物质也不是恶,而是秩序的缺乏。这样美就在于将这种"缺乏"赋

---

① [古罗马] 贺拉斯:《诗艺》,杨周翰译,北京:人民文学出版社1984年版,第139页。
② [美] 撒穆尔·伊诺克·斯通普夫、詹姆斯·菲泽:《西方哲学史》,北京:中华书局2005年版,第178页。

予形式。社会形式的赋予首先要通过心灵对肉体形式的赋予，人要放弃世俗生活以提升灵魂的层次，通过道德的完善来最终拯救自己。形式观念在普罗提诺那里是一种心灵"内在形式"，它来自于"世界心灵"，而"世界心灵"高于艺术，因为它不依赖任何外来的力量或物质。它不在本身以外给任何力量或物质以地位。它是"独立内在的大法"。[①]"世界心灵"既是一种精神的存在，同时也能够通过"个体心灵"赋予事物以美的形式。

"内在形式"从外在理性权威所给定到由内在信仰权威所给定，是形式观念的又一发展，这时，主体的心灵要素不再是对外在理性的绝对依附，灵魂本身成为关心的对象。

"光的形式"。"光的形式"出现，标志了分散的内心信仰走向统一的神权秩序。"内在形式"的"泛神论"和自我中心论的怀疑主义、快乐主义等思想不利于宗教神权秩序下的教育普遍实施，从内心分散的个体信仰走出，建立起统一的神学秩序，是新的文化精神的历史要求。

"光的形式"是公元 1 世纪雅典大法官伪狄奥尼修斯的思想，直到公元 500 年左右，他的思想和著作才在西欧流行。伪狄奥尼修斯试图把新柏拉图主义和基督教教义融合起来，但他反对新柏拉图主义的泛神论观点，而主张世界是上帝天意的产物，上帝是唯一的造物主，上帝在他自己和人类之间设置了一个存在物的实质性的阶梯或等级，而这种等级阶梯好比一束光线，绝对的上帝之美将美的"光"照射到万物之上，通过注入他的善和爱把万物吸引到他自身那里去，"它拥有这个名字，是由于它是一切事物中和谐与美好的原因，由于它像光一样把自己引起美的闪耀光芒照到万物之上，美将万物召唤向自己，并把一切事物都凝聚在自身之中。"[②]"光的形式"是"一元论"，"因为这种连续的存在的阶梯或链条，伪狄奥尼修斯确实接近于泛神论和一元论了。他有时把这种阶梯描述为一束光线，不过他反对关于事物的多元论观点。"[③] 上帝可以把自身的慈爱之光

① ［美］凯·埃·吉尔伯特、［联邦德国］赫·库恩：《美学史》，夏乾丰译，上海：上海译文出版社 1989 年版，第 152 页。

② ［古希腊］狄奥尼修斯：《神秘神学》，包利民译，北京：生活·读书·新知三联书店 1998 年版，第 28 页。

③ ［美］梯利著，［美］伍德增补：《西方哲学史》，葛力译，北京：商务印书馆 1995 年版，第 216 页。

投递到世界的最远处。

基督教神权并非仅仅依靠一个空洞的上帝就能够建立起自己的客观世界统一秩序,基督教是一个庞大的思想体系,以神的普遍光照、世界阶梯秩序、善恶因果报应、个体灵魂救赎、出世入世等思想,将心灵世界、社会秩序、天堂景象等结合为一体,从而为悲剧命运引导出一条幻想的救赎道路。柏拉图的"理式形式"背后是理想国构想,但是柏拉图的"理式形式"是从外在打入的,柏拉图对读者或受众十分轻视,个体心灵被严格监控,而"光的形式"则是从心灵内部走出,它正面回答人的欲望问题,并以上帝的名义对个体给予终极关怀,上帝或来世成了个体救赎的"希望",也由此具有了至高无上的权威。

"光的形式"从心灵走出结合了一系列理性操控手段。奥古斯丁认为真理不在人的灵魂之中,而是独立于人的灵魂而存在,万事万物都是以上帝之光为本体。如果把世间看成一个庞大的符号系统,那么上帝就是它们的最终所指,"正是由于太阳,光弥漫笼罩了所有的事物,月亮、星辰、地球、海洋,以及它们承载的无数事物,岂不都是上帝将他们显示于注释它们的人们?"①"光的形式"并非拒绝理性,相反,上帝本身就是最高的"真",因此,它能够为世间万物规定好统一的秩序。我们看到,在中世纪,"完整""比例"同样占据美学原则的重要位置,只是比起"光"或"鲜明"来,却低了一个等级。

"镜子形式"。文艺复兴的"镜子形式"观念,不是单纯对古希腊罗马文化或艺术观念的复兴,同时,它也改造了中世纪的一些宗教观念,体现出一种新的综合。

达·芬奇说:"你若只用一只眼睛看自然,那你就应该把自然景象描绘得像在你的镜子里所看到的那样。"② 这里的"镜子"之喻,已和中世纪的含义不同,它不是反映上帝的完善,而是更多的反映人们的"日常生活"自然本身,"在美·第奇、马克西米利安二世和英国的伊丽莎白时期,已不把《圣经》看作上帝的神秘宝库,而把它看作日常生活及大自

① 陆扬:《欧洲中世纪诗学》,上海:上海社会科学院出版社 2000 年版,第 75 页。

② [联邦德国]吉尔伯特·库恩:《美学史》,夏乾丰译,上海:上海译文出版社 1989 年版,第 214 页。

然的镜子。"① 这面"镜子"也不是一个机械的存在物，它就是作家的能动"心灵"，"应该把画家的心灵比作一面镜子，它总是采纳它所反映的物体的颜色，容纳如同它面前各种物体所拥有的那样众多的形象。因此，在用艺术来模仿自然形式的一切多样性方面，你若不是万能的巧手，那就不能成为优秀的画家"。② 达·芬奇认为，绘画不是抄袭自然，而是既靠感性又靠理性，所谓"理性"，一是艺术家要懂得科学知识，透视学、解剖学、光影学；二是艺术家创作要靠艺术思维，选择代表性材料加以集中概括，进而创造出"第二自然"，这已经初步涉及了艺术理想化和典型化的问题。"镜子形式"对作家"心灵"的强调，不同于现代时期的那种对生命、意志本身的强调，而是竭力追逐"自然本色"，它来自人们对一种"新文化"的发现、认知和自觉。

需要强调的是，如果单纯认为这种"镜子形式"只关涉人性自然方面，就有失片面。文艺复兴的"复兴"两个字本来就取自《圣经》中的"人若不重生，就不能见上帝的国"这句话，事实上，文艺复兴时期的"镜子形式"观念应该看成是古希腊罗马和中世纪形式思想的综合，它不单看重自然人欲的方面，社会理性的方面，也看重最高价值和信仰方面。但丁认为《圣经》语言有四种含义：字面义、譬喻义、道德义、寓言义。作为字面义，是以色列子孙离开埃及的事件；作为譬喻义，是指基督替人赎罪；作为道德义，是灵魂从罪恶的苦难到天堂的转变；作为寓言义，是圣灵从腐朽的奴役状态转向永恒的自由。但是对上帝、天堂的向往，不是要把从神权那里夺回的权威再度交付给神秘，而是对社会道德理性的维护，因此，在但丁的三种严肃题材中，是"安全""爱情""品德"，而没有神权的位置，但是这不能看成是对上帝的驱除，而是将上帝建立在人的可理解基础之上，因此，在但丁的《神曲》中，上帝依然是至高无上的恒在。

与一切哲学、艺术都是神学的"奴婢"相对照，薄伽丘认为诗和神学差不多就是一回事，"神学就是上帝的诗"，他把诗的作用强调为能够

---

① ［联邦德国］吉尔伯特·库恩：《美学史》，夏乾丰译，上海：上海译文出版社 1989 年版，第 213 页。

② 同上书，第 214 页。

唤起懒人、激发蠢徒、约束莽汉、说服罪犯，其原因就在于，诗源于上帝的胸怀，是一种热情而又精细的创作；诗有完美的形式，真理在形象中蕴涵；诗人本身的修养是诗产生教化作用的重要原因，诗人要有热情，懂得语法、修辞，还要有道德和自然的学问。法国文学人文主义的杰出代表拉伯雷在《巨人传》中，借助高康大和他的儿子庞大固埃形象的塑造，既嘲讽了经院哲学的愚昧诡辩，又体现出了向往知识的人文主义精神，高康大击退了邻国进犯后，建议修建"特来美修道院"，这个修道院与中世纪修道院不同，它赋予每个人发财致富的自由，结婚恋爱的自由，这就把中世纪的宗教神学精神整合到了人文主义精神内部。

总之，"传达形式"是"模仿说"下的总体形式观念，它以表征"本体"世界为自己的存在特征，它既不是语言符号，也不是事物本身，而是连接"语言符号"与"意义来源"的"关联项"，它是一种记号、一种方式、一种力量、一种效果，一种本体性关系话语。传达形式历史表现为七种主要形态，"数理形式"重在形式的"精确性"和"可计算"方面；"理式形式"侧重构建"人"的天职和社会道德理性；"质料—形式"侧重事物存在与发展的先验范型、动力和目的；"合式形式"侧重艺术形式题材与主题或经验与理性的中介性质和语言特征；"内在形式"侧重形式的内部的信仰权威成因，从而为社会理性回归奠定了主体条件；"光的形式"把信仰从心灵内部引出，客观化为基督教的神学秩序；"镜子形式"把权力从"天堂"夺回"人间"，并使自然社会理性和宗教神学信仰统一在人文主义精神内部，达到一种新的综合。传统文论基于"二元对立"思维模式理解下的"载体论"或"工具论"认识，存在认识上的偏误，也难以解释"模仿说"下丰富的形式内涵。

## 第二节　关系形态：文学接受、传达形式与意识形态

"模仿说"下的文学接受、传达形式与意识形态三者之间有三种典型的传达关系类型，即自然社会理性传达关系、宗教神学信仰传达关系、人文主义理性传达关系。自然理性传达关系建立在自然理性基础之上，作为其典型形式"数理"被看作解释事物的可靠依据，并就此建立起自然理性的真实观念和意识形态；以数理观念为基础，社会理性传达关系建立在

社会关系的道德理性基础之上，并以最高道德完善的尺度来建立社会秩序的真实观念。宗教神学信仰传达关系建立在精神关怀和终极信仰的基础之上，它克服了原始宗教和巫术的原始思维的非理性成分，具有在观念、情感、行动等方面严整的体系，从而建构起强大的信仰权威。人文理性传达关系建立在古希腊罗马和基督教文明成果综合的基础之上，人欲、理性、信仰之间关系被重新思考，使人文主义理性话语权威得到确立。

**一 "自然社会理性"传达关系**

古希腊早期的神话、史诗、戏剧中，突出了一个重要的寓言主题：人欲是构建幸福的源泉，还是使人类遭受悲剧命运的渊薮？造成早期人类悲剧的原因主要有两个方面，一个是"天灾"，洪水、地震、瘟疫，在庞大的自然面前，人类无能为力；一个是"人祸"，它是由于人类自身的原因造成的，与"天灾"无关。如果说前者或能逃避，如造船、隔离、迁徙等，那么后者出于人类自身本性的原因，却更加难以回避、逃脱。

"潘多拉的盒子"是一个寓言，潘多拉之所以能够打开盒子，是因为人类受到她的美貌蛊惑而接纳了她，说明欲望是万恶之源。"金苹果"的故事是一个寓言，帕里斯在权力、荣誉和爱情或情欲面前，经过反复斟酌，最终选择了后者，说明欲望在人性中的位置。悲剧《美狄亚》是一个寓言，贪欲造成英雄的毁灭，欲望造成公主在嫉火中疯癫。如何发现摆脱命运捉弄的事物之间的因果联系，催生了理性时代的到来。

人类对理性的最初求索，是从自然理性开始。古希腊社会发展到大约公元前6世纪至公元前5世纪，由原始的宗教意识和伦理意识所构成的原始意识形态开始分崩离析，代之而起的，是对自然本身的探讨和解释，并将其意识形态化。"数理形式"观念的出现，既是对社会审美经验的总结，也是建立在自然哲学基础上的社会意识形态在文艺领域中的反映，是自然理性的一种突出表现形式。"数理形式"背后蕴含着这样一种观念，它强调人的基本致思方式是客观的观察、精确的描述、抽象的原理，人的理智建立在科学思维的基础之上，社会秩序与自然秩序之间能够得到内在的说明。

数的原则也是社会的原则，摆脱了原始神秘宗教单一形式的意识形态，是以哲学、科学，以及修辞学或论述作为自己的主要构成方式，而作为文学、艺术要等而下之。古代神话看上去如同幼稚的儿童幻想，背后却寄予着严密的象征逻辑，神话中朱庇特兴起于射手座，是出自占星学对天体的观察和测量，"对太阳、月亮和行星在不同的星座中的活动状态系用神话的形式加以说明，但却是以准确而极其富于想象力的数学方法来观察和计算的。"① 毕达哥拉斯从运动的秩序推断到宇宙的和谐，星体大小、速度、轨道的不同也必然会产生和谐的音调和旋律，人们之所以听不到这种音乐，是因为人一出生就处在这样的环境中，从而导致听而不闻，只有一些特殊的心灵能够摆脱尘世的干扰，沉浸到流动的宇宙和谐乐音当中，"只有他才能听到并理解这种谐音，以及由这些天体激发出来的和声"。② 大宇宙的天体和谐乐音能够被小宇宙的灵魂感悟与捕捉，"同声相应""同气相求"，由这样的灵魂所创造出来的音乐可以施用于感染和教化，柔弱的性格可以通过激昂的乐曲变得刚强勇敢，暴烈的性格可以通过柔美的音乐使内心平衡与温和，他甚至主张早晚用音乐来去唤起精神和排除激动。

这样的音乐教化思想与背后的意识形态主张分不开，当时希腊城邦在民主政治下，社会财富较为平均，他们强调对行为和欲望的"节制"，安分守己，维护祖先传下来的秩序，把正义、平等、友谊、和谐等因素看成是良好秩序的标志，他们希望通过苦行获得人生的超脱，他们主张"对立统一"的和谐思想，体现了一种人生态度和一种中庸、调和的社会道德原则。美国学者萨拜因认为："我们可以把初期的希腊哲学看作是根据宇宙现象事先对纷繁的、井然有序的城邦世界所作的一种朴实的而极有成效的规划。"③ 凭借感性直观和内在理性之间有序的联系，天体学、数学、几何学成为当时社会道德和政治理论的基础。

从柏拉图开始，自然理性传达关系正式进入到社会理性传达关系阶段。柏拉图的"理式形式"思想究竟指的是什么？它是指与"理式世界"隔着两层的"摹仿的摹仿"艺术，还是"神灵凭附"的对"理式世界"直接传达的灵感性艺术？艾布拉姆斯在谈论柏拉图的"模仿说"思想时，

① ［美］萨拜因：《政治学说史》，盛葵阳等译，北京：商务印书馆1990年版，第17页。
② 汪子嵩等编：《希腊哲学史》第1卷，北京：人民出版社1988年版，第350页。
③ ［美］萨拜因：《政治学说史》，盛葵阳等译，北京：商务印书馆1990年版，第19页。

显然是站在前者的立场上，"柏拉图那雄辩的论证就是围绕这个含有三阶段的循环圈而展开的。"① 而柏拉图的"理式形式"观念如果排除了"灵魂凭附"一说就显得不够完整。有人认为，柏拉图以伊安朗诵荷马史诗为例来说明灵感，是一种理论上的矛盾，认为《荷马史诗》是"摹仿的摹仿"的文学艺术。

这些认识其实是把柏拉图的两种文学观念对立了起来，如果能够穿越表面的对立，就可能在更深的层次建立两者的关联，"摹仿的摹仿"的艺术，当它作为一个否定观念出现时，就同时要求人们去追问它肯定的观念是什么，这实际上是一枚硬币的两面，只去讨论一种思想所排斥的东西，却不问所主张的东西，是不全面的。把《荷马史诗》简单地归为"摹仿的摹仿"的艺术是一种片面的认识，《荷马史诗》虽然是以文学想象、夸张为表现形式，但是，它却十分形象地记录了古希腊的历史、传统、价值、观念，以及自然理性精神。柏拉图在另外一些场合把《荷马史诗》树立为最高典范，柏拉图曾设想在一种竞赛形式下，以心智的成熟来判断好的艺术别类与等级，小孩会把锦标判给傀儡戏，大一点的孩子会选择喜剧，接受过教育年轻人会更喜欢悲剧，而老年人则愿意听《荷马史诗》，他认为应当以老年人的评判为标准，因为他们不再受一般情欲所蛊惑，而是以智慧和德行为尺度。这就说明，在同一部《荷马史诗》中，由于柏拉图的立场和观点不同，所看到的对象内容也不一样，这不仅符合认识的常识，而且它也是艺术存在特点，艺术呈现的是一个世界，而不是一个指示性的说明，自然允许不同的人有不同的理解，同一个人在不同情况下有不同的理解。

关键不在于柏拉图一会把荷马史诗看成是"摹仿的摹仿"的艺术，一会又把它看成灵感艺术的最高范本，而在于他不同说法的后面思想是什么。与他从《荷马史诗》中看到理智和德行相对照，柏拉图把诗人驱逐出理想国，是看到了它的有害影响的一面。诗人们为了讨好群众，有意模仿人性中的低劣部分，助长了人的"感伤癖""哀怜癖"，摧残人的理性，"决不该让年轻人听到诸神之间明争暗斗的事情（因为这不是真的），如果我们希望将来的保卫者把钩心斗角、耍弄阴谋轨迹当作奇耻大辱的话。

---

① ［美］M. H. 艾布拉姆斯：《镜与灯——浪漫主义文论及批评传统》，郦稚牛等译，北京：北京大学出版社 1989 年版，第 7 页。

我们更不应该把诸神或巨人之间的争斗，把诸神与英雄们对亲友的种种怨仇作为故事或刺绣的题材。"① 这实际反映出柏拉图对文学所具有的巨大感染效果的清醒认识。之所以在同一部作品中柏拉图从不同的角度看到了不同的东西，原因在于他的理式等级思想和美学谱系层次思想，在他的美学层级谱系中，分别是影像、具象、数理、伦理四个层次，同样人的理智功能也分为四个层次，分别是想象、认识、理解、理性，对柏拉图而言，美不在于外在形式，而根本上在于内在的道德属性，纯粹的模仿不能够达到理性的认识层次，但是对于"分有"的美的感悟却是理解的正道，分有美的秩序原则，也就是他在理想国中规划的道德原则。所以说，认为柏拉图排斥趣味是不对的，他是主张趣味应服从更高的理性或道德判断，快感必须以善为前提。

对文学的态度如何，不单纯是一个理论认识的问题，而且是一个实践的问题，对柏拉图来说，特别是一个政治实践的问题。伯罗奔尼撒战争失败导致雅典城邦走向衰落，经济的崩溃，人民的贫困，使社会产生平均财富的"理想国"思潮，社会矛盾斗争剧烈，民主政体无力保护奴隶主的利益，由于人民没有受到适当的教育，不知道如何挑选优秀的统治者和明智的政策方针，"他们没有理解力，他们只会重复统治者们随心所欲地告诉他们的话。"② 在历史形势面前柏拉图寄望于专制政体，他的绝大部分智慧和精力都在于培养哲学之王，幻想建立起理想国样的专制等级秩序。

但是柏拉图思想中也有轻视一般民众的成分，一般读者被他看成是幼稚的，容易被左右和支配的对象，也正是这种把读者的接受能力看成是可以任意捏造的泥胎的估计，才使他对文学的态度一方面小心翼翼，另一方面又十分苛刻。

与柏拉图不同，亚里士多德十分重视经验领域，在他看来，只知道普遍性知识却不知道经验性知识，算不得掌握知识，因为他不懂得运用，真正有知识的人，他不单懂得技术，而且熟晓经验，因此技术家比经验家要更加智慧，"凭经验的，知事物之所然而不知其所以然，技术家则兼知其

---

① ［古希腊］柏拉图：《理想国》，郭斌和、张竹明译，北京：商务印书馆 1986 年版，第73 页。

② ［美］威尔·杜兰特：《探索的思想》上册，朱安等译，北京：文化艺术出版社 1991 年版，第 27 页。

所以然之故。"① 亚里士多德从现实出发，看到文学对读者影响的积极的一面，理性无须硬性插入文学，只要在文学内部采用净化的手段就可以达到目的，因此，他的"质料—形式"观比柏拉图的"理式形式"观从思想上有更加合理的地方。在亚里士多德看来，人类欲望为人性所固有，它们有要求获得满足的权利，只要适当引导，不但不会为害，还会对人格养成产生积极的作用，他把诗学和修辞学都归入创造科学一类，否定柏拉图将其视为"谄媚的手段，卑鄙的技巧，只能说服没有知识的听众"的"论辩术"。② 艺术模仿对象就是现实生活的人，是他们的性格、感受和行动，并按照"可然律"和"必然律"的原则进行创作，悲剧的价值就在于"借引起怜悯和恐惧来使这种情感得到陶冶"③。诗学通过分析人的情感，如愤怒、友爱、恐惧、怜悯等，是为了增加掌握人群和控制人群的能力，"演说者须懂得听众的心理，以便激发或控制他们的情感。"④ 这道出了"传达关系"的实质性内涵。

亚里士多德的文学形式观念并没有止步于对人类情感固有性和可改变性的发现，而是净化思想密切联系着他的政治思想，在他看来通过文艺固然能够对平和心灵起到一定效果，但是它不是幸福的全部秘诀，造成社会憎恨的是贫困，造成社会贪婪的是财富集中，调节的办法就是把国家交给中产阶级去管理，即实现立宪政体，它是民主政治和贵族政治之间的一种中庸政体，"社会全体共同确定长远目标，专家学者选择达到目标的途径并运用达到目标的手段；选择结果应该民主讨论，但是决策机构职能交给沿革甄选出来的专家学者。"⑤ 尽管亚里士多德把"演讲者"和"听众"之间的关系看作是观察与被观察、分析与被分析的关系，还谈不上赋予读者独立的尊严，但是这种通过了解不同人的性格，才能激发和控制他们的情感，使文学形式传达意识形态功能前进了一大步。

① ［古希腊］亚里士多德：《形而上学》，吴寿彭译，北京：商务印书馆1995年版，第2页。
② ［古希腊］亚里士多德：《修辞学》，罗念生译，上海：上海世纪出版集团2006年版，第4页。
③ ［古希腊］亚里士多德、［古罗马］贺拉斯：《诗学·诗艺》，罗念生、杨周翰译，北京：人民文学出版社1984年版，第19页。
④ ［古希腊］亚里士多德：《修辞学》，罗念生译，上海：上海世纪出版集团2006年版，第7页。
⑤ ［美］威尔·杜兰特：《探索的思想》上册，朱安等译，北京：文化艺术出版社1991年版，第97页。

把意识形态、文学形式与文学接受三者之间的"传达"关系,首次精炼地概括为"寓教于乐"的是贺拉斯。"诗人的愿望应该是给人益处和乐趣,他写的东西应该给人以快感,同时对生活有帮助。"① 为达到寓教于乐的目的,贺拉斯认为想象和虚构在所难免,但是诗人在创造这一切的时候,必须时刻想到自己的使命和责任。贺拉斯不大关心事物本质问题,而是更加关心如何通过艺术去感染读者,但是贺拉斯的奥古斯都时代的豢养文人身份,又决定了他的诗艺思想中实质上的意识形态内涵,"寓教于乐,既劝谕读者,又使他喜爱,才能符合众望。"② 这不仅说明了文学的认识价值和教育价值的关系,而且说明读者的被教育者的身份地位。借鉴的原则、理性的原则、合式的原则即古典主义三原则是密切结合为一体的,合式是对材料和理性的有机组织方式。

总之,自然社会理性传达关系,是在对命运和人欲反思的基础上展开的,这个过程经历了自然理性和社会理性两个阶段,自然理性上升到社会原则,社会理性发展为政治道德规范,人欲必须听命于外在的客观理性规范,才能摆脱命运的捉弄,实现自身的救赎。

## 二　"宗教神学信仰"传达关系

"人欲"是一个不安分的领域,无论外在权威如何合理,倘若不是经过心灵情感上的认同,理性总会根基不稳,一旦理性的结构松散或崩溃下来,社会就会急剧向非理性偏转。"宗教神学信仰"传达关系正是在社会秩序失去规范,精神向个体心灵退守的情况下,建立起来的信仰权威体系,它构成了传达关系的新的指令。

古罗马后期是个幻灭的时代,无理战乱的频仍,生存的祸福不定,统一价值的解体,使心灵成为他们最后退守的领地。新柏拉图主义宣扬的泛神论思想,实用主义生活态度,亚里士多德学派对智力的追求,是他们心灵寄寓的家园。但是,泛神论信仰和实用主义的生活态度,可能把人性中被曾经压抑的自然属性的东西释放出来作为社会的另外一个部分使人得以

---

① ［古希腊］亚里士多德、［古罗马］贺拉斯:《诗学·诗艺》,罗念生、杨周翰译,北京:人民文学出版社 1984 年版,第 155 页。

② 伍蠡甫主编:《西方文论选》上卷,上海:上海译文出版社 1979 年版,第 113 页。

发展，却可能成为威胁国家的因素。如何将社会分散的精神合理安置，并使社会道德得以建立，就成了一个新的命题。普罗提诺提出"内在形式"观念，就是在这一背景下对个体心灵的神学拯救。但是，"内在形式"固然有助于通过个体信仰的力量获得自我拯救，却终究不利于观念在社会传达。当基督教从物质层面征服了世界之后，就必然要求在精神层面建立起稳固的神学秩序。

"光的形式"是心灵内在形式的外化，是从分散的信仰力量外化为统一的信仰秩序。在中世纪神学著作中，表示"光"的概念十分普遍，如，明晰、光辉、闪光、流明、照亮、明亮、光泽等，圣·奥古斯丁把美说成是"秩序的光辉"或"真理的光辉"；大阿尔伯特把美确定为闪烁在物体各均衡部分上的"形式的光辉"；圣·托马斯称光辉是继完整性和适当的比例（或和谐）之后的美的第三个特征；甚至到但丁那里，也把"光辉性"当作"俗语"四个特征中的首要特征。

基督教统治的实质，是依靠残暴的手段和美丽的谎言来达到目的。8次十字军东征使罗马教皇成为西欧统治集团的霸主，存在500多年的宗教裁判所意在镇压一切反对基督教的学说和势力。万物起始于上帝的创造，世界的秩序也一手由上帝来安排，事物之间的关系均符合上帝造物时的意志，猫头鹰夜间捕食田鼠，老鼠创造出来要给猫吃，骆驼生活在干燥的沙漠，世间的一切关系都是上帝安排好了的，不需客观事实来检验，也不需受科学的束缚，绞尽脑汁地去发现事物背后的规律简直滑稽可笑，神学能够告诉知识的一切。上帝扮演着一个最佳道义的形象，作为人主的基督不是华贵的君主，而是背负十字架承担人世苦难的救世主，基督教中充满了使人类摆脱苦难从现实中获得自我拯救的精神。

中世纪的"圣经文学"和"灵修文学"，由故事、格言、典故等形式构成，作为犹太先民的史书，古代地中海沿岸文化的缩影，既充满了深刻哲理和人生寓意，又是古代神话、民间传说和文学创作的总汇，这样的主流文学本身就带有可能被读者喜爱和接受的戏剧性质。但是，终究这种文化所产生的中世纪神学与那些原始宗教不同，它管束起人的原欲，判定人生来有罪，否定人的尊严、价值和自由，用教权驱逐人权，以蒙昧主义愚弄人本主义，因此，总体来看，这是一个审美贫乏的世纪。丹纳在《艺术哲学》中，对中世纪的艺术这样描述："中世纪的人，过渡发展心灵与精神,追求奇妙温柔的梦境,崇尚哀婉,厌倦肉体,过分热烈的幻想和感觉竟能体会到天使的可爱。……因此,绘画和雕塑中的人物都很难看,或者不够美,往往比例不当,半死不活;几乎总是单薄的,消瘦的,凄楚的,懵懵懂懂,一副失魂落魄的神情,要么就流露出温柔苦楚的修道气息或者无比销魂的光彩;这些人不是太脆弱就是太激动,不适宜活在世上,而好似已经离开尘世,入了天堂。"① 人的本质在中世纪变得极度贫乏,同样单一信仰也会导致审美的贫困。马克思曾指出:"人奉献给上帝的越多,他留给自己的就越少。"② 在教会的精神统治下,人的多种感觉处于被抑制状态,在宗教信仰的遮蔽下,人不可能感受到更加伟大、更加美好的实体。基督教在精神领域占据统治地位之后,并不断世俗化渗透到社会生活的方方面面,中世纪持续千年,是一个神学独尊的文化阶段,古代文明包括古代哲学、政治、法律、文学艺术被宗教神学一扫而光。

　　基督教能够统治千年,并被后来者追忆,自有其高明之处,它有着一个严整的体系,全面控制着观念、行动和情感。普列汉诺夫指出,"观念是宗教的神话因素,情绪属于宗教的感情领域,而活动则属于宗教的礼拜方面,换句话说,属于宗教仪式方面。"③ 在这三个方面中,观念和行动被基督教严严掌控,只有在情感方面才略有松动,作为对情感领域的补充,行吟诗人、流浪艺人、杂耍演员依然活跃在宫廷庆典、宗教节日、集市、民间游艺会等时刻和场所,他们的艺术通俗易懂,充满激情又富有讽刺精神,更接近普通群众的审美趣味,到 12 世纪,以基督教题材改编的神秘剧也走出教堂,活跃在人们中间,这时它改变了原先对艺术形式的敌视,增加了演出的戏剧性效果,"欧洲中世纪艺术发现了人类存在的一些新方面。它以宗教—玄妙的形式揭示出个性的尘世状态。这种艺术诉诸一些迄今无法解释的人的心灵感情,如绝望和痛苦,异常激动和心绪平静,高兴和崇高感"。④

　　人欲在基督教《圣经》里依然是造成人类悲剧的终始原因,生命

　　① [法] H. 丹纳:《艺术哲学》,张伟译,北京:北京出版社 2004 年版,第 164 页。

　　② 《马克思恩格斯全集》第四十二卷,北京:人民出版社 1962 年版,第 91 页。

　　③ [俄] 雅科夫列夫:《艺术与世界宗教》,任光宣、李冬晗译,北京:文化艺术出版社 1991 年版,第 39 页。

　　④ 同上书,第 53 页。

成为一个不断赎罪的悲惨过程。但是不同于古希腊罗马的命运悲剧那样绝望的是，上帝为人类指引了一个攀跃上帝之城的道路，个体赎罪的道路越艰辛越苦难，越能够获得上帝的谅解和拯救，这就形成了信仰和肉体的无止境对立，个体越是依附上帝，就对自我剥夺的越多，宗教神学信仰就越牢固。恩格斯曾指出宗教的认识根源，"一切宗教都不过是支配着人们日常生活的外部力量在人们头脑中的幻想的反映，在这种反映中，人间的力量采取了超人间的形式。"① 基督教教义与故事中所渲染的苦难、恐怖、神秘、拯救、幸福、道义、神恩、力量等形象，无不是对当时人们心灵的一种反映，或者表达一种抗议，如"上帝之城"与"尘世之城"的斗争，或者表达一种慰藉，如末日审判将使一切正义和罪恶得到清算。这种抗议和慰藉，终究是一种虚幻，"宗教的苦难既是现实苦难的表现，又是对这种苦难的抗议，宗教是被压迫生灵的叹息，是无情世界的感情，正像它是没有精神状态的精神一样，宗教是人民的鸦片。"② 神权和理性一样，不能实现对人类悲剧命运的拯救。人欲、理性和信仰之间究竟应是什么样的关系，这个问题留给了文艺复兴时期的人文主义者。

### 三　"人文主义理性"传达关系

文艺复兴不仅仅是复兴古希腊罗马文化，它更是古希腊罗马和中世纪文化的一次综合，这种综合的背后是处理人欲、理性和信仰三者之间的关系，对这种关系的人文主义解释，也就是对世界和人自身的解释，自然人性命题依然是对世界存在本体的思考，其思考成果也就成了新的传达关系的绝对命令前提。

旧秩序的结构松散为新思想诞生提供了条件。在中世纪晚期，罗马教廷和罗马帝国在激烈的权力斗争中两败俱伤，民族国家成为不可阻挡的历史发展趋势。在封建制度走向衰微的同时，社会生产力却获得了极大发展，在采矿、冶金、造船、纺织等方面获得巨大发展，生产技术不断革新，中国古代的发明印刷术、火药、指南针传到欧洲，引起航海业的大发

---

① 《马克思恩格斯全集》第十二卷，北京：人民出版社 1962 年版，第 752 页。
② 同上书，第 1 卷，第 453 页。

展，意大利的哥伦布"发现"美洲大陆，葡萄牙达·伽马绕过好望角到达印度，葡萄牙麦哲伦完成历史上第一次环球航行，这些远航使人们极大地开阔了眼界，从而洞穿《圣经》上的谎言，世界的发现给人们带来惊喜，自然不再是可怕的怪物，而是变得魅力无穷。封建行会和庄园经济逐渐解体，资本主义的发展给社会带来大量的社会财富，尘世不再是受苦受难的被惩罚场所，而是人们纵情享受的人间乐园，物质的不断丰富吁求新的文化精神出现。

文艺复兴运动带来"人的发现"，这是一个打破成规，崇尚冒险的时代。古希腊罗马文献被大批量地带到罗马，使他们发现除了基督教之外的新的精神大陆。人文主义者通过文献和出土文物，研究自然秩序的问题，人的本性的问题，伦理学的问题，宇宙、上帝，以及政治权威等方面的问题。人文主义者如但丁关于语言的"四义说"和俗语的具体研究，以及他们号召使用本民族语言写作，使古希腊罗马文化精神得到更广泛的传播。印刷厂很快在巴黎、伦敦、马德里以及意大利的苏比亚科修道院出现，它使对书籍的购买更便宜，携带更轻便，也使古代文化传播更迅速，"到了15世纪末，规模巨大的商业企业早已存在。"① 传播业的巨大发展，极大地扩展了人文主义精神影响范围和讨论深度。经院神学重新寻求用理性论证神学，从思想上培育了新时代哲学的种子，续起自由精神的传统。随着新文化影响扩大，产生了新的写作类型，著述不再是对神学思想的评注，而是创造性的系统阐释，文学艺术出现大量的隐喻、象征，自然主题在文学、绘画、建筑中广泛出现，在人文主义者看来，自然之美的根本来自"人的美"，靠的是人们对一种"新文化"的发现、认知和自觉。文艺复兴以人权反抗神权、以人性反抗神性、以个性自由反抗禁欲主义，他们要求以人性取代神性，从上帝那里找回人的价值，他们以原欲与肉体对抗基督教的理性与灵魂。对于人文主义者来说，没有不道德的享乐，人的自然欲望就是人的本性。

文艺复兴时代的艺术创造了又一个新的辉煌，它不是对古希腊罗马文化的单方面的恢复，而是对它们和中世纪艺术的一次综合。在他们的艺术

---

① ［法］罗贝尔·艾斯卡皮：《文学社会学》，于沛译，杭州：浙江人民出版社1987年版，第39页。

里，肉体和精神统一为整体，为创造完美人类开辟了道路。但丁的《神曲》既热情歌颂了现世生活的意义，强调人富有自由意志，提倡文化和知识，又对幸福的归宿做了新的诠释：行善者、虔诚的教士、立功德者、哲学家、神学家、正直的君主、殉教者、修道者等等。莎士比亚的《哈姆莱特》不仅塑造了哈姆莱特这个处在理想和现实矛盾的人文主义者的形象，而且也借助哈姆莱特之口道出这个私欲泛滥和社会混乱，体现出把上帝的仁爱踩在脚下的"冷酷人间"的深深忧虑。更值得注意的是拉伯雷的《巨人传》，按照巴赫金观点，它把民间神话和社会实际两个原本分裂的存在层次有机结合在一起，以"德廉美修道院"作为新兴资产阶级社会理想的模型，体现出稀有的艺术卓见和现代性思想。

　　当代德国学者策勒尔说，"无可置疑，就各别的哲学体系及其创立者来说，都是植根于他们那个时代总的精神品格，因而受到历史的制约，即使由于他们的思想指明通往未来的道路而高超出同时代人。"[①] 同样，文艺复兴时期的人本主义思想，也构成了当时人们对世界的精神想象。文艺复兴的人们从"新文化"发现中看到了人类感性生活的美好。丹纳对文艺复兴时期的社会这样描绘："人的处境普遍有所改善，古代精神重被理解、复活，并成了榜样，人的精神得到解放，为自己伟大的发现感到自豪，给异教的精神和艺术注入了活力。"[②] 他们在荷马的史诗中看到人情味的神的实质，从古文化对世俗关怀中找回属于人自身的东西，在艺术欣赏中使自身得到关照，这促使了文学大众化、读者社会化的新趋势。卡斯特尔维屈罗说："诗的发明是专为娱乐和消遣的，而这娱乐和消遣的对象我说是一般没有文化教养的人民大众。"[③] 文学不再是现实的精华或典型，而是与生活共存的东西。

　　诗歌的功能丰富了起来，"诗除了被视为公民德行的谆谆诱导者外，还成为经济资助的来源、社会保护的形式、获得一份舒适工作的手段、人

---

　　① ［德］E. 策勒尔：《古希腊哲学史纲》，翁绍军译，济南：山东人民出版社1996年版，第1页。

　　② ［法］H. 丹纳：《艺术哲学》，张伟译，北京：北京出版社2004年版，第164页。

　　③ 朱光潜：《西方美学史》上卷，北京：人民文学出版社1979年版，第166页。

际交往的工具、复杂的社会关系的要素，甚至是求爱的直接工具。"① 诗歌越来越与生活靠近，文学的功利性质越来越明显，在以资助为特征的文学生存条件状况下，文学必须为了自身得以生存而做出的适时调整，"在那里，诗必须和诸如带猎鹰打猎和狩猎这样的活动竞争，以争得它自己的那份资助和荣誉。"② 文艺复兴文艺理论中的所谓为诗辩护就有了"广告"或"商品"的意味，这些都体现出了这一时期文学的资产阶级意识形态特征。文艺复兴的"镜子形式"观念，既是新兴的资产阶级人本主义和科学主义意识形态在文学艺术上的表现，也是以社会心理领域中人性的复苏与更生。

总之，"模仿说"下的文学接受、文学形式、意识形态之间的关系，从总体上看，是一种"传达关系"，而不是"工具关系"。由于构成传达关系的三个基本要素之间的互动关系，从而使"传达关系"的表现形态呈现出历史演化的过程，自然社会理性传达关系、宗教神学信仰传达关系、人文主义理性传达关系成为它的三种典型形态和历史阶段。

## 第三节　原因阐释："传达关系"与"绝对命令"

传达关系之所以能够形成并在历史上以多种方式得到呈现，是因为在群体观念背后有一个本体的"真实性权威"，它能够以"最高理性"的方式向人类发布"绝对命令"。随着经验领域不断成熟，"真实观念"和"绝对命令"也在不断调整，原始宗教信仰在理性时代到来之后，沉积成一种集体无意识心理，"逻各斯"的客观理性精神和"努斯"的主观理性精神及它们后来的变化发展的形式，以及基督教统治方式的不断调整，有效地维护了"绝对权威"。口头传播及其修辞技巧所带来的现场感、感染力、震撼力，是传达关系得以形成的方式和条件。在两极分化严重，在经济、政治权利被严酷剥夺，稀缺的文化符号被少数人占有的情况下，普通民众的心理成熟程度只能维持在"对等思维"的次原始水平，这构成传

---

① ［美］简·汤普金斯：《读者在历史上：文学反应的演变》，刘峰译，载《读者反应批评》，外国文艺理论研究资料丛书编委会编，北京：文化艺术出版社1989年版，第265页。

② 同上书，第266页。

达关系得以产生的重要社会心理基础。

## 一　"意识形态"与"神圣理性"

"模仿说"下的意识形态是宗教神圣观念和世界理性观念的结合体，而不是单纯的一方。通常认识往往把"模仿说"下的神学观念和自然理性对立起来，认为历史一经进入"理性时代"以后，人们就可以凭借自然哲学或者人的哲学知识来认识世界，而实际上，"模仿说"下人同世界的关系，更多的不是分析、理性、经验和反思，而是充满了直观、激情、信仰和迷醉。远古漫长年代的宗教信仰不仅没有彻底衰亡，而且，或者作为一种集体无意识成为"模仿说"下统一"世界观念"形成的心理基础，或者作为"原则大法"、"第一运动推手"成为一切自然理性解释的最后的神秘权威，或者干脆宣称哲学不过是"神学的婢女"，或者乔装打扮后渗入世俗生活重新统治人们的精神，总之，神学观念是"模仿说"下世界观念形成的背后深层原因。

在人类社会进入理性时代以后，神学观念并非消失了；相反，它不断地寻找到自己可理解化的方式，"理性的觉醒"并非表现在对神的抛弃，而是使神从蒙昧的神秘性转变到自然理性的可理解性。无论是把世界的本源看成是"气"、是"火"、是"数"，还是"理式"，都是承认世界有一个最终的决定力量。主张"数理"思想的毕达哥拉斯，同样认为人的灵魂是纯精神性的不朽的和不断轮回的东西，按照新柏拉图主义者扬布利柯的描述，毕达哥拉斯说自己能够"使用一种秘密的、莫测高深的神圣方法，全神贯注于他的听觉和心灵，使他自己沉浸在流动的宇宙的谐音之中。"[①]表明神学和巫术其实距离毕达哥拉斯并不遥远。把"火"看成生成万物本源的赫拉克利特也没有否定神的存在，只是把神看成是"逻各斯"理性精神，人神在本质上是同一的，神意味着人的最高智慧、美和理性，他说："对于神，一切都是美的、善的和公正的；人们则认为一些东西公正，另一些东西不公正。"[②]赫拉克利特和毕达哥拉斯的思想一致，都认为宇宙和谐的性质，作为宇宙的主宰"神"尽善尽美，而人受到所

①　汪子嵩等编：《希腊哲学史》第 1 卷，北京：人民出版社 1988 年版，第 349 页。

②　北京大学哲学系编译：《古希腊罗马哲学》，北京：商务印书馆 1961 年版，第 28 页。

在位置的局限，才产生不同的美善观念。

号称"雅典圣人"的苏格拉底，在提出"美德即知识"思想的同时，也依然是一个神学信仰者，承认自己始终是为神学服务。晚年苏格拉底描述自己的一生，"甚至如今，我仍然遵循神的旨意，到处察访我所认为有智慧的，不论邦人还是异邦人；每见一人不智，便为神添个佐证，指出此人不智。为了这宗事业，我不暇顾及国家、家事；因为神服务，我竟至于一贫如洗。"① 足见苏格拉底对神的虔诚态度。

柏拉图的神学观念依然十分浓厚，他的"理式世界""现实世界""艺术世界"的三重世界景观，"神灵凭附"或"灵魂回忆"的文学思想，"美本身"与"分有说"的美学思想、"理想国"的政治思想等，无不把神、上帝或"理式"看成世界的最高主宰和权威。

亚里士多德把事物运动的第一推动力归结为神或者上帝，在他看来，世间的一切事物的运动，都是由一种内在的、企望自我发展的"欲望"推动着，而将推动事物的原因不断追究下去，就会出现一个第一推动者，它只是推动别的事物，而自己不动，这第一推动力就是上帝、神、或者"努斯"。

古罗马继承了古希腊的精神文化，同样也继承了他们的神学观念。贺拉斯说："神的旨意是通过诗歌传达的。"② 诗歌能够指示生活的道路，求得帝王的恩宠，还能在整天的劳动结束后，给人们带来快乐，"因此，你不必因为（追随）竖琴高手的诗神和歌神阿波罗而感觉可羞。"③ 在"神意"之下，诗歌的多种功能得到高度的统一。新柏拉图主义者普罗提诺强调神才是美的源泉。中世纪更是独尊神学的时代。

文艺复兴时期通过宗教改革，使神学观念获得了世俗的形式。路德主张人们"因信称义"，简化宗教仪式，教士具有对《圣经》的解释权，教徒应该享受现世生活的快乐，教士可以结婚。加尔文的教义主张"先定论"，即在一个人来到世间上帝就已经选好了他的选民，但是不同于宿命论的是，现世的人能够根据自己生活的是否成功，来判断自己是否是上帝

① ［古希腊］柏拉图：《苏格拉底的申辩》，严群译，北京：商务印书馆1983年版，第57页。
② ［古罗马］贺拉斯：《诗艺》，杨周翰译，北京：人民文学出版社1984年版，第158页。
③ 同上。

的选民，他强调现世的人要克制肉体欲望，勤勉于功业，受到工商业者的拥护。黑格尔说，在新教所到的地方，"人们向良知呼吁，而不再诉诸教父和亚里士多德，诉诸权威；鼓舞着，激励着人们的，是内在的、自己的精神，而不再是功德。这样一来，教会就失去了支配精神的权力，因为精神本身已经包含着教会的原则，不再有所欠缺了。"① 新教张扬个性精神，鼓励勤奋创造，追求人格完善，教徒之间团结合作，体现出一种开创时期的资本主义奋发精神。

可见，"模仿说"下的"世界观念"，以及文学接受、文学形式与意识形态之间形成的"传达关系"，具有明显的宗教神学思想基础。神不仅是整合世间秩序的最终力量，而且是发出"绝对命令"的"传达"信息来源。

但是，另一方面，如果仅有神学信仰而没有自然理性的话，"传达关系"就只能是一种神秘性体验，而不可能被分析与解释。事实上，进入理性时代一个重要特征，在于"人的觉醒"与世界的可解释性方面。因此，理性是传达关系得以产生的另一个重要条件，只不过，它常常和古代巫术与宗教缠绕在一起。

早期"理性"活动根本上来说是从经验中诞生并概括形成，因而具有多样的存在方式，而这些存在方式到了赫拉克利特和阿那克萨戈拉的时候，获得了高度抽象和概括的形式，这就是"逻各斯"和"努斯"精神。它们一个遵循了"客观性原则"，一个遵循了"主观性原则"。"逻各斯"强调的是世界背后所固有的本质和规律，它具有客观性、普遍性和必然性，是宇宙所从之出并必向之归的终极存在，"一切都遵循着这个道"、"支配一切的主宰"；② "努斯"也就是"心灵"，它从客观世界中分离出来，并具有独立自主性、能动性和创造性，"别的事物都具有每件事物的一部分，而心（努斯）则是无限的、自由的，不与任何事物混合，是单独的、独立的"、"将来会存在的东西，过去存在过现已不复存在的东西，以及现存的东西，都是心所安排的。"③ 这些思想，越是到后来越是获得

---

① ［德］黑格尔：《哲学史讲演录》第 4 卷，贺麟、王太庆译，北京：商务印书馆 1987 年版，第 4—5 页。

② 北京大学哲学系编译：《西方哲学原著选读》上卷，北京：商务印书馆 1981 年版，第 22、23 页。

③ 同上书，第 39 页。

自身发展的理性形式。

米利都学派泰勒斯从食物、热度和种子这些生命所需的因素中观察到水分是它们共含的物质，于是认为"水"是万物的始基，一切源于水又归于"水"，这是从经验出发用自然物质去说明物质存在缘由的第一次尝试。阿纳克西曼德认为世界原质是"无限"，这种"无限"不是抽象的，而具有物质性，"这个未经分化的大块物质由于其永恒的运动，分离出不同的实体，最初是热，其次是冷，就像一圈火焰包围着冷"。① 阿那克西美尼认为，事物的存在具有原始的基质，但是，他认为"无限"还不具有确定性，不符合古希腊人的直观思维特点，他主张"气"才是原因和结果，一切都在永恒的"气"中发生和转变，比起泰勒斯的"水"来，"气"更具有可变性。米利都学派的思想有助于人们认识自然万物的起源和特点，但是依然是一种抽象和直观，若要得到万物存在的秩序，特别是精神存在的秩序，还必须加以量化和规则的说明。

后起的毕达哥拉斯学派认为，"数"是万物的本源，"数理"是物质世界的存在状态和基本规律，整个天体也是数的和谐统一。毕达哥拉斯学派的另一位代表人物阿尔克梅瓮通过解剖发现把眼睛和脑联系起来的视觉神经，以及联系耳朵和嘴的欧氏管，因此，他认为人和天体是"小宇宙"和"大宇宙"的关系，人和整个宇宙是在同一设计上建立起来的，人是外在宏观宇宙的缩影，这种见解成了毕达哥拉斯派学说的一个固定成分。与毕达哥拉斯学派论证人与世界的同一性相仿，德谟克利特从"原子论"角度再次提出"人是一个小宇宙"思想，② 在他看来，宇宙是由不可分的原子和虚空构成，人作为宇宙的缩影，也像宇宙本身一样是一个复杂的整体，他并不否认人的灵魂存在，人的生命就是由肉体的原子和灵魂的原子结合而成，每个人都以自己特殊的存在和活动方式，反映着整个宇宙的存在方式，所以对人的研究就是对宇宙的探索，对人的赞美就是对宇宙和谐之美的肯定。在"智者学派"前，古代希腊人还在天体学、医学、几何学、数学等领域取得重要成就，如泰勒斯预测了公元前586年的月食，毕达哥拉斯在数学上提出了著名的勾股定理，希波克拉底创立了人身有四种

---

① ［美］梯利：《西方哲学史》，葛力译，北京：商务印书馆2006年版，第13页。
② 北京大学哲学系编译：《古希腊罗马哲学》，北京：商务印书馆1961年版，第107页。

体液的学说，这就是黑胆汁、血液、黄胆汁和黏液。安纳查昔司发明了风箱，改进了铁锚和制陶的轮子，特奥多鲁斯发明了杠杆、三角板、车床、量尺和钥匙，当时的希腊语"Sophia"一词并不是指智慧，而是指"工艺技术"①。

　　从"智者学派"起，思想领域从对自然的认识转向对人的认识，"智者学派"强调用人的"理性"来对待存在的一切，每个人都应当学会独立思考，认识社会的前提是认识自我，用普罗泰戈拉的话说，"人是万物的尺度，是存在者存在的尺度，也是不存在者不存在的尺度"。② 但是，智者学派把人理解为感性的人，这就使评价事物的尺度根据个人感觉的不同而不同，从而否定了真理的普遍性存在，也等于认可了社会中的斗争和暴力。苏格拉底看到，雅典的民主政治所缺乏的是"知识"这一基础，因为知识的缺乏，使民主政府不能建立起一个有力的组织，往往是蛊惑家左右着民意，选举就像用豆子抓阄那样不过是碰碰运气，因此，他强调"美德即是知识"，"善是有益的事物"，"这样看来，对于任何人有益的东西，对他来说，就是善了。"③ 他把知识、德行和美本身联系在一起，把理性看成是灵魂的寓所，人在不断求知中才能认识自己、丰富自己、完善自己，从而成为西方理性主义的奠基人。

　　柏拉图和亚里士多德把古希腊的"理性"精神加以理论化、系统化。柏拉图发展了苏格拉底的思想，探究事物的共相本质，追问普遍的、一般的东西，在他看来，人类感觉到的现象世界后面还存在一个更加真实的理式世界，它是现实世界的原型，自在永恒、理想完满，现实世界不过是理式世界的摹本，而基于对现实感觉所创造出来的艺术世界更加是摹本的摹本，因此，他提出自己的事物内部动力的"理式"思想，把它看成是一切事物运动的源泉和动力，进而建立起理想国的国家学说。亚里士多德批判了柏拉图到"理式世界"寻求事物变化原因的思想，提出"四因说"。

①　[英] 斯蒂芬·F. 梅森等：《自然科学史》，上海外国自然科学哲学著作编译组译，上海：上海人民出版社1977年版，第16页。

②　北京大学哲学系外国哲学史教研室主编：《西方哲学原著选读》上卷，北京：商务印书馆1981年版，第54页。

③　[古希腊] 色诺芬：《回忆苏格拉底》，吴永泉译，北京：商务印书馆1986年版，第178页。

他还提出"潜能与现实"的范畴，论证了事物发展的过程性。他从形式与质料、灵魂与肉体的关系，阐发了国家和个人的关系，他把人的本质归结于国家、政治，提出"人是政治的动物"的重要命题，第一次揭示出人区别于动物的社会属性。亚里士多德还通过对生物进行研究，通过大量的经验观察、分类，按照完善程度，把从植物到人分成十一个等级，因此他也是古希腊最后一个提出一个整个世界体系的人。

古罗马在自然科学上没有多少成就，他们的成就主要在社会组织领域，如建立公共的医疗机构、筑路、采用旧历法和提出罗马法体系等，而在文化精神方面则主要是对古希腊精神和哲学的继承，就世俗的人本意识与原欲文化心理来说，与古希腊没有什么不同。这时流行三种哲学思想，即伊壁鸠鲁派、斯多噶派、怀疑派，斯多噶派思想尤被罗马人看好，该派继承赫拉克利特的传统，宣扬命定主义和禁欲主义，主张人生最高理想是静观默想，不动情感，消除欲望。古罗马人崇尚文治武功，崇拜力量，追求政治和军事的辉煌业绩，崇尚国家集权和自我牺牲精神等，与古希腊的自由精神相比，更多了一份成熟和理性的精神。但是，毕竟古罗马哲学远逊色于古希腊哲学，哲学家们不大关心自然和社会，特别是后期，哲学更加关心人生问题、伦理问题，对生与死的考虑、以灵魂安宁和生活幸福为主要目标，追求个人灵魂的安宁和解脱，因此，快乐主义、禁欲主义、怀疑主义、新柏拉图主义是古罗马哲学的主要流派，没有新的理论学说，理性思辨衰微，感性色彩浓重，在人们对和平生活的渴望和学术越来越专业化过程中，实用主义和宗教观念乘虚而入。

从公元 455 年罗马陷落到公元 1000 年左右教皇西尔维斯特二世被称为欧洲"黑暗时代"，无论是科学还是文化都鲜有发展，但是，条顿民族的侵入却带来不少工艺的革新，裤子代替长袍，牛油代替橄榄油，骑马用的脚蹬，毛毡的制作方法，稞麦、燕麦、小麦和啤酒花等的种植，尤其是农业上用的重轮犁，奠定了中世纪地主庄园生活的基础。到 10 世纪以后，发明渐多起来，如马颈圈和马蹄铁的使用最终使马耕地代替了牛耕地，水轮和风车的出现代替了人力或牲畜的拉或推磨，这些发明极大地促进了庄园经济、粮食与财富的积累，又支持了十字军东征、教堂的建筑和大学的建立。财富的积累促进了商业贸易的发展，磁针罗盘的出现促进了航海技术的发展，火药和火器结束了中世纪的披甲武士和骑士方队，而当火药制造和熔铸大炮控制在王侯手中，火器的发展也就促进了后来16、17世纪拥有绝对权力的王朝兴起。[①] 公元10世纪以后中世纪的建筑、绘画、镶嵌画、手工业都获得蓬勃发展，特别是法律和行政管理均取得重要成就。

经济的发展、财富的积累、社会的秩序、科学的进步、文化的交流、大学的产生，这一切都促使了中世纪文化精神的转变，基督教也被人们重新认识，人们发现基督教神学并非只有一种出世的思想，基督教认为人既有肉身也有灵魂，既有短暂的存在也有永恒的本质，"恺撒的物当归给恺撒，上帝的物当归给上帝"[②]，这暗示了一种入世而出世、功利而理想的价值取向。因此，尽管奥古斯丁像柏拉图一样为文学艺术判定了三桩罪状，即亵渎神灵、宣扬情欲以致腐蚀人的灵魂、虚假，但是，奥古斯丁却肯定了像《圣经》这样至善至美的艺术，这样看来，奥古斯丁对文学艺术的态度，实际上提出的是一个艺术标准或阅读水准的问题，而不在于根除情感。他曾给美和适宜下了这样一个定义："美是事物本身使人喜爱，而适宜是此一事物对另一事物的和谐。"[③] 无论是"喜爱"，还是"和谐"，都离不开人的情感体验，基于基督教教义而产生的情感体验，不仅不需要排除，相反需要张扬。

文艺复兴时期人文主义者反对神权独霸一切领域，肯定人权和人的力量，莎士比亚借助哈姆莱特的口赞美人类是"宇宙的精华，万物的灵长"，彼得拉克提出"人学"与"神学"相对，并且力图将"人的哲学"与基督教信仰结合起来，他们反对宗教的禁欲主义，强调人有权享受和追求现世幸福，反对封建专制主义，主张平等自由。薄伽丘通过《十日谈》深刻探讨了人性的本质、人生的意义和人的平等重大问题。塞万提斯通过堂吉诃德形象的塑造，深刻揭露了封建贵族的骄奢淫逸，嘲讽了骑士制度。拉伯雷的《巨人传》，通过对巨人"庞大固埃"形象的塑造，揭露了经院哲学的沦落为蒙昧主义的教育，启发人们从神学枷锁中挣脱，去寻找真正知识的"神瓶"。

---

① 参见［英］斯蒂芬·F. 梅森等著：《自然科学史》，上海外国自然科学哲学著作编译组译，上海：上海人民出版社1977年版，第50—52页。

② 《圣经·马太福音》，第22章，第21节。

③ ［古罗马］奥古斯丁：《忏悔录》，周士良译，北京：商务印书馆1981年版，第66页。

总之,从思想史发展来看,从古希腊到 16 世纪是"本体论"阶段,对事物存在本身进行"究元"是这一阶段思想的根本特征,"究元"也就是追问万事万物"是什么"的问题,进而决定"行为"和"方式"。可以说,"模仿说"下,不是现代"审美",而是这种"求真意志"统摄了一切物质和精神领域,并且成为最大的意识形态。自然理性使"世界观念"获得了人间可理解形式,科学哲学与宗教神学要么一明一隐,要么一高一低,要么一现实一彼岸,要么一理性一信仰,尽管有时存在严酷的斗争和冲突,但是更多的时候被以不同形式整合为一体,从而使文学接受、文学形式与意识形态之间的"传达关系"变得具有生气和活力。

## 二 "口头传播"与"言语力量"

如果只有一种"绝对的权威",而没有这种权威到达经验的有效方式和途径,就只能使文学处于神秘、迷狂的"巫术"阶段,而不可能进入理性的"人学"阶段,瑞典古希腊、罗马研究专家安·邦纳认为:"全部希腊文明的出发点和对象是人。它从人的需要出发,它注意的是人的利益和进步。为了求得人的利益和进步,它同时既探索世界也探索人,通过一方探索另一方。"① 这就决定了"绝对权威"向人类存在经验靠近,并将自己发出的"真实指令"以人能够接受的"尺度"或"方式"传达到读者的经验领域。而在这个过程当中,口头传播和言语修辞占据了重要的位置。

尽管誊写作坊在古罗马或公元前 5 世纪就已经出现,但是这时的书籍发行量极少,能达到几百本的就已经很少,而且,这些书籍相当一部分是实用性书籍,真正起到文化传播的书籍仅仅局限在少数贵族手里,大规模的文字印刷传播是中世纪后期的事情,公元 1189 年,第一座纸厂在法国埃罗建立,1276 年造纸术传到意大利的蒙特法诺,公元 1391 年传到日耳曼的纽伦堡,1494 年英国建立起第一家造纸厂;至于印刷,在 12 世纪时还是木块雕出来的,木板印刷最早记录是在 13 世纪下半叶,之后出现活字印刷和金属印刷,而近代印刷术的完善直到 1436 年至 1450 年

---

① 〔苏〕鲍·季格里扬:《关于人的本质的哲学》,汤侠声等译,北京:生活·读书·新知三联书店 1984 年版,第 28—29 页。

才臻于完善。① 这就是说，延续上千年的"模仿说"，其大部分时间处于口头传播状态。

口头传播方式的"在场性"，决定了讲述者和受众之间的互动关系，讲述者会根据受众的反应对故事讲述方式做出及时调整，受众的注意力被牢牢地套在情节发展中，与后来的"语言"和"意义"相关联不同，这时的语言紧密关涉的是"行动"。

诗人和巫师或预言家在拉丁文中是一个词源"vates"，诗人的说话不同于普通人，而是在神的指示下的表演，"诗人是神意的表述者，与预言家属于一类，其实诗人就是巫师"。② 在文学起源上，尽管有"劳动说""游戏说""巫术说""宗教说""韵文说"等多种不同说法，但是，它们之间并不一定处于对立的状态，在某种意义上，"劳动说"和"游戏说"属于更古老的文艺起源，而后者才更多地赋予文艺以"精神"和"形式"的意义。远古的图腾崇拜还是发自对祖先或者神灵的畏惧或者寻求保护的一种自发性的心理膜拜，而巫术的背后蕴含的是一套教义与仪式，无论是祈求巫术、交感巫术，还是占卜巫术、语言巫术，无不是经验和幻想交织的产物。

古代的神话衍生于巫术，卡西尔曾说："神话观念的第一个和最直接的形式是和效力世界紧密相连的，通过巫术意志的全知全能或思想的万能以操纵现实、控制自然，这是人对自己为现实赋予形式之能力的最早的和最原始的意识，也就是巫术的世界观的核心。"③ 弗雷泽的"交感巫术"即是强调了隐藏于事物之中的神秘生命力可以互相作用、互相感应、互相影响。在巫术活动中，人与世界合一，巫者听命于神的召唤，但是也同时能够对世界施加影响，经验、想象、梦幻、真实交织在舞蹈、音乐和语言的巫术仪式当中，从而使巫术活动呈现出一个隐喻的世界，它不仅连接着人的认知体系，而且连接着人的行为体系。

祭司或巫师就是最早的诗人，也是部落或城邦的最高统治者，他们作为沟通人神的中介，不仅在社会存在中处于最高位置，而且在精神存在中

---

① ［英］斯蒂芬·F. 梅森等著：《自然科学史》，上海外国自然科学哲学著作编译组译，上海：上海人民出版社 1977 年版，第 50—52 页。

② 许正林：《欧洲传播思想史》，上海：上海三联书店 2005 年版，第 37 页。

③ 同上。

具有至高无上的权力，进入理性时代之后，这种神圣的权力转换为意识形态的性质，但其世界性的来源和绝对的权威性依然得到延续。之所以是"延续"而不是"断裂"，是因为理性时代的人们不是重新解释起源的问题，① 而是对起源给予了自然科学与理性化了的解释，神、上帝或绝对力量具有了人间或经验中更多的可理解性成分。

　　古代的修辞术之所以要在语言技术层次理解，而不具有独立的本体意味身份，关键是语言本身不是目的，而是为更高目的服务的工具，古希腊的教育分为"实用教育"和"灵魂教育"两大类，前者以现实的功用为目的，后者关于高尚德性的教育，两者一旦分离，修辞术就属于技术的一类，因此，柏拉图借苏格拉底之口说出，"修辞术不是一种艺术，而是一种诌媚的手段，卑鄙的技巧，只能说服没有知识的听众。"② 尽管柏拉图对修辞术持有批评的感情色彩，但是，他却指明了理性时代修辞学的"工具论"身份，修辞学关键在于掌握在何种的理性权力之手。这样，我们就能够理解朗加纳斯的"崇高"风格，根本上是一种语言风格，而不是近代的审美风格。

　　朗加纳斯概括了古希腊文艺产生崇高风格的奥秘所在，"崇高的语言对听众的效果不是说服，而是狂喜。"③ 崇高的作品可以以横扫千军之势操纵一切读者，而不论他们愿意与否。他推出构成崇高风格的"五个因素"即庄严伟大的思想、慷慨激昂的热情、构想辞格的藻饰、使用高雅的措词、尊严、高雅的结构，前两个因素属于天赋，后三个因素属于技巧，崇高的风格是伟大心灵的回声，一个崇高的思想，在恰到好处时出现，宛如电光一闪，照彻长空，以显出雄辩家的全部威力，对朗加纳斯来说，语言是权力的一种形式，是作用于世界的一种力量。这种"崇高"效果关涉的是政治，他比喻性的描述："财富"很容易就敲开了城邦的大门，然后与主人同居，生育出浮夸、虚荣、奢侈等嫡亲的儿女，三个儿女长大成人，又会在人们心中滋生骄横、枉法和无耻，于是人们只重视必朽的肉体，却不珍惜不朽的灵魂，他认为民主制度是伟大天才的好保姆，卓

---

① 许正林：《欧洲传播思想史》，上海：上海三联书店 2005 年版，第 38 页。

② ［古希腊］亚里士多德：《修辞学》，罗念生译，上海：上海世纪出版集团2006年版，第4 页。

③ 伍蠡甫主编：《西方文论选》上卷，上海：上海译文出版社 1979 年版，第 122 页。

越的文才一般是与民主同盛衰，只有自由才能培养智者，才能感发他们的高尚的希望，这无异于在说，当时罗马社会缺少民主和自由。

朗加纳斯专门研究了古希腊历史学家希罗多德如何影响受众的独特表达方式，古代演说家为了把听众带入现场，而采用特殊的无关于"意义"的"入题"形式，从而体现出古代修辞学关涉的是效果、行动，而不是意义的实质性内涵。当代美国学者汤普金斯这样概括评价道："尽管朗加纳斯所指的那种'积极参与'的听众可能同样会出现在伊瑟尔的论文中，但是，一个受伊瑟尔或菲什影响的现代批评家则不会以朗加纳斯的方式来研究希罗多德的那段话。现代批评家会首先详细地说明那段话的语言如何使读者经历某些精神的或情感的感受。然后他将证明，读者在那种风格的迫使下所进行的认识过程含有这部著作的一个基本原则——希罗多德的时空观或者这位历史学家组织感性材料的特殊方式。简言之，一位现代批评家会以这种方式描述读者的经验，以便为阐释整个作品打基础。但是，朗加纳斯引用上述那段话是出于完全不同的目的。他想说明直接对话可以使读者立即进入情节的现场。他对那段话的意义不感兴趣。其实，他是否承认'意义'属于文学批评的范畴还是一个问题。如果读者已经成为情节的一部分，为语言所陶醉，那段话'意味着'什么这类问题就不会发生。一旦人们所企求的效果已经达到，阐释也就没有必要，而且也无立足之地了。"① 在汤普金斯看来，朗加纳斯关于崇高的观念与把诗看作纯粹权力的观念是相等的，因此，朗加纳斯并不关心对这种情感加以界说，而只是谈论这种情感的强度、力度，以及它们在听众身上所产生的影响和效果。

语言与权力相连，以"直接性"的方式作用于听众行为。早在古希腊时期，修辞术被特别的重视，如果摒弃了理性时代前后的断裂偏见，人们就会发现，西方古代的修辞学并非起源于柏拉图和亚里士多德，而是起源于荷马，"荷马史诗中，规劝、审慎、辱骂、叙述、情感、讥讽等，几乎都成为后世修辞学家研究演说论的典范元素。"② 苏格拉底创办于公元前 390 年的修辞学校，培养目标是教人掌握雄辩的才能，以有效地参与政

---

① ［美］简·汤普金斯：《读者在历史上：文学反应的演变》，刘峰译，载《读者反应批评》，外国文艺理论研究资料丛书编委会编，北京：文化艺术出版社 1989 年版，第 257—258 页。

② 许正林：《欧洲传播思想史》，上海：上海三联书店 2005 年版，第 51 页。

治，柏拉图借用修辞术的力量阐明城邦的政治问题，亚里士多德系统地论述了说话艺术的实用性。在古希腊，演说的艺术包括五个要素，其中演说内容居于第一位置，它是说话的根据，组织演说内容居于第二位置，它包括对内容的顺序、结构安排，如何表达位于第三位置，包括遣词造句和运用修辞格技巧，记忆处于第四位置，强调演说的核心内容如何被听众记住，记忆法被加以研究，言说处于第五位置，强调演说发音正确、吐字清晰，抑扬顿挫并适当运用肢体语言。当修辞学伴随雄辩术在公共场合衰退之后，它更多地以典型形式表现在文学艺术领域，处于文化和教育的中心位置，一直持续到 17 世纪后期，"只是从 18 世纪起，修辞才渐渐失去了其作为文学修养之本的地位。"① 总之，修辞学是以言语的功能和表现力为核心，其目的在于有效地说服别人，驾驭人的激情和行动。

### 三 "对等思维"与"世界观念"

"传达关系"之所以发生，还必然要以"模仿说"下的"心理条件"为基础。要想确定"模仿说"下的读者阅读期待视野，如果按照接受理论观点，似乎是一件困难的事情，在本文看来，可能有多种确定方法：可以用"考古实证的方法"，通过多重证据法去把握一定历史时期人的思想观念，甚至可以通过相关文献的已有的概括而直接把握和获得；也可以采用"批评的方法"，通过对一定历史时期经典作品分析并比照相应的历史资料，以"反向"的方法确定当时人的所思所想，因为，文学作品在某种程度上就是历史读者阅读"期待视野的客观化"形态；还可能采用"心理学方法"，读者阅读期待视野本身就是和心理学十分靠近的问题，由于人类心理历史发展状况与个体心理发展状况具有可类比性特点，这就为从更普遍的角度研究特定历史阶段读者阅读心理提供了可能。本文主要采用最后一种方法，即从"发生心理学"的思维发展角度探讨"模仿说"下的阅读心理特征，认为"对等思维"或"直线思维"特点从接受主体方面决定了"模仿说"下读者"世界观念"的形成。

根据皮亚杰的《发生认识论原理》和《儿童心理学》中观点，儿童

---

① ［法］达维德·方丹：《诗学——文学形式通论》，陈静译，天津：天津人民出版社 2003 年版，第 15 页。

心理从出生到两岁属于"感知运动水平阶段"，而在这个水平阶段又分为前后两个阶段，前一个阶段是从出生到十八个月，后一个阶段是从十八个月到二十四个月。在前一个阶段的思维特点是，幼儿没有任何自我意识，也不能区分开主体和客体，幼儿把自己的身体当作宇宙的中心，却又不能意识到这个中心，"儿童最早的活动既显示出在主体和客体之间完全没有分化，也显示出一种根本的自身中心化，可是这种自身中心化又由于同缺乏分化相联系，因而基本上是无意识的。"[①] 幼儿思维发展到后一个阶段，被皮亚杰称为发生了"哥白尼式的革命"，这时幼儿不再以身体为中心了，通过"过去"身体的活动，他们开始认识到空间多种物体的存在，主体的身体只是诸多客体中的一个，于是幼儿开始意识到自身是活动的来源，也是认识的来源，于是主体的活动得到协调并彼此关联起来，主客体的分化使客体逐步"实体化"，因果作用的有效性，使幼儿明白，"他在什么程度上学会了怎样有效地作用于这个宇宙，他也就在什么程度上成为这个宇宙的一个不可分割的组成部分。"[②]

如果说幼儿思维"感知运动水平"第一阶段还是处于物我不分的混沌状态，更像是人类早期的原始艺术的话，那么在第二阶段则可以看成已经进入了文学"模仿说"阶段，因为在这一阶段，超越了前一阶段人神不分，诗、乐、舞不分的"巫术"艺术阶段，而是出现了以"观者"或"镜子"的方式描述世界万物之间关系的"复现"艺术形式。我们知道，对于古代人类世界在他们面前是充满奇幻的，所以在他们的艺术中，即可能有写实的方式记录下一次战争，或一个民族的历史，也可能以幻象的方式表达他们对事物间关系的理解和思考，他们会把世界和上帝联系在一起，会把闪电和雷神联系在一起，会把狂风与发怒联系到一起等等，文学艺术就是这种事实与幻象、激情的交织。考古学已经部分证明，一些看似荒诞离奇的远古神话，如《荷马史诗》，事实上未必虚无，而像《圣经》这样伟大的著作，本身就是希伯来民族的历史。

"模仿说"的发生心理学特征不仅仅限于儿童的"感知运动水平"阶

---

① ［瑞士］皮亚杰：《发生认识论原理》，王宪钿等译，北京：商务印书馆1989年版，第23页。

② 同上书，第24页。

段，它还包括"前运算阶段"的"第一水平"阶段，它大致时间是儿童的两岁到四岁。感知运动阶段的智力还停留在现实的或实际的活动水平，还没有达到在概念系统中反省活动的水平，儿童还没有掌握一套称呼它们并在意识中把握它们的符号系统，"换言之，感知—运动智力的格局还不是概念，因为它们还不能在思维中被运用，它们之起作用仅限于实践上的和实物上的应用。"① 这一阶段的心理特征是：一是"延迟模仿"，即物体消失后依然能够根据记忆继续模仿；二是"象征性游戏"，如佯装入睡；三是"描绘式表象"，如他们不仅能够做到而且能够用概念描述物体从 A 移动到 B 的过程；四是心理表象，这是一种内化了的模仿，主要是再现表象，这些表象是他们先前知觉过了的情景，如儿童会根据自己的记忆画出一个人的头部、身体和四肢，但可能因为记忆忽略，把细节的耳朵忽略；五是初期的语言出现，他们能用语言称呼并不存在的事物，如儿童看到一幅画会自己编出一段故事。

如果把感知运动阶段看成人类早期文明的"艺术阶段"的思维特点的话，那么就可以把"前运算阶段"中的"第一水平阶段"看成是人类文明进入"哲学阶段"以来的思维特点，如果把前者称为"直观式对等思维"的话，那么后者就是"反思性对等思维"，其特点是体现出直线式的因果联系。这时，除了用形象表现事物与观念外，还能够用概念表现事物和观念，不断的反思行为促进了认识的不断深化。从毕达哥拉斯的"数理"，到苏格拉底的"伦理"，到柏拉图的"理想国"，到亚里士多德的"人性"，到贺拉斯的世界的纹理"方式"，到基督教的"彼岸世界"，到文艺复兴的永恒人性等等，体现出一个纵深的认识发展过程，相应的文艺观念也诞生在这一系列的客体认识不断深入的过程当中，如"数理形式"的和谐理论，"美在功用"的实用观念，"理式形式"的美本身，"质料—形式"的事物动因，"合式形式"的艺术创造，"光的形式"的神圣秩序，"镜子形式"的重现真实等等。

思维的"对等原则"是感知运动水平的高级阶段，一方面，它能够将自己放到物的序列中加以认识，从而超越物我不分的"以己度物""想

---

① ［瑞士］皮亚杰：《发生认识论原理》，王宪钿等译，北京：商务印书馆1989年版，第27页。

象性类概念"为特征的巫术思维；另一方面，客观事物在他的面前又呈现出永恒性权威，在他们看来，关于"自我"的认识也就是关于"物"与"物"之间联系的认识，这种关于客观世界的信仰和崇拜，既承继远古巫术之风或原始宗教心理，也是新的历史阶段理性对世界的不断认识深入使然，这个历史阶段，人类对自我的认识，还没有分离的"个体"的观念，这样就决定了人在宇宙中的位置，只能是"小宇宙"和"大宇宙"之间的关系，"在希腊文明的观念中，人和世界都是对另一方的反映，都是摆在彼此对立面的、相互照应的镜子。"①

"对等思维"或"直线思维"特征是早期的艺术思维特征，古代神话的代表性特征是，把微观世界和宏观世界泛神论地、自然地连结为一个统一的整体，普列汉诺夫把神话看成是位于宗教和艺术之间的一种过渡形式，认为神话是人意识到诸现象之间有因果联系的第一种表现，"神话的宗教方面在很大程度上被一种对生与死、人与动物或植物、微观世界与宏观世界的相互转化的自然性的幼稚信念所代替。"② 在"模仿说"下，读者的阅读期待是一种关于"世界观念"的阅读期待，它随时准备接收那来自最高权威的信息和指令，读者接受的是"天地之音"，它具有本体存在真实的意涵，这既是受制于读者接受的心理条件，同时，也是特定历史阶段的文学艺术对读者提出的要求，当柏拉图主张"灵魂凭赋"的文学的时候，也就驱逐了纯粹"摹仿"的文学读者，当基督教把《圣经》当成最高范本的时候，世俗文学的读者就难以走近圣殿一步。

历史上的人类思维水平不仅要在心理上来解释，还要获得文化上的解释。在两极分化严重，在经济、政治权利被严酷剥夺，稀缺的文化符号被少数人占有的情况下，普通民众的心理成熟程度只能维持在"对等思维"的次原始水平，这构成传达关系得以产生的主体接受条件。

人类走过的精神历史，不会从历史退出，相反，它们哺育了后来的文学，模仿艺术以直觉、形象、生动、深刻的方式传达着人类同世界的关系，这里蕴含了最优美、最崇高的精神原则！

---

① ［苏］鲍·季格里扬：《关于人的本质的哲学》，汤侠声等译，北京：生活·读书·新知三联书店1984年版，第28—29页。

② ［俄］雅科夫列夫：《艺术与世界宗教》，任光宣、李冬晗译，北京：文化艺术出版社1991年版，第18页。

# 第三章　实用说:文学接受、表述形式与意识形态

　　文学观念演进中的"实用说"很少被重视,一般认为,自"表现说"产生之前,"模仿说"一直统治着西方的文坛,而实际上,17、18 世纪已经是"实用说"的天地,"模仿说"的内涵已经和过去大不相同。据艾布拉姆斯考察,长期占据西方文学观念核心位置的"模仿说"其统治地位并非像以往人们想象的直到浪漫主义兴起时那么长久,而对"实用说"的发现是在近 19 世纪以后的事情,"许多英国批评家在 19 世纪将近时开始认真地研究了模仿概念,结果发现(与亚里士多德的见解相反),由于媒介的差异,在诸多艺术种类里,除了极少数以外大部分都不是任何严格意义上的模仿"。①

　　这一变化的时间,大约发生在 16 世纪后叶,当时英国菲力普·悉尼爵士写的《诗辩》表明了这一变化趋势和它的实质与后果,他说:"诗歌是一种模仿艺术,亚里士多德说的'米迈悉斯'就是这个意思,也就是说诗歌是一种表现、仿造、摹描——打个比方,是有声画:目的是给人以教导和愉快。"② 在后来学者看来,这实际上是打着亚里士多德的旗号,表达的是悉尼自己观点,"实用说"以愉悦形式和教导目的同"模仿说"对世界的"反映"区别开来,如果说"模仿说"所呈现的是人和世界的"小宇宙"和"大宇宙"之间再现式的"传达"关系的话,那么"实用说"下则突出的是人与社会之间通过语言符号"定向指涉"所建立起来

---

　　①　[美] M. H. 艾布拉姆斯:《镜与灯——浪漫主义文论及批评传统》,郦稚牛等译,北京:北京大学出版社 1989 年版,第 14 页。

　　②　同上书,第 15 页。

的曲折"表述"关系。

## 第一节　形式观念："实用说"与"表述形式"

"表述形式"是"实用说"下的总体文学形式观念，它以权力关系为核心，以自然人性为基础，以修辞技巧为特征，通过可见性和空间化为意义赋形，通过定向监管为意义规范秩序的话语存在方式。其表现形态分为修辞层、类型层、中心层三个层次。"实用说"作为一种文学观念很少被我国理论界所重视。

### 一　何谓"表述形式"

所谓"表述"，英文 representation，又译为："表象""表征""再现"它有"表现"和"象征"双重意思，表述就其基本含义而言，一方面它"再现"原初场景；另一方面它具有言外指涉，作为"再现原初场景"，它具有"真"的最高权威的"影像"。作为"言外指涉"说明"真"并不实际在场，要想抵达"真"，就必须历经一个"向真"或"至善"的过程，这也意味了意义的"定向性"或"权力性"，以及"人性"特点。

不能把这里的"再现"和"模仿"相混淆，"表述"早期含义中的确与"模仿"相近，这在霍尔对"表述"一词的义项的三个解释中体现出来，霍尔曾对"表述"含义做以探讨，得出"表述"的三个使用含义，体现出认识演进的过程，霍尔在《表述——文化表述和意指实践》中曾对"表述"做出三种解释：第一种是"模仿"，其要点是"再现原物"；第二种是认识到语言的"公众的""社会的"特性，它与结构主义思想相联；第三种解释与本文的论题相关，它是意义的获得，必须通过"意向性途径"，"通达意义的表述途径，陈述了相反的理由。它认为说者、作者就是通过语言把他或她的独特意义强加于世界的人。词语的意思是作者认为它们应当具有的意思。这就是意向性途径。"① 从霍尔的观点中，我

---

① 王先霈、王又平主编：《文学理论批评术语汇释》，北京：高等教育出版社 2006 年版，第 225 页。

们看到"表述"从最初的"再现"或"模仿",发展到后来的"意向性"、再到"结构主义"的"系统"观念这样一个范畴内涵演进过程,"实用说"下的"表述"该在第二种意义上使用,它比"模仿"要高一个等级,但没有"结构主义"的那样封闭。

关于"再现"和"模仿"的区别,韦勒克从"人性"和"自然"的角度看出"实用说"前后模仿观念的不同,他说:"新古典主义文学理论的中心概念是'模仿自然'。这两个术语现在往往容易引起根本的误解。'模仿',即亚里士多德说的模拟,当然不是指依样画葫芦,照相式的自然主义,而是指再现:它仅仅是说诗人制作出来的东西并非自然本身,而是旨在再现自然。这里的'自然'也不意味着'无生命的自然'——静物或室外景色——如同目前所常用的那样,而是指一般的现实,尤其是指人性。这一中心概念的假定把全部重点都放在艺术作品的所旨方面。"①韦勒克的区分对于理解"表述"的"再现"内涵很有意义,"再现"不是原物的已然复制品,而是向"原物"指涉,它的状态是"开放性"或"意向性"的。

对古典主义的"表述"思想做出更深入分析的是福柯,他在《词与物》中把古典时代的认识型称为"表述",在福柯看来,古典认识型最核心的变化是,"符号不再是世界的形式,而是对其他符号的'再现'。"②据福柯考察,产生"表述"认识型转变的基本依据是,人们这时注意到了符号的"三个可变量":从符号间关系的起源上,符号既可以像镜子一样反映事物,也可以是约定俗成;从符号关系的类型上,符号既可能属于它指称的整体,也可能与整体相分离;从关系的确定性上,符号既可能是恒常的,也可能是或然的。这三个可变量消解了词与物的确指性,最终导致传统的"相似性"认识型瓦解。福柯通过对"普通语法"的分析,揭示出"表述"的"可视性""空间化"和"权力"因素。17世纪普通语法产生,"共同的语言结构"是通常的解释,但在福柯看来,普通语法包含两个方面,一方面,普通语法是作为一种共时性研究方法,是对一般语

---

① [美]韦勒克:《近代文学批评史》第一卷,杨自伍译,上海:上海译文出版社1987年版,第18页。

② 刘北成:《福柯思想肖像》,上海:上海人民出版社2001年版,第149页。

言的反思和分析，是论述思想的逻辑，力图描述一种再现方式的运作过程；另一方面，普通语法又有自己特殊的研究对象，"普通语法并不想限定所有语言的规律，而是依次论及每一种特殊语言，作为思想与自身连接的一种方式。在每一种孤立的语言中，表象为自身提供了'符号'。"① 普通语言并非是纯净的、原始的，未被污染的言语，普通语法的对象既不是思想，也不是个别语言，而是"话语"，即"言语的符号系列"，这背后隐含着选择、排斥、修改等权力因素。因此，在他看来，普通语法并非彻底排除了"时间"，而是通过"空间"的特殊组织方式把"时间"的隐蔽性揭示出来，是一种"深层空间秩序的建构"。因此，表述的性质不是一个单向的，而是双向的，其作用是指示表象、分析表象、组合和分解表象，以便使一般的秩序原则与表象之同一和差异的体系一起在诸表象中涌现。

　　根据这样的思想，我们能够建构"实用说"下的"表述形式"观念。相对于符号间关系起源上，"非纯净性""非原始性"的发现，语言的生成要素被考虑进来，"表述形式"不是对"世界观念"的单向度传达，而是双向度的交互过程；相对于符号关系类型上，个别可能从整体中分离出来，个体经验被重视起来，"表述形式"不能单凭发号施令保证效果，而要在整体和个体间寻求结合方式，这就是做到"理性的感性化"和"感性的理性化"；相对于关系的确定性上，"或然"可能从"恒常"中分离出来，"表述形式"不再是对"恒常"的绝对回归，而要通过一定的话语组织策略，对"或然"进行筛选、排斥、分类、结构，以及重新定向。

　　17、18 世纪是封建主义社会向资本主义社会的过渡阶段，理性被推向最高主宰，"一切都必须在理性的法庭面前为自己的存在作辩护或者放弃存在的权利。"② 在哲学上，这一时间被称为"认识论转向"，在文学艺术领域崇尚的是"理性主义"，但是这种"理性主义"不是建立在意识形态或权力的单一作用之下，而是"自然人性"与"王权政治"实现一种暂时互动张力平衡的结果，这就决定了"表述形式"不是一个单一维面，

---

　　① ［法］米歇尔·福柯：《词与物——人文科学考古学》，莫伟民译，上海：上海三联书店 2001 年版，第 122 页。

　　② ［德］恩格斯：《反杜林论》，《马克思恩格斯选集》第三卷，北京：人民出版社 1973 年版，第 56 页。

而是一个"双向"过程。

总之,"表述形式"是"实用说"下的总体文学形式观念,它是以自然人性与社会理性互动为基础,通过"修辞"为意义赋形,通过"类型"为意义规范级别秩序,通过"中心"指向明确意义的理性归属,它是一种权力性关系话语。

## 二 "表述形式"表现

"表述形式"体现为三个层面,即修辞形式、类型形式、中心形式。

"修辞形式。""修辞"源自古希腊的修辞术,在"实用说"文学观念中被突出强调,"实用主义批评的视角,它的大部分基本语汇以及许多特殊的论题,都源自于古典修辞理论。"① "修辞形式"是"表述形式"的基本表现形态。

古希腊古罗马时期的柏拉图、亚里士多德、贺拉斯、西塞罗、朗加纳斯等的修辞学思想,这时大显身手。柏拉图把语言和权力等同起来,把美学纳入政治生活领域,借助说话艺术的力量阐明城邦里面存在的政治问题。亚里士多德在《修辞学》中系统论述了说话艺术的实用性,并把它当成一个独立的研究对象。西塞罗认为,修辞学在教育及文化领域占据中心地位。对朗加纳斯来说,语言就是权力的一种形式,他的"论崇高"思想里面,强调的是直接面对听众的对话如何将读者立即引入情境的现场,意义还在其后。中世纪特别推崇贺拉斯的修辞学思想,他们把修辞学看成是用语言影响他人的艺术,从而增强思想交流。

"实用说"下的"修辞形式"观念,继承了古代修辞学思想,语言的表达艺术同样被他们强调。如,英国德莱顿就诗应该"有韵"还是"无韵"问题发表见解,认为作为严肃剧与喜剧不同,其主题和人物由于伟大的性质,采取"隐藏"的方式并不妥当,"用韵"用的自然,不仅有助于演员表演,还能够增强对观众的刺激,产生更好的艺术效果,德莱顿说:"写作用韵是我们前辈留给我们的唯一出路。"② 在德莱顿看来,"用

---

① [美] M. H. 艾布拉姆斯:《镜与灯——浪漫主义文论及批评传统》,郦稚牛等译,北京:北京大学出版社1989年版,第17页。

② 蒋孔阳、朱立元主编:《西方美学通史》第三卷,上海:上海文艺出版社1999年版,第128页。

韵"用得好，关键在于用心掌握语言规律和艺术技巧。

从修辞的本意来说，是使语言达到最佳效果的方式和技巧。从这个意义上说，古典主义的"三一律"思想就是修辞形式的突出表现，它将传统的分散的语言修辞原则，提升到艺术整体加以原则性规定。"三一律"思想，根据高乃依的解释就是"行动""时间""地点"的一致。所谓"行动的一致"，是选择的行动应当有开端、中间和结尾，这三个部分不只是主要行动中各自独立的行动，而且其中的每个行动本身还包含着处于从属地位的所行动，"我认为，行动的一致，对喜剧来说，就是倾轧的一致，或剧中主要人物的意图所遭到的阻碍的一致；对悲剧来说，则是危局的一致，它并不以主人公战胜了危局或在与危局斗争中死亡为转移。"① 所谓"时间的一致"，是根据戏剧的情节安排，一般把时间设定在十二小时以内完成，"我们便不让行动拖长到十二小时，而是尽可能地努力限制行动的延续时间，使表演更接近真实，更其完美。"② 所谓"地点的一致"，是剧情发生的地点在同一个地方，尤其在同一幕剧中，绝不允许更换场地，在同一部剧的不同场幕中，可以更换两三个地点，但是必须换景和加以说明，"我支持尽可能地努力做到绝对的地点一致的意见，但由于这个意见不可能适用于一切题材，所以我也欣然同意用发生在同一城市的行功来满足地点一致的要求。这意思并不是说，我要剧院表演整个城市（这未免过于广阔了），而只是城内的二、三处特定地点。"③ 高乃依认为，"三一律"是目前所探知的艺术原则，而不怀疑还能够找到新的方法，并且表示，只要是通过经验实践获得成功的方法，他便决定"遵循它们"。

在"三一律"的背后，是别"差异"的思想，强调行动、时间、地点的一致，也就是认为不同的环境下的行动有着起因上会有巨大差异，"因为生活在同一王宫中的不同人物的兴趣经常是不同的；甚至是相反的，所以便不允许不同的人物在同一房间内把自己的秘密和盘托出。"④

---

① ［法］高乃依：《论三一律，即行动、时间、地点的一致》，孙伟译，载《西方美学史资料选编》上卷，马奇主编，上海：上海人民出版社1987年版，第401页。

② 同上书，第403页。

③ 同上书，第404页。

④ 同上。

倘若强硬地集结在一起，就容易失去真实感，丧失艺术的感染力。

差异的背后是事物的存在"个别性"，理性时代能够析出"个别性"，并将其作为建筑自身的原则基础，这不能不说是一个崭新的事项。这说明，"理性"与"未知"之间，通过"个别性"得到联结。韦勒克认为新古典主义理论家那里有一种"隐然的美"，"法国新古典主义一开始就替未知的神秘的东西留有余地。它被称为隐然的美，'非吾所知'，'超乎艺术之上的秀美'，它是批评家所无法归纳、理论家的理性主义所无法把握的一个领域。"① 这是对未知领域留有余地。因此，福柯的"可视化""空间化"思想，就成为意义在"个体"上的重新组织。从这个意义上说，"修辞形式"就不单纯是理性的教化工具，它同时也是使意义得以现身和筛选的手段。

"可视化"的目光、"空间化"的筛选背后，是自然与理性的关系原则，作为艺术的"修辞形式"不同于语言修辞，"修辞形式"还需要在理性主义四个基本原则下来理解：1. 理性的原则，主张表现高贵人物，歌颂王权，反对市井俚俗；2. 自然的原则，布瓦洛的自然指的是合乎常情常理的人性；3. 古典的原则，"人性"被布瓦洛概括为以往戏剧实践中的几种普遍的性格类型，比如阿伽门农的"骄蹇而自私"、伊尼对天神的"敬畏"、青年人的"躁急"、中年人的"成熟"、老年人的"抑郁"以及"老实""荒唐""糊涂""吃醋"等等；4. 道德的原则，著名的作品载着古圣的心传，能够通过"诗"向心灵输灌，有德的作家具有无邪的诗品，因此要爱道德，使灵魂得到修养。这样，"修辞形式"就不仅仅关涉语言、技巧、未知意义，更重要的还关涉"情""理"，布瓦洛说："不管写什么题目，或庄严或是谐谑，都要情理和音韵永远地互相配合。"② 在理性主义原则下，意义总是被不断地挑选与重新组织，"音韵不过是奴隶其职责只是服从。如果我们为找韵肯先用一番工夫，习惯很容易养成，韵自然一找就有；在义理的控制下韵不难低头听命，韵不能束缚义理，义理得韵而愈明。但是你忽于义理，韵就会不如人意；你越想以理就韵就超会以

---

① ［美］雷内·韦勒克：《近代文学批评史》第一卷，杨自伍译，上海：上海译文出版社1987年版，第28页。

② ［法］布瓦洛：《诗的艺术》，任典译，载《西方美学史资料选编》上卷，马奇主编，上海：上海人民出版社1987年版，第411页。

韵害义。因此，首须爱义理：愿你的一切文章！"①

在修辞形式诸多要素构成中，"理"处于至高无上的位置，"理"对语言、技巧、情感，乃至未知领域的重视，归根到底，是为了使"理性感性化"以便于行使权力，使"感性理性化"以便于规范意义，这样的思想原则，也同样适用于以下两种形式表现。

"类型形式。""类型形式"由英国新古典主义后期代表作家约翰生在《〈莎士比亚戏剧集〉序言》中提出，他说："诗人的任务不是考察个别事物，而是考察类型；是注意普遍的特点和注意大体的形貌。他不数郁金香的纹路或描写森林的深浅不同的绿荫。在所画的自然画像中，要能展现出那样一些显著的特色，使人一看就想起原本，某一个人会注意到而另一个人会忽视的那些区别必须略去，要突出那些对有心人和粗心人都同样明显的特征"，② 之所以要写类型，是因为类型来自于普遍情感，来自于生活某一时刻或某一角落，它能唤起读者类似情况下的情感体验。他并不主张作家写人物个性，因为特殊的风俗习惯只能有少数人才熟悉，而对于多数人而言，陌生情调或许引起人们一时惊讶，但惊讶之后转归的是平淡乏味。所以，他要求诗人"必须摆脱他的时代和本国的偏见；他必须考虑抽象的和永恒状态中的是与非，他必须撇开当时的法规和观点，进而追求那种普遍的、超越一切永久不变的真理"。③ 英国新古典主义虽然强调理性，但是认为理性来自人性普遍经验，因此，普遍情感成为类型划分的依据。

与约翰生认为"类型"来自现实生活不同，法国布瓦洛认为"类型"应当来自传统的"类型观念"，写阿伽门农就应该写他的骄蹇而自私，写伊尼就该写他对天神的敬畏之情，凡是写古代英雄都该保存其本性，写人物也要写出年龄共性类型，"青年人经常总是浮动中见其躁急""中年人比较成熟，精神就比较平稳""老年人经常抑郁，不断地贪财谋利"，人性光怪陆离，每个灵魂都有不同的特点，"谁能知道什么是风流浪子、守

① ［法］布瓦洛：《诗的艺术》，任典译，载《西方美学史资料选编》上卷，马奇主编，上海：上海人民出版社1987年版，第411页。

② ［美］佛朗·霍尔：《西方文学批评简史》，张月超译，南京：南京大学出版社1987年版，第87页。

③ 同上。

财奴，什么是老实、荒唐，什么是糊涂、嫉妒，那他就能成功地把他们搬上剧场"。① 他认为戏剧中的人物性格不应发展变化，而是从开始直到终场都性格如一，"那人物要处处符合他自己，从开始直到终场表现是始终如一"。② 这体现了以理性观念先行介入的类型划分特点。

德国新古典主义代表文克尔曼更是把"类型"方法贯彻到他的"古代艺术史"研究中去，发现古希腊艺术史上四个时期的不同风格类型：第一时期，在雕刻家斐底阿斯以前，希腊艺术处于初步尝试阶段，素描的线形很有魄力，但仍嫌生硬；第二时期，斐底阿斯时代，希腊造型艺术达到了最高阶段，呈现出崇高的或雄伟的风格，特征纯朴和完整，但还不以美见长；第三时期，在普拉克什特时代，技巧高度成熟，艺术才有"美的风格"，显示出圆润、清秀、典雅的特色；第四时期，在亚历山大时代以后，希腊艺术失去了蓬勃朝气和活力，专从事模仿，即把过去的不同风格杂糅在一起。③ 文克尔曼着重从地理环境和政治制度研究希腊艺术的繁荣及其优于其他民族艺术的基础和原因，认为古希腊民主制度是造型艺术繁荣的主要原因，他特别推崇希腊群雕《拉奥孔》，认为雕刻中拉奥孔以静穆的心灵忍受肉体的痛苦，显示了人类战胜苦难的巨大精神力量和尊严，是精神美和自然美的完美结合，认为希腊艺术风格是"高贵的单纯、静穆的伟大"，体现出了古典主义的审美趣味。

历史上每个时代艺术都不缺少分类，将类型划分同表述世界联系到一起，却是古典时代的特色。无论是强调自然经验、还是强调社会理性、或者引入第三者观念，终归还是在普遍人性论内部的区分，总体来看，有更多的一致之处。分类的背后是理性的原则，体现了君主政治对意义领域的要求。悲剧的风格是崇高的，喜剧的风格是滑稽的；悲剧要体现王宫贵族的生活，喜剧表现的是小市民阶层的日常生活；悲剧的对白要工整、用字要精练、音调要铿锵，喜剧可用散文化日常语言，可以穿插插科打诨、戏

---

① ［法］布瓦洛：《诗的艺术》，任典译，载《西方文艺理论名著选编》上卷，伍蠡甫、胡经之主编，北京：北京大学出版社 2007 年版，第 203 页。

② ［法］布瓦洛：《诗的艺术》，任典译，载《西方美学史资料选编》上卷，马奇主编，上海：上海人民出版社 1987 年版，第 425 页。

③ 朱光潜：《西方美学史》上卷，北京：人民文学出版社 1984 年版，第 304 页。

谑笑闹。"分类学既相当于一种本体论，也相当于一种符号学。"① 为事物划分出一个种类，是对分散"表述"的一种概括，并将它安置在理性认识的"表格"当中，从而获得自身存在的合法性。

"中心形式。""中心形式"由18世纪英国新古典主义理论的代言人雷诺兹提出。所谓"中心形式"，指"'每类事物的美的观念'，它'固定不变'，是'一个种类，一般人类共同具有的一般的形式'"。② 在雷诺兹的眼中，大自然是一个"伟大的联合体"，画家的职责就在于将它揭示出来。这种揭示任务具有连续性特点，对于初学者不应当开始于自己的经验，而应当遵循已有的规则和范例，"与其采用你自己的观点，毋宁采取世人的观点。你不应该信赖自己的才能"，"我首先要劝告诸位，要强使青年学生绝对服从于大师们通过实践所确立的种种艺术规则。学生们应该把那些经过几百年时间考验的范例视为完善而可靠的向导，应该视为自己模仿的对象，而非自己批评的对象。"③ 对于训练有素的画家，绘画不应机械地模仿表面的自然，而是应当描写自然的存在"境况"，即物的秩序，这需要画家有所选择、有所提练、有所比较，在此基础上概括出自己的观点，并使其系统化。"中心形式"并非散布在事物的周围，也不是某一秩序的唯一的指认位置，而是一个永在的"还原点"，显然，这个"还原点"的中心指向是政治。雷诺兹用了一个比喻，钟摆的每一次摆动都要触及"中点"，不管它在中心之外横穿过多少次，钟摆摆动所经过的这个中心点，再现了由反复的经历而形成的审美习惯，雷诺兹强调，对于初学者不应当开始于自己的经验，而应当遵循已有的规则和范例，对于训练有素的画家，绘画不应机械地模仿表面的自然，而是应当描写自然的存在"境况"，即物的秩序，这需要画家有所选择、有所提练、有所比较，在此基础上概括出自己的观点，并使其系统化。

法国新古典主义代表布瓦洛把理性作为诗学的基本原则，"首先须爱

---

① 刘北成：《福柯思想肖像》，上海：上海人民出版社2001年版，第150页。

② 朱立元主编：《西方美学范畴史》第二卷，太原：山西教育出版社2006年版，第149页。

③ [美]凯·埃·吉尔伯特、[联邦德国]赫·库恩：《美学史》，夏乾丰译，上海：上海译文出版社1989年版，第346页。

理性：愿你的一切文章，永远只凭着理性获得价值和光芒。"① 这种理性来源于人的天赋，它是自然的产物，以自然的伟大法则为基础，真、善、美是它的内容并内在统一，他并不把实物本身看成是美，美对他来说是一种精神性的存在物，它根本来自于宇宙的和谐和规律性。而只有少数人才具有理解美的天赋，他们能够凭借理性对美的事物做出判断，他们所创造出来的美恒久不变。应当说，布瓦洛所主张的理性原则，虽然以永恒人性、自然为口号，但其在现实性上落实到的是社会正常情理层面，真善美是以宫廷贵族的共性为基础，忠君爱国，强调共性，维护规则，文体区分，等级有别都是其理性的实质性内涵，当时法国政治上的强盛的专制主义使他的理性不可能超越到其他层面中去，只不过他把这种王权政治看成是合理合法、天经地义、与人性、自然无二的东西而已。具有理性心灵的后来人会发现前人作品的伟大并做出合适的判断，"大多数人在长久时期里，对显有才智的作品是不会看错的。例如在现时，人们已不再追问荷马、柏拉图、西塞罗和维吉尔是否伟大；这是一个没有争论的定论，因为这是两千多年以来人们一致承认的。"② 正因为古希腊古罗马优秀的诗人留下的作品被时间证明了它们的永恒性，也就可以得出判断它们能够成为文学借鉴的范本。布瓦洛也并非一味模古，他也认为古代作家也有不好的作品，近代作家同样创造出了很好的作品，他模古的理由只是那些好的作品经受住了时间的淘洗，长久地受到人们的赞赏。无论是古人的作品还是近代的作品，能够判断出它们是好的作品，唯一的理由是它们是对"自然人性"的模仿。这样的范本特征在于它能够把自然提供的素材通过理性的选择和烛照以适当的形式表达出来，这就必然涉及技巧的运用，他主张写作尽可能用平民的语言为来源，以宫廷语言为标准，经过淘洗后，写入作品，写人的常情常理，恪守"三一律"原则等等。我们可以做出判断，法国新古典主义的审美标准在于王权理性、人情事理、精湛技巧。

综上所述，"表述形式"是"实用说"下的总体文学形式观念，它是

① ［法］布瓦洛：《诗的艺术》，任典译，北京：人民文学出版社1959年版，第37—38页。
② ［法］布瓦洛：《朗基努斯〈论崇高〉读后感》，载《西方美学家论美和美感》，北京大学哲学系美学教研室编，北京：商务印书馆1980年版，第83页。

以自然人性与社会理性互动为基础，以修辞、分类、中心化为形态特征，通过定向性来规范意义秩序的一种权力性关系话语。"表述形式"内涵包括三个层面，"修辞形式"重视语言、技巧、情感，同时它也根据理性原则对意义赋形和筛选，使意义在空间上可视化地呈现出来；"类型形式"是对可视化意义形式分类整理，纳入理性程序；"中心形式"在于突出主旨，以使最高理性得到明确。

## 第二节　关系形态：文学接受、表述形式与意识形态

"表述形式"以内在的权力关系为特征，但是，它的性质之所以是"表述"而不是"工具"，就在于"表述"的本质是"话语"，它不仅连接着意识形态，而且连接着特定的读者，并以独特方式实现这种关联，而"工具"的本质是为理性服务，它听命于单一使令，至于对象是谁，采用何种方式，不去考虑。对于"工具"而言，只有一种关系，那就是"使令"关系，对于"表述"而言，虽然权力或意识形态是它的核心内容，但是它能够照顾读者对象或自然人性的对象"特殊性"和文学权力行使的"技巧性"，所以，这是一个"理性感性化"和"感性理性化"的双向过程，"感性的理性化，指审美作为感性要被理性化，即变成合乎理性的规范；而理性的感性化，则指理性这一绝对权力要被感性化，即获得审美的诗意面貌。"[①]

认为专制王权下文学形式只有为政治服务这一种形式，这不仅是对表述形式的低估，也是对意识形态的低估，历史从宗教蒙昧中走出来，意识形态不能再依赖对文化稀缺与占有来控制人们的思想意识，它必须在承认新文化广泛传播深刻改变了人们的心灵这一前提下找寻到自己存在的新的根基，并调整对社会的作用方式，这一新的根基就是"自然人性"。"自然人性"既不等于人的"生物性"，也不单纯等于人的"政治性"，而是，包含着从承认人的生物性的自私自利、自我保存，到追求高级的政治形式这一整个过程。韦勒克曾说，"新古典主义批评便在今日仍然可以辩护，

---

① 王一川：《语言乌托邦——20世纪西方语言论美学探究》，昆明：云南人民出版社1995年版，第15页。

倘若我们能对它的术语重新阐释一番。"① 世界上存在着一种稳定的人性心理，社会是精密的机械构造，人的感受性与智力有着统一的活动，作品具有一套基本构成模式，只要找到了它们背后的规律，就能建立彼此的联系，从而将文学应用于生活实际，这就是理性主义时代的文学逻辑。本节讨论的问题是表述关系的三种表现形态，即"修辞层表述关系""类型层表述关系""中心层表述关系"。

## 一　修辞层表述关系

阅读"趣味"和内在的"理性"指谓，几乎贯穿在"实用说"诗论的始终。早在 16 世纪菲利普·悉尼爵士就说："模仿的目的是给人以趣味和教导，而给人以趣味就是要人们把握住善。没有趣味，人们就会像躲避陌路人一样离开善而去。"② 这时已把趣味作为教化的手段，没有趣味，文学不可能唤起人们的阅读愿望，再好的教育内容都只能化为乌有。到古典主义时期，"快感"构成了阅读期待的突出特征，认为道德感化作用是最终目标，而愉快热情则是辅助手段。如何将理性的教化目的和读者对文本的趣味阅读要求统一到一起，这是"修辞层表述关系"所要回答的问题。

文学是语言的艺术，作为文学语言不能不突出修辞的重要性。古代的修辞观念在这时被格外重视，西方古代修辞学思想十分丰富。在拉丁语中，对于演讲来说，五个要素不可缺少：第一是演说内容，即论点及论据；第二是"组织演说的不同部分、安排其顺序"；第三是"更专业地指表达、造词、语句的组织及修辞格"；第四是演说者撰写完稿件后设法记住它，"为此他可采用不同的记忆法"；第五是"在公众场合进行演说时要发音正确、吐字清晰，要求演说者要像演员一样抑扬顿挫，并伴有适当的肢体语言"。③ 前三个要素与诗学所强调的对形式的追求密切相关。希

---

① ［美］雷内·韦勒克：《近代文学批评史》第一卷，杨自伍译，上海：上海译文出版社 1987 年版，第 15 页。

② ［美］M. H. 艾布拉姆斯：《镜与灯——浪漫主义文论及批评传统》，郦稚牛等译，北京：北京大学出版社 1989 年版，第 16 页。

③ ［法］达维德·方丹：《诗学——文学形式通论》，陈静译，天津：天津人民出版社 2003 年版，第 12—13 页。

腊人的雄辩术有三种分类，即司法式辩术、决议式辩术和夸张式辩术，①
最后一种类型主要遵循的是唯美原则，最缺少动机性，它并不企图一上来
就要听者去作什么具体决定，更不要他们这样那样去做事情，它只是欲在
听着心里产生某种效果，用唯一的美感特点来打动人，让听者自己去获得
乐趣，从而体现了演说中对语言美感的使用。

公共场合雄辩术的衰退，使文学作为修辞术的典型在修辞学中越来越
占据突出的地位，古罗马时期贺拉斯要求诗的创作要有高贵的内容和优雅
的形式，安排字句要考究、小心，结构要虚实参差、注重整体效果，人物
语言要符合人物身份等，"如果你安排得巧妙，家喻户晓的字便会取得新
义，表达就能尽善尽美。"② 贺拉斯所强调的古典主义"三原则"即"借
鉴原则、理性原则、合式原则"，是从来源、目的、方式三个方面对修辞
内涵的具体规定。

在"实用说"下，文学修辞观念上升到艺术法则的高度，为了达到
艺术的接受效果，戏剧必须要有开端、高潮和结局，当人们看到第五幕剧
的时候，一般有急切想知道结局的心理，在第五幕剧的时候应加快进度；
人物的性格必须统一，不应使观众的判断发生混淆；时间以不超过十二小
时为宜，如果组织的好，在八小时就应该完成；地点要保持一致，让人物
在不适宜的环境中展现内心的秘密容易造成艺术的不真实。

文学是情感的艺术，在某种程度上，修辞形式就是对情感经验的组
织。在崇尚自然人性和世俗观念的文化环境下，读者或观众对文学艺术的
特征要求首先是能够令人愉快。固然通过形象的语言、虚构和韵律能够给
人带来形式的愉悦，但是如果要抓住观众之心，就必须在材料来源上挑选
那些常情事理和那些人们已经熟知的故事，加以重新烛照加工，由于熟悉
才容易给人们带来真实感，因为获得了新的表现形式，而会给人们带来新
鲜感。文学还是理性的艺术，修辞层表述背后离不开理性的组织原则，情
感、语言、情节成为理性的一种手段，意义总是朝着某一理性方向指涉。

高乃依的悲剧《熙德》主旨简单而明晰，它只是用意说明男女主人

---

① ［法］达维德·方丹：《诗学——文学形式通论》，陈静译，天津：天津人民出版社 2003
年版，第 12—13 页。

② ［古希腊］亚里士多德、［古罗马］贺拉斯：《诗学·诗艺》，罗念生、杨周翰译，北京：
人民文学出版社 1984 年版，第 139 页。

公在面临爱情与荣誉和义务冲突时所做出的选择。但是，戏剧却设置了曲折复杂的情节，让主人公处在各种尖锐矛盾和内心剧烈冲突之中。故事起因是女主人公施曼娜的父亲因嫉妒男主人公罗德里克的父亲当上太子师，打了对方一记耳光，这在当时关涉到荣誉的大事，这就引起第一步的冲突，罗德里克必须在是为父亲报仇和与施曼娜之间的爱情之间做出选择，在高尚而严厉的责任和可爱而专横的爱情面前，他选择了前者，罗德里克在与施曼娜的父亲决斗中把他杀死，而这也意味着他的爱情行将毁灭。罗德里克在战场上为国立功，击败了入侵的摩尔人，被称为"熙德"即大英雄。这再次激发施曼娜对他的爱情，但是她必须履行她的家庭责任，请求国王处死罗德里克为父亲报仇，冲突再次白热化。最后，国王出场，以罗德里克曾为国立下战功为由，使他免除了处罚，最终有情人终成眷属。突出了国王至高无上、秉持公正、体察民情、调停现实社会矛盾的权威角色。

这时我们就会发现"三一律"如何来实现"理性感性化"和"感性理性化"的交互过程，选择了一个行动，也就是选择了一个活生生的人，是王侯将相，还是普通市民，内含着等级的划分；给他们一段时间，一般不超过十二个小时，通过情节的设置，使他们充分凝聚并展现出自我的肖像，包括情感冲突、行为方式、道德取向，人物的命运往往内涵了善恶评价；使地点固定，是社会对人物或行动指定位置，一种人物或行动只能在此处而不能在彼处。这样，"三一律"作为艺术法则，就不单纯是形式或技术上的组织原则，而且是情感和道德的组织和规范原则。

## 二　类型层表述关系

如果说修辞层表述关系负责把意义输送到指定的地点，那么类型层表述关系则负责对意义进行别类。别类离不开背后的权力运作，何种意义或形象该处于何种阶层和身份，必须依靠理性的原则加以划分，同时，别类也来自于阅读经验和艺术创作领域，南帆说："文类既是读者的'期待视野'，又是作家的'写作模式'；换言之，文类如同一种契约拴住作家和读者。如果使用一个比喻加以形容，那么，文类的功能与语法相似。语法的管辖范围到句子为止，而文类的管辖范围则是从句子开始——文类提供了文本组织句子的秩序。"①

　　悲剧的题材要崇高庄严，内容要关涉重大的国家利益的事件，人物要写君王、圣人、统帅、英雄，风格要崇高壮伟，语言要道白雄辩有力、充满激情、严谨周密、像格言一样铿锵有声。喜剧的题材只需要寻常的事件，内容要表现寻常人物的惊慌和烦恼，人物要写下层百姓如吝啬鬼、懒汉、仆人、家庭主妇、女才子、伪善家等，风格要滑稽可笑，语言上乡村土语、双关语、俏皮话、谐音、比喻、夸张等都可使用。例如，高乃依悲剧源于古罗马，剧本大多风格崇高庄严，他认为悲剧要写"著名的、非同寻常的、严峻的情节"，以史实或传说中有名的插曲为题材，以君王、统帅、圣人、英雄为主人公，情节要激动人心，"其猛烈程度能与责任和血亲的法则相对抗"，它牵涉到"重大的国家利益，较之爱情更为崇高壮伟的激情"。根据这些原则写成的剧本，风格必然崇高庄严，人物道白雄辩有力，充满激情，严谨周密，像格言一样铿锵有声，甚至可以到夸张的程度。相比照，莫里哀的喜剧源自中世纪闹剧，风格戏谑滑稽，充满讽刺意味。

　　这样的区分是总体上的，在新古典主义理论者那里，有些原则是可以打破的，如高乃依并不满意亚里士多德的认为喜剧的主人公只能写身份低下的小人物，相反，有国王出现也不一定就构成悲剧，"当舞台上只表现以同王之间一般爱情的倾轧，当无任何危险威胁他们的生命和国家的时候，虽然人物是光辉的，但我并不以为这种行为能够提升到悲剧的光辉境界。"② 他还认为，悲剧也可以写爱情，只要它放到次要的位置，就能带来更好的戏剧效果，"把爱情事件写入悲剧也是完全适宜的，因为它本身总是包含着不少的快乐，并能作为国家利益以及我在上面所说的那些情欲的基础；但必须使爱情事件安于剧中的次要地位，而把首要地位让给国家利益和其他的情欲。"③ 他所指的"其他情欲"是指那些表现出某种巨大的国家利益和某种比爱情更高尚、更强烈的情欲，例如争取权力或复仇，以便引起恐惧之情。

---

　　① 南帆：《文学的维度》，上海：上海三联书店 1998 年版，第 273 页。
　　② ［法］高乃依：《论戏剧》，见马奇主编《西方美学史资料选编》上卷，上海：上海人民出版社 1987 年出版，第 400 页。
　　③ 同上。

但是，差异必须见出秩序，如果上升到对抗的高度，就会遭受社会的禁止和棒喝，莫里哀已经得到路易十四的宠幸，但是他的喜剧《可笑的女才子》还是因为辛辣讽刺了社会的矫情，遭到禁演，女主人公玛德兰把椅子叫作"谈话的利器"，把镜子叫作"美的顾问"，把小提琴叫作"足之灵魂"，甚至把两个粗俗的仆人一句粗口"他妈的"也别作深意地理解一番，并对他们越发怀有敬意，喜剧结尾借助男仆之口，作者道出，"我看得出来，此地爱的只是虚荣浮华，决不看重真正的品德。"

比莫里哀更不幸的是德莱顿，他与人合写的《讽刺作品短论》对"讽刺文学"社会用途辩护，却在一天晚上遭到三个歹徒的棒击，汤普金斯评价道："不管这些报复者是谁，诗歌把这种反应诱发的能力，以及这种反应所暗示的诗与棒击之间的相通之处，冷酷而有力地把德莱顿写作时诗歌言语所具备的那种力量表现出来。"① 可见，在当时的文学观念里，文学并非是对普遍道德的传达，它就是作者面对现实的发言。

总之，类型划分并非是分而两立，而是它们共同地发挥着一种功能，就是教化功能，高乃依在区分了悲剧同喜剧的差别后说，"在二者所描写的事件中应当使观众深切地感觉到参与事件的人的感情，使他们离开剧场时神志清明，不存一点疑问。"② 无论是悲剧还是喜剧，外在的形式只是手段，而教化的目的才是根本，不能叫人糊里糊涂地离开剧场。

### 三　中心层表述关系

研究人的情感是为了施加教育，对于当时的文学来说，寓意要比情节重要得多。"中心形式"的背后是"政治"或"意识形态"，尽管新古典主义理论家常常把这段时间的"理性"解释为"自然"或"人性"，但是究其实质性内核，意识形态才是目的。

17 世纪委拉斯开兹的油画《宫中侍女》就使用了一种陌生化的绘画方法，画面上，画家站在画布前侧脸朝向我们，处于画中心位置的小公主

---

① ［美］简·汤普金斯：《读者在历史上：文学反应的演变》，刘峰译，载《读者反应批评》，外国文艺理论研究资料丛书编委会编，北京：文化艺术出版社 1989 年版，第 272—273 页。

② ［法］高乃依：《论戏剧》，载《西方美学史资料选编》上卷，马奇主编，上海：上海人民出版社 1987 年版，第 400 页。

不是画家的模特儿，真正的模特通过画面人物背后的镜子反射出来，模特是穿着盛装的国王和王后，他们凝视着前方，也间接地凝视着画家和我们。从宫中侍女将目光投向小公主开始，画中所有的人既是观看者同时又是被观看者，画中人物的目光都是暂时的，不稳定的，"在这个确切的但中立的场所，注视者与被注视者不停地相互交换。任何目光都不是稳定的，或者还不如说，在正垂直地洞察画布的那个目光的空地中间，主体和客体、目击者和模特无止境地颠倒自己的角色。"① 构成绘画的国王和王后，并没有正式呈现在画面，而是在镜子反射的深处。画上象征一切权力和慈爱的国王和王后在画面上并不真实在场，而是通过画面提供符号的不断指涉，最后才把焦点落实到那个镜子中反射出的影像，而画的感染性也正在于这种同一般画法的不同，给人们预留出好奇、猜测、想象的空间。曲折的符号指涉，最终指向的是王权这个最后的权力中心。同样在高乃依的悲剧《熙德》中，国王迟迟出场，所占笔墨不多，却占据着戏剧的中心位置，国王是一切冲突和矛盾的化解着，全剧体现的是国王的权威和仁爱。

雷诺兹说："让我们还要记住，艺术家得到嘉奖。正像他使自己成为国家的一名成员受到鼓励那样多，在道德上是有用，在他的领域里，对社会的一般目的及其完善，作出贡献。"② 在雷诺兹看来，越是能够净化掉感觉中粗俗的东西，越是能在道德上得到提升，越能够对社会和国家做出贡献。在某种意义上，雷诺兹对感官享受的排斥并不适合当时的读者愉悦阅读的现状时宜，但是，他强调理性的背后是政治或意识形态，可谓言中了要害。雷诺兹把"丑"的形象排除在审美范围之外，体现出了认识局限性。他能够容忍伦勃朗在绘画中把丑的局部画得精细，却不能容忍伦勃朗画把丑陋衰老的人物置于画的中心，认为这背离了自然人性，而这不仅不符合现代审美观念，就是在当时，这一认识也并不符合文学事实，在当时的文学中，不仅在喜剧中有莫里哀塑造的形象伪君子唐璜，吝啬鬼阿尔巴贡，而且在悲剧中也不乏例子，如拉辛的悲剧《费德尔》，写的就是身

---

① ［法］米歇尔·福柯：《词与物——人文科学考古学》，莫伟民译，上海：上海三联书店2001年版，第5—6页。

② 蒋孔阳、朱立元主编：《西方美学通史》第三卷，上海：上海文艺出版社1999年版，第416页。

为王后的女主人公却爱上了国王前妻之子,她发现王子另有所爱后,便加害于他,最后悔恨交加而自杀,她成为一个滥施情欲、缺乏理性的人物典型。显然,这些形象同样积极发挥了社会教育作用。

当代美国学者罗纳德·保尔森认为,"奥古斯都时代的人没有关于讽刺文学的诗学可言,这是因为他们关于这种文学样式的讨论只涉及社会功能以及讽刺作家的动机。"① 保尔森这里所说的"讽刺文学"是指把文学看成一个"有机的整体",有其自身的独立价值。在当时的文学真实存在境遇里,文学必须适合某种形势,当时既没有独立的读者观念,或者说没有把人作为历史主体的自觉观念,也没有独立的文学观念,或者说,文学在社会领域所发挥的独特历史功能还没有被人们充分认识,尽管文学这时突出了感染愉悦特征,但是就其效能来说,还是被看成一种与现实特别是政治紧密相关的实用性话语。

文学既可以成为打击对手的一种武器,也可以成为增进个人利益或小团体利益的派别活动,诗人就是诗中的抒情者,诗歌中的讽刺被看作是对现实人或政治的挑衅和攻击,诗歌所有造成的影响和后果都将由诗人来负。汤普金斯把这一时期文学形式与意识形态关系内在对等起来,这就无法回答韦勒克提出的问题,"总的说来,艺术和寓意的关系问题未能得到解答。因为美感效果仍然掩盖在几乎无所不包的'乐趣'这个字眼之中,而且艺术的道德效果也未与单纯陈述道德箴言的效果清楚地区别开来。"② 这是一个颇有意味的话题,既然文学和意识形态如此靠近或对等,为什么文学没有像后来文学成为意识形态的"传声筒"那样,遭到人们的心理抵制或拒绝,相反,"趣味"阅读期待却构成这一时间段的普遍的阅读心理?

这个问题或许可以从三个层面来解释:第一,社会心理从神学的囚禁中解放出来之后,构成一种强大的历史力量,人本主义思想已经深入人心,新的文学形式产生以及意识形态教育,并非背对这一基础,相反,它们针对其做出了积极的调整。新的调整一个突出特点就在于,它能够紧密

① 外国文艺理论研究资料丛书编委会编:《读者反应批评》,北京:文化艺术出版社 1989年版,第 270 页。

② [美]雷内·韦勒克:《近代文学批评史》第一卷,杨自伍译,上海:上海译文出版社1987 年版,第 29 页。

地结合阅读愉悦的需要，这在一定意义上是关心人们现实的心理需求，无论是国家观念，还是社会秩序原则，无论是英雄事业，还是爱情伦理，无论是交往道德，还是个人品格，无论是崇高激情，还是滑稽可笑，无不在文学或戏剧舞台中得到丰富展现，它们从各个角度上满足了人们对王权的认识、对社会的认识、对人与人之间关系的认识，对自我在社会存在位置的认识，从更深层次上满足了人们对理性社会的向往。第二，这样一种社会心理决定了文学形式的调整。不同于中世纪文学沦为神学的婢女，文学的鲜活形式被抹杀，也不同于文艺复兴后期人欲的横流，文学涣散成对人欲的拨弄，新的历史阶段，文学既保留了现实生活的鲜活性，也重建起文学内在的表述深度，修辞形式、类型形式、中心形式使文学成为一种立体性存在，一种文学是一种生活的侧面，所有文学结合成理性社会的统一形象。可以说，文学形式成为了社会心理和意识形态的调节剂。第三，意识形态在这样的社会阅读心理面前不但没有迷失，相反，促使它更成熟有效的策略产生。"寓教于乐""心灵净化"等文学特殊功能被强调与运用，既说明了意识形态已经把读者的阅读心理作为教育的基础，也说明了意识形态认识到文学的形式特征在教育环节中关键的中介作用，这样它们就不是古老的教条原则，而是为意识形态行使策略找到了一种合适的方式。这些策略被使用，能够更深层次、更成熟地介入社会经验领域，而不是躲避退让。

如果把"自然人性"看为"天赋理性"的话，那么，它就有一种自我说明，超越历史的特征，而无须接受政治的解释，但是，事实上，没有哪个社会能够接受这样一个旨在自我说明的人性，"对普遍原则的认可使得人们要依据自然的或理性的秩序，来评判现存的秩序或者是此时此地现有的一切；而此时此地现有的一切大都是不符合那普遍而永恒不变的规范的。"[①] 政治总是试图将个体意识形态化，而个体总是以自然人性为理由躲避外来的束缚，二者的冲突在理性主义时代同样存在，但是它们却获得了自己的调节方式，一方面，理性以说服的方式，把专制说成是自然人性的高级形式，王权成为崇拜的对象；另一方面，以委婉或策略的方式，使专制的残暴本质披上温情的面纱，如当时大多的戏剧情节所发生的那样，

① ［法］克洛德·列维－施特劳斯：《自然权利与历史》，彭刚译，北京：生活·读书·新知三联书店 2003 年版，第 15 页。

似乎一切规范都是从自然中得出，它涉及表述策略。

总之，建立在自然人性理解基础上的专制王权意识形态，不是一种简单的观念形态，按照理性主义时代权威产生的逻辑，它是一个不断中心化的过程，这体现出意识形态的隐蔽、曲折的运作特点。文学接受、文学形式、意识形态关系作用于修辞层、类型层、中心层多个层面，文学形式借助通过"再现"和"寓意"的曲折模式来模糊文学接受和意识形态之间的距离，意识形态需要考虑社会心理经验状况并遵循历史发展出的文学形式创造规律，通过"寓教于乐"的方式达到影响读者、掌握经验的目的。

## 第三节　原因阐释:"表述关系"与"话语策略"

如果排除历史的形成因素，我们对趣味期待、文学形式与意识形态之间的逻辑关系中各个环节，完全可以设想出另外一些场景，趣味期待可以停留在日常各种欲望的想象满足层次，而不对文学形式过多深求，文学形式或许不必建立深度的寓意模式，而只要玩弄技巧、自娱自乐，意识形态也可以不必借助曲折形式，而直接以硬性方式规训群体或者软性方式激情煽动。之所以表述关系是另外一番景象，这既要考察王权政治如何确立起"表述关系"得以形成的外部的社会权力话语权威，也要考察自然人性如何影响了"表述关系"得以形成的曲折性文学话语的表述方式，还要考察"定向思维"水平下的社会心理如何奠定了"表述关系"得以形成的文学接受心理基础。

### 一　"意识形态"与"王权崇拜"

文艺复兴在给人们带来自信、激情、享乐的同时，并未给社会带来多少有效政治的思考，相反，对享乐的无止境追求使整个意大利半岛社会变得狭隘、自私、争斗与混乱。贵族、商人、银行家、工厂主、鉴赏家之间钩心斗角，玩弄诡计，整个意大利变成一座阴险的迷宫，爱国者寥寥无几，城邦的守卫者们既不情愿为君主而战，也不会为保卫人民而战，金钱和利益是诱发行动的手段，但是在行动与战争中依然无可避免他们的"滑头"。意大利在物欲追求和享受中变得绵软，他们求得到财富，却向异邦敞开了口袋，很快"意大利遂成为法国和西班牙争夺的一根肉骨头"，① 这个近代文明的发源地，变得四分五裂，沦为列强的驯服对象。

16 世纪至 17 世纪中叶，西欧一些国家相继爆发内战和宗教战争，法国天主教与加尔文派新教之间进行三十多年内战，西班牙发起对信仰加尔文派，荷兰资产阶级发起讨伐战争，德意志在新旧教诸侯之间进行了 30 年的内战。社会的动荡，文化的衰微，以及人们对自由的渴望，使人们意识到理性、秩序的珍贵与重要。牛顿的"三大运动定律"发现、哥白尼的"日心说"、莱布尼茨的"微积分理论"等自然科学成果，使人们重新确信宇宙井然有序，社会也必然有自己的秩序和规则，规律就隐藏在事物的背后，可以被发现、观察并得到简明性解释，个体不能够任由所为，上帝被想象为一个高级的机械匠或者是一个优秀的几何学家。

人们相信能够从自然与现实得到答案的人们，宁愿把希望和好感投向公开通过"铁"与"血"建立起来的专制王权，而不愿再接受封建领主与教会的残暴与蒙昧的统治。王权政治的出现，与其说是权术斗争的结果，不如说是经济发展促成的结果。封建领主和教会权力转移向"王权"，早就发生在 15 世纪中叶，在当时几乎所有的王国中，王室的权力都不断地增强，而与之抗争的集团诸如贵族、议会、僧侣阶层的势力被削弱。原有教会与帝国一体化政治下，在交通不便利的条件下，其经济组织和制度的有效性主要局限在本乡本土，而不同领主国之间的贸易只限制在个别商品和特定路线，港口和市场被垄断，商品的种类、质量、数量等由行会控制，但是，当交通运输具有一定规模后，自由贸易和垄断之间就发生了冲突，商业冒险家赚取大笔的利润，并投入再生产，不断壮大自己的事业。经济发展的趋势与所面对的冲突需要一个跨越地方性的更大规模的政治权力出现，商业冒险家与王权成为合作的伙伴，在当时"所有欧洲的王国政府都起着这一类调节作用。"② 新兴的资产阶级需要借助王权的力量提供保护，王权也需要从商业冒险家那里取得财富，尽管王权也有让资产阶级难以忍受的专横的一面，但是这总比教会和领主强盗的行径要好

① ［美］帕尔默、科尔顿：《世界近代史》上册，北京：商务印书馆 1988 年版，第 79 页。
② ［美］萨拜因：《政治学说史》，盛葵阳等译，北京：商务印书馆 1990 年版，第 387 页。

得多得多，司法权和军事权由国王掌管对资产阶级更为有力。君主专制制度通过权术和武力迅速在西班牙、英国、法国建立起来，德国由于政治的软弱性则是一个例外。教会的统治权不断衰落，最终成为自愿组织的团体或民族国家的合作伙伴。

新的王权政治建立引起一段时间的意识形态冲突，在战争与烈火中诞生的专制制度一开始还不可能唤起人间的温情，近代早期的马基雅维利政治学说无异于告诉人们，专制与残暴没什么两样，而这恰恰是政治的实质。王权建立与巩固必须填补专制与社会情感之间的巨大断裂，填补断裂的最有效的形式是宗教改革。这时统一的宗教教义已经被五花八门的教会教义所取代，但是天启真理却受到政权和教会的保护，统治者认识到要想建立公共秩序，信仰依然是不可缺少的条件。政府的意识形态工作就此集中在宗教真谛是什么这一问题的解释上，宗教在新的政权形式下被重新编码。

路德看到，新教改革必须获得王权的支持，加尔文的宗教改革同样是在亨利八世绝对王权帮助下得以成功，路德教主张柔顺谦恭，反复教导人们对世俗政权采取心平气和与默认的态度，加尔文派教把世俗的行动、甚至世俗的成功都当作是基督教徒的天职。新教尊重世俗情感，削弱教会势力，简化宗教仪式，鼓励节俭勤奋，引导社会理性，强调上帝选择，经过宗教改革王权统治由僵硬变得柔韧，由社会的外在权威转化为心理内在权威，君主成为理性的最高象征，"专制君王在人们的精神心理上成了'人间上帝'或'肉身的上帝'。"[1] "君权神授"再次成为人间帝王头上神圣的光环。一切宗教仪式和宣言，宗教书本上规定的教规、教义以及对教会的管理，如果它们能够具有权威的话，也都是由王权所授予。

在频仍的战争之前，对王权政治的合法性意见并不统一，在自然法与王权意志之间人们看不到有任何联系，但是当王权以铁血武力最终平息了发生在资产阶级与贵族阶级长达数十年之久的战争后，却极大地转变了观念，从而去发现自然与王权之间的内在联系，"他们认为王权是和平与秩序的主要支柱，因而力求把国王抬高到所有宗教派别和政党之上，成为全

---

① 郑克鲁主编：《外国文学史》上册，北京：高等教育出版社 2006 年版，第 11 页。

国团结的中心。"① 国王不能等同于中世纪的领主或教会强盗，以王权政治为特征的国家是正义化身。

当时法国思想家波丹认为，国家的目的是拥有最高权力的由若干户人家及其共同财产组成的合法政府，家庭包括父母、子女、仆人以及他们的财产就是一个自然单位，社会是由家庭这个单位产生，国家的管辖权不得进入一户的门槛，他给国家下的定义：国家是各家各户的政府；家长一走出家庭并同其他的家长一致行动便成为公民，许多家庭的联合组织（村庄、城市和各式各样的团体）为着共同防卫和追求相互的利益而产生了，君主绝不是公共财产的拥有者。但是，他的这一论断与实际上君主拥有绝对权力并不符合，因此，当代美国学者萨拜因批评道："如若波丹的目的在于清楚的区分君主的政治权力和家长的私人权利和权力，他就应当仔细研究从那些没有最高权力的自发家庭群体向拥有最高权力的国家过渡的情况。"② 但是，波丹对此并没有明确的理论，相反，他把国家的起源说成是武力的征服，而武力说明不了自己的正当性。

英国经验论者霍布斯是对王权与自然之间的关系阐释得最深入的一个。霍布斯第一次把道德及政治哲学置于科学基础上，并致力于公民之间的和平、和睦、友爱的建立，在统一王权的基础上促使人类完成公民责任。他批判古典政治哲学，认为他们是不合实际的理想乌托邦，用培根的话说，是为了空想的国家制定了空想的法律，倒是马基雅维利等的近代政治哲学思想给他提供了更大的启示，这种启示就在于不是从理想而是从实际出发，从大多数时代大多数人所实际追求的目标来规划政治，承认人的自私自利比公正无私是更为明显的动力，而开明的自私比任何形式的集体行动对社会弊端来说是个比较可行的补救办法。不同于马基雅维利把自然法则建立在理性基础上的是，霍布斯把自然法则建立在感性经验基础之上，"自然状态是从人的情感中推演出来的；是为了揭示阐明，为了形成正确的政治秩序我们必须了解的人的自然倾向，它主要用来确定人形成政

---

① ［美］萨拜因：《政治学说史》，盛葵阳等译，北京：商务印书馆1990年版，第456—457页。

② 同上书，第461页。

治社会的原因、目的、目标。"①

霍布斯认为，人的本性在于追逐快乐，当人们判断善时，其实际所指是愉悦了自我，而构成人类快感的不仅仅有肉体或感官的欲望满足，还有精神的愉悦如荣誉感、自豪感，它们来自于自我受到他人的好评，是对他人权势的优势，而面对蔑视和亵渎会激发反击，这样，三大自然因素即竞争、猜疑、荣誉不断引起人们的纷争，结果导致人与人之间互相敌视，直至上升为国家与国家的不断的战争，人的世界就同狼群的世界没有什么分别。想要避免人类社会不沦为生物世界，摆脱人人自危的自然状态，就要承认人具有自我保护的权利，为了消除纷争换得和平，人们之间相互协商，同等地交出自己的权利，转让给一个社会或者君主掌握，并不违背公认的最高权力指令，这样就产生了国家，国家是人们转让自己的权利从而缔结一个共同的契约并具有惩罚的恐惧效力的产物。对于已经转让的权利而言，要求更多的正义与权利是一种思想上的混乱而已，憎恨暴政不过是不欢喜公共权力的一种托词，强调自由不是感情用事就是十足的伪善。国王享有无上的权力，他凌驾于议会和选举之上，这看上去与契约精神不符，但是，霍布斯认为民主政治同专制相比，更容易产生纷争不断，而专制王权在根本利益上与人民利益相一致，专制的强大与权力总是依赖于人民的力量与权力。这样，霍布斯就从自然人性出发建立起了王权专制的合法化理论。

王权意识、国家观念和政治热情成为一个时代的主题，它也自然是文学的主题，而产生这种主题的基础却是自然人性和世俗观念，两者之间的跨度需要借助曲折文本来搭界桥梁。

## 二　"自然人性"与"世俗观念"

古代文化的重新发现、新教的产生、资本主义生产关系的快速发展使世俗观念得以产生，理性主义和经验主义思想的产生与发展加深了人们对怀疑的、思考的、感觉的、快乐的人性理解。

文艺复兴带来了人性的解放和社会的发展，但是后期由于对个性的片

---

① ［美］列奥·施特劳斯、约瑟夫·克罗波西：《政治哲学史》，李天然等译，保定：河北大学出版社 1993 年版，第 469 页。

面追求造成社会道德水准的下降与社会的混乱，16 世纪路德和加尔文的宗教改革起到了重建精神秩序的作用。路德拒不承认教皇具有绝对的权威，他主张人们可以"因信称义"，只要人们心中信仰上帝，死后就能够被上帝选入天堂，简化宗教仪式，教士具有对《圣经》的解释权，这就剥夺了教会从教徒那里获得物质利益以及对教徒精神统治的权利。路德还主张教徒应该享受现世生活的快乐，教士可以结婚，他本人就娶了一个修女做妻子。与路德不同，加尔文的教义主张"先定论"，即在一个人来到世间上帝就已经选好了他的选民，但是不同于宿命论的是，现世的人能够根据自己生活的是否成功，来判断自己是否是上帝的选民，他强调现世的人要克制肉体欲望，勤勉于功业，受到工商业者的拥护。黑格尔说，在新教所到的地方，"人们向良知呼吁，而不再诉诸教父和亚里士多德，诉诸权威；鼓舞着，激励着人们的，是内在的、自己的精神，而不再是功德。这样一来，教会就失去了支配精神的权力，因为精神本身已经包含着教会的原则，不再有所欠缺了。"[1] 新教张扬个性精神，鼓励勤奋创造，追求人格完善，教徒之间团结合作，真正体现出一种开创时期的资本主义奋发精神。

　　拥有了丰富财富、人文精神和崭新信仰的人们已经变得足够自信和乐观，如果说他们还存在怀疑的话，那就是过去那些离群索居、遁世平静的生活，是否真的比得上充满活力的家庭生活、社会生活，以及冒险的激情？承认人的脆弱与卑下而选择消灭意志、忍受苦难、接受末日的审判，是否是一种口是心非的教义？无论如何，想要叫人们放弃世俗生活，是无比困难了。

　　新的文化精神崇尚"自然"和"人性"，"人性"的核心则是"天赋理性"，对此，既有理性主义的解释，也有经验主义的解释。笛卡儿的思想无疑是对后来精神产生重要的影响，笛卡儿最关心的是理智确定性问题，他所接受的神学教育没有使他获得对事物的明晰性理解，反倒加深了他的疑惑，笛卡儿感到，没有任何一件事可以发现在其中乃至在结论中是没有质疑的，他于是转向生活，但是在生活中他同样遇到的是不同的观

---

　　① ［德］黑格尔：《哲学史讲演录》第 4 卷，贺麟、王太庆译，北京：商务印书馆 1987 年版，第 4—5 页。

点，使他最终也放弃了。笛卡儿最后选择了把知识体系建构在人的理性能力之上，这种理性既不来自基督教神学，也不来自柏拉图、亚里士多德等传统理论体系里面，而是他自己对事物观察和思考而得到的判断。他断言心智有能力以绝对的清楚和分明来知晓观念事实。直觉和推论是他的基础方法论，对他来说，直觉提供了基本的概念，而推论则从直觉中引出更多的信息。他提出"我思，故我在"命题，认为这一结论，"即我可以把'凡是我十分清楚和分明地想到的东西全都是真的'设想为一条普遍的规则。"① 而"我思"依赖于语境提供的条件，这样思的对象对于思考的心灵来讲就是明晰的，从而使"思"得以可能。笛卡儿的"我思，故我在"是以"心""物"二元论来保持，这就遇到精神和肉体如何能够相互作用的困难，笛卡儿试图通过直觉将"心和物"连接起来，但这是不成功的，因为事物在直觉面前已经失去了独立的地位，一切都是直觉所"看到"的。

笛卡儿遗留的问题，在斯宾诺莎看来并不成为一个问题，心灵和肉体是单一实体的两面，它们共同隶属于自然秩序，心灵是身体的观念，心灵和身体在其中运作的这个结构是同一个结构，由于他更愿意从实际出发致力于人类知性的改进，他同意把知性的起点放低，承认由于人类感情战胜了理性而显出不那么高的天性，只有理性控制了感情才会使知性发展。莱布尼兹提出"单子论"，认为世界万物由一种叫"单子"的精神实体构成，单子是观念的本质，灵魂和肉体、形式和质料的统一，单子之间没有联系或因果关系，之所以由单子所构成的事物所显示出来秩序，道理就像乐队分部演奏一样，其和谐已由"前定"，所以人只要听命于心中的自然行事。这种解释在英国经验主义者看来是不能叫人满意的，他们更强调诉诸对经验的反思，洛克认为，心灵的原来状态就是一块"白板"、一个"暗室"、一个"空箱"，或一张"白纸"，其中没有任何字样、任何观念，人的理性和知识归根在经验，通过"感觉"和"反省"来获得，只有通过"反省"诸如知觉、思维、怀疑、信奉、推理、认识和愿望的观念，才能为心灵提供关于它自己的活动。对于贝克莱而言，他同样否定世

---

① ［美］撒穆尔·伊诺克·斯通普夫、詹姆斯·菲泽：《西方哲学史》，丁三东、张传友、邓晓芒等译，北京：中华书局 2005 年版，第 345 页。

界物质的存在，他仅仅把知识局限在观念、关系和精神存在物的范围以内，而自然规律才是构成感觉的基础，"人所依赖的精神根据既定的规律或确定的方法激起我们的感官观念，这种规律或方法叫作自然规律"。①休谟是经验论集大成者，他认为对于最后本体、实体、原因、灵魂、自我、永恒世界、宇宙，人类一无所知，只有人的精神世界才是研究的真正对象，而这一世界有着具体现实的内容，人对善恶之分来自理性，道德建立的基础在于尊重人的感情，快乐与痛苦是判断善恶的标准，国家要主持公正，国家的目的是保护人民的权益。大陆理性主义和英国经验主义之间的裂痕，直到德国古典主义哲学康德那里才得到调节。

不管大陆理性主义和英国经验主义分歧有多大，它们所确立的近代主体特点是一致的，鲍桑葵把它描述为"思想着、感觉着、知觉着的主体"，"在一个独立的、又思想着的人的存在的基础上，近代的思想着、感受着和知觉着的主体就有意识地侵入事物的体系，深信它一定能在其中找到它所要的东西，要么是一种符合因果法则的合理的结构，要么是同所观察到的现象相一致的一般真理，要么是一种适合它的道德的或享乐主义的需要的生活。"② 如果把最后一点看成是近代读者的阅读特征的话，那么前两点就是他们通过阅读"享乐"的方式，进入社会的一般秩序的必然引申。

然而，在自然人性和王权政治之间毕竟存在一道鸿沟，意识形态将把什么样的职责交付给文学，我们看到理性并不会因为自然人性和世俗观念的生长而让渡自己的权力；相反，它从经验领域借来形象将自己的真身隐藏起来，以理性感性化的方式从经验领域借助来形式的衣衫，又以感性理性化的方式，将意义重新紧握在权力的手里，文学形式以曲折性的方式，既描述着经验，也指向着理性。

### 三 "定向思维"与"趣味阅读"

"实用说"下的读者期待视野突出表现出的是寻求阅读"趣味"或

---

① ［美］梯利著、伍德增补：《西方哲学史》，葛力译，北京：商务印书馆1995年版，第376页。

② ［英］鲍桑葵：《美学史》，张今译，北京：商务印书馆1986年版，第227页。

"愉悦"的特征，这种阅读期待催生了曲折性的表述文学形式的出现，曲折性文学形式的背后寓意的是意识形态的话语策略和现实的实用性原则，由于读者阅读趣味期待的介入，使直接的文学形式与意识形态关系变得"隐蔽"起来，这样的阅读心理同样能够得到"发生心理学"理论的支持。

"定向思维"也是"平面思维"。根据皮亚杰的"发生认识论"原理，当儿童心理发展到"前运算阶段"中"第二水平阶段"时，大约相当于五六岁的思维，其特点是开始"解除自我中心化"，并以"组成性功能"来发现某些客观的关系，所谓"解除自我中心化"就是在"感知运动水平"上已经熟知获得的东西现在必须在一个新的平面上重新建立，但现在是在概念或概念化了的活动之间进行，而不是在运动之间进行，这也就相当于福柯在谈到古典时代"表象"认识型时所说的"词"指涉"词"，而不再直接指涉"物"一样，"在古典时代开端处，符号不再是世界的形式；符号不再因牢固的和秘密的相似性或亲合性纽带而与自己所指称的东西联系起来。"[1] 这其实是一种"平面思维"方式，而不是一种"对等思维"或"直线思维"，如果说"直线思维"是 A = B，那么，定向思维或平面思维就是已知 A = B，B = C，得出判断 A = C。这样一种转变，体现出表述形式的一定的"曲折性"。

对这一思维理解更有帮助的是"组成性功能"，"组成性功能"与"制约性功能"不同，前者还是一种"质的或顺序的划分"，强调"直接应用"，而后者是一种"量的规定"，它是一种更加高级的思维形式。"组成性功能"思维不是"可逆的"，而是"定向的"，因为缺乏可逆性，因此也就不具有"守恒性"，"总之，组成性功能就是它是有指向的这一点来讲，代表着一种不完全的逻辑结构，这种结构最适宜于说明活动及其格局所显示出的依存关系，只是还没有得到运演所特有的那种可逆性和守恒。"[2] 与此相关的是，"组成性功能"还要求这一思维活动始终离不开主客体的相互作用，"组成性功能在多大程度上不离开座位主客体间中介联

---

① 〔法〕米歇尔·福柯：《词与物——人文科学考古学》，莫伟民译，上海：上海三联书店2001年版，第 77 页。

② 〔瑞士〕皮亚杰：《发生认识论原理》，王宪钿等译，北京：商务印书馆 1989 年版，第35 页。

结的活动来表现依存关系，它就在多大程度上同活动本身一样，显示出一种双重性；这一点对于逻辑（因为它是从动作间的一般协调产生的）和因果关系（就它表现出物质的依存关系来说）两者都是有关系的。"① 这一阶段的思维特点，既有前一水平阶段的"以自我为中心"的心理特点，又有新一水平阶段的"定向组织"特点。

在这样一种思维方式下，文学接受心理就可能一方面"按照趣味"（"以自我为中心"的表现）向作品投递好恶；另一方面也接受"意义定向"（"定向组织"的阅读体现），而这样一种趣味阅读心理和意义的曲折定向指谓，就和"实用说"下的文学接受、文学形式与意识形态之间的表述关系相适应。

"趣味"一词在理论上正式提出是约翰·德莱顿和威廉·康卜尔，在英国经验派夏夫兹博里和他的学生哈奇生那里做过专门解释，夏夫兹博里认为，人的本性中天然有一种欣赏美的器官，当人以一种非功利的态度去注视事物的时候，这种感官就开始工作，它工作时就像人的五官一样，对美和丑的感受，可以直接的、不假思索地瞬间完成，就像味觉感觉糖的甜和盐的苦一样。哈奇生不像夏夫兹博里把趣味解释成人的一个器官，而是认为多个器官，它们各有分工，分别负责善、美、丑、崇高等进行鉴赏和判断，这些精神存在是看不见、摸不着的，而只有依靠人的"内在感官"才能把握。夏夫兹博里和哈奇生还是把趣味解释成人类本性中的一种天然能力，但是却不能解释为什么不同人的趣味差异问题，英国另一位经验主义者阿尔逊提出新的解释，他认为趣味不是体的什么特殊"器官"，而是一种心理认识能力，趣味快感也不同于其他生理感官产生的快感，而是一种特殊的"愉快"，这种"愉快"超出了生理性的刺激反应模式，而是联系着人类的情感因素，其中"联想"起着关键性的作用，"审美趣味或许是普通认识能力和内在情感以一种独特的方式活动起来所产生的一种功能，而不一定存在着什么专管美和崇高的特殊器官。这种特殊的活动方式便是联想。"② 这就使审美趣味摆脱了生理、直觉判断层次，为外在条件

① ［瑞士］皮亚杰：《发生认识论原理》，王宪钿等译，北京：商务印书馆1989年版，第35页。

② 滕守尧：《审美心理学描述》，成都：四川人民出版社1998年版，第15页。

和意义的引入创造了条件。

愉悦并非停留在经验层面理解，理性同样是它的重要内涵。韦勒克说，“就读者的反响而言——在 17 世纪中开始被称作‘趣味’——也强调理性的因素，判断的作用。经过陶冶的趣味，那些见多识广的积学之士的趣味，那种理想的、有识见有教养的读者的趣味，被奉为标准趣味。”① 而对于当时法国而言，新古典主义审美原则显然是这种趣味的理性标准。古罗马时期贺拉斯提出的古典主义审美三原则即“借鉴原则”“理性原则”“合式原则”继续被新古典主义理论家所恪守。

休谟是经验论美学思想集大成者，也许更有助于我们理解那一时代的读者接受心理。休谟的思想里面，既有经验主义的英国传统，也有理性主义的法国影响，体现出一定的综合性特征。首先，休谟认为文学创作来自于对现实人们快感的概括，而不是来自于先在观念或逻辑推理，“很清楚。艺术创作的种种法则，不是靠先天的推理来确定的，也不能看作是从比较那些永恒不变的观念的性质和关系中得到的理智抽象的结论。它们的根据同一切实用科学一样，都是经验，它们不过是对普遍存在于各个国度和时代的人们中的快感所作的概括。”② 这表达的是英国经验主义对艺术来源的一个普遍性认识。

其次，休谟认为审美快感不同于一般快感在于它紧密联系着功用和同情，“在这里，被称为美的那个对象只是借其产生某种效果的倾向，使我们感到愉快。那种效果就是某一个其他人的快感或利益。”③ “这种快乐既然是发生于对象的效用，而不是发生于它们的形式，所以它只能是对于居民的一种同情，因为所有这些筑城技术都是为了居民的安全而采用的；虽然这个人可能是一个陌生人或是一个敌人，他的心中可能对居民毫无好感，甚至还对他们怀着憎恨。”④ 如果说快感还具有原发性的话，那么必须在效用意义上来理解快感，由于不同的人对效用理解不同，同样每个人

---

① ［美］雷内·韦勒克：《近代文学批评史》第一卷，杨自伍译，上海：上海译文出版社 1987 年版，第 18 页。

② ［英］休谟：《鉴赏的标准》，休谟：《人性的高贵与卑劣——休谟散文集》，杨适译，北京：生活·读书·新知三联书店 1988 年版，第 145—146 页。

③ ［英］休谟：《人性论》下册，关文运译，北京：商务印书馆 1980 年版，第 618 页。

④ 同上书，第 489 页。

在对同一事物时感受到的快感也不一样。他所提出的"同情"是对快感在社会伦理道德方面的限定，从而使原发快感提升到道德的层次。

最后，休谟认为趣味判断既有差异性也有普遍性。就造成差异性的因素而言，有心灵感受的差异、内部官能的影响、想象力的差别、内在气质和外部环境的差别、年龄的差别、喜好的差别、国家和时代的差别等等，说明趣味判断受客观条件的影响。就造成趣味判断的普遍性的因素而言，有审美趣味的稳定性、存在对事物褒贬的一般原则、审美趣味可以改变提升、摆脱一切先入偏见、依赖理性的判断力等。尽管由于各种差别因素的存在，而且普遍性的条件也很多，但是休谟相信，在社会上还是能够找到这样一些少数的高明鉴赏者的，"有精致鉴赏力的人尽管很少，但由于他们的理解力健全才能出众，在社会里还是容易被人们辨认出来的。他们所获得的优越地位，使他们对天才作品的生动赞美能够广泛传播开来，使这些作品在公众心目中占据优势。"[①] 通过他们的高明鉴赏能够对一些只凭自己一点的模糊的感知产生指导作用。休谟把现实人们的审美快感看作是文学创作的源泉，从而使快感不再成为一种对文学的外在需要，而是构成了文学的本质性要素，他把快感和功用、同情联系起来，从而使趣味标准摆脱了主观判断，而具有了客观性内涵，并和一般快感区别开来，他所论述的审美趣味的差异性和普遍性是对纷繁复杂的阅读趣味所做的一次理论梳理和总结，有助于人们去多角度、多层次地深入认识趣味阅读期待这一心理现象。

趣味在17、18世纪主要以古典主义审美原则为水准，而且趣味是健全理性的一种本能，是心智的特殊能力，其功效比任何推理都更迅捷、更可靠，相较于浪漫主义趣味的个体性，新古典主义的趣味更加偏重类型化。如何满足人们趣味阅读期待的需要，这涉及文学形式特征的问题；为了达到一定感染效果，需要重视语言的修辞技巧；为了更细致地掌握文学功能，需要对文学进行文体区分；为了突显意识形态话语指涉，需要给出标识出指涉对象的痕迹，这就是趣味阅读期待对文学形式基本要求。

综上所述，"权力因素"是"表述关系"的核心因素，但是仅有"权

---

① ［英］休谟：《人性的高贵与卑劣——休谟散文集》，杨适译，北京：生活·读书·新知三联书店1988年版，第162—163页。

力"并不足以形成"表述关系"。私欲的膨胀、公共价值的漠视，信仰的危机，社会结构的失序，使社会长期处于野蛮、残暴和动乱当中，浮萍般的卑贱生命渴望出现新的铁腕君主来恢复社会和平秩序，一经新的王权政治得以建立，就可能形成新的王权崇拜，而暂时忽略它的铁血残暴的一面；世俗观念的形成和对自然人性的倚重，在民间形成一种强大的力量，成为王权统治所面对的新的局面，理性感性化和感性理性化使双方在相互妥协中获得暂时的社会稳定和平衡；文化符号从少数权贵占有到播撒向民间的结果促成恒定不变的"真"的隐身，生成变化"善"的登场，以普通民众为主体的社会心理上升到"定向思维"或"平面思维"水平，他们会以自然人性为根基，世俗生活为内容，按照趣味原则判断事物的善恶，表述关系的实质依然是自上而下的，但是它借助了经验领域的形象，"表述关系"与传统"工具论"认识相比，更加符合权力的社会行使特点。

# 第四章 表现说:文学接受、审美形式与意识形态

　　"表现说"是18、19世纪西方主导的文学观念。一般认为"表现说"只是在浪漫主义文学下理解,事实上,德国古典哲学、美学才是它的理论基础,朱光潜指出:"浪漫主义不是一个孤立的现象,上文已提到它与法国革命前后欧洲政局的联系,现在还要提到它与处在鼎盛时期的德国古典哲学(包括美学)的联系。德国古典哲学本身就是哲学领域里的浪漫运动,它成为文艺领域里的浪漫运动的理论基础。"① 当代法国学者达维德·方丹在谈到"表达说"("表现说")时,康德、席勒、黑格尔等人思想是他主要论述的对象。② 这说明,"表现说"的理论内涵的确并非像一般理解的"作家自我情感的表现"这么简单。这一点对于反思审美的现代性内涵十分重要,如果把"表现说"仅仅理解成是作家自我情感表现的话,就有理由拒绝意识形态的分析和读者的介入,单靠作家的心灵就能够说明审美的一切。事实上,"表现说"的"主体"或"心灵",是一种"文化主体"或"文化心灵"。

## 第一节　形式观念:"表现说"与"审美形式"

　　艾布拉姆斯对"表现说"的解释是"艺术家本身变成了创造艺术品

---

① 朱光潜:《朱光潜全集》第7卷,合肥:安徽教育出版社1991年版,第392页。

② [法]达维德·方丹:《诗学——文学形式通论》,陈静译,天津:天津人民出版社2003年版,第23页。

并制定其判断标准的主要因素。我将把这种理论称为艺术的表现说。"①
当代法国学者达维德·方丹将这段时间称为"表达诗学",其特征是,
"看重作者及其特殊才能(18—19世纪)。"② 塔达基维奇在《西方美学概
念史》中考察,"美的艺术",即"fine arts",直到18世纪才得以确立,
"'美的艺术'这个术语,18世纪出现在学者的语言中,而且一直保留到
以后一个世纪"。③ 米歇尔·福柯也把18、19世纪列为一个独立的思想认
识型阶段,"'人'占据着现代知识型的中心。"④ 这些都能够说明,"表
现说"以"人"为"知识中心"的认识特征。如果我们把"表现说"下
的文学总体形式命名为"审美形式"的话,那么它的表现形式,至少应
在康德的中介审美形式、席勒的实践审美形式和黑格尔的理念审美形式三
个环节来认识。

## 一　何谓"审美形式"

"心灵"是审美形式的核心要素,但是这个"心灵"不是纯然的个体
心灵,而是有着丰富的现实经验和理性内涵的反思性直觉心灵。如果说
"实用说"下的"表述形式"突出的是社会权力性关系话语的话,那么,
在"审美形式"中,各种意义都要通过"心灵化"的过程,作为沟通认
识和理性、自然和自由、知识和权力的桥梁和纽带,它实质上是一种
"主体性关系话语"。

　　20世纪初英国美学家休姆曾用"井"和"水桶"的形象比喻对浪漫
主义和古典主义做出区别,"把人看作一口井、一个充满可能性的贮藏所
的,我称之为浪漫派;把人视为一个非常有限的固定的生物的,我称之为
古典派。"⑤ 浪漫派认为人的本质是善良的,但被恶劣的环境所毁,古典

---

① ［美］M. H. 艾布拉姆斯:《镜与灯——浪漫主义文论及批评传统》,郦稚牛等译,北京:
北京大学出版社1989年版,第25页。

② ［法］达维德·方丹:《诗学——文学形式通论》,陈静译,天津:天津人民出版社2003
年版,第14页。

③ ［波］符·塔达基维奇:《西方美学概念史》,褚朔维译,北京:学苑出版社1990年版,
第27页。

④ 刘北成:《福柯思想肖像》,上海:上海人民出版社2001年版,第154页。

⑤ ［英］T. E. 休姆:《浪漫主义与古典主义》,刘若愚译,载《"新批评"文集》,赵毅衡
选编,北京:中国社会科学出版社1988年版,第6—7页。

派认为人的本质是有限的，但是却可以在法律和传统的训练中变得相当好。这对"表现说"而言，"心灵"是一切审美意味的源头。

"表现说"的来源可以追溯到朗加纳斯的论崇高思想，崇高风格来自于演说者的思想感情，它是伟大心灵的回声，这是"表现说的最初探讨"。① 后来培根在对诗歌进行分析时，发现诗歌与想象有关，通过想象，诗歌能够使事物的表象符合心灵愿望，这是对"表现说"的又一种方式探讨。鲍姆嘉通命名了"美学"，把它看成是感性认识的科学，不同于当时理性主义者的权威认识，他们把文学艺术看成是一种高尚的精神活动，只受理性的支配，与感性毫无关系，鲍姆嘉通把这种认识颠倒过来，认为"文学艺术是一种感性认识，这种认识的获得主要不是靠感性，而是感觉、想象等等。"② 但是，美在鲍姆嘉通那里还是"低级认识论"，根本上还属于工具论的"实用说"认识层次。

美学的现代意义开始于康德，康德不再把审美活动看成是"低级认识"，而是建立在以主观唯心主义为基础的"先验综合"上。所谓"先验综合"，是指后天的经验材料只有经过先天理性的综合判断才能够赋予知识以现实的形式。康德把审美看成是"在自然界的必然与精神界的自由之间起桥梁作用。"③ 审美作为一个独立于认识知性和实践理性的中间关系环节被突出。审美以理性为基础，但不等于完全从属于理性，它还与知性连接，这就是说审美可能指向"道德"，但并非限制在"道德"范围内。康德以心灵的知、情、意构成要素为基础，通过"先验综合"，将审美判断作为关系中介，来沟通悟性和理性的二元分立关系，使审美第一次在认识上获得独立位置。

关于知性（悟性）、审美、道德（理性）之间的关系，朱志荣在《康德美学思想研究》中，在阐述康德与笛卡儿的思想渊源关系时指出，"康德又扬弃了笛卡儿所证明的上帝存在和灵魂不死的天赋观念，以先验的自我意识为基础，将先验只是作为知识的来源之一（即先天时空直观形式

---

① ［美］M. H. 艾布拉姆斯：《镜与灯——浪漫主义文论及批评传统》，郦稚牛等译，北京：北京大学出版社 1989 年版，第 25 页。

② ［德］鲍姆嘉通：《美学》，简明、王晓旭译，北京：文化艺术出版社 1987 年版，第 6页。

③ 朱光潜：《西方美学史》下卷，北京：人民文学出版社 1984 年版，第 355 页。

和十二知性范畴作为知性的可靠性来源)。贯彻到美学领域,康德将先天的纯粹形式作为审美的可靠来源,其中体现了普遍性与必然性。这种形式只有与感性形态相统一才使审美有了可能。这种感性形态又通过合目的性而成为道德的象征。"① 真、善、美三者,在康德的先验综合思想中,是以真、美、善的方式存在的,自然与道德之间的过渡是"人"这个中间环节,这就把"人"置于自然和社会之间的现代"知识中心"的位置。"人"在康德那里才是最终目的,"康德以人为最终目的,美的最高理想是人的自然形态的理想与道德理想的高度统一。"② 审美的独特性,被康德在质、量、关系、方式四个方面加以描述,并通过对"纯粹美"和"依存美"的区分,最终将认识理性和实践理性在艺术的审美判断上统一了起来。

康德的审美思想对现代审美形式认识具有奠基意义。首先,康德的审美思想也是审美形式思想,这已经包含在康德的"审美范畴"思想里面,根据朱光潜对"范畴"的形象化解释,"因为它们都像铸造事物的模子,经验材料(像是面粉)经过它们一铸,就取得形式(像是蛋糕)",③ 康德的审美范畴是被质(肯定、否定等)、量(普遍、个别等)、关系(因果、目的等)、方式(必然、偶然等)所铸造的,因此,已经是一种被"形式化"了的概念。其次,康德的"审美形式"思想是在哲学抽象上对认识理性和实践理性的传统对立的调节,经验主义把美感和快感相混淆,理性主义把美感和完善相等同,康德在对二者进行批判的基础上,通过审美理想把感性和理性在"先验综合"上统一起来,从而使审美观念发生现代意义的转折。最后,康德的"审美形式"思想尽管有自己的认识重点,并不像后来席勒对审美社会实践的强调,黑格尔对历史理性的强调,但是其思想对后来思想起到了奠基作用,预留出了后来理论发展的空间,"后来歌德、席勒和黑格尔等人所发展出来的美学观点,也正是朝着康德所指出的这个方向走。这是一个不小的功绩,所以他无愧于德国古典美学开山祖师的称号。"④

---

① 朱志荣:《康德美学思想研究》,合肥:安徽人民出版社1997年版,第4页。
② 同上书,第5页。
③ 朱光潜:《西方美学史》下卷,北京:人民文学出版社1984年版,第354页。
④ 同上书,第405页。

　　福柯在《词与物》中指出了康德审美思想的转折性意义，按照他的观点，从康德开始，古典时期表述空间的基础、起源和界限受到了质疑，经验主义和理性主义的冲突，最终导致古典时代的表述危机，符号秩序并不依据一个数学化或机械化的路径规定它的存在模式，诸多的可能性必须在营建符号秩序之前就被考虑进去，关于生命、意志和言语的哲学成为可能，历史由知识的外在因素变为知识的内在因素，有关生命、说话和生产的活动成为生物学、历史比较语言学、经济学的研究对象，它们的发展又促成了社会学、心理学、文学和文化研究等人文学科的诞生。① 福柯认为"人"是现代知识的中心，而且现代知识不是"知识形式"的问题，而是"知识的中心"的问题。福柯指出，"康德的批判首次承认与18世纪末同时代的欧洲文化的这个事件：即知识和思想隐退到表象空间之外。于是，这个空间的基础、起源和界限都受到了质疑：出于同样的事实，由古典思想确立的、观念学想依据话语的和科学的逐步方法加以浏览的这个无限的表象领域，现在显现为形而上学了。"② 康德的批判使言语、生命、意志的哲学成为可能。

　　康德之后，"审美心灵"的意义被不断的凸显出来。费希特、谢林将主体精神高扬到无以复加的地步，费希特认为"自我"是唯一的实在，"'自我'是人类认识的中心，是行动的主体，是世界的创造者。"③ 至于"非我"，不过是"自我"无意识的产物，是"自我"在创造世界的过程中，自己给自己所设定的一种限制和障碍。谢林不同意费希特的"自我"创造"非我"的思想，而是认为两者是对立的，他从"同一哲学"出发，把"自我"和"非我""物质"和"精神""自然"和"智性"统一到"绝对原则"当中，世界是由绝对精神所创造，单纯的"自我"和"非我"都是有条件的、相对的，而不是绝对的，自然是看得见的精神，而精神是看不见的自然。蒋孔阳总结，"如果说费希特'解放'了浪漫主义者主观的世界，让他们强调'自我'的独立性和自由；那么，谢林则进

---

　　① ［法］米歇尔·福柯：《词与物——人文科学考古学》，莫伟民译，上海：上海三联书店2001年版，第449—478页。

　　② ［法］米歇尔·福柯：《词与物——人文科学考古学》，莫伟民译，上海：上海三联书店2001年版，第317页。

　　③ 蒋孔阳：《德国古典美学》，北京：商务印书馆1997年版，第124页。

一步'解放'了浪漫主义者的客观世界，让他们在一个不受客观现实规律束缚的世界中，驾驶着想象的翅膀，任意翱翔。"① 浪漫主义文学高扬作家的天才创造，和费希特、谢林的思想联系尤为紧密。

席勒将康德的审美思想引入社会实践领域，以"游戏冲动"或"活的形象"来克服感性冲动和形式冲动对个体生命的双重压力，从而使审美成为摆脱"异化"完善人格促进社会进步的目的主要途径。黑格尔从客观唯心主义出发，把对艺术的理解贯穿到人类社会的整个历史来理解，"艺术是和整个时代与整个民族的一般世界观和宗教旨趣联系在一起的"。② "美是理念的感性显现"，同样突出了审美心灵的关键要素。

艾布拉姆斯这样概括"表现说"特征："表现说的主要倾向大致可以这样概括：一件艺术品本质上是内心世界的外化，是激情支配下的创造，是诗人的感受、思想、情感的共同体现。因此，一首诗的本原和主题，是诗人心灵的属性和活动；如果以外部世界的某些方面作为诗的本质和主题，也必须先经诗人心灵的情感和心理活动由事实而变为诗。"③ 作家的主体心灵在审美活动中处于中心位置。

总之，"审美形式"是"表现说"下的文学形式总体观念，它是以主体通过反思性的直觉方式的心灵创造为特征，以审美来沟通悟性和理性、经验和道德、自然和自由之间的关系为使命，具有经验、理性、自然、社会、历史等丰富内涵的一种主体性关系话语。

## 二 "审美形式"表现

"中介审美形式""实践审美形式""理念审美形式"是审美形式的三个认识环节。

"中介审美形式。"在康德之前，理性主义主张先天分析性知识，经验主义主张后天综合性知识，在康德看来，先天分析知识不能扩充知识，后天综合知识不能达到普遍性和必然性，这两者不能实现对知识产生的真正认识。康德主张一种"先天综合知识"，认为人的认识包含两种成分，

① 蒋孔阳：《德国古典美学》，北京：商务印书馆1997年版，第138页。
② ［德］黑格尔：《美学》第一卷，朱光潜译，北京：商务印书馆1997年版，第38页。
③ ［美］M. H. 艾布拉姆斯：《镜与灯——浪漫主义文论及批评传统》，郦稚牛等译，北京：北京大学出版社1989年版，第26页。

一种是知识的资料，它来自经验；一种是知识的形式，它来自人的本性，是先天的。知识的产生是通过知识的"先验要素"即感性直观、知性范畴和理性追求三者逐一加入并发生作用共同完成的，"感性"的先验要素是空间和时间，"知性"的先验要素是十二对范畴，在质上，是实在性、否定性、限制性，在量上，是单一性、多数性、全体性，在关系上，是实体与偶性、因果性、交互性，在样式上，是可能与不可能性、存在与不存在性、必然性与偶然性，康德认为，"这样就得出了纯粹理智概念，而且我毫不怀疑就是这些，不多不少恰好这么多纯粹理智概念，足够纯粹理智构成我们对物的全部知识。"①

"理性"是追求超验的形而上学的知识的能力，它的产物是"理念"，包括三种类型，心理学理念即灵魂，它是思维主体绝对统一性的理性，宇宙论理念即世界，它是现象的条件系列之绝对统一性理性，神学理念即上帝，是一般思维的全部对象的条件之绝对统一性的理性。对于理性而言，主要依靠"悟性"来把握，"对于认识机能，只是悟性立法者"，② 由于"物自体"不可认识，这需要对人的认识能力加以限定，而"理性"又终究需要获得解释，这就需要从纯粹理性进入实践理性认识。

实践理性要求引入价值判断，康德的解决办法是引入法国资产阶级革命的"自由"观念，并进行了唯心主义的改造。他同样从人性入手，认为伦理学应是研究人性及其规律并以此为基础的人的道德行为的科学。与爱尔维修仅从人的感性认识人性的普遍性不同，康德认为人性是感性与理性的结合体。理性法则的问题成为康德研究的重点，他强调道德法则恒常而确定，对人类任何成员都普遍有效，它的来源只能从实践理性来提供，而不能从经验提取，它是纯形式的，而不是由欲望感官所引起，它是理应如此的自有律，而不是实际如此的自然律，自由是超验的道德"物自体"，而不是从感觉到意志的"因果性"。

以这些原理为基础，康德转向善与恶的对象讨论，爱尔维修主张善由人的感觉状况来决定，善是引起快乐和幸福的手段，康德认为这无异于把

---

① ［德］康德：《任何一种能够作为科学出现的未来形而上学导论》，庞景仁译，北京：商务印书馆1997年版，第99页。

② ［德］康德：《判断力批判》上卷，宗白华译，北京：商务印书馆1964年版，第16页。

理性当成了获得幸福的手段，实质是把理性沦为感性的奴隶和工具，他认为善恶概念不应在道德法则之前就决定，而应当在它以后并被它所决定。在形成实践理性的动机上，他主张对道德法则首先要敬重，以此为基础对一切事物关心，从而产生道德行为。这种根据在于，德行的前提是人的意志自由，人应本着道德法则而行动，两者的圆满契合在人的有限生存时期虽然不可能达到，但是人格无限延伸或"灵魂不朽"却可以随着历史的不断进步而趋近圆满，因此，个体幸福与追求道德虽然不能等同，但是并不冲突，因为后者提供了前者的发生原因，个体幸福建立在自然与道德意志之间的和谐关系基础上，而如果以前者作为后者的推动原因，虽然可以承认它也发挥着一定的作用，但是却不可以作为道德的基础，"把意志的动机置于个人幸福要求中的那些准则完全是不道德的，因而也不可能作为任何德行的基础。"① 通过间接性康德在幸福和道德之间建起了和谐统一关系。通过对纯粹理性和实践理性批判，康德既否定了德国理性主义先验独断论，也否定了经验主义的因果决定论，他强调人的自觉能动性，在先验综合和道德理性层面重新解释了人性，以"意志自由"批判了资产阶级的功利主义思想，体现了反封建的民主自由精神主题。这也为康德的审美形式思想关涉意识形态和接受主题打下伏笔。

康德晚年通过审美判断作为中介，在知性和理性之间建起一座桥梁，"愉快的情绪介于认识和欲求之间，像判断力介于悟性和理性之间一样。所以目前至少可以推测：判断力同样地在自身包含着一个先验的原理，并且又因愉快和不快的感情必然地和欲求机能结合着，它将做成一个从纯粹认识机能的过渡，这就是说，从自然诸概念的领域达到自由概念的领域的过渡，正如它的逻辑运用中它使从悟性到理性的过渡成为可能"。② 他认为审美活动的主要内容是情感而不是概念，虽然它有理性的基础，从而区分开理性主义者鲍姆嘉通把美看成是认识的完善，康德认为审美活动是一种判断力而不是单纯的经验感觉，从而区别开经验主义者博克把美等同于感觉快感的观点，他对判断力的解释是"判断力一般是把特殊包含在

---

① ［德］康德：《实践理性批判》，蓝公武译，北京：商务印书馆1960年版，第116页。

② ［德］康德：《判断力批判》上卷，宗白华译，北京：商务印书馆1964年版，第16页。

普遍之下来思维的机能"①。康德认为有两种判断力，一种是"规定着的判断力"；一种是"反省着的判断力"，前者是把特殊归纳在普遍的法则、原理、规律之下的判断力；后者是"假使给定的只是特殊的并要为它而去寻找普遍的"判断力。② 审美判断力是反省判断力，通过它能够在知性和理性之间建立起一座沟通的桥梁。

"实践审美形式。"康德的"中介审美形式"是从认识论出发，在思辨层次对"审美形式"做出静态的形而上学思考，从形而上学到实践领域是思想发展的进一步要求。

席勒的"游戏形式"将审美形式引入社会实践领域。在《审美教育书简》中，席勒从人性分析入手，认为人自身有两种对立的因素："人格"和"状态"，"人格"就是自我、绝对主体、形式或理性，它根植于人自身之中，永不变化；"状态"是指现象、世界、物质等，它取决于外界的条件，随着时间变化而变化。"人格"和"状态"在"理想的人"那里是同一的，但是在有限的世界或经验的世界中，却是分离的。这样，现实中的人总是遭受两种力量的驱动，即"感性冲动"和"形式冲动"，"感性冲动"是"由人的物质存在或者说是由人的感性天性而产生的，它的职责是把人放在时间的限制之中，使人变成物质，而不是给人以物质"；③ "形式冲动"是"来自人的绝对存在，或者说是来自人的理性天性；它竭力使人得以自由，使人的各种不同的表现得以和谐，在状态千变万化的情况下保持人的人格。"④ 这就是说，通过"感性冲动"人才成为一个活生生的现实的人，通过"形式冲动"，人才成为一个有理性的道德的人。但是，现实中二者却是矛盾和对抗的，一个要求变化，一个要求统一，一个受自然法则的制约，一个受道德法则的制约，无论人处在哪一种情况中，都是不自由的。

如何调节它们之间的矛盾？席勒认为，人还有第三种冲动，这就是"游戏冲动"，"游戏冲动"可以调节感性冲动和理性冲动的矛盾，使实在与形式、偶然与必然、特殊与一般、被动与自由得到统一，"只有当人是

---

① ［德］康德：《判断力批判》上卷，宗白华译，北京：商务印书馆1964年版，第16页。
② 同上。
③ ［德］席勒：《审美教育书简》，冯至等译，北京：北京大学出版社1985年版，第62页。
④ 同上书，第63页。

完全意义上的人，他才游戏；只有当人游戏时，他才是完全是人。"① "游戏冲动"有程度级别之分，高级的"游戏冲动"是"审美冲动"，它的对象是"活的形象"，只有当事物的形式在感觉中活起来，它的生命在理解力中取得了形式，这时，它才是活的形象，才能够判断它是美的，通过这种"活的形象"，才能实现审美教育的目的。

"游戏形式"揭示了"审美形式"的社会实践功能。但是，当席勒仅仅从人和自然的关系角度出发，用"素朴的诗"和"感伤的诗"来概括古今诗的类型时，未免是对历史上存在着的繁多的"美的形式"处理得机械化、简单化了。

"理念审美形式。"席勒的实践审美形式思想，还没有真正建立起审美的历史理论，而做到将认识和实践结合起来，给出数量庞大的"美的形式"以完整系统的历史存在秩序，从而建构起客观唯心主义庞大艺术思想体系的是黑格尔的理念审美形式思想。

黑格尔从绝对精神出发，将自然、社会、人类发展贯通起来，提出"美是理念的感性显现"② 的唯心主义解释。在黑格尔看来，精神的发展就是理念扬弃物质异化、实现精神复归的历史过程，艺术仅仅是这个扬弃过程中的一个环节。尽管在这一逻辑前提下，"形式"彻底被"内容"所征服，但是，它仍然肯定了美的本质在于感性与理性、自然与人、认识与实践的统一这一认识，在艺术作品中，具体的、感性的、个别的显现形式与理念内容密不可分。这样，"理念形式"就不是一个哲学抽象，而有深刻的现实内容，它是绝对理念发展到人的心灵阶段，通过精神实践，在艺术中复现自己、关照自己、认识自己的形式，它不仅要求艺术家具有卓越的创造能力，能够将想象力与认识力、感觉力、幻想力和实践力结合一起，将意识与无意识、理智与直觉、理性与感性的辩证统一在自由心灵当中，而且要求艺术家要面向自己的时代、民族和人民，满足人民大众的审美需要。

---

① ［德］弗里德里希·席勒：《审美教育书简》，冯至等译，上海：上海人民出版社2003年版，第124页。

② ［德］黑格尔：《美学》第一卷，朱光潜译，北京：商务印书馆1997年版，第142页。

从形式与理念的关系出发，黑格尔详细论述了各个阶段的建筑、雕刻、绘画、音乐，诗（包括戏剧）等各种门类艺术的特征和历史发展，把它们归为艺术在历史发展过程中经历的象征型、古典型和浪漫型三个发展阶段，从而使历史上纷繁的"美的形式"得到系统化把握，并统一到一个共同的合乎规律发展的理念发展的历史过程当中。对此，蒋孔阳给予了高度评价："就在这一点上面，黑格尔超越了以往任何一个美学家，使美学成为一门完整的系统的历史科学。"[①] 黑格尔的思想体系是唯心的，但是它的内容却是现实的，这是一种"手足倒置"的思想体系。

综上所述，"审美形式"是"表现说"下的文学形式总体观念，它是以主体通过反思性的直觉方式的心灵创造为特征，以审美来以沟通悟性和理性、经验和道德、自然和自由之间的关系为使命，具有经验、理性、自然、社会、历史等丰富内涵的一种主体性关系话语。它的典型形态包括三个方面，中介审美形式、实践审美形式、理念审美形式。

## 第二节　关系形态：文学接受、审美形式与意识形态

审美形式来自作家的心灵创造，但是认为审美形式与意识形态和读者无关却是狭隘的理解，这种观点认为，"美学与政治意识形态的任何联系都必定是令人厌恶反感的或是让人无所适从的"。[②] 但是，在休姆看来，浪漫主义与资产阶级自由主义可以画等号，"假如你询问某一派的一个人，他选择古典主义还是浪漫主义，由这个你就可以推论出他的政治主张是什么。"[③] 当代英国学者威德森也指出，"在 19 世纪，这一审美的'偶像'将自己当成了急剧衰落的宗教精神力量的替代物，而且，也将它看成是迫切需要的建设中的一种构成因素，即在一个新的而且是异质的工业、都市、阶级社会的背景下能够凝聚民族意识、民族认同的建设

---

① 蒋孔阳：《德国古典美学》，北京：商务印书馆 1997 年版，第 203 页。

② ［英］特里·伊格尔顿：《审美意识形态》，王杰等译，桂林：广西师范大学出版社 2006 年版，第 8 页。

③ ［英］T. E. 休姆：《浪漫主义与古典主义》，刘若愚译，载《"新批评"文集》，赵毅衡选编，北京：中国社会科学出版社 1988 年版，第 4—5 页。

中的构成因素。”① 因此，浪漫主义文学所具有的审美价值，就不仅仅是它超功利的纯粹欣赏一面，它还有社会的民族的文学意识形态的一面。

在“表现说”下的读者眼中，作家或诗人具有崇高地位，他们是文明的卫士，文化修养的完善者，他们是真正的完美的“科学家”，真理的占有者，美国的批评家艾伦·退特指出：“因为科学事实并非僵冷的事实，等待着文化修养的象征性卫士——诗人来与科学家出色地合作，来赋予它生命，19世纪的人们对于科学家与诗人的合作事业是很信任的。从这个角度着眼，诗人不过是臻于完美的科学家。”② 因此，与其说“表现说”下作家（诗人、美学家）占据了文学观念的中心位置，倒不如说是作家能够发挥向读者提供审美经验借鉴的功能使然。无论怎么说，审美都不是一个纯然的事物，从审美形式的三个基本表现形式出发，我们将进一步讨论文学接受、审美形式与意识形态关系的三种典型形态，即“中介审美关系”“实践审美关系”“理念审美关系”。

### 一　中介审美关系

康德看到，物自体外在于人的存在尺度，它无法被人最终认识，创造万物的“上帝”也不能被人们认知，只能被信仰，人在认知事物之前，应当首先追问人的认识能力的问题。在他看来，知识的获得凭借“先验形式”（“十二对范畴”），人的认识能力只能凭先天“知性”能力认识现象界，人的意志行为应该服从先验的存在于每个人心中的道德律令，“在人的先天道德禀赋这个问题上，康德基本上主张性善说，但不是完善的善，而是一种初始状态的善。”③ 两者之间断裂，应当由审美判断来沟通。康德从人的心灵结构着手，人的心灵分为知、情、意三部分，在他看来，人的心灵结构和人的不同认识能力有着直接关系：关于知的部分的认识能力是“理解力”，属于“纯粹理性”；关于意的部分的认识能力是“理性力”，属于“实践理性”；关于情的部分的心灵能力是“审美判断力”，它

---

① ［英］彼得·威德森：《现代西方文学观念简史》，钱竞、张欣译，北京：北京大学出版社2006年版，第37页。

② ［美］艾伦·退特：《作为知识的文学（1941）》，王竞、徐乔奇译，载《“新批评”文集》，赵毅衡选编，北京：中国社会科学出版社1988年版，第126页。

③ 曹俊峰：《康德美学引论》，天津：天津教育出版社2001年版，第63页。

能够像"知"一样地对外物的刺激有所感受，它又像"意"一样对外物发生作用，因此，介于知性的"理解力"和意志的"理性力"之间并对二者起到中介连接作用。

康德的美学思想虽然主要停留在主观思辨层次，但是康德的学术研究和美学研究的最终目的在于主张社会秩序应服从于自由的道德法则，在这一目的下，康德的美学思想就呈现出多向敞开的维度，"康德的审美担负着大量的功能。审美使人类主体集中于对易受影响的、有目的的现实的想象关系上，使主体愉悦地意识到自身内在的统一，并且把主体确认为伦理的代言人"，① 这些功能在康德的审美趣味、美的理想、天才等思想中体现出实现的层次。

康德的审美趣味不同于经验主义的感觉欲念满足所引起的快适，认为这样还只是涉及对象的内容，而不涉及它的形式，它也适用于无理性的动物；也不同于理性主义所主张的道德完善而引起的赞许，认为这涉及目的，肯定的是一种客观价值，它适用于一切有理性的动物，而审美产生的快感是一种"凭借完全无利害观念的快感和不快感对某一对象或其表现方法的一种判断力"，② 它既没有来自感官上的驱使力，也没有道德方面的强迫感，因此它不是一种偏爱、也不是一种尊重，而是一种"惠爱"，而"惠爱"是唯一的自由的愉快。这既是对读者阅读的要求，也是对新的读者阅读经验的总结。

如果说审美趣味是对读者审美心理的要求的话，那么美的理想则是对审美标准的划定。审美趣味侧重的是审美的心理条件，而美的理想则充斥了理性的内容，"这鉴赏是来源于深藏着的、在判定诸对象所赖以表现的形式时，一切人们都取得一致的共同基础。"③ 审美标准就来自大多数人对某些对象的共同鉴定或"通感"，这背后的基础实际上就是资产阶级意识形态，伊格尔顿明言："通感是纯化的、普遍化的、反思性的意识形态，……为了把自己确立为真正带有普遍性的阶级，资产阶级所要做的不仅仅是按照少数破旧不堪的格言去行事。其统治性的意识形态必须既证明

---

① ［英］特里·伊格尔顿：《审美意识形态》，王杰等译，桂林：广西师范大学出版社 2006年版，第 90 页。

② ［德］康德：《判断力批判》上卷，宗白华译，北京：商务印书馆 1964 年版，第 47 页。

③ 同上书，第 70 页。

理性的普遍形式，又证明情感知觉的无可置疑的内容。"① 美的理想不是以观念的形式存在，而是以具体个别的方式加以显现，"观念本来意味着一个理性概念，而理想本来意味着一个符合观念的个体表象"。② 这就既强调了审美对象的理性基础，也突出了审美对象的形式特征。

在"美的分析"中，审美判断有四个特征：就"质"来说，没有利害计较；就"量"来说，不凭借概念；就"关系"来说，是形式的合目的性；就"情状"来说，是愉快的必然性，但是在现实中能够满足这些条件的"纯粹美"或"自由美"少之又少，更多的是计较利害、涉及概念、有功利目的的"依存美"，康德把文学划入"依存美"行列，并放在"崇高的分析"论述，显然有关崇高的思想在康德美学中具有特别的意义。康德对崇高的分析克服了美的分析中的形式主义倾向，而是强调崇高的道德基础和理性基础，他把美定义为"道德观念的象征"，美的基本构成要素放进了内容，崇高和美不同在于"量"，而不是"质"，它是由痛感转化为快感，而不是单纯快感，它在于主体心灵中理性力量的提升，而不是对象形式，但是，康德所分析的数学的崇高和力学的崇高只在自然界，而不在文学艺术中，因为后者已经有了人为的规定。

审美理想体现在艺术创作上，是康德的"天才"思想。按照康德的解释，天才是"一个主体在他的认识诸机能的自由运用里表现出着他的天赋才能的典范式的独创性"。③ 有一种普遍误解是，认为康德主张天才为艺术立法，就等于认为天才在艺术创造中是绝对自由、不受约束的位置。事实上并非如此，构成天才的心意能力是"想象力"和"悟性"，相比于鉴赏力（审美判断力），后者更加重要，康德明确地说："鉴赏（口味）和判断力一般是天才的训育（或管束），剪掉天才的飞翼，使它受教养和受磨炼。"④ 康德认为美的艺术创造包括多种要素构成："悟性"（理解力、知性，是把握本体界的能力）"精神"（理性力，是把握现象界的能力）"鉴赏力"（审美判断力），这三种力通过第四种力"想象力"获

---

① ［英］特里·伊格尔顿：《审美意识形态》，王杰等译，桂林：广西师范大学出版社2006年版，第90页。

② ［德］康德：《判断力批判》上卷，宗白华译，北京：商务印书馆1964年版，第70页。

③ 同上书，第164页。

④ 同上书，第166页。

得结合。对康德而言，"想象力"是审美判断中最重要的要素，前三种机能通过第四种才获致它们的结合，它既联结着理性力，主要通过内在直观为本体界赋形，又连接理解力，使艺术筑基于理性之上，追求道德上的最高自由，创造过程中会把新的观念及其表象带进来，从而成为言不尽意的艺术形象。透过康德对天才思想的论述，我们看到他不仅指出作家在想象力和悟性方面优长的地方，而且为文艺批评留出了空间，他还指明了作品作为接受典范的原因所在。

康德在论述"想象力"和"审美判断"时，还谈到了"无意识"心理，"因为在想象力中诸形式的把握若没有反省着的判断力，将永远不能实现，即使它无意这样做，它至少也把诸形式和它的联结直观和概念的机能作了比较。如果现在在这比较里，想象力（作为先验直观的机能）通过一个给定的表象，无意识地和悟性（作为概念的机能）协和一致，并且由此唤醒愉快的情绪，那么，这对象就将被视为对于反省着的判断力是合乎目的的。一个这样的判断是一个关于客体的合目的性的审美判断，这判断不基于对象的现存的任何概念，并且它也不供应任何一个概念。"① 这是对中介性审美关系精神分析性质上的判断。弗洛伊德认为，个体无意识是心理活动的基本动力，对人的行为和愿望起到决定性的作用，"宗教、道德、社会和艺术之起源都系于俄狄浦斯情节上"。② 如果说，弗洛伊德对艺术的无意识领域解释局限在俄狄浦斯情节上还显得过于狭隘的话，那么，康德对"想象力"和"审美判断"的理解是在理解力和理性力、认识和实践、自然和自由的相互关系中给出的更加合理的无意识层面解释，视野十分弘阔。

康德的中介审美形式是反封建的资产阶级意识形态在美学上的思辨表现，他以资产阶级审美的超功利性对抗社会自私自利的野蛮个人主义，以共同的审美鉴定沟通人与人之间的关系，体现出一种乌托邦式的社会理想。康德把"依存美"当作"审美理想"，强调天才通过理解力、理性力、想象力和鉴赏力创造艺术并为艺术立法，并把艺术家的审美经验作为

---

① ［德］康德：《判断力批判》上卷，宗白华译，北京：商务印书馆1964年版，第28页。

② ［奥］弗洛伊德：《图腾与禁忌》，杨庸一译，北京：中国民间文艺出版社1986年版，第192页。

审美标准加以推广,指明艺术在"自然"和"自由"之间架起了沟通的桥梁。但是,康德的审美形式思想是在形而上学纯理论思辨层次上进行的,在现实内容上显得匮乏,为审美形式思想注入社会实践内涵的是席勒。

## 二 实践审美关系

席勒的"游戏形式"或"活的形象"思想超越了康德的传统认识论范围,他不再局限在主体心意范围内抽象思考美和艺术的问题,而是进入社会实践领域。席勒的实践审美思想突出体现在他的美学著作《审美教育书简》中。席勒的"游戏形式"思想是从社会经济生活中的古代和现代的分工不同,基于近代人的"人格"与"状态"分裂的现实基础上提出的。

在席勒看来,古希腊社会感性和理性还没有被严格地区分并呈现为敌对状态,人的生活处于丰富的形式与内容统一,他们既善于哲学思考,又长于创造,既温柔又刚毅,想象的青春性和理性的成年性结合为一体成为完美的人格,这时的诗是"素朴的诗"。到了近代社会,社会如同按照理性组装起来的一个机械钟表,阶级的划分、职业的专门化和知识分类的精细化,人性被分裂成为一个个孤零的碎片,再难回到自然状态中去,人的外在表现、内在情感和理想追求不再是一回事,近代人生活依赖理性胜过感性,从而造成整体性和个体性、理智与自由的对立,人们缅怀过去,感伤现在,因此,近代的诗是"感伤的诗"。

近代人的处境源于文化的危机,至于克服的办法,席勒认为应当施行审美教育。席勒看到德国社会上层统治阶级的生活腐朽专横,下层社会粗野暴戾,他认为自己的时代还没有结束人的自然存在状态,真正自由而理性状态的社会还没有出现,要想使社会从自然状态过渡到理性状态,关键在于健全人的完美人格,只有通过审美教育的手段才能达到这一目的。审美教育的基础是人性中除了生活的感性冲动和理性的形式冲动之外,还有另外一种冲动,这就是游戏冲动,感性冲动的对象是生活,占有和享受是它的特征,它们被官能所控制,是被动的,处于这种状态的人是自然人,理性冲动的对象是形象,特征在秩序和法则,它们受思想和意志的支配,是主动的,处于这种状态的人是理性人,但是,这两种冲动各自都有强迫性,不能直接结合,若使这两种冲动能够结合,人从自然人走向理性人,中间必须架起一座桥梁，这座桥梁便是审美教育，让艺术充当使人恢复健康、具有美的心灵和人性的教师。审美教育的基础是人还有另外一种冲动，即"游戏冲动"，也可以叫"自由冲动"，席勒明确地说，"'游戏'一词可以说是自由的同义语"。①

"游戏冲动"既能驾驭感性冲动的对象即生活，从生活中取得素材，也能创造理性冲动的对象即形象，用形象体现精神，因而它的对象是"活的形象"，"感性冲动的对象，用一个普通的概念来说明，就是最广义的生命，这个概念指一切物质存在以及一切直接呈现于感官的东西。形式冲动的对象，用一个普通的概念来说明，就是本义的和转义的形象，这个概念包括事物的一切形式特性以及事物对思维的一切关系。游戏冲动的对象，用一种普通的说法来表示，可以叫作活的形象，这个概念用以表示现象的一切审美特性，一言以蔽之，用以表示最广义的美。"②　"活的形象"是艺术的本质，它把感性与理性、被动与主动、物质与形式、变化与规律等对立面都给结合起来了，成为从感性状态到理性状态、从物质到形式的桥梁。

"游戏冲动"在古代社会是感性和理性相统一的，它和生活没有什么区别，但是到了近代社会，由于感性和理性的对立，"游戏冲动"不能在生活层面理解，"我们不能一谈到游戏，就想到现实生活中进行的、通常只是以非常物质性的对象为目标的那些游戏，但要在现实生活中寻找这里所谈到的美也是枉费心机。"③　美的事物不应该是纯粹的生活，不应该是纯粹的形象，而应是"活的形象"。

"活的形象"不仅有新的理性内涵，而且有着改变经验的实践功效。席勒特别强调了美的溶解力，"第一，作为宁静的形式缓和粗野的生命，为从感觉过渡到思想开辟道路；第二，它以活生生的形象给抽象的形式配备感性的力，把概念再带回到观照，把法则再带回到情感。在第一种情况下，它是为自然人服务，在第二种情况下，它是为文明人服务。"④　美以

---

① 〔德〕弗里德里希·席勒：《审美教育书简》，冯至等译，上海：上海人民出版社2003年版，第9页。

② 同上书，第118页。

③ 同上书，第122—123页。

④ 同上书，第138页。

独特的形式不仅能够改变粗糙野蛮的经验人的人性状态，也能够改变教条专横的理性人的人性状态。

席勒认为社会变革的真正需求不是组织无理性的暴力，也不是专政如何再度强化国家机器，而是通过哲学精神的探讨产生适合时代文化的艺术作品，进而实现审美教育，建立自由政治，"人们在经验中要解决的政治问题必须假道美学问题，因为正是通过美，人们才可以走向自由。"席勒的政治理想是建立在卢梭的社会契约论和资产阶级人道主义等思想基础之上的，"审美的国度就是资产阶级所追求的自由、平等、民主的乌托邦似的公共领域，在此公共领域内，人人都是自由的公民，'与最高贵者具有同等的权利'。"① 在席勒看来，美的理想，也就是生活的理想、人性的理想、政治的理想。一个社会政权要想同时在文化上获得领导地位的话，仅仅依靠国家暴力工具和强硬的政治宣传是不行的，还要依靠温和的、赏心悦目的审美教育，这时"美的形式"就成为社会权力行使的中介，在这里我们看到了葛兰西"文化领导权"思想的先声。

### 三　理念审美关系

把资产阶级审美实践思想上升到历史辩证高度加以客观主义唯心解释的是黑格尔。黑格尔的"理念形式"既不是当时德国意识形态的简单表述，也不是出自只顾个人不管他人的庸俗市民阶层的经验心理，而是建立在客观唯心主义基础之上，以资产阶级人道主义为价值取向，把知识认识、道德实践和快乐自我结合起来，实现普遍与特殊、一般与个别、形式与内容、精神和感觉统一关系的审美形式。它既是对个人主义审美原则的限制，也是对德国封建专制下的理性主义的超越，他主张建立在新的审美原则基础上的伦理不应以法律而应以风俗的方式发挥效用的思想，这与席勒主张审美教育的文化领导权思想一脉相承。

黑格尔曾受法国大革命的欢欣鼓舞，发出"反对暴君""自由万岁""卢梭万岁"的革命口号，尽管他后来反对雅各宾政党执政的恐怖，但是对法国大革命所持的资产阶级理想和政治态度还是肯定的，他曾写道：

---

① ［英］特里·伊格尔顿：《审美意识形态》，王杰等译，桂林：广西师范大学出版社2006年版，第103页。

"一个光辉灿烂的黎明。一切有思想的存在，都分享到了这个新纪元的欢欣。"① 甚至当法国军队闯入他的家里，一切被洗劫一空，也依然没有动摇他对拿破仑的赞美，这能够从一个侧面表明黑格尔坚定的资产阶级政治立场，而且在事实上，他也赞同维护私有制，并从理性、法权概念和道德上论证了私有制的合理性，资本主义的人道主义始终是黑格尔的美学和艺术的出发点和基础。

以资产阶级意识形态为基础，黑格尔的美学思想与当时封建专制社会意识形态并非同构，相反，作为"理念的感性显现"的审美形式，是在资产阶级崭新观念下的对封建专制理性的重新审美化。"美是理念的感性显现"，既是美的定义，也是艺术的定义、典型的定义、审美形式和审美理想的定义。在黑格尔看来，理念本质上不是一个永恒的存在，而是一个运动发展的过程，"理念本质上是一个过程。"② 世界存在的一切无不是理念根据自身内在矛盾发展的产物，它们既是自身，又与理念发展的总体不可分离，"凡现象所表现的，没有不在本质内的。凡在本质内没有的，也就不会表现于外。"③ 理念运动从概念逻辑到无机界，从无机界到有机界，从有机界到绝对精神，艺术、宗教和哲学又是绝对精神的三个发展阶段，绝对精神阶段的总特征是主观精神和客观精神相统一，自己决定自己，艺术阶段以直观形式认识自己，宗教阶段以表象形式认识自己，哲学阶段以概念形式认识自己，并达到最高的圆满回归，黑格尔就此建立起一个庞大的哲学体系、美学体系和艺术体系。恩格斯指出："黑格尔第一次——这是他的巨大功绩——把整个自然的、历史的和精神的世界描写为一个过程，即把它描写为处在不断的运动、变化、转变和发展中，并企图揭示这种运动和发展的内在联系。"④ 在这样的庞大体系中，几乎涉及人类所面对的方方面面的问题的回答，自然也包括审美问题、艺术问题、经验问题、意识形态问题，以及它们之间的关系。

黑格尔的美学形式思想建立在审美理想和社会实践的基础之上，他不仅对审美创造的心理条件提出苛刻条件，尤其重视想象力对作品完成的作

---

① ［德］黑格尔：《历史哲学》，王造时译，北京：商务印书馆 1963 年版，第 493 页。
② ［德］黑格尔：《小逻辑》，贺麟等译，北京：商务印书馆 1980 年版，第 403 页。
③ 同上书，第 289 页。
④ 《马克思恩格斯选集》第 2 卷，北京：人民出版社 1972 年版，第 121 页。

用，认为想象力与认识力、感觉力、幻想力和实践力结合一起，是意识与无意识、理智与直觉、理性与感性的辩证统一的心理过程，在审美创造中，艺术家通过精神实践，能够使理念复现自己、关照自己、认识自己，从而创造出丰富、明确、坚定、整体统一的艺术典型，典型能够掌握环境，能凭自己的力量去发出行动，能对自己的行动负责，决定自己命运，通过这样的艺术创造，艺术家才能担负起面向自己的时代、民族和人民，改造读者审美经验的教育职能。

产生这样的审美形式或艺术典型的现实条件，在黑格尔看来，与时代环境和历史条件有密不可分的关系，"每种艺术作品都属于它的时代和它的民族，各有特殊环境，依存于特殊的历史的和其他的观念和目的。"① 在古希腊社会，人性完满而充盈着自由精神，个人意志与城邦意志高度统一，崇尚人道精神的阶段，"这个共体或公共本质是这样一种精神，它是自为的，因为它保持其自身于作为其成员的那些个体的反思之中，它又是自在的，或者说它又是实体，因为它在本身内包含着这些个体。作为现实的实体，这种精神是一个民族，作为现实的意识，它是民族的公民。这种意识，其本质是在单纯的精神中，其自我确定性是在这种精神的现实中亦即在整个民族中。"② 而近代社会的工业化和商品化造成人的异化，内在主体与客观世界的分裂，因此描写现代社会的人不符合艺术理想。

艺术经由认识找不到合适的感性形象而采取符号或外物作为象征的符号的象征型阶段，艺术表现精神不再抽象、模糊而是具体的、明确地找到适合表现自己的形象的古典型阶段，精神内容溢出物质形式而表现自我主观性和内心冲突并具有个体独立性和顽强实现自己的坚定性的浪漫型阶段，之后绝对精神进入宗教阶段。宗教还是通过感情和表象对绝对精神的直观而不能提供逻辑释义的观念表述，只有到了哲学阶段，绝对精神才能够通过概念来认识自己。

根据绝对精神发展的逻辑，人们往往认为，黑格尔要终结一切艺术，最后将绝对精神让位给宗教和哲学，这是对黑格尔艺术思想的一个不小的

① ［德］黑格尔：《美学》第一卷，朱光潜译，北京：商务印书馆1997年版，第19页。

② ［德］黑格尔：《精神现象学》，贺麟、王玖兴译，北京：商务印书馆1979年版，第8页。

误解，如果说黑格尔确实要终结艺术的话，那也仅仅是终结以往的艺术，而他要开启的是一种崭新的艺术，这种艺术反对规则的专横和理论的空泛，也不仅仅依靠天才，更重要的是还将依靠新的理性精神，它不仅更能够直观美，还能够反思美，"因此只有这里所说的完整的概念才能导向实体性的必然的和统摄整体的原则。"① 黑格尔不仅高度赞扬了浪漫主义艺术，把它视为"一种真正有生命的诗歌兴起"，"真正具有心灵性的艺术"。② 他们高举天才的权利、天才的作品以及天才作品的效果，以敏感的心灵和自由的精神创造，使人们能够重新欣赏到古代、中世纪、近代的伟大艺术作品和精神在当代的投影。也正是出于这种对浪漫主义艺术的看重，黑格尔才进一步思考，这种艺术还缺少什么的问题，黑格尔说："这些作品都是超出过去理论抽象化所根据的那些作品的范围和方式的，对于这些作品的承认首先就造成对于一种特别类型的艺术——即浪漫艺术——的承认，因此就有必要把美的概念和本质了解得比上述那些理论所了解的更深刻些。与此相联系的还有一个因素：概念作用本身，思考的心灵，在哲学里也得到了更深刻的认识，这就直接使它更深刻地理解艺术的本质。"③ 在黑格尔看来，对艺术作品如何进行审美评价，以及认识历史环境如何对艺术作品发生作用才是理论研究的关键。

黑格尔认识到资本主义时代的一般社会情况与文艺活动之间的矛盾在于个人与社会的脱节，在于主观主义和唯我主义的盛行，使个人性格中不能体现有理性内容的带有普遍性的社会理想，不能具有文艺理想所要求的人物性格的独立自主性与坚强性。他的审美形式建立在一系列的辩证的对立与统一的原则基础之上，精神与物质，主观与客观，感性与理性，特殊与一般，认识与实践等等，他还把艺术的发展联系到"一般世界情况"来研究，审美与经济、政治、伦理、宗教以及一般文化紧密联系在一起。它们总是处在同一和差异的矛盾中，而真理就在于这种同一和差异的统一，"真理只有在同一与差异的统一中，才是完全的，所谓真理唯在于这统一。"④ 这就批判了把同一理解为抽象同一的形而上学观点，提出了具

---

① ［德］黑格尔：《美学》第一卷，朱光潜译，北京：商务印书馆1997年版，第28页。

② 同上书，第25页。

③ 同上书，第26页。

④ ［德］黑格尔：《逻辑学》下卷，北京：商务印书馆1966年版，第33页。

体的同一思想，审美既是对个人主义审美原则的限制，也是对专制理性主义的超越。

　　黑格尔的审美形式思想，是以资产阶级人道主义为立足点和出发点，把知识、道德实践和审美愉快结合一起，在批判封建主义意识形态的基础上，将其重新审美化，通过艺术典型和审美教育的方式，使社会文化按照资本主义的道德原则加以"风俗化"，从而改变人们的生活经验，进而作用于社会，最终起到变革社会的目的。黑格尔所说的实践是一种精神性的活动，但是，他把认识和实践结合起来，把实践看成是认识向客观真理过渡的一个必然环节，这一思想直接成为马克思实践思想的来源，列宁说："当马克思把实践的标准列入认识论时，他的观点是直接和黑格尔接近的。"① 但是，黑格尔的整个思想毕竟是建立在客观唯心主义基础之上的，意识和存在，在他那里存在根本的颠倒关系，他把国家说成是伦理观念现实化的最高阶段，是家庭、市民社会的"真实基础"，是地上的神物，就颠倒了国家和它的经济基础的关系，掩盖了国家的阶级本质，体现出思想局限。

　　综上所述，中介审美关系，侧重形而上的审美性质的思考，强调的是审美判断在先验综合的基础上对认识理性和实践理性沟通的能力；实践审美关系，强调的是审美的社会实践能力方面，文学艺术能够通过审美活动克服感性冲动和理性冲动的对立和冲突，在艺术的游戏冲动中使人性的异化得以消除；理性审美关系，强调的是审美的历史方面，它以资产阶级人道主义为价值取向，把知识认识、道德实践和快乐自我结合起来，实现普遍与特殊、一般与个别、形式与内容、精神和感觉、历史和现实的高度统一，使审美关系最终建立在客观唯心主义历史观的基础之上，作家能够通过反思性直觉的方式，将现实审美化，重新赋予自然和理性以心灵内涵，审美成了对这种"历史理性"的心灵关照和把握。浪漫主义文学并非是纯粹的作家心灵表现，而是作家通过反思性直觉方式实现的审美创造，它有着丰富的理性内涵。

---

① 《列宁全集》第38卷，北京：人民出版社1998年版，第228页。

## 第三节　原因阐释："审美关系"与"大写之人"

如果说实用主义时代，文学接受、文学形式与意识形态之间的"表述关系"，依赖于一个统一的所指系统，个体在系统中处于稳定的位置，自然、人性、理性排列在同一序列当中并以后者为最高仲裁，个体的思想、情感、意志被系统所规范、打造的话，那么到了近代，个人主义、自由主义成为新的意识形态特征，它一方面是对抗封建主义有力武器；另一方面也是新的社会理性得以建立的出发点，在这种意识形态下传统社会观念面临着全面的表述危机，新的知识中心将"个体之人"也是"大写之人"推上了历史舞台，在艺术表现领域体现在突出作家主体精神创造上，作家凭借"闭合思维"下的反思性直觉创造能够为读者提供丰富的现代审美经验。

### 一　"意识形态"与"个人主义"

随着法国大革命对封建秩序的颠覆，其影响遍及了整个欧洲，但是法国大革命的思想建立在社会契约论的基础之上，按照霍克斯、卢梭等人观点，政府权威的合法性来源是公民个人让渡一部分权力的"同意"，一个新的政府成立表示了人们共同让渡权力的结果，个体有义务对政府的公共权力服从，这还带有虚构和谎言的性质。实际上一些启蒙主义者最小心防备也是"个人主义"，在他们看来，"高扬个人有害于国家的稳定，会把国家瓦解成一片混乱的、反社会的、不文明的、互不相干的基本要素。"[①]但是，对法国大革命的反思却产生出一种新的"个人主义"理解，新的理解一反启蒙主义对"个人主义"理解的虚构性和谎言性，这种虚假的"个人主义"导致的是雅各宾暴政和国家专制主义。

新的认识是政府建立在个体同意的"连续性"基础之上，政治根本上代表的是个人利益不受侵犯，而不是代表社会集团或特定阶级，"政府的目的在于使个人的需要得到满足，使个人的利益得以实现，使个人的权

---

① ［英］史蒂文·卢克斯：《个人主义》，阎克文译，南京：江苏人民出版社2001年版，第2页。

力得到保障,明确倾向于自由放任并反对这样一种观念,即政府可以合法地干涉或改变个人的需要,代替他们解释他们的利益,侵犯或废除他们的权利"。① 新的"个人主义"体现出一种"有机整体论",国家不再是一种契约理性的建构,而是以超个人的创造力量为元素,进而构筑成精神观念整体和相应的政治、法律制度,"社会是由自治的、平等的单元即单一的个人组成,归根结底,这样的个人比任何更大的多人组合式团体更加重要。个人主义反映在个人私有财产权的概念上、个人的政治与法律自由上、个人应与上帝直接交流的观点上。"② 新的"个人主义"不再是个人的孤立以及与社会的隔阂,而是人的自我完成并达到社会整体范围的统一,自由和责任结合为一个整体。

"个人主义"的产生有其物质性基础,首先是近代工业化的进程的需要,前工业化时代主要是一种农业经济,依靠的是开发自然资源,"人对世界的看法受到自然力量的制约,生活节奏受到季节的轮换、雨量多寡、土壤肥瘠、矿层深浅等自然因素的影响,时间感被理解为一种期限感,工作的进度因季节和天气而变化"。③ 到了工业时代,机械和技术决定一切,技术发明、机械制造、生产组织、分工合作,这些无不突出了"人"的重要性。其次是政治的需要,个人主义是抵抗封建意识形态的有效武器,"这一全新态度当时正在颠覆以村庄为基础的共同体社会。"④ 无论是18世纪基于孤立个体意义上的"个人主义",还是19世纪基于"有机整体"上的"个人主义"都具有这种颠覆意义。最后是精神生活的需要,传统的价值观念需要在新的观念下重新获得阐释,"浪漫主义的哲学、道德、态度、科学发明以及浪漫主义史学对过去某些历史时期重新诠释。"⑤ 颠覆后的意义碎片需要在有机的"个人主义"下获得重新整合。

---

① [英]史蒂文·卢克斯:《个人主义》,阎克文译,南京:江苏人民出版社2001年版,第74页。

② [英]艾伦·麦克法兰:《英国个人主义的起源》,管可秾译,北京:商务印书馆2005年版,第11页。

③ 陆贵山:《人论与文学》,北京:中国人民大学出版社2000年版,第242页。

④ [英]艾伦·麦克法兰:《英国个人主义的起源》,管可秾译,北京:商务印书馆2005年版,第6页。

⑤ [美]雅克·巴尔赞:《从黎明到衰落——西方文化生活五百年》,林华译,北京:世界知识出版社2000年版,第467页。

但是，这种有机的"个人主义"也依然难以避免解放和压抑的双重性质，无论新的理性被说成多么带有普遍性，对肉体来说都是一种强迫性力量，"对资产阶级社会来说，美学是极其矛盾的客体。一方面，由于美学的主体中心性、普遍性，自发的一致性、亲和性、和谐性和目的性，美学极好地迎合了社会意识形态的需要；另一方面，它又可能不可控制地膨胀，超越这种功能，其结果是摧毁理性和道德责任的基础。"[①] 按照伊格尔顿的理解，审美是一个危险的、模糊的领域，肉体中存在反抗权力的事物，而权力又规定着审美，一方面，审美扮演着解放力量的角色，主体通过感觉冲动和同情而不是通过外在的法律联系在一起，每一主体在达成社会和谐的同时又保持独特的个性，审美为资产阶级提供了其政治理想的通用模式，例证了自律和自我决定的新形式，改善了法律和欲望、道德和知识之间的关系，重建了个体和总体之间的联系，在风俗、情感和同情的基础上调整了各种社会关系；另一方面，审美预示了一种"内化的压抑"，它把社会统治更深地置于被征服者的肉体中，并因此作为一种最有效的政治领导权模式而发挥作用。[②] 根据这种矛盾的理解，任何意义上的文化领导权，都难以避免解放和压抑、塑造与排除的双重性质，但是，它却可以通过审美的方式掩盖真实的意图，使所有的理性原则变成可接受的形式，从而达到使"理性"风俗化的统治目的。

## 二　"表述危机"与"立法之人"

在理性主义时代，个体经验只有统一到理性秩序之下，才能取得自身的名分，不能统一的经验，将被划入非理性领域或者驱除或者成为反面的被展览的典型。福柯分析了古典主义时期对疯人的禁闭情况后，深刻指出，"禁闭这种大规模的、贯穿18世纪欧洲的现象，是一种'治安'手段。按照古典时期的严格定义，所谓治安就是使所有那些没有工作就无以生存的人能够和必须工作的手段的总和。"[③] 恩格斯说："旧形而上学意义

---

① ［英］特里·伊格尔顿：《审美意识形态》，王杰等译，桂林：广西师范大学出版社 2006 年版，第 95 页。

② 同上书，第 16—17 页。

③ ［法］米歇尔·福柯：《疯癫与文明》，刘北成、杨远婴译，北京：生活·读书·新知三联书店 2007 年版，第 42 页。

的同一律是旧世界观的基本原则：A＝A。每一个事物和它自身同一。一切都是永久不变的，太阳系、星体、有机体都是如此。……但是最近自然科学从细节上证明了这样一个事实：真实的具体的同一性包含着差异和变化。"① 伊格尔顿认为，"在前资产阶级社会诸形态中，主体该如何举措的问题与它在社会结构中的地位紧密相连，因此，对个体所处的各种复杂关系的社会学描述也无可避免地涉及到标准话语。"② 理性时代社会和精神秩序，在新的历史到来之时必然受到冲击，"一旦资产阶级社会秩序开始使事实具体化，开始建构一个先验地优于其社会关系的人类主体时，这种历史上根深蒂固的伦理道德必定会陷入危机。"③

理性主义受到启蒙运动和法国大革命的猛烈冲击，启蒙运动是资产阶级反对封建的民主运动以及民族自觉、解放运动在文化上的反映，他们将世界视为"原子论的机器"，认为世界是可分析、可预测的，支配着世界秩序的是启蒙的理性，他们强调的是人的理性，以及理解和利用自然规律的能力，法国大革命沉重地打击了欧洲大陆的封建秩序，资本主义生产关系在社会中得到快速建立，英国资产阶级这时已经掌握了政权，社会矛盾主要体现为大资产阶级和中小资产阶级，德国这时还四分五裂，资产阶级力量还十分软弱，他们对法国革命存在矛盾态度，但是，不管怎么说，理性主义时代的统一社会秩序已经难以维系。

社会表述危机伴随着新的表述形式出现在社会各个领域。在物理学领域，伽利略和牛顿的古典力学，一反亚里士多德以来的"静态"力学理论，伽利略的"自由落体加速度定律"和"抛物运动定律"奠定了近代物理学基础，牛顿的"三大运动定律"和"万有引力定律"是近代力学理论体系的完成，这些研究发现，使人们相信世界并非是由惯例、因果报应、上帝意志所统治，而是宇宙一切物质受自然规律和机械力所支配，社会的、历史的、政治的、道德的、技术的等思想和生活领域均不例外，因此，科恩说："在可以应用理性原则的思想和活动的几乎每一个可能的层

---

① 《马克思恩格斯选集》第3卷，北京：人民出版社1972年版，第538页。
② ［英］特里·伊格尔顿：《审美意识形态》，王杰等译，桂林：广西师范大学出版社2006年版，第72页。
③ 同上。

次上都留下了牛顿革命的重大影响。"① 在政治经济学领域，劳动不再是直接再现商品，而是再现商品的价值，价值伴随着历史的过程而变化，在古典主义时代，理论者认为劳动同物质短缺相关联，而现在则认为物质短缺不是人的需要所造成的，而是因为自然资源的有限性和人口的不断增加造成，人类可以通过稳定人口和制订合适的财富分配方案以使劳动适应需求，从而将历史、人类学和发展的中断联系在一起。在生物学领域，古典时代的对单个器官孤立研究，被器官在系统中的功能研究所取代，这等于取代了以往平面、静止的分类原则，转而对生命自身及其历史性的研究，"历史性现在被引入自然——确切说，被引入生物中去了。"② 在语言学领域，历史比较语言学取代了传统普通语言学，语言不再仅仅是对事物的再现，语言存在自身演变的历史，对语言的研究完全可以不考虑外界环境因素而只对自身的传统加以研究，他们就此发现印欧语言系统有着共同的祖先，这样语言就从再现对象转变为历史对象。

表述的危机呼唤一个新的"知识中心"的出现，这个中心就是能够在劳动的、生理的、言说的、感性的存在中加以规定的现代"立法之人"。"人"获得自身的"确实性"是以"有限性"为前提，他把自身既当成知识主体又当成知识客体。按照福柯的观点，"现代人"的出现依赖于他们对"三组对子"的巧妙回答，即经验与先验、我思与非思、起源的退却与返回。③

作为经验，对具体的人的分析取决于对具体的人的存在的经验事实的把握，人受着劳动、生命和语言的支配，他具体存在只有通过他的语言、他的肌体、他所创造的对象才能接近他。作为先验，人又是使一切知识成为可能的先验条件，真理话语必须先于经验真理而存在，才能保证对有限发现的稳定性。

作为我思，由于人的知识是通过对人的经验状况的认识获得的，因此笛卡儿的"我思故我在"，就被颠倒过来，成为"我在故我思"。作为非

---

① ［美］科恩：《科学的革命》，鲁旭东等译，北京：商务印书馆1998年版，第221页。

② ［法］米歇尔·福柯：《词与物——人文科学考古学》，莫伟民译，上海：上海三联书店2001年版，第360页。

③ 参见［法］米歇尔·福柯：《词与物——人文科学考古学》，莫伟民译，上海：上海三联书店2001年版，第415—437页。

思，由于人是被存在包围着，这种存在包括有形因素，也包括晦暗机制、无意识等。无意识是非思的一般形式，但是非思是人的他者。福柯认为，由于"非思"的存在，现代思想不能提出一种"我思"状态下的道德。

作为起源的退却，由于现代人认为世界并非由同一与差别联系起来的独立因素构成，而是由有机结构组成，并在总体上履行着一个功能，从而把历史或时间引入知识，但是随着经验研究的深入，起源越来越远地向过去退却。这样只能把希望寄托于未来，起源成了那种正在回归的东西。作为起源的返回，荷尔德林、尼采和海德格尔都认为返回只在起源之退隐的尽头中被给定，也就是说，他们都认为神秘的过去曾经有过对人的更深刻的理解，现在只有通过清楚地意识到他们失去的东西，才能接触到这种最初的理解，但是，福柯认为，寻找起源的问题的彻底解决，只有用历史的完成来消除时间，新的思索只能在"人死后"才能产生。

这三个对子确定了人既是知识的主体，又是知识的对象。作为知识主体，生物学、历史比较语言学、经济学构成人有关于生命、说话和生产的活动；作为知识对象，产生了社会学、心理学、语言分析学关于人自身知识的人文学科。

表现在文学艺术领域，就是对主体性创造的强调和突出。文学成为一种独立的语言形式，从而与观念的话语区分开来，它所积极探索的是自己的起源之谜，它诉诸一种纯粹的写作行为，在某种意义上，写作就是直观自己，因此，文学变成一种自我表现形式，也是一种"反思性直觉"形式。

### 三　"闭合思维"与"反思直觉"

"现代人"的出现使知识产生获得新的依据，表现在文学艺术领域，就体现为审美的直觉与反思结合上，"直觉"以隐在的"反思"为基础，"反思"又以"直觉"方式表现出来。人们容易把审美的直觉和反思或者自律和他律分割开来，认为审美直觉或自律只在自我说明，不依赖外在条件，而事实上，审美直觉或自律与审美反思或他律之间，是同体同性、结合一体的，这一思想同样有着"发生心理学"认识基础。

"闭合思维"也是"立体思维"，即"平面思维"加上"时间"这第三维度。根据皮亚杰的发生认识论原理，儿童从七岁到十岁，思维进入

"具体运算阶段"。这一阶段的思维特征是，儿童按照一种"可逆性"的"闭合结构"的内部运演方式，来认识把握客观事物，"儿童迄今已对之感到满足的那些内化了或概念化了的活动，由于具有可逆性转换的资格而获得了运演的地位"，"运演的基本特点就是它们形成为可闭合系统或'结构'。"① 在"前运算阶段"儿童思维是以知觉或表象为中心，而在"具体运算"阶段则是以恒等性或可逆性为基础，而"预见"和"回顾"是运演可逆性的基础，比如，要求儿童依照顺序排列十几根长短差别很小的棍子，如果处于"前运算阶段"的儿童，要么难以顺利排成一个序列，要么通过试错的方式好不容易才排出，而在"具体运算"的儿童会通过逐步排除法，一一找出最短的棍子，从而顺利地排除准确的序列。这样一种序列的"传递性"是以系统的"闭合性"为前提，这样才能使系统内部的关系具有必然性，同时，它还要求一种"守恒性"，即思维对象在系统内保持不变，如一个人如果因为 A＝B 和 B＝C 而知道 A＝C，这是因为有某种特质从 A 到 C 不变地保持着。

此外，这个阶段还具有了"集群运算"思维能力，"具体运算提供了从动作图式向一般的逻辑结构过渡，它包含一个组合系统和一个'群'结构，用以协调可逆性的两种可能形式（即指逆向或互反）。具体运算虽已协调成整体结构，但这些结构比较薄弱，只能进行逐步推理，还缺乏综合性的组合，这些结构包括分类、序列、对应、矩阵等。上述这些结构的核心称为'群集'，它构成包含各种运算组合在内的累进的逻辑序列。"② "集群运算"既说明了"具体运算"所能达到的规模，也同时说明这种运算还不具有"综合性"的"形式运算"的限制。我们认为，这样"具体运算"思维特征是现代审美观念产生的心理条件，其中"闭合性"与审美的"自我圆全"拒绝从外部解释思想相符，"序列性""传递性"是思维的一大发展，而现代"审美"观念出现，使人类比以前任何时候都更能关照自己，"守恒性""集群性"也使人类越发认不清自己的"有限性"，走向"人类中心主义"。

---

① ［瑞士］皮亚杰：《发生认识论原理》，王宪钿等译，北京：商务印书馆 1989 年版，第 38 页。

② ［瑞士］皮亚杰、英海尔德：《儿童心理学》，吴福元译，北京：商务印书馆 1980 年版，第 75 页。

　　现代审美直觉或自律原则被德国古典美学奠定。康德把纯粹理性看成是人的本质,作为这种理性的人拥有自由意志,它不受外在条件的制约和影响,自我服从"自由意志"的绝对命令,人为自然立法,天才为艺术立法,只有"人"才是最终目的。费希特主张人的认识能力是无限的,对自我产生限制作用的不是外在世界,而是人的本性,"在本原生起而成为存在的同时,它限制自己,而且如果它毕竟要成为本原,它必须限制自己",① 理智的直观活动是一种自由意志的活动,人能够凭借这种自由意志创造一个非我的世界。谢林把费希特的纯粹自我变为绝对自我,认为"实在"是彻头彻尾的活动、生命和意志,它是一切事物的绝对基础、源泉和根源,自我统一在自我决定的"实在"过程当中,自然和人一样具有理性和目的,人能够在哲学家样特有的资质中通过理智的直觉"来认识自由和绝对"。② 黑格尔把理念看成一个过程,逻辑学、本体论和形而上学是同一的东西,作为自我的心灵理性和作为实在的理念也是同一的,理念发展的趋向就是自我意识,在这种自觉的自我意识创造中,美是对理念的赋形与显现。

　　表面上看,德国古典哲学、美学的确把审美从经验领域和一般社会道德领域独立了出来,强调审美在心灵领域的自我决定性,但是如果就此认为审美无关于认识和理性就会陷入误区,伊格尔顿指出"审美"的实质,"18 世纪中叶,'审美'这个术语所开始强化的不是艺术和生活之间的区别,而是物质和非物质之间,即事物和思想、感觉和观念之间的区别,就如与我们的动物性生活相联系的事物对立于表现我们心灵深处的朦胧存在的事物一样。"③ 这就是说,德国古典美学对审美自律的强调,不在于要把审美置于一片远离人迹的飞地,而就是在与现实的关系中寻求自己独立的姿态,它既拒绝由因果律推导出来的认识,又尊重哲学家的理智,它既否定现实社会中的一般道德,又强调思想者的自由意志,它既拒绝世俗化的经验,又寻求人性中的情感,它与资产阶级意识形态是二而一的东西,"自律的观念——完全自我控制、自我决定的存在模式——恰好为中产阶

---

　　① [美]梯利:《西方哲学史》,葛力译,北京:商务印书馆 2006 年版,第 483 页。
　　② 同上书,第 498 页。
　　③ [英]特里·伊格尔顿:《审美意识形态》,王杰等译,桂林:广西师范大学出版社 2006 年版,第 1 页。

级提供了它的物质性运作需要的主体性的意识形态模式。"① 这种二重性，表现出的是一种直觉和反思、表层和深层、自律和他律之间关系作用的认知模式，就直觉、表层和自律来说，审美外在于一般理性的认识系统，外在于利益获得的实际利害，外在于欲望满足的实在快感，外在于因果分析的价值判断；就反思、深层和他律来说，审美内在于绝对命令、自由意志、形式愉悦、普遍通感。从封建主义意识形态挣脱出来的审美自律，再次受到资本主义意识形态他律的限制。

审美的反思性直观特点，从一开始就诞生在现代"审美"或"文学"的含义里面。康德从唯心主义方面极端地发展了人的主体性的思想，他所提出的两个著名的哲学命题："人向自然立法""人是最终目的"，将人的主体性原则提升到权威性的地位。康德将纯粹理性视为人的本质，认为人作为理性存在物拥有自由意志，可以不受外界条件和规律的制约和影响，按照"道德自律"的原则，自我服从和实现来自"自由意志"的"绝对命令"。这就是说，康德的审美判断里面自由意志或道德律令占有十分突出的位置。现代文学诞生，其内涵也是一样的。福柯认为，现代文学诞生之所以不同于以往，就在于文学语言并非"深埋于其对象深处并任凭被知识所贯穿的时期"，而是"这种特殊语言是在别处被重新构建的，是以独立的、难以接近的、反省其诞生之谜，并且完全参照纯粹的写作活动这样一种形式而被重建的"。② 文学的语言是不及物的，它并不服从一个自上直下的话语系统，而是不断寻找自己存在的独特形式，或者它"求教于作为写作主体性自我"，或者它"设法在使它得以诞生的运动中重新把握全部文学的本质"，总之，文学把语言从语法的了无生气，带向言谈的生气充沛、富有力量。

如果把福柯的观点看作是文学到现代社会以后从一般社会意识形态中独立出来具有自身特点的话，那么，本雅明则指出，"反思"是浪漫主义者思维中最常见的类型，而且，思维和反思被等同起来，"但这不仅仅是为了保证思维的那种无限性，即那种存在于反思之中的、没有进一步确定

---

① ［英］特里·伊格尔顿：《审美意识形态》，王杰等译，桂林：广西师范大学出版社2006年版，第9页。

② ［法］米歇尔·福柯：《词与物——人文科学考古学》，莫伟民译，上海：上海三联书店2001年版，第392页。

的、表现为思维自身的思维和成问题的价值的无限性；而浪漫主义者更多是在思维的反思特征中看到了思维的直觉性质的保障。"① 直观成为反思的中介，反思则成为直观的对象，我们在这里不难看到黑格尔对浪漫型艺术特征的阐述，在黑格尔看来，在古典型艺术中，感性现实符合精神存在要求从而呈现出统一性，但是两者毕竟在本质上是矛盾的，这种矛盾性决定精神离开它的肉体的和解，而回到精神与精神本身的和解，也就是说，浪漫型艺术中，"精神所依据的原则是自己与自己相融合（本身融贯一致）是它的概念和实际存在的统一，所以精神只有在自己家里，即在精神世界（包括情感、情绪和一般内心生活）里，才能找到适合它的实际存在。通过这一点，精神才意识到它本身就已包含它的另一体，即它作为精神的实际存在，从而才享受到它的无限和自由。"② 浪漫艺术是精神内容溢出物质形式，原来的物质性原则已经不能将它框定，精神这时自我呈现，语言成为精神的直观。

浪漫主义的"反思"，不是观念性的模仿，即为观念寻找形式，也不是对读者提出苛刻的要求，而是要求反思对象的"风格化"，即它是对观念、形式、理解三个方面的统一提出的要求，作家观念借助直感形式呈现出来，直感形式要求能够被读者理解，通过理解使经验向精神提升。由于观念在作家那里还不能达到一种主动的认识，不明确，它们总是和直感纠缠在一起，作家凭借一种直觉判断为意义赋形，这时语言就获得了特殊的位置，"词既不能拥有声音，也不能具有对话者，在那里，词所要讲述的只是自身，词所要做的只是在自己的存在中闪烁。"③ 艺术形式在这里既不等同于观念，也不来自于经验，而是，通过主体这一独特的心灵位置燃亮了观念、照亮了经验。

浪漫主义的主观性、直观性和反思性同一，语言的直观性与意义的丰富性连接在一起，本雅明说："诺瓦利斯试图把整个凡世的存在解释为思想家自身的反思，把生活于凡世的人解释为'对原始反思的突破'和部

---

① ［德］瓦尔特·本雅明：《经验与贫乏》，王炳均、杨劲译，天津：百花文艺出版社 2006 年版，第 35—36 页。

② ［德］黑格尔：《美学》第一卷，朱光潜译，北京：商务印书馆 2006 年版，第 274 页。

③ ［法］米歇尔·福柯：《词与物——人文科学考古学》，莫伟民译，上海：上海三联书店 2001 年版，第 392 页。

分的分解。在温迪施曼氏讲座中，施雷格尔对他早已熟知的那个原则作了如下表述：'返回自身活动的能力，亦即成为自我的能力，就是思维。这一思维除了我们自身没有别的对象'。这样，思维和反思被等同起来。"[①] 本雅明指出，对于浪漫主义而言，反思是借助直观体现出来，直观成为反思的中介，"借助反思所进行的中介与那种思维着把握过程的直接性之间并不存在原则上的对立，因为每一思维自身都是直接的。"[②] 显然，丰富性的反思内容呈现出便于接受的直觉化的艺术形式，需要通过天才的个性创造。反思性的直观依赖于一个神秘的起源，天才的意义就在于，他或许不知道艺术最终起源何处，但是他能够感受到艺术的存在并表达它。

杨文虎曾在《构思的刺激模式》一文中，把艺术创作的构思的刺激模式心理概括为三个方面，即"作者主观的选择性""一种空洞的形式或对形式的感觉""构思的刺激模式在作用于质料即题材元素时具有变移的灵活性。"[③] 显然，第二个方面即"对形式的感觉"对作家创作尤为关键。对浪漫主义作家而言，无论他们如何强调"天才"创作，如果没有对形式的敏感，一切都将是徒劳，而形式一旦获得清晰，其也必然经过了作家主体对材料的选择和对题材的加工，从而蕴含了丰富的情思内涵和理性意义，体现出一系列的文化特征："种族的思维方式和价值指向""时代潮流的趋向性和审美趣味""创作主体的个人爱好和趣味习惯等"。[④]

反思性直觉是借助思维的两次反思来完成的，第一次反思是意义反思，即对一般经验做出价值判断，它带有较强的个体性认识；第二次反思是形式反思，也是意义反思的再反思，它是在一个更新的观念系统中的意义重新关照。显然，后者的反思更为重要，在某种意义上，它是关于知识在无意识领域如何形成，以及形成规范和意指系统的问题，它们已经超出了近代思想认识范围。

---

① ［德］瓦尔特·本雅明：《经验与贫乏》，王炳均、杨劲译，天津：百花文艺出版社 2006 年版，第 35—36 页。

② 同上书，第 43 页。

③ 杨文虎：《构思的刺激模式》，《文学评论》1995 年第 6 期，第 112—113 页。

④ 同上书，第 113 页。

浪漫主义者揭示经验所赖以构成的主体条件，借此来解释经验世界，因此他们关注的重点在作家内心世界方面，而批评家的职责，就是把文学接受看作是"将天才无意识创作出来的东西变得有意识"的过程，① 即将作家的心灵体验解释给读者。按照浪漫主义的解释学原则，读者对于作者的作品"理解得比作者本人还好"。② 当然这里指的是具有批评能力的知识读者。弗·史雷格尔提出了一种效果批评，与为特定目标服务的修辞型作家不同的是，他认为，真正伟大的综合型作家可以"在自己无穷效果的浪漫意识里放弃'特定效果'，而让每一位有能力的读者在参与完成一个作品的过程中自己通过'至诚的象征哲学或象征诗艺的神圣关系'去确定这部作品在某个时期的效果。"③ 在他看来读者能够依据自己的经验进行对作品的再创造。近代阐释学开创人施莱尔马赫推翻了传统认为"理解先于解释"的观点，认为理解和解释实质就是一回事，"理解本身就是解释，理解必须通过解释才能实现。"④ 如果将这种个体的理解与解释推广为人类的理解和解释的话，那么，我们就看到了作者和读者的内在同一性。浪漫主义对作者的强调，同时也是对读者的强调，就事实而言，每一个作者都可能是一个读者，每一个读者都可能成为一个作者，这样促进的结果，是社会上整体的主体意识的增强。

现代人并没有获得对事物认识的确实性资格，人的出现和人文学科的产生都与"非数字化""不精确性"相联系，这样一种"自我指问""自我圆全"的知识中心构成，无异于将"人"自身放到了上帝的位置，这种潜在的危险因子，必然在新的认识到来面前，导致他自身的解体。浪漫主义之后，现实主义根本不承认作者有什么神秘的"天才"和"个性"存在，司汤达认为，"天才永远存在于人民中间"，⑤ 福楼拜在他的书信中明确地说"作者的个性是完全不存在的"；实证主义将作家仅仅看成，使艺术得以形成的一个"环节"而不是"源头"，"一部文学作品不只是想

① [联邦德国]冈特·格里姆：《接受学研究概论》，载刘小枫编选：《接受美学译文集》，北京：生活·读书·新知三联书店1989年版，第79页。
② 同上书，第78页。
③ 同上。
④ 洪汉鼎主编：《理解与解释：诠释学经典文选》，上海：东方出版社2006年版，第3页。
⑤ 伍蠡甫：《欧洲文论简史》，北京：人民文学出版社1985年版，第243页。

象力的游戏，不是发热了的头脑的奇思怪想，而是当代生活方式的转述"，① 自然主义者认为，"想象力再也没有用了"，文学仅仅是对现实的一种如实的记录而已。贝尔指出现代人的存在状态的内在矛盾性，"在现代人的千年盛世说的背后，隐藏着自我无限精神的妄自尊大。因此，现代人的傲慢就表现在拒不承认有限性，坚持不断地扩张；现代世界也就为自己规定了一种永远超越的命运——超越道德、超越悲剧、超越文化"。② 如果说，这些是对心灵"中心"地位从外部予以否定的话，那么，随后的非理性转向下的唯美主义、表现主义、生命美学、精神分析等就是对它的内部抽空。"人"被抽空后，"无意识结构"这一新的认识型思想开始登上历史的舞台。

综上所述，资本主义和封建主义的对抗和矛盾激化导致意识形态领域表述危机的出现，个人主义成为资本主义反抗封建主义的有效武器，也成为自身意识形态得以建立的基础；在知识领域理性主义和经验主义的矛盾最终在德国古典哲学、美学中得到调节，具有审美判断能力的"人"或"天才"成为一切知识的中心；当"人"获得了知识中心，将这种自信和自决意识快速在经验领域传播，促使社会心理从原来的"定向思维"水平进入"闭合思维"水平，这种思维水平是"审美自律"形成的心理基础，这种审美"自律"与"他律"有着特殊的构成关系，"自律"和"他律"之间不是对立冲突关系、也不是分割无涉的关系，而是"他律的自律化"。

---

① ［美］门罗·C. 比厄斯利：《西方美学简史》，高建平译，北京：北京大学出版社 2006年版，第 292 页。

② 周来祥主编：《西方美学主潮》，桂林：广西师范大学出版社 1997 年版，第 1359 页。

# 第五章　客观说:文学接受、客体形式与意识形态

　　"客观说"是西方 20 世纪以来继"表现说"之后的又一基本文学观念类型,主要包括俄国形式主义、英美新批评、法国结构主义文论。艾布拉姆斯指出西方文学思想发展的第四种进程:"即'客观化走向',它在原则上把艺术品从所有这些外界参照物中孤立出来看待,把它当作一个由各部分按其内在联系而构成的自足体来分析,并只根据作品存在方式的内在标准来评判它。"① 当代法国学者达维德·方丹也认为"客体诗学"或"形式诗学"是一种新的文学观念类型,"最后是客体诗学,或称形式诗学,把作品或一般意义上的文学作为研究对象 (20 世纪)"。② 可见,"客观说"或"客体诗学"是继"表现说"之后的一种总体性的文学观念,只不过,艾布拉姆斯的《镜与灯》由于成书于 20 世纪 50 年代,对"客观说"谈论不多,对结构主义文论更少涉及,因此还不能说是做到了对形式主义文论有完整认识。

## 第一节　形式观念:"客观说"与"客体形式"

　　对形式主义文论的文学形式传统理解,多体现在对个别观点的阐释上,缺少在文学观念总体层面对个别观点做统一关照的理论做法。由于总体视野缺乏,往往使认识显得片面的深刻,甚至走向极端,如认为西方形

---

　　① ［美］M. H. 艾布拉姆斯:《镜与灯——浪漫主义文论及批评传统》,郦稚牛等译,北京:北京大学出版社 1989 年版,第 31 页。

　　② ［法］达维德·方丹:《诗学——文学形式通论》,陈静译,天津:天津人民出版社 2003年版,第 2 页。

式主义文论与中国传统文论的字法、句法、律法、技法、笔法、篇法相等同，这就不能看到形式主义文论的真正价值。20 世纪形式主义文论，从经验层面说，是对现代主义文学实践的理论总结，从社会层面来说，它紧密联系着现代科学理性主义意识形态，从这个意义上说，20 世纪西方形式主义文论与中国传统文论的形式观点有根本性质的不同。

**一　何谓"客体形式"**

"客体形式"不是背离传统的理论形态，它和"表现说"下的"审美形式"有着明显的继承关系。"审美形式"把审美看成一个独立的领域，"客体形式"同样把文学看成一个独立的领域；"审美形式"通过审美沟通认识和理性或自然和道德之间的裂隙，"客体形式"同样认为文学文本一方面连接着经验领域，使感觉得到恢复，"石头更是石头"；另一方面文学在社会中充当结构性的功能；"审美形式"追求通过审美消除"异化"，"客体形式"同样强调文本中蕴含人文价值，只要顺着文本的引导路线，就能够获得文本深蕴，使心灵得到想象性的关怀。

客体形式与审美形式相比较，不同点主要体现在以下三个方面：

首先，如果说把"表现说"下的"审美形式"看成是关于作家和创作理论的话，那么，"客观说"下的"客体形式"就是关于文学文本的理论。从根本上来说，"客体形式"不是天然地要驱逐作家或读者等主体要素；相反，它所研究的就是作家创作的文本是如何构成的，以及这种构成可能对读者发挥什么样的影响，这时，作家和读者都不再是独立于作品之外的要素，而是与文本的有机结构发生密切的关系，如果与文本有机构成无关，有关作家的再多奇闻逸事都无关紧要。同样，对读者的效果也只从文本单方面考虑，读者必须接受文本提供的理解路线来阅读，而不能妄加评议或任意猜测，"一般理论可以简单归纳为，文学是一种特殊形式的语言，而批评实践则反映并受制于这一原则。"① 文本处于理论的中心位置。

其次，"审美形式"主要在审美性质，考察的是创作规律、心理机制、实践价值和理性内涵。"客体形式"主要在文本性质，关心的是语言

---

① 赵宪章、张辉、王雄：《西方形式美学——关于形式的美学研究》，南京：南京大学出版社 2008 年版，第 249 页。

特点、构成规律和社会功能。什克洛夫斯基说:"诗歌流派的全部工作在于,积累和阐明语言材料,包括与其说是形象的创造,不如说是形象的配置、加工的新方法。"① 但是,总体看形式主义文论的语言观,却绝不像什克洛夫斯基所说的只关心语言的形式技巧,而是应当在三个层次上理解,即俄国形式主义对文学语言特殊性的探索,英美新批评对文学形式和意义之间关系的解释,法国结构主义对文本构成模式以及文学的社会功能的研究。"形式主义"称谓是它的敌手强加的,从形式主义文论关心的三个层面来看,他们并非是只关心文学的语言技巧这单一维面。

最后,主体"心灵"要素是"审美形式"的认识中心,"无意识结构"是"客体形式"的外在权威,正是在此意义上,新批评的"本体"形式观,归根结底还是"客体"。

"审美形式"中主体始终处于艺术的中心位置,作家凭借天才、悟性、理性、想象力等能力创造艺术,有智识的读者可能比作家更能够理解作品。巴尔特在评价列维-斯特劳斯的一段话中,指明了言语的无意识特征,他说:"那些从语言结构中引出言语来的人的语言结构所具有的无意识特性,已为索绪尔明确地提了出来,这也是列维-斯特劳斯最独创的和最丰富的见解之一,即无意识并非内容(对荣格原型论的批判)而是形式,形式即所谓象征功能。"②

"大写的人"作为"知识中心"被现代社会"无意识结构"取代以后,人既不能像镜子那样真实地反映世界,也不能像灯一样凭借心灵的光源照亮世界,作家只有把自身的能动性变为能够使意义现身的"功能性",才能实现写作的功能,而不是"心灵"的表达。阅读文本不再是探知作家意图,而是文本世界向人们展示了什么。

形式主义文论队伍里,除了个别极端思想之外,如果从系统论的观点去重新估价的话,他们无非是研究了文学之所以为文学的那些"特殊性"或"文学性"的地方,对于文学的特殊性,20 世纪对知识自身反思和重构成为知识存在的普遍形态,在文学艺术领域,也由"什么是审美"转

---

① [俄]茨维坦·托多洛夫编选:《俄苏形式主义文论选》,北京:中国社会科学出版社 1989 年版,第 3 页。

② [法]罗兰·巴尔特:《符号学原理》,李幼蒸译,北京:生活·读书·新知三联书店 1988 年版,第 125 页。

而追问"什么是艺术"，"对艺术形式的揭示，成了美学和文艺理论不容回避的重要任务。"①

总之，"客体形式"是"客观说"文学观念类型下的总体形式观念，它是以无意识结构为基础，以文本为中心研究对象，以探索文学语言的特殊性、形式与意义结合的有机性、文学形式的社会功能为特征，体现为深度建构和阐释模式的一种"形式性关系话语"。

**二　"客体形式"表现**

俄国形式主义的"语言形式"、英美新批评的"文本形式"、法国结构主义的"结构形式"，分别从文学语言的特殊性、形式与意义的结合性，文学与社会的功能性三个方面展现出"客体形式"的丰富内涵。

语言形式。形式主义文论关心的是文学语言存在事实，文学作为语言存在事实的特殊性，是俄国形式主义文论的"语言形式"研究重点。

新的文学研究对象就是文学语言及其特殊组织。什克洛夫斯基说："诗歌流派的全部工作在于，积累和阐明语言材料。"② 托马舍夫斯基说："作品具有独特的表达艺术，特别注重词语的选择和配置。"③ 日尔蒙斯基说："诗歌的材料是语言；因此，基本任务是弄清语言中那些起结构作用的事实。"④ 俄国形式主义者认为，作家绞尽脑汁、苦心经营的艺术作品，最为关键之处在于他们对语言的特殊组织，诗就是诗人对日常语言"施加暴力"的结果。

语言形式的一个核心特征是"陌生化"。什克洛夫斯基对"陌生化"解释道："艺术的手法是事物的'反常化'手法，是复杂化的手法，它增加了感受的难度和时延，既然艺术中的领悟过程是以自身为目的的，它就理应延长；艺术是一种体验事物之创造的方式，而被创造物在艺术中已无

---

① 赵宪章、张辉、王雄：《西方形式美学——关于形式的美学研究》，南京：南京大学出版社 2008 年版，第 230 页。

② ［俄］维克托·什克洛夫斯基：《作为手法的艺术》，载《俄国形式主义文论选》，方珊等译，北京：生活·读书·新知三联书店 1989 年版，第 3 页。

③ ［俄］鲍里斯·托马舍夫斯基：《艺术语与实用语》，载《俄国形式主义文论选》，方珊等译，北京：生活·读书·新知三联书店 1989 年版，第 83 页。

④ ［俄］维克托·日尔蒙斯基：《抒情诗的结构》，载《俄国形式主义文论选》，方珊等译，北京：生活·读书·新知三联书店 1989 年版，第 265 页。

足轻重。"① 陌生化的目的是把人从日常生活的自动化状态解救出来，重新唤起他们的审美感受，从而使残缺的生活变得完整、富有诗意。

作为陌生化的文学语言不同于实用语言的地方，在托马舍夫斯基看来，有两点：一点是它不依赖于日常生活中的偶然说话条件；一点是文本具有"固定不变性"，文学是一种具有自我价值并被记录下来的言语。但是，这样的区分只是具有相对的意义，在实用语言与文学之间并没有绝对的界限，人们也可以把自己即兴言语记录下来，用文字书写的信可能是文学，也可能不是。因此，托马舍夫斯基特别强调了"限度"的问题，"文学独立于它赖以产生的条件这一点应理解为有限度的：不能忘记，所有文学只有在相当广泛的历史阶段中方是不变的，而且只有对于特定的文化和社会水平的人们来说，它才是可理解的。"② 这就是说，究竟把何种语言称为文学语言，在于一定历史条件下的文化惯例。

形式主义者还将"文学性"的理论贯穿到对文学史的形成解释上面。不同于传统观点认为文学史是以"起因"和"大作家"串联起来的有计划的发展，他们认为真正导致文学史发展的是文学内部无意识化的形式与可感知的形式之间的区别，文学形式的变化才是文学史变化的依据。什克洛夫斯基说："新形式不是为了表达新内容，而是为了取代已经失去其艺术性的旧形式。"③ 这个石破天惊的观点提出，既是形式主义对文学形式重视的可贵之处，同时，也是它的局限。就实际情况而言，文学形式的变化绝非有那么完好的自律性，更多的情况是它和审美经验和意识形态掺杂在一起，并受到它们深刻的影响。日尔蒙斯基后来纠正说："作为艺术表现手法或者程序的统一风格之进化，是与文艺心理学的任务之变化，与审美经验和审美鉴赏力之变化紧密相关联的。但这也与时代的整个处世态度的变化紧密相关联。"④ 而且，文学语言形式与内容之间是一种相互依赖

---

① ［俄］维克托·什克洛夫斯基：《作为手法的艺术》，载《俄国形式主义文论选》，方珊等译，北京：生活·读书·新知三联书店1989年版，第6页。

② ［俄］鲍里斯·托马舍夫斯基：《诗学的定义》，载《俄国形式主义文论选》，方珊等译，北京：生活·读书·新知三联书店1989年版，第78页。

③ ［俄］维克托·日尔蒙斯基：《论"形式化方法"问题》，载《俄国形式主义文论选》，方珊等译，北京：生活·读书·新知三联书店1989年版，第363页。

④ 同上书，第364页。

的辩证关系，"在艺术中任何一种新内容都不可避免地表现为形式，因为，在艺术中不存在没有得到形式体现即没有给自己找到表达方式的内容。同理，任何形式上的变化都已是新内容的发掘，因为，既然根据定义来理解，形式是一定内容的表达程序，那么空洞的形式就是不可思议的"。①

为了区别与传统理论把内容等同于诗人感受或同时代人的思想，把形式当成包裹这种思想的衣裳，什克洛夫斯基和日尔蒙斯基等主张，用"材料"和"程序"（"手段"）来替换"内容"和"形式"，"任何艺术都使用取自自然界的某种材料。艺术用其特有的程序对这一材料进行特殊的加工；结果是自然事实（材料）被提升到审美事实的地位，形成艺术作品。"② 一个文本的产生，不是"内容决定了形式"，也不是作家心灵的创造，相反是"形式组织了内容"，"形式限制了心灵"，离开了形式，内容无法存在。

文学语言在艺术中的分布规律，就是文学结构。这种"结构"并非静态的存在，它是按照美的原则对材料进行筛选、切分、组织，使其成为一个艺术整体，对分散的原始材料，"要输进艺术的对称性、规律性、组织性，因为一切独立的个别的事实都要服从于艺术任务的统一。"③ 反复、对照、排偶、周期性、环形的或梯形的结构，这些都属于文学手段或程序，在诗中它们和诗歌主题与材料紧密结合在一起，"在诗歌中，特别是在抒情诗中，不仅有主题的建构，而且在服从于总的结构任务的前提下，还存在语言材料自身的组织问题。"④ 总之，语言形式的结构性要求在文学作品中，材料、音韵、句法和主题通过"程序"有机地组织在一起。

语言形式在不同体裁中作用方式并不一样。形式主义者比较了诗歌和散文，认为文学性的定义在诗歌当中适用，而在散文中就不适用，诗歌语言突出的是差异特征，想象、夸张、类比、比喻或其他任何转义，而

---

① ［俄］维克托·日尔蒙斯基：《诗学的任务》，载《俄国形式主义文论选》，方珊等译，北京：生活·读书·新知三联书店1989年版，第211页。

② 同上书，第213页。

③ ［俄］维克托·日尔蒙斯基：《抒情诗的结构》，载《俄国形式主义文论选》，方珊等译，北京：生活·读书·新知三联书店1989年版，第268页。

④ 同上。

"散文"是建立在时间"法补拉"（是指事件的编年顺序）和结构"苏热特"（指事件出现在叙述中的实际次序和方式）之间，对于"散文"而言，它并不一定要采用"陌生化"语言，"如果说抒情诗是文字艺术的作品，无论是从意义方面或者从音响方面来看，词汇的选择与组合完全服从于美学任务，那么，在文字结构上相当自由的列夫·托尔斯泰的小说，就不是把词用作有艺术意义的作用成分，而是作为中性媒介物或符号体系来使用的，这种符号正如在实用言语中那样，服从于交际功能，并使我们进入抽象于词之外的主题成分活动中去。"① 这就是说，自动化和陌生化理论，适用于实用语言和诗歌语言情况之中，但是对"散文"语言来说，未必一定要"陌生化"。

总之，"语言形式"的一个重要特点但不是唯一特点在于它的"陌生化"上，"陌生化"既突出诗歌语言与实用语言的区别，也体现出历史存在的相对性，语言形式和内容是紧密结合的关系，它来自于文学形式"程序"对自然状态的"材料"的艺术组织，语言形式在文学中的分布规律就是"结构"，它负责把材料、主题等，按照一定的艺术规律组织成一个有机整体。文学语言事实存在的特殊性，无法在抽象层面落实，文学语言究竟何谓"陌生化"，何谓"自动化"，并没有一个绝对的答案，文学语言与日常实用语言的区别，已经显露出文学研究向经验领域的靠近，而真正以具体文本为分析对象，详细阐释文学作品中的形式和意义关系特点的是新批评文论。

本体形式。兰色姆在1934年的论文《诗歌：本体论札记》中首次提出"本体论批评"的口号，"本体，即诗歌存在的现实"，"它所处理的是存在的条理，是客观事物的层次。"② 按照王岳川的解释，"所谓本体，指终极的存在，也就是表示事物内部根本属性、质的规定性和本源，与'现象'相对。而本体论就是对本体加以描述的理论体系，亦即指构造终极存在的体系。"③ 这也就是说，新批评的"本体论"思想是探讨诗的质

---

① ［俄］维克托·日尔蒙斯基：《论"形式化方法"问题》，载《俄国形式主义文论选》，方珊等译，北京：生活·读书·新知三联书店1989年版，第370页。

② ［美］约翰·克娄·兰色姆：《征求本体论批评家》，张廷琛译，载《"新批评"文集》，赵毅衡选编，北京：中国社会科学出版社1988年版，第74页。

③ 王岳川：《艺术本体论》，上海：上海三联书店1994年版，第7页。

的规定性的理论。兰色姆反对把道德伦理、逻辑论证、情感发泄等看成是诗歌的本质，在他看来，诗的本质在于追寻世界本体的知识，"诗歌旨在恢复我们通过自己的感觉和记忆淡淡地了解的那个复杂难制的世界。就此而言，这种知识从根本上或本体上是特殊的知识。"①

兰色姆提出"构架—肌质"理论来说明他的"本体论"，在他看来，构架是"诗的逻辑核心，或者说诗可以释义而换成另一种说法的部分；"②而肌质是无法用散文转述的部分。科学文体只有构架，细节描写附着于构架，不能分立，而诗的特异性，就在于构架与肌质这种分立，在一首诗中肌质比构架重要得多。至于构架在肌质中的作用，主要起到对肌质的干扰作用，"诗的魅力就在这层层阻碍中产生。"③ 这一点与俄国形式主义强调语言陌生化对阅读产生阻拒作用很相似，作家故意掩藏写作线索意图，从而造成阅读的"困难""悬念"，反而起到了增加阅读兴趣的作用。

兰色姆的"肌质—构架"思想毕竟是一种"分离说"，布鲁克斯更强调一种有机统一说，"一首诗里的种种因素是互相联系的，不像排列在一个花束上面的花朵，倒像与一棵活着的草木的其他部分相联系的花朵。诗的美在于整支草木的开花。它需要茎、叶和隐伏的果"。④ 这比"分离说"要更进一步，在他那里，诗是一个"形式"与"内容"不能割裂的有机整体。他认为，获得诗歌的意义不能只从内容上入手，而是要从诗歌整体结构的有机构成中来理解诗歌语言，去发现诗歌语言是否完好地组合了构成诗歌各个部分的相互关系，"诗歌所共有的精髓必须被阐明，但是这不是从我们通常所说的'内容'或者'主旨'，而是从结构上来阐明。"⑤

布鲁克斯也反对对诗歌进行"释义"，"再说一遍，评论中产生的绝

---

① ［美］约翰·克娄·兰色姆：《征求本体论批评家》，张廷琛译，载《"新批评"文集》，赵毅衡选编，北京：中国社会科学出版社 1988 年版，第 74 页。

② ［美］约翰·克娄·兰色姆：《纯属思考推理的文学批评》，张谷若译，载《"新批评"文集》，赵毅衡选编，北京：中国社会科学出版社 1988 年版，第 83 页。

③ 赵毅衡：《新批评——一种独特的形式主义文论》，北京：中国社会科学出版社 1986 年版，第 32 页。

④ 陈厚诚、王宁主编：《西方当代文学批评在中国》，天津：百花文艺出版社 2000 年版，第 50 页。

⑤ Cleanth Brooks, The Heresy of Paraphrase, The Well Wrought Urn, San Diego, New York London, A Harvest Book, Harcourt Brace Jovanovich, publishers, 1975, P.193.

大部分困难都植根于诗可以释义的误说",① 他所说的"释义"不是诗歌表达什么不能言说了,而是说不能用科学的或哲学的"概念"尺码来衡量诗,言说诗有自己独特的方式,他认为"隐喻"是再好不过的概念,"尽管除暗示一首诗是什么之外,我无法答应做更多的事,并且我也想不出比隐喻更好的术语。"② 不难理解布鲁克斯的"隐喻"用意,"隐喻"是一个符号与另一个符号相似而被替代,如用"火焰"替代"激情",我国古代"诗文评"大多使用的是这样语言,如欧阳修评严维的"柳塘春水漫,花坞夕阳迟"时说"天容时态,融和骀荡",采用的不是概念或逻辑语言,却叫人由词感物,更能品到其中滋味。

　　既然形式与意义具有不可分关系,那么意义的产生不能不关涉语境背景。瑞恰慈的"语境理论",不仅指一首诗歌的上下文,而且还在共时上指"与我们诠释某个词有关的某个时期中的一切事情",在历时上指"一组同时复现的事件。"③ 由于语境构成的复杂性,就决定了诗歌语言意义的复杂性,诗旨何处,具有多种选择性。"复义"是诗歌语言的基本特征,这一思想启发了他的弟子燕卜荪,他在此基础上进一步探讨了"复义"的七种类型。

　　诗的意义如此复杂,必然涉及诗的内部要素构成特点的问题,"反讽论""张力论""戏剧论""分层论"是新批评这方面的观点。

　　"反讽"最初是指古希腊戏剧中的"佯作无知者"的固定角色,"在自以为高明的对手前说傻话,但最后这些傻话证明是真理,从而使对方只得认输"。④ 后来该词演变为修辞学上的"讽刺""嘲讽",19 世纪浪漫主义把该概念扩展为一种文学创作原则,但是新批评对反讽的理解又有所不同。瑞恰慈认为,"反讽"是"通常互相干扰、冲突、排斥、互相抵消的方面在诗人手中结合成一个稳定的平衡状态",⑤ 肯尼思·勃克宣称反讽

　　① [美] 克林思·布鲁克斯:《释义误说 (1947)》,杜定宇译,载《"新批评"文集》,赵毅衡选编,北京:中国社会科学出版社 1988 年版,第 196 页。

　　② 同上书,第 197 页。

　　③ [美] I. A. 瑞恰慈:《论述的目的和语境的种类 (1936)》,章祖德译,载《"新批评"文集》,赵毅衡选编,北京:中国社会科学出版社 1988 年版,第 287 页。

　　④ [美] 克林思·布鲁克斯:《反讽——一种结构原则 (1949)》,袁可嘉译,载《"新批评"文集》,赵毅衡选编,北京:中国社会科学出版社 1988 年版,第 333 页。

　　⑤ 同上。

是"冲突因素相互作用产生的运动"，①布鲁克斯把反讽定义为"语境对一个陈述语的明显的歪曲"，②可见，反讽的含义已经照原来有所扩大，它是诗歌内部生成的一种对立统一的"辩证结构"，是一种文学语义原则或作品的结构原则。

　　由于"反讽"一词有着久远的修辞学传统，而且修辞学上的"反讽"技巧也完全可以应用到诗的"辩证结构"当中，这就很容易造成人们在使用上把传统与现代含义相混淆。退特提出的"张力说"更有助于同传统的区别，同时它又有了新的内涵。如果说，"反讽"侧重的是诗歌语义与实用语义之间区别的话，那么"张力"所侧重的是感性与理性之间的关系，它们更像是一个事物两个方面。他对文学语言的"外延"和"内涵"之间关系做出重新的解释。在形式逻辑中，外延指适合某词的一切对象，内涵指反映此词所包含对象属性的总和。但是新批评对这两个术语却有不同的理解，"他们把外延理解为文词的'词典意义'或'指称意义'，而把内涵理解为暗示意义，或附属于文词上的感情色彩。这样这两个属于就成为语义学概念，而非形式逻辑概念。"③退特认为，诗歌的语义是内涵和外延的结合，即感性与理性的结合，这是他的"张力"思想。他这样解释说，"我所说的诗的意义就是指它的张力，即我们在诗中所能发现的全部外展和内包的有机整体。我所能获得的最深远的比喻意义并无损于字面表述的外延作用，或者说我们可以从字面表述开始逐步发展比喻的复杂含意：在每一步上我们可以停下来说明已理解的意义，而每一步的含意都是贯通一气的。"④这就是说，诗不仅要有概念上的联系，从而不致结构上的混乱，同时又要有内涵上的感情色彩和联想意义，从而保持自己的丰富性和生动性，两者通力合作共同构成诗的整体效果。

　　"张力"思想的缺点在于它的矛盾静止性，这就只适合描述诗歌的瞬

---

　　① 赵毅衡：《新批评——一种独特的形式主义文论》，北京：中国社会科学出版社1986年版，第56页。

　　② ［美］克林思·布鲁克斯：《反讽——一种结构原则（1949）》，袁可嘉译，载《"新批评"文集》，赵毅衡选编，北京：中国社会科学出版社1988年版，第335页。

　　③ 赵毅衡：《新批评——一种独特的形式主义文论》，北京：中国社会科学出版社1986年版，第57页。

　　④ ［美］艾伦·退特：《论诗的张力（1937）》，姚奔译，载《"新批评"文集》，赵毅衡选编，北京：中国社会科学出版社1988年版，第117页。

间状态，而没有描述出诗歌由于矛盾动力而呈现的动态发展，这不符合诗歌存在的实际，"戏剧化"是"本体形式"的又一思想。

"戏剧化"理论在新批评不少理论者那里都有论述，肯尼思·伯克强调应当把诗当成一种"行动方式"，[①] 布拉克墨尔要求把诗作为"姿势动作"来考虑，布鲁克斯认为诗歌的结构同戏剧的结构相类似，它不是把诗意呈现出来，而是"表演出来"，"因为戏剧的真正本质是把某种东西'表演出来'——某种通过冲突而达到结局的东西，某种将冲突变成存在的东西。简言之，戏剧的那种活跃的本质使我们把它看作'一个情节'，而不是为情节而设的一种公式，也不是关于情节的一种表述。"[②] 这样对一首诗的分析就不是归结在一种逻辑性的结论中，诗歌的统一性同样可以在"独特统一感""特殊的组织形式"等方式中获得，它根本上是借助由命题、隐喻、象征等手段建立起来的各种张力相互作用，并通过对冲突解决的"戏剧化"分析得到诗歌存在的证明。

文学艺术是个整体的存在，而构成整体的内部不单是形式要素与意义要素、感性要素与理性要素结合一体的，而且是分布复杂的，面对这样的复杂性结构，传统的内容和形式二元分立的平面解释方式显然难以奏效了，韦勒克受现象学理论家英伽登的影响，认为文学作品应该从多个层面分析和研究，包括声音层面、意义单元、意象和隐喻、存在于象征和象征系统中的诗的特殊"世界"、有关形式与技巧的特殊问题、文学类型的性质问题、文学作品的评价问题、文学史问题等。[③] 分层观也是整体观，即文学作品虽然可以由不同层面构成，各个层面可能是同质的，也可能是异质的，但是，它们却能够构成一个完整的艺术总体，而面对这样复杂的文学对象，新批评者们一致主张"细读"的批评方法也就在所难免了。

总之，新批评的"本体形式"，是以具体"文本"为研究对象，有别于俄国形式主义文论把研究重点集中在文学语言的特殊性，新批评文论更加侧重分析具体文本中形式与意义、感性与理性之间的有机性、整体性构

---

① ［美］克林思·布鲁克斯：《释义误说（1947）》，杜定宇译，载《"新批评"文集》，赵毅衡选编，北京：中国社会科学出版社1988年版，第197页。

② 同上书，第198页。

③ ［美］勒内·韦勒克、奥斯汀·沃伦：《文学理论》，刘象愚译，南京：江苏教育出版社2006年版，第174页。

成关系，从而得出文本存在的一般性规律，体现出形式主义文论的追求普遍性的相同旨趣。但是，新批评后来走向了极端，退特认为诗与"一般的行为方式没有任何有用的关系"，维姆萨特和比尔兹利提出"意图谬见"和"感受谬见"思想，① 从而斩断了作品与作家和读者之间的关系，甚至艾略特的"客观对应物"的作品认识，也被他们斥责为"感受谬见"，这就导致了新批评的许多观点都难以自圆其说，形式主义文论中文本与社会究竟是一种什么样的关系，有待于结构主义来回答。

结构形式。结构主义的"结构形式"首先是一个"功能性"的概念，它不是在一个整体下的各个要素的静态分布、各成所是，能够随意提取，而是既强调构成要素对整体的关系，也强调构成要素彼此间的相互作用关系，结构内部不仅是一种动态构成从而保持活力，而且要素之间发生关系、作用后还会产生新的质素。对结构主义者而言，结构本身就有意义，"形式与内容具有同样的性质，接受同样的分析。"② "结构"在早期含义中就包含"过程"的意思，"它从 15 世纪开始在英文里被使用，其最早的用法主要是表示'过程'：建造的行动。"③ 在当代结构主义那里，这一含义就体现在皮亚杰的结构三个基本特征当中：所谓"整体性"，是指结构的组成部分受一套内在规律的支配，这套规律决定着结构的性质和结构的各部分的性质；所谓"转换"，是指结构并非静止的，为了避免消极被动水平，结构必须具备转换程序，借助这些程序不断加工新的材料；所谓"自我调节"，是指各种转换旨在维护和赞同使它们得以产生的那些内在规律，并且把本系统"封闭"起来，不使它和其他系统接触。④ 这三个特征构成了结构封闭而又动态的整体性内涵。也正是从这种功能性"关系"角度出发，伊格尔顿认为，弗莱的理论不是严格意义上的结构主义，"像弗莱一样，结构主义也倾向于把种种个别的现象还原为这些规律的种种实

① ［美］威廉·K. 维姆萨特、蒙罗·C. 比尔兹利：《感受谬见（1948）》，黄宏熙译，载《"新批评"文集》，赵毅衡选编，北京：中国社会科学出版社 1988 年版，第 228 页。

② ［法］克洛德·列维－施特劳斯：《结构人类学》，陆晓禾、黄锡光等译，北京：文化艺术出版社 1989 年版，第 130 页。

③ ［英］雷蒙·威廉斯：《关键词——文化与社会的词汇》，刘建基译，北京：生活·读书·新知三联书店 2005 年版，第 463 页。

④ ［英］特伦斯·霍克斯：《结构主义与符号学》，瞿铁鹏译，上海：上海译文出版社 1997年版，第 7 页。

例,但是严格意义上的结构主义包括一个在弗莱那里找不到的明确原则:相信任何系统的种种个别单位之具有意义仅仅是由于它们之间的相互关系。"① 在他看来,弗莱在考察文学意象的时候,是把意象与意象之间的关系分割开来,把意象当作了"实体",从而到文学之外为意象寻找解释或原型,但事实上,文学意象不是单独存在的,而是由意象与意象不断发生"关系"而产生新的意义,因此,意象是在诗歌中相互解释,相互定义的。总之,决定现象的本质不是现象固有的方面而是现象之间的关系。

这种"功能性"并非局限在个别文本当中,而且体现诸如庆典、仪式、血缘关系、婚姻法则、烹饪方法、图腾制度等等文化形式当中,要言之,文学结构、语言结构、社会结构、神话结构之间彼此关联甚至有时同构,托多罗夫说:"不仅一切语言,而且一切指示系统都具有同一种语法。这语法之所以带有普遍性,不仅因为它决定着世上的一切语言,而且因为它和世界本身的结构是相同的。"② 如果按照这种结构主义的观点,文学的"自律"与"他律"之间具有同一性。"太初有言","言"创造了文本,语言的意义不是由个人来决定的,而是由那个控制个人的体系决定的,对文本进行研究,就是要发现那个支撑人类一切社会与文化实践并成为基础的符码、规则、体系。

结构主义者使"结构"思想从具体、个别文本领域上升为一般、普遍性理论和思想原则,他们将文学史甚至整个人类生活及其历史看成巨大文本,如果说,按照皮亚杰的对结构的整体性、转换性与自我调节性三个特点概括把其定义为一个由若干转换规律组成的自身具有调节性质的整体性的图式体系的话,③ 那么还应当强调一点的是,它们并不限于一个单一的体系或整体,而且是"诸系统的系统""诸关系的关系。"④

"结构形式"的构成模式,既是一种共时性的"横组合"的关系,也

---

① [英]特里·伊格尔顿:《二十世纪西方文学理论》,伍晓明译,北京:北京大学出版社2007年版,第91页。

② [法]托多罗夫:《〈十日谈〉的语法》,载[英]特伦斯·霍克斯:《结构主义与符号学》,瞿铁鹏译,上海:上海译文出版社1997年版,第97页。

③ 朱立元主编:《西方美学范畴史》第二卷,太原:山西教育出版社2006年版,第171页。

④ [英]特里·伊格尔顿:《二十世纪西方文学理论》,伍晓明译,北京:北京大学出版社2007年版,第99页。

是一种历时性的"纵组合"的关系，更是"横组合"与"纵组合"的结合形式。作为"横组合"，早在俄国形式主义者普洛普那里，他就通过大量分析俄罗斯民间故事的基础上，概括出 7 种"行动范围"（如反面角色、施予者、帮助者、被寻找者、迎信者、英雄、假英雄）和 31 种固定元素或功能，认为民间故事与抒情诗由于体裁不同，它不像抒情诗那样重视"语音"层次即人物本身，而采用一种联想式的"垂直性"结构，民间故事关键在"音位"层次，即人物在情节中所起的作用或人物的功能，这里的"功能"，就是指"根据人物在情节过程中的意义而规定的人物的行为"。① 民间故事虽然一方面千奇百怪，五彩缤纷；但另一方面由于个别的民间故事均离不开这些行动范围和元素功能，又呈现出如出一辙，千篇一律的特点。

与普洛普相似，格雷马斯提出了一个由 6 个行动位组成的模型，用来分析文本的叙事结构，它们分别是主语、宾语、发送者、接受者、反对者、帮助者，他们构成了一个简要的叙述模式，即"它完全以主体（主语）意欲获取的欲望对象（宾语）为中心，而作为交流的对象（宾语）又定位在发送者和接受者之间——就主体（主体）的欲望来说，它在投射时受到帮助者的反对者的调节。"② 他将这 6 个要素分布到古典时代认知行为程式当中就为，主语是哲学家，宾语是世界，发送者是上帝，接受者是人类，反对者是物质，帮助者是精神，这样，认知行为过程就成为：哲学家欲建构他们理想的世界，借托上帝的名义将他们的理想发送给人类。在这一过程当中，沉迷于物质欲望的成为发送的阻碍力量，追求理想精神的成为发送的帮助力量，核心的意义是哲学家意欲建构人类社会的理性秩序。

与从"横组合"研究叙事文本的构成结构模式不同，列维－斯特劳斯更侧重"纵组合"关系模式研究。他分析了历史上流传的俄狄浦斯神话，结果发现，尽管俄狄浦斯故事经过不断流传，其情节和人物都发生了很大的改变，但是它的内部结构模式却始终是一个，即过分看重亲属关系

---

① ［俄］普洛普：《民间故事的形态研究》，载［英］特伦斯·霍克斯：《结构主义与符号学》，瞿铁鹏译，上海：上海译文出版社 1997 年版，第 67 页。

② ［法］格雷马斯：《结构语义学》，载伍蠡甫、胡经之主编：《西方文艺理论名著选编》下卷，北京：北京大学出版社 2004 年版，第 362 页。

和不看重亲属关系，其揭示的主题也只有一个，即人类是起源于泥土，还是起源于血亲，或者说，故事追问的是人类"一源"起源，还是"异源"起源的问题。

列维－斯特劳斯对俄狄浦斯神话的分析，已经包含了"横组合"与"纵组合"相互作用的思想，因为"神话素"的构成不仅仅是其自身，它还属于更高意义的层次，它是形式与意义的结合体，而这一点与俄国形式主义之间是有明显区分的，列维－斯特劳斯说："与形式主义相反，结构主义拒绝将具体事物与抽象事物相对立，也不承认后者有特殊价值。形式由与自身对立的素材加以界定，而不是由自身界定。但是结构没有特定的内容；它本身就是内容，这种内容可以理解为是当作真实属性的逻辑组织中所固有的。"① "结构本身就是内容"，道出了结构主义的理论要点。

雅各布森的"隐喻"与"换喻"思想是"横组合"与"纵组合"结合模式的典型体现。在他看来，"隐喻"是事物与喻词之间一种相似性的类比关系，如用火焰比喻激情，"换喻"是事物与喻词之间一种邻近性的代用关系，如以天空代表自由。"这就是说，一个主题是通过相似性关系或者毗连性关系引导出下一个主题的。由于这两种关系分别在隐喻和换喻当中得到最集中的体现，看来最好用'隐喻过程'这一术语来称谓前一种情形，而用'换喻过程'来说明后一种情形。"② 在一般的言语行为当中，两个过程共同发挥作用，但是在特殊情况下，如文学艺术中，"往往是其中一方——不是隐喻过程就是换喻过程——取得对另一方的优势。"③ 例如抒情诗中往往隐喻更加突出，而散文或者史诗、叙事诗中换喻占据了优势，但是，两者却不能完全分割，在文学中两者是共同发挥作用的，他以诗歌为例说："在相似性取邻近性而代之的诗歌中，任何转喻都略具隐喻的特征，任何隐喻又都带有转喻的色彩"④，要之，诗歌功能是把等值

---

① ［法］克洛德·列维－斯特劳斯：《结构人类学》第二卷，俞宣孟等译，上海：上海译文出版社 1999 年版，第 127 页。

② ［美］罗曼·雅克布逊：《隐喻和换喻的两极》，张祖建译，载《西方文艺理论名著选编》下卷，伍蠡甫、胡经之主编，北京：北京大学出版社 2004 年版，第 430 页。

③ 同上书，第 430—431 页。

④ ［英］特伦斯·霍克斯：《结构主义与符号学》，瞿铁鹏译，上海：上海译文出版社 1997 年版，第 79 页。

原则从隐喻的"选择轴"弹向转喻的"组合轴"，或时间向空间的压缩。

无论是"横组合"还是"纵组合"模式，都还属于语言的"语词"（叙述用的语言）"语义"（叙述的内容）层面，"结构形式"同样还是关于"句法"（事件之间的关系）层面的概念。

托多罗夫的句法分析把结构分成"陈述"和"序列"两个基本单位，"陈述"是句法的基本要素，是叙述的最小单位，"序列"是构成完整而独立的故事的一组陈述的汇集。在叙事作品分析中，可以根据"陈述"和"序列"的特点分成名词、动词、形容词，一般把人物看成是名词，特征看成是形容词，行为看成是动词，这样在把握住作品主题的情况下，就可以把整个故事的基本结构比作陈述句，如"骑士（主语）用剑屠龙（谓语）"，这样，叙事模式可以还原成句法规则，主语宾语是行动者的法则、谓语表语是表述的法则、形容词和副词是功能、语气和语体法则等，如俄狄浦斯故事当中用语法分析可以为：X 是国王，Y 是 X 的母亲，Z 是 X 的父亲，X 与 Y 结了婚，X 杀了 Z，前三者交代了人物关系，后两者说明了故事经过。在这一基础上，他特别分析了构成句法手段的三部分，即表达故事时间和话语时间之间关系的叙事时间，观察故事方式的叙述者或叙述体态，以及叙事语式，"它取决于叙述者为了使我们了解故事所运用的话语类型"。①

托多罗夫与其他结构主义者不同的是，其他人并不主张结构有任何内在的实在，但托多罗夫却认为，"语言是一切能指体系的'根本型式'，不仅因为符号和体系的性质所使，而且因为人的心理和宇宙有共同的结构，即是语言本身的结构"，② 这一论断显然带有简单化的成分，这和戈德曼的发生结构主义思想有类似之处，文学与社会的关系并非这么简单，即使是在结构主义内部二者关系也有着多种作用形式，然而这一思想毕竟体现出了对结构与历史之间关系的维度。

做到更加合理地解释"结构形式"与社会历史之间关系的是巴尔特，"巴尔特更加关心普遍存在的编码以及人的经历中的代码。在许多方面，

① ［法］兹韦坦·托多罗夫：《叙事作为话语》，朱毅译，载《西方文艺理论名著选编》下卷，伍蠡甫、胡经之主编，北京：北京大学出版社 2004 年版，第 506 页。

② ［美］A. 杰弗逊、D. 罗比等：《现代西方文学理论流派》，李广成译，北京：北京大学出版社 1992 年版，第 117 页。

他都与列维－斯特劳斯近似，毫无疑问，他是文学结构主义者中最注重社会学的一个人。"① 巴尔特通过对食品、家具、建筑等的分析，从而揭示出语言如何组织了人们的现实经验，特别是他分析了大众传播媒介，揭露了它的暗中操纵代码的行径，同样，在文学艺术领域，他认为写作即风格，所谓"纯洁的写作"并不存在，是历史性的写作组织了水平性的"语言"和垂直性的"风格"这些先在的盲目要素，从而使它们协同并呈现出来，"写作是存在于创造性与社会之间的那种关系；写作是被其社会性目标所转变了的文学语言，它是束缚于人的意图中的形式，从而也是与历史的重大违纪联系在一起的形式。"② 巴尔特强调："把那些东西看成是某种写作的内在特征，而不是由经济和政治条件所决定的外在特征的观点，是十足的虚伪。它暴露了野心勃勃的资产阶级最后的历史野心，急于把人类的全部经验都纳入自己对世界的特定看法之中，并把这标榜为'自然的'和'标准的'，拒不承认它对此无法归类的东西。"③ 在巴尔特这里，"结构形式"与意识形态深层地联系在一起。

法国结构主义的"结构形式"观念，不局限于单个作品的语言本身，而是历史上的"文本集合"，甚至把人类历史各式经验作为不同的"大文本"来研究。"结构形式"强调对社会、经济、政治和文化的模式研究，即主张研究的重点是现象之间的关系而不是现象本身的性质，它甚至不像俄国形式主义那样一开始就把理论建立在排除主体和社会历史的条件之下，相反的是，他们把主体和历史纳入理论中来，结构主义的意欲发现支撑人类一切社会与文化实践并成为基础的符码、规则、体系，体现出囊括一切的科学雄心。

综上所述，"客体形式"是"客观说"文学观念类型下的总体形式观念，它是以文本为中心研究对象，以探索文学语言的特殊性、形式与意义结合的有机性、文学形式的社会功能为特征，体现为深度建构和阐释模式

---

① ［美］罗伯特·休斯：《文学结构主义》，刘豫译，北京：生活·读书·新知三联书店1988年版，第235页。

② ［法］罗兰·巴尔特：《写作的零度》，李幼蒸译，北京：中国人民大学出版社2008年版，第11页。

③ ［英］特伦斯·霍克斯：《结构主义与符号学》，瞿铁鹏译，上海：上海译文出版社1997年版，第110页。

的形式性关系话语。其表现形态包括"语言形式""本体形式"和"结构形式"三个方面，它们分别侧重文学语言的特殊性、文学形式与意义的关系、文学形式的社会功能。形式主义文论的文学形式思想应该以一个整体性视野来审视，个别人的思想往往是一种片面的深刻，只有从整体来关照，各种思想的得失才更容易识别。把形式主义文论看成无关于"主体"和"社会"的孤立性存在、或者把形式等同于技巧等认识，是一种简单化的理解，形式主义重视文本，不是不要作家和读者，而是把他们纳入文本中加以关照，它也并不与社会分离，而是强调文学在社会结构中的独立功能。

## 第二节　关系形态：文学接受、客体形式与意识形态

我国学者张隆溪早在20世纪80年代就提出："形式主义者实际上并不是那么'形式主义'，即并非全然抱着超历史、超政治的态度。他们的'文学性'概念不过是强调：文学之为文学，不能简单归结为经济、社会或历史的因素，而决定于作品本身的形式特征。他们认为，要理解文学，就必须以这些形式特征为研究目标，也正是在这个意义上，他们反对只考虑社会历史的因素。"① 事实上，形式主义文论对文学接受、客体形式、意识形态之间的关系完全有自己的理解方式，这些关系体现为三个方面、层次，即以俄国形式主义为代表的"不透明关系"，以英美新批评为代表的"透明性关系"，以法国结构主义为代表的"半透明性关系"。

### 一 "不透明"客体关系

俄国形式主义文论偏重文学语言的特殊性，由于这种特殊构成，一般经验和意识形态不能直接进入。

什克洛夫斯基在《文艺散论·沉思和分析》中说："艺术永远是独立于生活的，它的颜色从不反映飘扬在城堡上空的旗帜的颜色。"② 这代表

---

① 张隆溪：《艺术旗帜上的颜色——俄国形式主义与捷克结构主义》，《读书》1983年第8期，第92页。

② ［俄］维克托·什克洛夫斯基：《文艺散论·沉思和分析》，载《俄国形式主义文论选》，方珊等译，北京：生活·读书·新知三联书店1989年版，第11页。

了俄国形式主义者对待文学艺术所持有的普遍态度和向传统文论发出的战斗口号。什克洛夫斯基认为,艺术世界在于唤回人对事物的真实感受,"那些被称为艺术的东西的存在,正是为了唤回人对生活的感受,使人感受到事物,使石头更成为石头。"① 这就等于批判了一个现实的世界或者说意识形态打造的世界,在这个世界里,人们难以感受到世界的真实。

艺术世界的组织方式,是通过语言来实现的,对于托马舍夫斯基来说,所有成功地找到最简单的表达形式的、能被牢记和不断重复的表达都是文学作品,诸如格言、谚语、俗语等都可以算是文学表达。但通常来说,文学作品是指较大规模的结构,文学作品具有两种属性:一种是它"不依赖于日常生活的偶然说话条件";另一种是"文本的固定不变性。文学是具有自我价值并被记录下来的言语"②。这是对艺术世界存在介质的强调与描述。

与此相仿,日尔蒙斯基把文学作品看成是一种纯艺术现象,"然而近来,我们对文艺作品及其研究方法的观点发生了根本的、在我看来是卓有成效的变化。我们学会了把文学作品看成是一种纯艺术现象。它要求符合其作为审美对象的特点的特殊研究程序。"③ 他还认为,在文学作品中,形式和内容是统一的关系,它们总是融合于审美对象,"在艺术中任何一种新内容都不可避免地表现为形式,因为,在艺术中不存在没有得到形式体现即没有给自己找到表达方式的内容。同理,任何形式上的变化都已是新内容的发掘,因为,既然根据定义来理解,形式是一定内容的表达程序,那么空洞的形式就是不可思议的。"④ 如果说形式成分意味着审美成分,那么,艺术中的所有事实就是形式的现象。

艺术世界同一般社会生活或意识形态是怎样分离开来的?什克洛夫斯基提出"陌生化"的概念,"艺术的目的是使你对事物的感觉如同你所见

---

① [俄]维克托·什克洛夫斯基:《作为手法的艺术》,载《俄国形式主义文论选》,方珊等译,北京:生活·读书·新知三联书店1989年版,第6页。

② [俄]托马舍夫斯基:《诗学的定义》,载《俄国形式主义文论选》,方珊等译,北京:生活·读书·新知三联书店1989年版,第77页。

③ [俄]日尔蒙斯基:《诗的旋律构造》,载《俄国形式主义文论选》,方珊等译,北京:生活·读书·新知三联书店1989年版,第295页。

④ [俄]日尔蒙斯基:《诗学的任务》,载《俄国形式主义文论选》,方珊等译,北京:生活·读书·新知三联书店1989年版,第211页。

的视象那样，而不是如同你所认知的那样；艺术的手法是事物的'反常化'手法，是复杂化的手法，它增加了感受的难度和时延，既然艺术中的领悟过程是以自身为目的的，它就理应延长；艺术是一种体验事物之创造的方式，而被创造物在艺术中已无足轻重。"① 文学语言是诗人对日常语言的施加暴力，他们通过强化、抽象、凝聚、夸张、变形等技巧，使普通语言变得同人们日常经验相疏离，从而拒绝了日常化冲动。

托马舍夫斯基认为，日常生活中使用的语言是传达信息的手段，表达本身是暂时的、偶然的，全部注意力集中于交流，而文学语言不同，它们完全由固定的表达方式来构成，特别注意词语的选择和配置，而更为关键的是表达不再仅仅是手段，而且是"交流不可分割的部分"，② 这就等于说，语言或形式不等于手段或工具，不是"得鱼忘筌"，而是表达和意向的高度统一，通过外在语言或形式，能够直接感受到与意向缠绕一起的"表达"。

日尔蒙斯基认为，实用语特点是尽可能直接和准确地表达思想，而与此相近的科学语，其特点是简要准确地表达逻辑思想，而诗的语言与演说语或激情语相近，"激情语，或叫演说语，则受其他一些规则的操纵；演说语用来向听众施加激情的和意志的影响，其任务是激情与意志的动员。诗语在许多方面与演说语相近，它从属于艺术功能，无怪乎演说术和诗学在语文结构的程序上自古就有着相同的范畴。"③ 通过文学语言及其独特的组织方式，就将传统盛行的三种理论挡在了门外，一种是再现说，它把文学看成是现实的模仿；一种是表现说，它认为文学是作者个性的表现；还有一种是心理分析说，它认为文学是一种形象思维，在形式主义者看来，再现说是把文学引向政治学和历史学，表现说是把文学引向人物传记或个体心理，心理分析说是把文学引向认识论或者心理学。

文学语言背后的支撑是艺术传统，什克洛夫斯基说："谈到文学传

---

① ［俄］维克托·什克洛夫斯基：《作为手法的艺术》，载《俄国形式主义文论选》，方珊等译，北京：生活·读书·新知三联书店1989年版，第6页。

② ［俄］托马舍夫斯基：《艺术语与实用语》，载《俄国形式主义文论选》，方珊等译，北京：生活·读书·新知三联书店1989年版，第83页。

③ ［俄］日尔蒙斯基：《诗学的任务》，载《俄国形式主义文论选》，方珊等译，北京：生活·读书·新知三联书店1989年版，第220页。

统，我不认为它是一位作家抄袭另一位作家。我认为作家的传统，是他对文学规范的某种共同方式的依赖，这一方式如同发明者的传统一样，是由他那个时代技术条件的综合构成的。"① 艺术传统不是一个孤立的事件，它必然联结着特定的经验和理性，从这个意义上说，强调艺术传统，也是对一种"经验"和"理性"的捍卫。它和"现实经验"和"现实理性"之间存在一些距离，没有对等关系，从这一意义上说，文学语言从艺术传统中找到了它的物质性的存在基础。

形式主义者重视文学语言形式的研究，根本的动力源是来自现代文学经验。现代文学的一个突出特点是表现现代人的非理性存在状态和无意识精神活动，无意识、非理性往往呈现出人存在本相的真实，为了表现这种真实，现代文学不能不借助一系列现代表现手法，意象、象征、典故、隐喻、暗示、烘托、对比、梦幻、意识流、多层次结构，甚至有意使时空错乱，尽管这些陌生化技法使作品的意味晦涩难懂，但是却能够真实地呈现现代人的内心隐秘。

艾略特的《荒原》用"荒原"意象隐喻上帝死了，文明衰败，人类无家可归的生存状态。在长诗中象征、对比、典故随处可见。火隐喻了情欲，水隐喻了崇高的精神，圣杯隐喻了精神的信仰，枯死的树代表了人类精神的枯竭，白骨、死水、沉舟、老鼠代表了死亡、沉寂、堕落、肮脏和丑恶，意象丑陋而令人生厌。对比也是现代文学普遍使用的技法，如乔伊斯的《尤利西斯》在整部作品上与荷马长诗《奥德赛》对立起来，在艾略特的《荒原》里也同样使用了对比，他描写了清晨下了火车的人们穿过伦敦桥匆匆上班的人们，"在冬天早晨棕黄的雾下，/一群人流过伦敦桥，啊这么多/我没有想到死亡做到了这么多。/叹息，一会儿发一声，/每人的目光都盯着自己的脚。"② 这里化用了但丁《神曲》中"地狱篇"的句子，原句描绘的是地狱的阴森恐怖，而这里用来描写伦敦，其寓意也就昭然纸上了。再如，在第一章"死者葬礼"中，他写道："风吹得真快，/吹送我回家去，/爱尔兰的小孩，/你

---

① ［俄］维克托·什克洛夫斯基：《故事和小说的结构》，载《俄国形式主义文论选》，方珊等译，北京：生活·读书·新知三联书店 1989 年版，第 22 页。

② ［英］T. S. 艾略特：《荒原》，赵萝蕤译，北京：中国工人出版社 1995 年版，第 4 页。

在哪里逗留？"① 这里引用了19世纪瓦格拉的一部歌剧中的一首水手歌唱爱情的情歌，可是一个悲凉，一个柔婉，两者之间形成了情感的张力。现代文学不仅仅通过隐晦的语言描写世界的丑陋，它也往往通过意象表达出对希望的追寻，如《荒原》中对"圣杯"的寻找，就体现了把人类精神引向宗教的意图。

通过隐晦的语言揭示存在的真实，对善恶进行评价，进而施加拯救的措施，这是现代主义文学体现出来的人文关怀的维度，同时，它因为能够深入人类精神内部，能够捕捉到经验或符号领域的生命气息，也必然被意识形态所看重。而且其作品体现出来的精英意识和复杂语言结构，未尝不有助于社会理性的建立。事实证明，20世纪60年代苏联当局对形式主义者给予的平反，说明形式主义文论与意识形态并没有什么实质性的对抗，1955年《共产党人》发表《论文艺中的典型问题》社论警告说："把'典型'跟某些社会力量的本质对应起来，从而忽视艺术人士和反映世界的特殊性，是一种片面的、有局限的看法。"② 这并非是历史上演的喜剧，不论是哪一种社会与意识形态，要想真实获知现代人经验领域信息，就需要懂得艺术的语言。从这个意义上说，形式主义文论重视文学语言的特殊性，是没有国界的。

总之，"不透明客体关系"强调的是文学语言的"特殊性""介质性"，它以艺术传统为支撑，以现代人情感经验领域的生存体验为源泉，以价值批判与寻找为指向，从而与一般经验和意识形态拉开了距离，使它们不能以"自然"的方式进入文学。

## 二 "透明性"客体关系

新批评的主将韦勒克说，文学作品中的语言有一种"透明性"，"文学指向现实，谈论世界上的事情。"③ 这道出了新批评理论中文学接受、

---

① ［英］T. S. 艾略特：《荒原》，赵萝蕤译，北京：中国工人出版社1995年版，第2—3页。

② ［荷兰］佛克马、易布思：《二十世纪文学理论》，林书武等译，北京：生活·读书·新知三联书店1988年版，第43页。

③ 赵毅衡：《新批评——一种独特的形式主义文论》，北京：中国社会科学出版社1986年版，第25页。

文学形式、意识形态三者关系的特点。俄国形式主义偏重文学语言的"介质性",新批评强调的是形式与意义的结合方面,由于意义总是和感性经验和意识形态相连,文学形式就成了对它们的组织方式。

新批评的形式思想,一方面需要联系现代性经验;另一方面也要联系意识形态才能得到合理性阐明,比如,"细读",以前文本无论是古典主义的还是浪漫主义的都比较好懂,无须"细读"即可明其意,但现代文本要复杂隐晦得多,这就不能不和现代人的生存体验,以及经验和理性的关系联系起来理解这一思想。新批评的一系列观念如"隐喻""本体""张力""语境""戏剧化""层次性"等,其形成背后都无不隐含了一个现代性语境,从某种意义上说,这些思想是同现代性语境和现代人的生存体验紧密联系在一起的,如果忽略了这一点,就不能够将这些现代形式思想同中国传统文论的修辞、语法、句法、章法、篇法等区别开来。

维姆萨特把"隐喻"和"象征"对立开来,认为后者是"纯概念性"的,具有一个逻辑性内涵,它被理解为"有限的""被归纳的""虚假的",而隐喻不仅仅是一个语言的问题,更关键的它"是一切知识和现实的活生生的灵魂",被理解为"符合理想地确切的、真实的。"① 新批评派普遍重视隐喻而不重视象征,其原因就在于象征是近代特别是浪漫派所使用的逻辑性术语,似乎形象与物象总是能够找到对应,但是,对于现代文本而言,根本找不到这种语言的对应物,他们重视 17 世纪玄学诗,因为那意味着人类在面对上帝信仰前的"有限意识"和"秩序自律",在那里感性和理性结合一体,"一种思想就是一种经验",他们能"像闻到一朵玫瑰的芳香似地感到他们的思想。"② 而在今天,只有"隐喻"才能突破重重雾障,重新沐浴到上帝的光辉。

"本体,即诗歌存在的现实。"③ 兰色姆认为诗的"本体性"就来自

---

① [美]威廉·K.维姆萨特:《象征与隐喻(1954)》,袁可嘉译,载《"新批评"文集》,赵毅衡选,北京:中国社会科学出版社 1988 年版,第 352 页。

② [美]T.S.艾略特:《玄学诗人(1921)》,裘小龙译,载《"新批评"文集》,赵毅衡选编,北京:中国社会科学出版社 1988 年版,第 34 页。

③ 赵毅衡:《新批评——一种独特的形式主义文论》,北京:中国社会科学出版社 1986 年版,第 15 页。

它能完美充实地"复原"世界本质的存在状态。"本体"的参照是现实，诗的"本体"是一个"世界"，而不是个别的语言，它能够将人们引到一个超越现实的世界中去。

"张力说"是退特的思想。对浪漫主义（包括唯美主义、象征主义）来说，感性是他们所看重的地方，对古典主义来说，理性是他们所看重的地方，在退特看来，在诗歌中，感性和理性是结合一体的，它们更像是一个事物的两面。"张力说"的背后是去除人类生存的梦魇，寻回人类失落的自然情感，重建新的理性精神。这一点是和布鲁克斯的"反讽"思想一致的，在布鲁克斯的《追忆似水年华》中，作者通过"回忆"的方式，将时间和空间的次序打乱，将主体心灵重新置于世界的中心，一切事物只有通过主观心灵才能找到它的真谛，回忆将感性和理性的冲突重新调和到了一起，给凌乱不堪的世界重新着上暖色，以人性的诗意和感动反讽了现实人与人之间关系的冷漠和疏离，这时，"回忆"成了人类把握已经逝去时光的方式，也是把过去纳入现在的方式。

瑞恰慈把"语境"理论从上下文扩大到共时性，成为"与我们诠释某个词有关的某个时期的一切事情"，同时也是历时性的，"一组同时复现的事件。"[①] 他所主张的语义学更是直接把经验和历史纳入批评的视野。叶芝的《1916 年的复活节》写道"一切全变了，彻底变了，/一种可怕的美已经诞生。"[②] 该诗如果不联系历史语境就很难获悉"可怕的美"所指的是什么，事实上，诗人这首诗是为爱尔兰人反抗英国殖民统治却惨遭失败和杀戮的哀悼诗，"可怕的美"是诗人被爱尔兰人为争取民族独立而大无畏的斗争精神所感染，认为烈士们用鲜血才打破了死气沉沉的政治局面。同样，当叶芝在《茵那斯弗利岛》诗中说，"我要动身走了，去茵那斯弗利岛，/搭起一个小屋子，筑起泥巴房。"[③] 读者不能从日常经验来理解成这是诗人要到另外一个地方去居住的述说，而是要透过诗人所选用的

---

① ［美］I. A. 瑞恰慈：《论述的目的和语境的种类（1936）》，章祖德译，载《"新批评"文集》，赵毅衡选编，北京：中国社会科学出版社 1988 年版，第 287 页。

② ［爱尔兰］叶芝：《1916 年的复活节》，查良铮译，载《朝圣者的灵魂》，叶芝著，王家新编选，北京：东方出版社 1996 年版，第 147 页。

③ ［爱尔兰］叶芝：《茵那斯弗利岛》，袁可嘉译，载《朝圣者的灵魂》，叶芝著，王家新编选，北京：东方出版社 1996 年版，第 26 页。

一系列意象的排列：泥巴房、芸豆架、蜜蜂巢、蟋蟀歌唱、红雀的翅膀、水声等，看到他厌倦了身边生活，幻想到世外桃源去寻找纯朴、自然、生动、自由生活的愿望，这也间接是对爱尔兰殖民统治下现实的失望和否定。

"戏剧化"隐喻了背后一个读者的观念，"戏剧化"是对谁发生了戏剧？产生戏剧效果的阅读主体条件是什么？这样的主体条件与意识形态是一种什么样的关系？只有明确了这些，才可能将意图诉诸文本。我们依然以叶芝为例子，叶芝曾热恋上美丽的女演员毛特·戈尼，毛特·戈尼虽为一名女性，却投入爱尔兰民族解放运动中去，并成为一名领导人，她虽然钦佩叶芝的才华，但不认为叶芝是自己的理想伴侣。叶芝为她写了《当你老了》的诗篇，"当你老了，头发白了，睡思昏沉，/炉火旁打盹，请取下这部诗歌，/慢慢读，回想你过去眼神的柔和，/回想它们昔日浓重的阴影；//多少人爱你青春欢畅的时辰，/爱慕你的美丽，假意或真心，/只有一个人爱你朝圣者的灵魂，/爱你衰老的脸上痛苦的皱纹；//垂下头来，在红光闪耀的炉子旁，/凄然地轻轻诉说那爱情的消逝，/在头顶的山上他缓慢踱着步子，在一群星星中间隐藏着脸庞。"① 诗中设置了若干个戏剧场景，想象毛特·戈尼年老的时候在火炉旁读着他写给她的诗篇，写诗人对这份爱情的态度，"朝圣者的灵魂"不仅表明了诗人的真挚爱情，也表明了他对爱尔兰民族自治运动的政治态度，写预想这场爱情没有结果，凄凉地在山间踱着步子，却依然不能摆脱爱情的困扰。

威德森在评价艾略特时说："艾略特最有力的贡献在于他那种阿诺德式的对'文学'和'传统'（对阿诺德来说，'传统'这个词则是'文化'）的提升，这就是将它们看成一种反对在战后'荒原'上出现的具有破坏性的大众文化的精神——美学的'中流砥柱'。"② 在他对流行文化失望中，却认为唯有文学在一个对文学敌对的世界中铭刻着人类的价值，尽管文学自身是脆弱的，正在受到威胁。在这样思想的背后，文学成了精神救赎的审美乌托邦。

--------

① ［爱尔兰］叶芝：《1916年的复活节》，袁可嘉译，载《朝圣者的灵魂》，叶芝著，王家新编选，北京：东方出版社1996年版，第27页。

② ［英］彼得·威德森：《现代西方文学观念简史》，钱竞、张欣译，北京：北京大学出版社2006年版，第51页。

总之，新批评的文学接受、文学形式与意识形态的"透明性关系"。如果说，俄国形式主义的"不透明关系"，强调的是文学语言对一般经验与意识形态的"阻拒性"，那么新批评的"透明性关系"强调的则是通过文本将感性经验和理性观念结合为一体，它所突出的不是火药味十足的政治批判，而是通过文本穿越现实的蒙蔽，追寻彼岸的理想，这也暗示了他们相信文本有这个照见现实的能力。

### 三　"半透明"客体关系

文本果真有这样映照现实的神奇能力吗？在结构主义看来，这不过是乌托邦的幻想，文学并非像新批评理解的那样处于理想的自治状态，文学就现实存在状况而言，总是处在一个更大的社会结构当中，作者不过是更大结构下一个功能，固然优秀文本能够向意识形态发出挑战，但是在两相较量中，社会结构始终占据上风，现代社会意识形态的庞大工程早已把特殊个体和文本深纳其中，其不歇的反抗只是结构内部的不稳定因素，允许一些差异存在，反倒显示出意识形态结构的宽容，从这个意义上说，在结构主义这里，文学接受、文学形式和意识形态之间就呈现出的是一种"半透明性关系"。

早在浪漫主义者柯勒律治那里，就提到过文学与现实的关系存在一种"半透明性"的关系，"象征的特点，是以个体中的特殊之半透明性，或特殊中的一般抑或一般中的普遍之半透明性，来予以概括之；而最重要的，则是由贯穿并存在于暂时中的永恒之半透明性，来进行概括的。"[1]但是如德曼所言，柯勒律治是把"讽喻"在本质上的空洞同实质性的匮乏相联系后，强调"象征"的价值。"象征"所代表的是有机总体中的一部分，而"讽喻"代表的是二者的离析，讽喻只是"一个非物质的形体，一个没有形体和实质的精灵，"[2]它更不具备实质。如果说，柯勒律治的"半透明性"是强调世界只有通过作家的主观心灵、通过独创性才能对世

---

[1]　［美］保罗·德曼：《解构之图》，李自修等译，北京：中国社会科学出版社1998年版，第8页。

[2]　同上。

界统一体加以反映的话，那么到了结构主义这里，世界的物质性更加难以企及，作家虽然可以将分离的意义连贯成整体，但是这个整体并不是对世界的反映，而只是一种想象性的满足。

"发生结构主义"代表人物戈德曼提出文学与社会的"同构"思想。戈德曼把"同构"提升到"范式"① 的高度，戈德曼在《文学社会学方法论》多处提到"世界观"一词，按照他的解释，当每个集团都趋向于一个总体的社会组织之时，这些精神结构就称之为"世界观"，戈德曼把"世界观"说成是"集团的集体意识"，这里的"世界观"就是"意识形态"。问题是，如何解释这种内在同构性和表面多样性的关系？戈德曼认为，这是一个"把某社会阶级或各社会阶级的集体意识与某部文学作品的想象结构相联系的问题"②。对他而言，结构的一致性不是一种静态的事实，而是一个存在于各个集团之中的动态事实，它是一个为个体的思想，感情和行动所指向的有意义的结构，一部作品的各个组成成分既作为独立功能出现在作品范围之内，也同时统一在一个共同的"世界观"之下。

阿尔都塞提出"意识形态国家机器"思想，在他看来，意识形态是"个体与其真实的生存状态的想象性关系的再现"③。这种想象的关系通过国家机器的运作，散布到社会的各个角落、方方面面，直至人的心理无意识层次，在"意识形态国家机器"笼罩面前，个体很难逃脱，这种源出于想象的关系，在他们那里被认作是"真实"的关系，从而获得了物质性的身份存在。他主张"症候性阅读"，要求深入马克思著作的深层结构当中把握他的思想，认为马克思主张在经济、政治和文化等方面有着结构的因果性，从而用多元决定论纠正了一元决定论。同理，对于一个社会结构来说，尽管它在文学层面的表现方式多种多样，但是在深层结构上却是同一的，因为现代性的宏大结构已经把个体的差异性囊括到了其中。

巴尔特认为任何符号学的分析都必须假定能指与所指这两个术语的关

① ［法］吕西安·戈德曼：《文学社会学方法论》，段毅、牛宏宝译，北京：工人出版社1989 年版，第 26 页。

② 同上。

③ ［法］路易·阿尔都塞：《保卫马克思》，顾良译，北京：商务印书馆 1984 年版，第233—234 页。

系，它们之间不是"相等"而是"对等"的关系，前者是针对语言而言，指音响—形象（能指）和概念（所指）之间是一种"结构关系"；后者是针对符号而言，能指和所指之间是一种"联想式的整体"。① 例如用一束玫瑰花表示激情，玫瑰花是能指，激情是所指，两者之间的关系产生第三术语，这时，玫瑰花不再是能指的空洞的符号，而是被所指给"充实"，这束玫瑰花就成了连接二者的符号。巴尔特就此说明，个人的意图和社会常规之间有一种内在的结合关系。服装、烹饪以及文学等生活艺术领域，是被意识形态符码了的领域，意识形态是这些形象背后的制约系统。

拉康从精神分析的角度提出"镜像理论"，在于说明人的无意识与社会关系的问题。在他看来，自我是空洞的、流变的、无中心的，无意识并不属于个体的"内部"，而是来自个体的"外部"，或者说是人与人之间发生关系的结果，自我的确立是在对周围对象关照中产生的，是一种想象性的认同秩序。无意识结构和语言结构相类似，最终只能靠语言来说明。正如符号学学者霍克斯所说："人认识到是真实的与人为地造成的东西是同一回事。"② 在这样的情况下，文本的反抗只能是表面的，不动实质的。

揭示人在社会中被"他律"控制的非主体性，几乎是现代文学的一个共同主题。海勒的《第二十二条军规》揭示了资本与权力结合所呈现在军中荒诞秩序，主人公尤索林原本是一个正直、勇敢，充满爱国热情的青年，在战场上屡立战功，使他对未来充满理想，可是渐渐的他发现，战争远非他想象的那样正义，它不过是利用了人们正义的冲动，而满足统治者掠夺财富和权势的目的，他开始变得胆小怕死、神经过敏，感到自己是处在可怕的阴谋和敌意的包围当中。在看清"第二十二条军规"的谎言和罪恶实质之后，他最终选择了出逃。正像小说的作者所描述的主题那样，"我在这里把军事祖师用作了商业关系与政治体制的某种构造和隐喻。"③"第二十二条军规"成为制度化了的疯狂和有组织的混乱的一个隐喻。

---

① ［英］特伦斯·霍克斯：《结构主义与符号学》，瞿铁鹏译，上海：上海译文出版社 1997 年版，第 134 页。

② 同上书，第 3 页。

③ 钱满素编：《美国当代小说家论》，北京：中国社会出版社 1987 年版，第 322 页。

现代文学不仅仅有对存在真实的揭示和对社会的反抗，它也同样有人文关怀和价值暖色。在乔伊斯的《尤利西斯》中，在写了一个卑微、软弱、消沉、厌世的小人物布卢姆的同时，也以重笔描写了他的富有同情心、乐于助人、通情达理、敢于自省、充满爱心的另一面。他对遗孤慷慨解囊，搀扶盲人过马路，对人真诚坦白，宽宏大量，宁肯自己受委屈，妻子红杏出墙，他反省自己在妻子不忠中负有责任，他希望通过自己的努力使妻子获得弥补，活得更快乐一些。作品的人物和情节都仿照了荷马史诗《奥德赛》，这不啻一个对现实的辛辣反讽，英雄已被现实撞得七零八落，崇高精神被揶揄得卑微软弱，只有漂浮不定的精神符号还时而凝聚成一种内心的动力，而这种动力却成就了主人公深处理性时代的英雄形象，作品所表达的也正是这种不歇之爱的主题和对人类精神的肯定。

詹姆逊在谈到后现代主义和现代主义的关系时说："根据他们的分析，现代主义不但成功地粉碎了传统的都市组织结构，并且透过一种崭新的乌托邦形式，把建筑物跟它的周围环境彻底割离。不过，在另一方面，他们认为现代（主义）运动却以预言启示的形式刻意宣扬精英主义及权威主义。"[1] 这表明，形式主义文论作为现代主义文学理论，并非像想象的那么纯净自然，其内在充满了矛盾的命题。

综上所述，"客体关系"包括"不透明客体关系""透明性客体关系""半透明客体关系"三个认识层次和情况。"不透明客体关系"，是指文学语言是作为依赖艺术传统的特殊"介质性"存在方式，普通经验和一般意识形态被阻挡在外面，不能任意进入文学领域行使权力；"透明性客体关系"，是指由于文学形式与意义结合并构成一个有机性整体，文学能够穿越雾障映照现实，文学与现实具有一种精神性或理想性的"透明性关系"；"半透明性关系"，是指就文本的存在的现实性而言具有功能存在特性，一方面主体和文本的差异性已经被纳入理性主义的无意识结构之中，文本成为结构的一种功能；另一方面文学内部的不稳定因素也冲击结构，迫使其做出调整，但是在结构主义下，这种调整的范围还只能局限在结构内部。

---

① ［美］詹明信：《晚期资本主义的文化逻辑》，陈清侨等译，北京：生活·读书·新知三联书店 1997 年版，第 423 页。

## 第三节　原因阐释："客体关系"与"结构—功能"

现代社会的工具理性、学科划分，以及社会心理"形式思维"水平所带来的对文本深层意蕴阅读期待是"客体关系"形成三个主要原因。现代社会一方面工具理性作为一种新型意识形态渗透到社会的方方面面；另一方面宗教衰落非理性蔓延，人的异化进一步加重，社会需要重新振作精神领域，这时文学艺术充当了替代宗教的位置；工具理性表现在知识领域，促使了学科门类的细分，并要求每一学科回答自己学科存在的合理性和正当性，促使了对文学是什么问题的深层次追问；经过两次世界大战等重大历史创痛，人类终于从知识王者的沉睡中苏醒，追问无意识结构深层的意义构成，这时社会阅读心理从"闭合思维"上升到"形式思维"水平，对文本的深层意蕴期待成为客体关系形成的阅读心理基础。

### 一　"意识形态"与"工具理性"

形式主义文论下文学接受、文学形式与意识形态之间之所以呈现一种"客体关系"，其前提是存在一种"客体性"力量。这种力量就是被法兰克福学派理论家批判的"工具理性"，它来自于韦伯的"合理性"概念。"合理性"概念分两种，一种是价值理性；一种是工具理性，与前者强调行为的无条件性，注重动机纯正和手段正确相比；后者强调从目的出发，追求效果的最大化，不重视个人的情感和精神价值。这种力量，在经济领域、社会领域、精神领域均明显有体现，它们促成了理性主义意识形态的形成。

在经济领域，自由资本主义发展为垄断资本主义，促使物质领域理性主义的形成。20世纪初，随着工业企业规模的不断扩大，包括俄国在内的欧美社会，先后进入垄断资本主义阶段，与市场资本主义所要求的自由主义意识形态不同，垄断资本主义所要求的意识形态带有明显的理性主义特征，世界版图乃至精神领域按照结构主义功能原则进行板块划分是其深层逻辑。从资本主义历史发展的实际情况来看，工业企业规模发展到一定阶段，垄断就会成为统治一切领域的特征，伴随商业领域结成越来越多的托拉斯和卡特尔，商业资本与银行资本相融合，然后日益被金融寡头所控制，对工业的控制从商品生产者之手转入金融家和银行家手中。在国内各企业间，私人企业家的相互竞争实际上停止了，自由资本主义所带来的无政府状态得到有效遏制，社会矛盾被一条深层的经济原则所控制。①

在社会领域，理性主义体现为以技术原则为基础的结构性管理。韦伯曾指出现代科学与资本主义的相互依赖性关系，"资本主义的独特的近代西方形态一直受到各种技术可能性的发展的强烈影响。其理智性在今天从根本上依赖于最为重要的技术因素的可靠性。然而，这在根本上意味着它依赖于现代科学，特别是以数学和精确的理性实验为基础的自然科学的特点。另一方面，这些科学的和以这些科学为基础的技术的发展又在其实际经济应用中从资本主义利益那里获得重要的刺激。"② 科学技术的重大发明不仅极大促进生产力的发展，为社会带来丰富的物质财富和优越福利，有力地缓解了社会矛盾，而且作为一种并不借助"我思"的技术主义思想成为一种新型的意识形态被人们所推崇和信奉。以技术理性主义为基础，资本主义社会管理建立在法律和行政机关的理性结构基础之上，"近代的理性资本主义不仅需要生产的技术手段，而且需要一个可靠的法律制度和按照形式的规章办事的行政机关。没有它，可以有冒险性的和投机性的资本主义以及各种受政治制约的资本主义，但是，决不可能有个人创办的、具有固定资本和确定核算的理性企业。"③

在精神领域，理性主义原则也十分明显，其表现是"无意识结构"代替了"人"这个现代"知识中心"。尼采宣告了上帝的死亡，也就等于宣告了现代大写之人的消亡，人杀死了上帝，就必须面对自己的有限性、无法名状的体验和不可思议的思想。精神分析学反叛传统理性主义对人的本能的贬损，认为人的心理是本我、自我、超我结合的有机整体，探寻无意识话语如何通过意识得到表达，进而证明无意识领域也存在某种结构。文化人类学超越了个体心理研究而进入一般文化层面，研究各种文化的结构常项，即"集体无意识"和"原型"。更为重要的是结构主义语言学，

① 参见 [美] 萨拜因：《政治学说史》，盛葵阳等译，北京：商务印书馆1990年版，第907—908页。

② [德] 马克斯·韦伯：《新教伦理与资本主义精神》，于晓等译，北京：生活·读书·新知三联书店1988年版，第14页。

③ 同上。

如果说文化人类学还倾向于个别要素的人类文化考察的话，那么对于结构主义语言学来说，再没有什么个别的东西，一切都只有在系统中进行功能关照时才有意义，"凭着语言学，我们可以拥有一门完全是在外在于人（因为这是纯语言的问题）的实证性的秩序中确立起来的科学，并且这门科学在贯穿个人人文科学的空间时，会重返限定性的问题（因为正是通过语言并且在语言之中，思想才能进行思考，因而，语言本身就是一种想具有基础价值的实证性）。"① 结构主义试图取消一直支配着从笛卡儿到萨特的哲学传统的主体概念，结构主义认为，主体仅仅被视为语言、文化或无意识的产物，戈德曼把世界形容成设有自动调节装置的机器，"当今世界好似一架拥有自动调节的现代机器。在这个世界里，无论是人与人之间的关系还是人与物之间的关系，都受这种机械的、不可抗拒的必然性支配。"② 这时，主体被摒弃或彻底非中心化。按照这种模式，意义不是自由主体的清晰意向的产物，主体本身也是由它在语言系统中的关系所构成的，主体性被视为社会和语言的建构物。

总之，"客体关系"所依赖的超越"主体"之外的客体力量普遍存在，"19 世纪习以为常的那些资本主义剥削方式差不多被淘汰，但是这并不能掩盖一个事实，即 19 世纪和 20 世纪的资本主义奠定在一个原则之上：人把人作为工具。"③ 尽管他们并不完全否定一个"人"的存在，但是这个"人"已经不再是近代的"知识的中心"，而是结构的功能。

## 二 "知识划分"与"文学客体"

"客体关系"的产生还是文学研究在现代工具理性意识形态下为求得自身存在合法性进行辩护的结果。如果文学研究还是停留在"其题材不能定量分析，其方法没有固定形式，其成果无法客观地加以证实，因而也就无法在一个实证主义价值观占统治地位的社会里与科学争

---

① [法]. 米歇尔·福柯：《词与物——人文科学考古学》，莫伟民译，上海：上海三联书店 2001 年版，第 498 页。

② [法]吕西安·戈德曼：《新小说与现实》，张裕朱译，载《二十世纪世界小说理论经典》，吕同六主编，北京：华夏出版社 1996 年版，第 53 页。

③ [美]埃利希·弗洛姆：《健全的社会》，孙恺详译，北京：中国文联出版公司 1988 年版，第 91 页。

得同等的声誉和经济支持。"① 那么，文学理论自身就岌岌可危。它必须找寻自己独特的话语言说方式和阐明自己在社会结构中所发挥的独特功能。

形式主义文论超越了一般修辞学范围，其价值在于形式与意义结合的规律性和"活力性"方面。就"规律性"而言，从文学语言的陌生化，到文本是形式与内容结合的多层构成体，再到文本要素与文本集合的功能性划分，是对文学形式的认识的横向扩展，批评家主张，"人们应当从能指的活跃之中获得阅读的快意，能指背后的所指无足轻重"；② 就"活力性"而言，通过陌生化区分开文学经验和日常经验，通过多层次的文本构成将文学经验引向意义的深层，通过文本要素和文本集合的功能划分使个别文本与社会结构之间达成既"差异"又"同一"的关系，是对文学形式的认识的纵向延伸。只有"规律性"和"活力性"结合一体，才是系统论关照下的形式主义文论的完整思想。

汤普金斯侧重讨论形式的自律性功能，他说："诗的存在并不是为了塑造更好的公民从而服务于国家的需要，或者为了激起人类内心最深处的同情心，从而把人们团结在一起以促进人类的兄弟般情谊，或者为了净化感知器官，或者为了产生一种迷狂的沉思状态，或者为了综合读者心中互相矛盾的冲动情绪从而提高文明的程度。诗歌仅仅是给予人们一种完美的形象，一种他们向往的目标而服务于人们。在价值的尺度上，诗高于自然，也高于人类的生活。诗没有及物的功能，它不是代理人或工具，而是目的。因此，文学反应就成为一个没有意义的领域，因为文艺批评的主要对象不是诗所具有的效果，而是诗的内在本质。"③ 对于汤普金斯来说，文学就是文学，文学与外界事物无关，这不能不说是重复形式主义一开始的老调。

但是，这种观点遭到伊格尔顿的反对，针对新批评所谓的"纯文学"的观点，他尖锐地批评道："根本就没有'纯'文学批评判断或解释这么

① ［美］简·汤普金斯：《读者在历史上：文学反应的演变》，刘峰译，载《读者反应批评》，外国文艺理论研究资料丛书编委会编，北京：文化艺术出版社 1989 年版，第 286 页。

② 南帆：《文学的维度》，上海：上海三联书店 1998 年版，第 28 页。

③ ［美］简·汤普金斯：《读者在历史上：文学反应的演变》，刘峰译，载《读者反应批评》，外国文艺理论研究资料丛书编委会编，北京：文化艺术出版社 1989 年版，第 285 页。

一回事。如果有人应受责备的话，那就是理查兹自己。作为一个年轻的、白种的、中上层阶级的、男性的剑桥大学导师，他无力将他本人也基本上分享着的那一利害关系语境对象化，因而就无法充分认识到，评价中那些局部的、'主观的'差异是在一个具体地、社会地结构起来的认识世界的方式之内活动的。"① 在他看来，文学形式与社会结构的内在关联，文学的价值判断没有任何可以随心所欲的地方，"它们植根于更深层的种种信念结构之中，而这些结构就像帝国大厦一样不可动摇。"② 而且他也意在说明"主观"经验领域是在结构内部"活动"的，这就等于说文学形式不仅在结构内部连接着经验领域，而且连接着意识形态，"它们最终不仅涉及个人趣味，而且涉及某些社会群体赖以行使和维持其对他人的统治权力的种种假定。"③ 文学既不能看成一种客观的描述性范畴，也不能看成是随意阐释的东西，它遵循着结构主义那种既维持整体的不变性又保持局部的灵活性基本原则。

"功能"是理解形式主义文论实质的一个更好的词汇，"功能"强调的是"个体"在"整体"结构中的作用，这样文学就不是从社会整体中游离出去的东西。汤普金斯以文学自律的名义将文学从整体的社会结构中孤立了出来，尽管他正确地强调了文学是形式与意义结合的"完美的形象"这一新批评文论的核心性思想，但是却把这一形象解释引向了"乌托邦"，几乎找不到现实的根基。在新批评内部就有人对这种"纯文学"或"纯诗"感到不满，沃伦在《纯诗与非纯诗》论文中就反对早期艾略特等人的"纯诗"思想，在他看来"凡是在人类的经验可获得的东西都不应被排斥在诗歌之外。"④ 一个诗人的伟大取决于他能够在作诗上掌握的经验的范围大小。

在工具理性盛行的现代社会，仅仅建立文学自律的话语言说方式是不够的，他还必须阐明自己在社会结构中的功能在哪里。汤普金斯从文学

---

① [英] 特里·伊格尔顿：《二十世纪西方文学理论》，伍晓明译，北京：北京大学出版社2007年版，第14—15页。

② 同上书，第15页。

③ 同上。

④ [美] 罗伯特·潘·沃伦：《纯诗与非纯诗（1943）》，蒋平等译，载《"新批评"文集》，赵毅衡选编，北京：中国社会科学出版社1988年版，第181页。

"自律"的角度做这样总结，在他看来，文学话语体系的建立，对于学科生存和发展来说至关重要，其功用也是多方面的，"诗的特殊地位使发展一种描述诗歌特征的特殊词汇，以及建立阐释的标准方法的做法合法化了。它使文学阐释的实践规范化，因而就把文学阐释变成一件可以在大专院校普遍教授的东西。同时，阐释技巧的规范化向批评家们提供了生产文学作品各种阐释的手段，这用于证明这些批评家的专业知识水平。把文艺批评定义为需要专门知识的一项活动，这就为研究生教育的文凭制度提供的存在的必要，并支持文学教授同自然科学家和社会科学家们竞争。"① 这样，看似最无用的文学形式话语的建立，却发挥着最为实用的效能，他坚持称，文学并不为某种阐释系统而存在。

汤普金斯的确道出了文学自律所带来的学科话语建立等多重意义，但是，他却没能建立起这样的学科话语与垄断资本主义社会结构存在何种内在有机联系，这导致的问题有两个，一个是文学自律和社会结构性他律的分离，这就等于说现代社会让渡出了经验领域给文学艺术，这不符合实际；另一个是文学领域成为乌托邦幻想领域，不受社会历史解释，但事实上，现代文学是现代人生存状态的艺术反映，脱离特定的群体经验和意识形态，不可能获得现代文本的合理性解释。

詹姆逊认为，"现代主义是一个特定的历史阶段，它自身是一个完整的、全面的文化逻辑体系，因此，从现代主义中抽出某部分或者'技巧'来借鉴是没有意义的，仿佛现代主义的'技巧'是中性的、没有价值问题的，因此可以不考虑别的因素如思想和形式上的和谐和功能而加以借鉴。"② 对于形式主义文论而言，应当以系统的观点来审视，既要看到他们强调文学的特殊性、独立性、规律性的一面，也要看到他们在"结构"或"意识形态"范围内主张"转换""同化""顺应"以保持结构活力的一面。

总之，文学学科话语的建立，至少应从两个方面来审视，一方面，文

---

① ［美］简·汤普金斯：《读者在历史上：文学反应的演变》，刘峰译，载《读者反应批评》，外国文艺理论研究资料丛书编委会编，北京：文化艺术出版社 1989 年版，第 287 页。

② ［美］詹明信：《晚期资本主义的文化逻辑》，陈清侨等译，北京：生活·读书·新知三联书店 1997 年版，第 277 页。

学必须阐明自身的特殊性，以在众学科中独立出来，就此，它建立起阐释自身的深度理论模式；另一方面，它还要在理性面前说明自身学科得以成立的社会性理由，这样它就要回答同经验和理性的关系问题。

### 三　"形式思维"与"文本深蕴"

按照皮亚杰的发生认识论原理，儿童进入 11—12 岁时，心理表现出"形式运算"特征。在之前的"具体运算阶段"，儿童的思维活动同其活动的内容密不可分，而到现在，他们不再受具体事物内容所限制，而是朝着非直接感知或未来事物的方向发展，他们有能力处理"假设"而不是直接处理客观事物。新的思维特征带有纯逻辑数学关系特点，一个命题可以有 4 种基本变换方式：正命题（如：门开了，有人进来）、反命题（如：门开了，没人进来）、相互命题（如：门开，人才能进来）、相关命题（如：门不开，人也能进来），通过这样"四变数群"，将具体运算阶段群集的可逆性由局部的逻辑结构上升为整体的逻辑结构。皮亚杰认为，运用这些形式运算的命题组合能够解决对众逻辑课题如包含、比例、排除、概率、因素的分析，等等。这一阶段心理能力具有空间的推导能力、运演能力、分析能力、分配能力等更加灵活自由的"形式能力"。

有了这样心理能力，必然会从思维层面上影响现代文学接受情况。浪漫主义的直抒胸臆、使用明喻的写作手法，在现代时期，还会满足广大读者的阅读需求，但是，真正能够代表现代文学的却是另外一些文本，如象征主义、表现主义、未来主义、意识流小说、超现实主义、存在主义文学，这些文学大量使用了象征、隐喻、交感、变形、烘托、对比、反讽、典故、掌故、意识流、蒙太奇、戏剧化、多层结构、时空交错等艺术手法。通过这些手法，作品的主旨在剥除层层遮蔽中得到呈现，读者也能够从克服阻拒的不断探险中获得深层的审美满足。

艾略特的《荒原》使用了大量的象征、对比、隐喻、反讽，在第一节"死者葬礼"中写道："四月是最残忍的一个月，/荒地上长着丁香，/把回忆和欲望掺合在一起，/又让春雨催促那些迟钝的根芽。"[①] 四月是春天，在西方传统文化中是生命和希望的象征，可是在诗中，它不再象征希

_____

① ［英］T. S. 艾略特：《荒原》，赵萝蕤译，北京：中国工人出版社 1995 年版，第 1 页。

望,相反是连接着荒凉、罪恶和死亡,这是对比。四月原该是憧憬,可是诗中却萦绕着回忆和欲望的交缠,欲望在基督教中是一种原罪,人因为这个原罪遭受严酷的惩罚,回忆也就使沉痛、绝望、诅咒和忏悔交杂在一起,这是隐喻。春雨催促根芽,也不代表自然孕育生命,而是原罪的苦难和死亡的又一次轮回,一个"迟钝",表明了在不歇的轮回苦难中早已失去了灵敏的生命何其不愿诞生,这是反讽。

剥除遮蔽,必然有"丑"和"恶"的介入,对它们的揭露和否定,也就意味了对善和美的向往和追求。波德莱尔在《告读者》中写道:"罪孽、吝啬、谬误以及愚蠢/纷纷占据我们的灵魂,折磨我们的肉体/犹如乞丐养活着他们身上的虱子/我们居然哺育我们可爱的悔恨。"① 在病态的社会下,美是一种奢求,而对"丑"和"恶"的展露反而给人一种快感。他用"罂粟花""乞丐""妓女""肮脏不堪的痰"等意象来否定颓废、梦魇的时代。展现"丑""恶""荒诞"是现代文学的鲜明主题,波德莱尔的《恶之花》、艾略特的《荒原》、萨特的《恶心》、海勒的《第二十二条军规》、乔伊斯的《尤利西斯》等都是此类作品。

但是,只揭示存在之"真",还不能满足现代读者的阅读需求,文学作为人文关怀的一种突出形式,还必然需要给出人类救赎的指引。在不同的作品给出了不同的回答,有向神秘自然寻取,有向宗教皈依。波德莱尔的《应和》表达了人与自然的神秘感应关系,"大自然是一座神殿,那里有活的柱子,/不时发出一些含糊不清的语音;/行人经过该处,穿过象征的森林,/森林露出亲切的眼光对人注视。"② 在诗中人与自然万物融为一体,视觉、听觉、嗅觉、触觉互相感通,在与自然感应中,人仿佛重新感受到了世界,使分裂的自己重新融合到一起。艾略特的《荒原》试图把人类精神引向上帝的皈依之途。诗中"欲望"成了一个中心词,欲望招致罪恶和惩罚,这像是《圣经》给人类的寓言,现代人类所遭受的灾难根源也正在对物的无止境欲求。"荒原"本身就是一个隐喻,以色列民族不听上帝警告,崇拜异教偶像,上帝惩罚他们,将他们的家园变为废墟,

---

① [法]波德莱尔:《恶之花:巴黎的忧郁》,郭宏安译,上海:上海人民出版社2008年版,第1页。

② 同上书,第12页。

这是人类犯罪招致的恶果，现代人类迷信科学理性，对上帝而言，这无异于异教信仰。从对上帝背叛所招致的苦难描写，突出了回归上帝怀抱的主题。

人类的精神世界毕竟不是自然世界，人类精神意义隐藏在各种文化符号重新搭配组合的构成方式当中，内在于人类知识的精神结构当中。文学艺术在现代社会价值领域充当了替代宗教的位置，它从深层次上满足了经验领域读者对丑恶鞭挞的宣泄、真实世界的重新找回、寻求人文关怀、渴望意义重建等心理要求。现代文学作为这样一种带有鲜明隐喻色彩的崭新文学存在形式，再一次彰显出文学所具有的能量，以及所要求的与之相适应的深层阅读方式和读者类型。

综上所述，工具理性在现代社会体现在方方面面，理性主义是意识形态的突出特点；工具理性表现在知识领域，促使了学科门类的细分，并要求每一学科回答自己学科存在的合理性和正当性，这促使了对文学是什么问题的深层追问和功能性考察，文学形式体现出复杂多层的构成特点；无意识结构成为知识产生的深层形式，这时社会阅读心理从"闭合思维"上升到"形式思维"，这种对文本的深层意蕴期待成为客体关系形成的心理基础，文学从"他律的自律化"走向"自律的他律化"，即文学结构受制于社会的深层结构。

# 第六章　接受说:文学接受、自反 形式与意识形态

历史上的"文学观念"类型,按照艾布拉姆斯在20世纪50年代的划分,只分出"模仿说""实用说""表现说""客观说"四种类型,在"客观说"后,还有没有一种能够和前面并列的新的文学观念类型,理论界没有一致的意见,一些学者认为20世纪后半叶更像是"杂语共生""众声喧哗"的时代,很难取得统一,"多元性"就是理论的存在特征。另外一些学者把新的历史阶段称为"读者的阶段",伊格尔顿认为,"人们的确可以把现代文学理论大致分为三个阶段:全神贯注于作者的阶段(浪漫主义和19世纪)、绝对关心作品的阶段(新批评),以及近年来注意力显著转向读者的阶段。"① 我国学者金元浦也认为,自60年代以来,"西方批评进入了读者中心论的新的理论范式时期。"② 接受美学创始人姚斯也对这样的"范式"到来深信不疑,还为此提出了三个特殊的方法论要求:(1)美学的、形式的和历史的、接受关系的分析,以及艺术、历史和社会现实的融合;(2)将结构方法与解释方法结合起来;(3)美学涉及效果,而不再只涉及描述,新修辞学同样关心甲第文学与闾巷文学以及各种宣传工具,要对涉及效果的美学和新修辞学进行检验。③ 他对以读

---

① [英]特雷·伊格尔顿:《二十世纪西方文学理论》,伍晓明译,北京:北京大学出版社2007年版,第73页。

② 金元浦:《接受反应文论》,济南:山东教育出版社2001年版,第3页。

③ [联邦德国]冈特·格里姆:《接受学研究概论》,载刘小枫选编:《接受美学译文集》,北京:生活·读书·新知三联书店1989年版,第94页。另见[联邦德国]H. R. 姚斯、[美]R. C. 霍拉勃:《接受美学与接受理论》,周宁、金元浦译,沈阳:辽宁人民出版社1987年版,第278—279页。

者为中心的理论范式到来深信不疑。

本文所持观点有五：第一，认为新的文学观念类型可以用"接受说"概括。20世纪中叶以降文学理论研究的重心向"读者"转移是一个不争的事实，它不是个别的局部的事件，而是整体的事件，各种理论思潮最有创新的部分都和读者密切相关。第二，"接受说"不限于"接受美学"，而具有更大的包容性。接受美学在面对诸如解构主义、文化研究、新历史主义等理论的质疑和挑战的时候，往往采取了回避的态度。由于接受美学本身不能有效地建立起与其他理论之间的联系，也就不能回答"读者转向"的完整意义。第三，"接受说"的性质该在"结构"与"经验"的对话关系意义上理解，它实际上是"后现代主义文艺范式"。第四，"接受说"也有一个内部思想演进的过程。解构主义、后结构主义、接受美学、读者反应批评、文化研究，将被这一范式纳入其中。第五，后现代主义思想尤其是"自反性现代化"理论是"接受说"得以形成的思想资源。

## 第一节　形式观念："接受说"与"自反形式"

在后现代主义思想尤其是"自反性现代化"理论关照下，我们把"自反形式"看作"接受说"下的总体文学形式观念，结构与经验他者的对话，是自反形式的核心内涵。根据"自反性现代化"理论的三个主要思想，确定"自反形式"的三个典型形态：第一，"自反性现代化"所反叛的对象和基础恰恰是自己先前发展的结果，这一点能够将解构主义的"异延形式"包含进来，甚至把法兰克福批判理论、后现代主义的差异理论包含进来；第二，新的反叛关心着人类的情感领域，它旨在析出历史经验，建立理性结构与存在他者的对话关系，这一点能够将接受美学所重视的读者现实经验和交流思想的"召唤形式"包含进来；第三，重视反叛中的差异价值和权力因素，它旨在使对话的生成意义得到重新确立和获得稳定性，这一点将文化理论的"话语形式"包含进来。

### 一　何谓"自反形式"

为了避免概念间的混淆，我们有必要首先把这里所说的"自反"和"元"区分开来。我们所说的"自反"是站在"后现代"反思立场和新千年"后理论"思想的基础上，强调"关系价值"的整体性反思立场，而"元"，虽然也有反思性，但是它更多的是一种强调"本质主义"内部的"现代性"立场。

早在 20 世纪 60 年代随着西方社会由现代社会向后现代社会的转换，在西方文化内部就出现了一股"反思"的文化浪潮，而作为"反思"的产物便是在文化领域出现的"元哲学""元历史""元批评""元叙事""元话语"等"元理论"，在文学艺术领域中出现了"元电影""元戏剧""元小说"等，如汉斯·伯斯顿对"元小说"的解释就是，"小说必须不断地将其自身显示为虚构作品，它们必须成为'对（其）自身欺骗性的无止境的揭露'。对世界的认识（小说一贯主张如此）必须为这一行为所取代：'在小说内部寻求——甚至再寻求——它想与小说的意义何在。这是一种自我反省的行为'。"① 这里所谓的"元"，具有返还基础重新认识的意思。

"元"作为词语的前限制，英文用"meta-"表示，原意在希腊文是"之后""后设"的意思，中文又译为"之上"。现代理论采用"meta-"这一前缀用来指比即有层次更深的一个解释性层次，它是作为即有层次赖以成立的依据或原则，"元"也往往称为"超"。利奥塔尔在《后现代状态：关于知识的报告》中，指出"元话语"的"现代"性质："科学在起源时便与叙事发生冲突。用科学自身的标准衡量，大部分叙事其实只是寓言。然而，只要科学不想沦落到仅仅陈述实用规律的地步，只要它还寻求真理，它就必须使自己的游戏规则合法化。于是它制造出关于自身地位的合法化话语，这种话语就被叫作哲学。当这种元话语明确地求助于诸如精神辩证法、意义阐释法、理性主体或劳动主体的解放、财富的增长等某个大叙事时，我们便用'现代'一词指称这种依靠元话语使自身合法化的科学。"② 方克强也将"后现代主义"同"元理论"相对应来指谓，如在《后现代语境中的新世纪文学理论教材》一文中，他认为文学理论教材编写面临后现代语境挑战之一，就是"对文学理论教材指导方法'元

① ［荷兰］汉斯·伯斯顿：《后现代世界观及其与现代主义的关系》，见王先霈、王又平主编，《文学理论批评术语汇释》，北京：高等教育出版社 2006 年版，第 799 页。
② ［法］让—弗朗索瓦·利奥塔尔：《后现代状态：关于知识的报告》，车槿山译，北京：生活·读书·新知三联书店 1997 年版，第 1—2 页。

理论'的挑战"。"不少教材又将哲学、美学方法论当作'元理论'来运
用。而后现代主义是质疑一元的绝对论和宏大的元理论的。"① 可见，
"元"是"现代的""一元的""本质主义的"。这有助于清除把"自反"
和"元"等同起来的认识上混乱。

　　"自反"是"后理论"中的一个核心思想。在"后理论"者看来，
20世纪70年代和80年代理论繁盛期的大写的"理论"现代已经被取代，
或者完全被吸纳进新的理论或种种理论中，新的理论应该被理解为一种
"行动"而不是文本或立场观点，它们应对以往认为理所当然的理论假设
和观念提出批判性疑问，而不论那些假设是关于社会机制、性机制还是经
济关系的机制，也不论那些观念是主体的、文化的还是跨文化身份，因
此，乔纳森·卡勒说理论是"对常识观念充满战斗气息的批判"，它"提
供的不是一套解决方案，而是进一步思索的前景"（1997），迈克尔·佩
恩说，"理论讲的是我们如何以自我反思的方式来看待事物"（2003），特
里·伊格尔顿也说："倘若理论意味着对我们那些指导性假设的一种合理
的体系性的思考，它就将永远是不可缺失的。"（2003）② 这里的"行
动"，并不是要主张"理论的批评化"，尽管"批评"在"后理论"
思想中占据重要位置，这种"行动"的性质应是"不断被建构的理
论"来理解，纠正对"理论"的轻视，是"后理论"主张中的一个
基本思想。

　　尽管，"后理论"者各家所持的观点不尽一致，如有人认为应当回到
一些基础理论研究中去，做些更扎实的工作，如"版本目录学"研究
"发生学研究"，在这些人看来，无论理论多么喧闹，而它的"基础工作"
和"基本功"练习始终没有中断。有人主张回到文本，看重诗的功能或
"文学价值"，卡勒在2000年出版的文集《理论留下了什么？》的一篇文
章中说："显而易见，被忽视的是文学和那些文学性的东西。特别被放逐
到边缘的是文学文本的自我反身性，也就是被语言学家罗曼·雅克布森为
著名地描述的'诗的功能''为信息而对信息的集中探讨'。"③ 有人主张

---

　　① 方克强：《跋涉与超越》，上海：上海文艺出版社2007年版，第6页。
　　② ［英］拉曼·塞尔登等：《当代文学理论导读》，刘象愚译，北京：北京大学出版社2006
年版，第328页。
　　③ 同上书，第329页。

"后审美主义",他们坚持文学"自反性",反对旧式的"艺术自主性"的审美观念和普遍性的人文主义意识形态,而是认为一方面"艺术"和"政治"密切关联;另一方面独特的艺术性又不单纯由周围的政治、历史或意识形态话语所决定,可以说,这些都是对当代文化理论的直接回应。

伊格尔顿是"后理论"的提倡者,也是重要的代表之一,他在2003年出版《理论之后》也是对"自反性"思想理解的重要提示。该书对后现代主义理论和文化研究做了深刻反思。传统观点往往只看到文化研究中政治或意识形态、轻视审美价值的一面,而伊格尔顿却从中看到了它们的反面,他说:"文化在传统上几乎意味着资本主义的对立面,文化的概念是作为对中产阶级社会的批判,而不是作为它的道德盟友成长起来的。文化讨论的是价值而不是价格,是道德而不是物质,是高尚情操而不是平庸市侩。它探索的是作为目的本身来开发人的力量,而不是为了某个不光彩的功利动机。这些力量形成了一个和谐的整体:他们并非是一堆专门的工具。"① 他不满意一些人一提到文化研究就是"阶级、种族和性别"等主题,认为这是"老生常谈",他提出"小型叙事"的新的文化研究思想,"如果它注定要和雄心勃勃的全球历史紧密结合,它一定有着自己可以回应的资源,其深度和广度与自己所面临的局势相当。"② 在他看来,后现代主义远非对晚期资本主义的批判,而更是同谋,在政治上的右派提出全球性行动,后现代的左派就要求地方性思考,而资本主义宏大叙事则囊括了所有这一切。对伊格尔顿而言,"后理论"其实是更多的理论,是在一种更宏伟、更负责的层面上,向后现代主义逃避的那些更大的问题敞开胸怀,这些问题包括道德、形而上学、爱情、生物学、宗教与革命、恶、死亡与苦难、本质、普遍性、真理、客观性与无功利性等等。塞尔登对伊格尔顿的"后理论"思想评价道:"这就是说,他这个宏大的新构想既包含了一种拓展的马克思主义,也包含了对自由主义某些原则的重新评价。这样看来,他要理解的'无功利性'的观念并不是冷漠,而是对'自利性'的反拨;同样,他所要理解的'客观性'也不是一种虚假的不偏不倚,

---

① 〔英〕特里·伊格尔顿:《理论之后》,商正译,北京:商务印书馆2009年版,第25页。
② 同上书,第213页。

而是对'他者'独立存在的一种确认。"① 但是，塞尔登等人也同时认为，伊格尔顿的"后理论"思想，还是偏重在政治，对审美或艺术在很大程度上存在忽略，"尽管他的新构想包罗甚广，但缺少了一个重要的话题或范畴，那就是'艺术'。"② 或许这一评价并不完全准确，因为审美从历史的高度来看，它的独立性就建立在人类社会发展的历史性当中，但是，这却不失一个深刻的提醒，即审美作为人类历史发展中产生的一个具有独立性的存在事物，它本身存在的特殊理论内涵还有待更深入的揭示。

在破除了"本质主义"迷信之后，"自反形式"所暗示的是一个历史的维度，"'本质'通常被视为超历史的恒定结构，相对地说，关系只能是历史的产物"。③ 人类学家已经认识到，"文化和历史是互相容受的，而不是实质上分离的两个实体。隐喻和真实合而为一，启动了社会"。④ 当"本质主义"能够接受"关系主义"提供的意见主张时，也必然意味了结构从封闭走向开放，当"关系主义"能够向结构输入新见的时候，它所从事的事业也就不只是"本质主义"遗留下来的"零头碎角"，这种变化突出的深刻历史命题就是：结构与经验的互动。

总之，"自反形式"是"接受说"下的总体形式观念，其基础建立在"自反性现代化"的前提之上，它既不单纯属于解构主义的消解性的形式观念，也不单纯属于接受美学的交流性的形式观念，还不单纯属于文化研究与新历史主义批评等单纯重视知识和权力的二元构成的话语形式观念，而是重视知性和理性之间的相互关系、理性结构与存在他者相互对话，并析出以历史经验和价值为存在特征的"人"这个处于"中间位置"的关系要素，重建事物之间普遍联系，重视关系价值，在整体化的关照中不断重新确立意义的一种"历史性关系话语"。

---

① ［英］拉曼·塞尔登等：《当代文学理论导读》，刘象愚译，北京：北京大学出版社 2006年版，第 338 页。

② 同上。

③ 南帆：《关系与结构》，长春：吉林出版集团有限责任公司 2009 年版，第 10 页。

④ ［丹麦］克斯汀·海斯翠普：《他者的历史：社会人类学与历史制作》，贾士衡译，香港：麦田出版股份有限公司 1998 年版，第 19 页。

## 二 "自反形式"表现

"自反"强调的是"反叛"和"基础"两个层面。之所以是"反叛"而不是"反思",是强调所"反"的性质程度不同,一般性的"反思"往往在理性内部进行,而具有"范型"转换性质的"反思",则可能动摇到原来的基础,在这个意义上,它的性质就超越了自身,而上升到"反叛"。贝克特别强调对两者性质的区别:"根据这两个阶段的划分,'自反性现代化'的概念可以与一种根本性的误解区分开来。这个概念并不是(如其形容词'reflexive'所暗示的那样)指反思(reflection),而是(首先)指自我对抗(self – confrontation)。"① 在他看来,从现代社会的"本质主义"到后现代主义重视"关系"的重大转变,它的性质是"反叛",而不是"反思"。任何"反思"与"反叛"都离不开主体的阐释活动,而任何阐释活动都只能建立在历史发展所提供的"基础"之上,在某种程度上,"反叛"得以可能,是历史发展提供的"能动性"反作用于自身对形成自己的"基础"的"合理性"提出重新质疑和再思考。如果说可以把解构主义理论的"延异形式"、接受理论的"召唤形式"、文化研究的"话语形式",看成是"自反形式"观念下的三种典型形态的话,那么,它们在价值关系的整体化关照中,就不再处于分离和对立状态,而可能在"自反"思想中重新整合为一个内在联系的整体,在本文看来,它们内涵分别彰显了"自反形式"思想的三个环节、层面。

延异形式。自反形式首先在于打破原有的"逻各斯中心主义"封闭结构,使意义挣脱工具理性的钳制,这主要体现在解构主义和消解性后现代主义理论当中,消解中心、看重差异是这些理论的主要特征。随着结构主义的广泛流行,其内部的缺陷和矛盾也不时显露出来,德里达指责结构主义拘泥于整体的连贯性和整体性,而漠视非整体性;夸大必然性,拒绝偶然性;只讲体系,不谈个体和个性。巴尔特认为,结构主义的能指和所指、历史性与共时性的二元区分有碍于文本问题的深入探讨,德勒兹认为,结构主义无法提供对历史文化的政治说明,它们忽视了体系的历史

---

① [德] 乌尔里希·贝克等:《自反性现代化——现代社会秩序中的政治、传统与美学》,赵文书译,北京:商务印书馆 2004 年版,第 9 页。

性，忽视了有欲望的、实践着的社会主体。1968 年的"五月风暴"直接促成了结构主义向后结构主义的转变。

传统中最大的霸权是"逻各斯中心主义"，德里达的"延异"形式思想是对"本质主义"权威的彻底颠覆。"延异"思想体现为，意义在空间中呈现差异，在时间中发生延宕和推迟，绝对的统一实体并不存在。"（延异）是差异的本原或者说生产，是指差异之间的差异，差异的游戏。'延异'是不完全的、不纯正的'本原'，是先已形构及延迟的差异之源。（延异）既不存在也没有本质，它不属于存在、在场或缺场的范畴。'异延'既不是一个词，也不是一个概念。（延异）是差异的本原、差异的生产、差异的游戏、差异自身的差异语。"① 在解构主义者看来，世界是由各种关系而不是由事物本身构成的，事物的本质不在事物本身，而在于我们对于事物之间的关系的构造。批评既不在作者的位置，也不在文本的位置，而在于文本语言能指的无限指涉当中，在于追寻"漂浮的能指"的踪迹。

"延异"也具有"文字学"性质，德里达用"文字学"颠覆了西方传统的"语音中心主义"。早在亚里士多德就认为"言语是心境的符号，文字是言语的符号"。② 索绪尔也认为："言语与文字是两种不同的符号系统；再现前者是后者存在的唯一理由。"③ 他声称语言有一个独立于文字的口述传统，认定意义不在语言之内，而是在语言之先，语言无足轻重，"书"不过是意义不在场时的"替补"。德里达对这一传统给予了反击，他认为，并非"语言"包含"文字"，而是相反，"从任何意义上说，'文字'一词都包含语言"，④ 德里达认为，作为工具性的"语言"与作为内涵"意义"的"文字"之间，存在根本区别，后者具有"外在性"和"内在性"两重性质，"文字学"所强调的是在此时此刻"存在"中的"形式"与"意义"的结合，它"把外在性的力量视为内在性的要素：

---

① 朱立元主编：《西方美学范畴史》第二卷，太原：山西教育出版社 2006 年版，第 181 页。

② ［法］雅克·德里达：《论文字学》，汪堂家译，上海：上海译文出版社 2005 年版，第 41 页。

③ 同上。

④ 同上书，第 8 页。

视为语言的要素，所指意义的要素，此时此刻的要素。"① 这时，"此时此刻"就析出了人的存在要素，析出了主体阐释的无限可能性。

与德里达的"延异"思想相仿，巴尔特认为语言的能指和所指并非统一在一个封闭的意义结构里面，写作也不统一于封闭的个体性风格里面，能指不是指向一个概念，而是一个能指群，能指只能在所指间飘逸，而不能与它统一，写作的真实涵义在于，标识出"语言结构"和"个体性风格"之间存在的另一种"形式性的现实"空间。语言结构和风格都是先在于语言的时代和生物性个人的"自然产物"，而作家所建构的文学"形式性的现实"同一性，只有在它们之外才能真正确立，"在那里写作的连续流被聚集起来，并首先在非常纯粹的语言学性质之内被封闭起来，然后进而变为一套完整的记号，一种人的行为的选择，以及对某种'善'的肯定。"② 语言结构与风格因"自然产物"而都是盲目的力量，写作才是一种"历史性"的"协同行为"，"写作是存在于创造性与社会之间的那种关系；写作是被其社会性目标所转变了的文学语言，它是束缚于人的意图中的形式，从而也是与历史的重大危机联系在一起的形式。"③ 这样，写作开始于作家和社会的接触，却关心着重大的人类问题，而当代的写作使命在于，"使作家从这种社会目的性返回到他创作行为的工具性根源"。④ 巴尔特指出，"形式"是语言和风格之外的"第三个维面"，通过它，作家和所处的社会才在真正的意义上产生了联系。

巴尔特的解构主义或后结构主义思想，使"解构"思想深入到"关系价值"维面，并在文学本体存在高度上，重新建立了文学认识论和实践论的"一致性"认识思想。他把作品划分为"可读的"和"可写的"两种，"可读的"文本使"意义"封闭在文本里面，读者对它被动接受，"可读的"文本中"意义"并非全部给定，读者可以参与创造和重新书写，而后者的写作中，作家采取的是一种中立性的"零度写作"立场，

① ［法］雅克·德里达：《论文字学》，汪堂家译，上海：上海译文出版社2005年版，第456页。

② ［法］罗兰·巴尔特：《写作的零度》，李幼蒸译，北京：中国人民大学出版社2008年版，第3页。

③ 同上。

④ 同上。

它所回避的是现实世界中盛行的实用主义与虚无主义的"价值判断"和"实践"的介入，它所主张的是一种历史性的"功能"写作，这样写作就像"自由"一样仅仅是一个契机，因为历史，永远是并首先是，一种选择以及对该选择的限制。

作为后现代主义主将的利奥塔反对西方传统的元叙事、元话语、元逻辑，主张消解同一性、普遍性、拒绝普遍共识，关心不确定性、差异、冲突、碎片、非连续性、矛盾。[①] 总之，解构主义、后结构主义、后现代主义文论对结构主义的"语言观"进行了彻底的颠覆，在他们看来，语言并非牢固不变，风格也不能在自我圈定的范围内由自身给定，所指和能指之间并非对称，真实存在的意义更像是一张"散播的网"，在散播的过程当中，既存在个体的选择又同时被历史限定。

按照贝克观点，"自反性现代化"所反叛的对象，正是现代化的胜利成果，"'自反性现代化'指创造性地（自我）毁灭整整一个时代——工业社会时代——的可能性。这种创造性毁灭的'对象'不是西方现代化的革命，也不是西方现代化的危机，而是西方现代化的胜利成果。"[②] 其原因在于，现代化的胜利是以它的基础或根基的削弱为条件，这主要表现在三个方面，首先是现代工业社会与自然资源和文化资源之间的关系，这些资源的存在是工业社会赖以建立的基础，但现代化完全确立之后这些资源逐渐消失了；其次是社会与其自身所产生的、超越了社会对安全的理解范围的威胁与问题之间的关系，人们一旦意识到这些威胁和问题的存在，它们就很可能动摇旧社会秩序的根本假设；再次是工业社会文化中的集体的或具体某个团体的意义之源（如阶级意识或进步的信念）正在解体，失去魅力。因此，他把当代社会称为"风险社会"，"这个概念指现代社会中的一个发展阶段，在这一阶段里，社会、政治、经济和个人的风险往往会越来越多地避开工业社会中的监督制度和保护制度。"[③]

关于"自反性现代化"，贝克这样解释道："现代社会凭藉其内在活

---

① 中国社会科学院外国文学研究所编：《后现代主义文论选》，北京：社会科学文献出版社1993年版，第56—69页。

② ［德］乌尔里希·贝克等：《自反性现代化——现代社会秩序中的政治、传统与美学》，赵文书译，北京：商务印书馆2004年版，第5页。

③ 同上书，第8—9页。

力暗中削弱着阶级、阶层、职业、性别角色、核心家庭、工厂和商业部门在社会中的形成,当然也削弱着自然的技术经济进步的先决条件和连续形态。在这个新阶段中,进步可能会转化为自我毁灭,一种现代化削弱并改变另一种现代化,这便是我所说的自反性现代化阶段。"① 在现代化中,个人仅仅成为权利和义务的对象,个人成为了社会的"单子",个人生活中的机遇、威胁和矛盾等原本可以在家族和村社中或通过求助于社会阶级或社会团体而得到解决的问题,却必须越来越多地由个人自己来感知、解释和处理,面对现代社会的复杂性,个人却不能在坚实可靠的基础上作出必要的决策,考虑到可能的后果,因此,在风险社会中,对由技术工业发展所引起的威胁的不可预测性的认识需要对社会凝聚之基础的自我反思和理性的普遍准则和基础加以审察。但是,贝克不同意把新的阶段看成是"反思"阶段,而认为它的存在性质是"自反",因为,前者意味着现代化工具理性的增加,后者则是一种同"他者"话语交流的视域。

召唤形式。如果说"延异形式"侧重的是对传统"逻各斯中心主义"的颠覆这"一元"维度的话,那么,当代接受理论则侧重了结构与经验、自由和自然、权力与知识、存在与他者的"二元"对话维度,对历史经验或情感领域的倾斜,是这一理论的突出特征。召唤结构思想打破形式主义文论的文本封闭性,使它向读者现实情感经验开放,读者在阅读过程中体现出独立性、能动性和创造性特点,承认人的历史存在对人的意识活动决定作用,否定恒常不变的绝对意义和唯一解释。

新批评为保持文学形式研究的纯净性,明确宣称排除读者的"感受谬误",在接受美学看来,整个文学史就是文学接受、文学审美并在此基础上文学创作的历史,"文学史是一个审美接受和审美生产的过程"。② 在姚斯看来,文学的历史性,并不在于对既有的文学事实的编组,而是在于读者对于文学作品的先在经验,由于这种经验根本来自历史经验,这就避免了对在阅读过程中某一刻读者文学经验的分析时滑入"纯粹"心理学的陷阱。对姚斯而言,文学形式不是一个封闭的结构,而是向读者与历史

---

① ［德］乌尔里希·贝克等:《自反性现代化——现代社会秩序中的政治、传统与美学》,赵文书译,北京:商务印书馆2004年版,第5—6页。

② ［联邦德国］H. R. 姚斯、［美］R. C. 霍拉勃:《接受美学与接受理论》,周宁、金元浦译,沈阳:辽宁人民出版社1987年版,第26页。

敞开的开放系统，文学作品只有经过读者阅读后才能称其为活的作品，不然还仅仅是物态的文本。

姚斯把"期待视野"看成是重新理解文学史的核心概念，对姚斯而言，所谓"期待视野"，就是读者建立在以往的审美经验和生活经验基础上的潜在的审美期待，它一方面受制于文体和生活经验，另一方面又负责对它们改造和重构。而文本和"期待视野"往往存在一定的距离，这种距离在姚斯看来不仅是客观的，而且是打破读者原来的视界获得新的视界从而构成文学史的必须前提。

但是，姚斯也强调，"期待视野"在阅读的过程中并不是一成不变的，"（文本的特点）它能够唤起对'中间和结尾'的期待，这在阅读期间可以根据文类或文本类型的特定规则保持原样或变化，改变方向甚或颇具反讽意义地得到满足。"① 这就说明，在具体阅读过程当中随着期待视野的变化，读者所感受到的形式与意义也在变化。

与姚斯从宏观上侧重文本阐释的历史经验不同，伊瑟尔更侧重在微观上从现象学出发对文本的阅读特点加以客观阐释。伊瑟尔认为，真正符合读者"审美期待"的作品，不是给读者知识的作品，而是能够激发读者想象的作品，这样，文本当中就有必要留出一些"空白"，"空白"表明"文本的不同部分需要被连结，尽管文本本身并没有这样说。"② 它作为意义的不确定处以激发读者的想象，文本的这一特点，是它的"召唤结构"。

"召唤结构"是文本中召唤读者阅读并引导向期待视野完成的结构机制，"这些空隙和结构化空白充当了一个枢轴，全部的文本—读者关系都以它为中心转动，因为它们促使读者在文本设定的条件下去完成想象过程。"③ 在伊瑟尔看来，作品中的句子语义标示总是暗示了某种期待，由于这种语义处在一系列结构关联当中，因此，语义的关联作用最终导致的是期待的不断修正和完成，而读者正是处在不断期待和修正的过程当中，

---

① ［德］姚斯：《向文学理论挑战的文学史》，见［英］拉曼·塞尔登：《文学批评理论——从柏拉图到现在》，北京：北京大学出版社 2006 年版，第 205 页。

② Wolfgang Iser, Prospecting, Baltimore: Johns Hopkins University Press, 1989, p. 34.

③ ［德］沃尔夫冈·伊瑟尔：《怎样做理论》，朱刚等译，南京：南京大学出版社 2008 年版，第 75 页。

"读者在文本中的位置是滞留和延续到交叉点上",① 随着阅读,每一个关联语句都回答着已有的期待,并形成新的期待,已有的期待得到回答以后马上变成新的期待的背景,文本不断唤起读者基于视域的阅读期待,并不断打破它,从而使读者获得新的期待视域,直到作品最后接受完成。他把文学作品分为"艺术"和"审美"这两极,"艺术极"是作者写出来的具有空白的文本,"审美极"是读者阅读时通过想象对本文的具体化,文学作品处于这两极的中间位置,"艺术极指的是作者创作的文本,审美极指的是读者对文本的实现,两极之间的相互影响展现了作品的潜在意义。"② 也就是说,一部作品是作者和读者共同创造的。

　　"召唤形式"侧重的是情感和经验因素,贝克把情感上升到"自反性现代化"阶段的核心性因素,并提出当代"经验科学"社会职责在于"发现问题",而不是"提供答案"的观点。贝克把现代化分成"简单"和"自反"两种形式,简单现代化理论认为现代化是孤立的,而自反性现代化理论认为现代化是根据专业化的模式相互交叉;简单现代化认为功能分化是"自然"而来的,而自反性现代化则认为功能分化是一个"实质性的"分割过程,"换句话说,多价位、允许矛盾情感和越界可能性存在的系统的形成问题现在成了中心问题。"③ 在以"风险社会"为特征的自反性现代化阶段,"经验领域"再一次被重视,贝克认为,有两种科学形式,一种是旧的实验科学,它以数学和技术的方式渗透并开掘着世界,另一种科学紧密地关涉庞杂的公众经验,尽管这种科学因对象的复杂性而导致研究的结果颇受争议,但是他能够为"精确科学"提供质疑和警告,"它颇有争议地揭示了目的和手段以及后果和威胁"。④ 质言之,后者是一种"提出问题的科学",而不是"提供答案的科学"。实验科学在系统上无视伴随其成功而来的或威胁其成功的后果,而"提出问题的科

　　① 〔德〕伊瑟尔:《阅读行为》,见〔英〕拉曼·塞尔登:《文学批评理论——从柏拉图到现在》,北京:北京大学出版社 2006 年版,第 213 页。

　　② 〔德〕沃尔夫冈·伊瑟尔:《怎样做理论》,朱刚等译,南京:南京大学出版社 2008 年版,第 79 页。

　　③ 〔德〕乌尔里希·贝克等:《自反性现代化——现代社会秩序中的政治、传统与美学》,赵文书译,北京:商务印书馆 2004 年版,第 39 页。

　　④ 同上书,第 146 页。

学"则面对公众对威胁的讨论，面对日常生活，以富含经验为特征，并将这些经验提升为理论性的文化符号。

总之，重视结构与经验之间的话语交流，是交流形式的核心特点，它使消解形式侧重从"一元"的颠覆性话语，进入到"二元"的对话阶段，但是，这一对话阶段性质，是在自然与社会、经验与结构、存在与他者之间进行的，话语交流所产生的意义何去何从，接受美学在这一认识问题上显得左右摇摆，要么是一种解释的任意性，从而放逐文本，要么重新确立理性的权威，再次回到文本或结构。而无论是选择哪一种，都将背离对文学本性认识的时代趋势。

话语形式。接受美学留下的任务是，如何避免意义的"相对主义"和"绝对主义"，如何面对意义的"生产性"和"确定性"的关系问题，这一问题无法回避意识形态的话语权力思想，在这一方面，接受美学则显得闪烁其词，呈现出了阐释力量的不足，伊格尔顿批评道，"诠释学无法面对意识形态这一问题——无法面对这一事实：人类历史的这一不中止的对话至少有半数时间乃是权势者对无权者的独白；或者，即使它的确是'对话'时，对话双方——例如男人和女人——也很少占据同等地位。它拒绝承认，话语总是被某一可能绝非仁慈的权力所抓住；而最不能在其中承认这一事实的话语就是它自己的话语。"[1] 伊格尔顿的批评确实击中了接受理论的要害。

"话语"源自拉丁文"discursus"，其动词词缀"disc－"的意思是"夸夸其谈"。16世纪话语用来指涉"讲话"或"谈话"的种种形式，后来慢慢转变成一种形式化的言语行为和叙述，或是针对某些重要的课题，作比较专门与深入的讨论。18世纪，话语逐渐变成一个专门术语，和散文、哲学论著之间的区别也逐渐难以分清。到了19世纪末20世纪初，语言学家开始用"话语"来指称比一个单句要长的语言单位。[2] 国内语言学界通常把text译成"语篇"或"篇章"，把discourse译成"话语"，然而也有与此相反者。国外语言学家试图区别"语篇"与"话语"，基本上有

---

① ［英］特雷·伊格尔顿：《二十世纪西方文学理论》，伍晓明译，北京：北京大学出版社2007年版，第72页。

② 廖炳惠编著：《关键词200——文学与批评研究的通用词汇编》，南京：江苏教育出版社2006年版，第76页。

三种意见,有的认为前者指书面语,有的认为前者指口头语,有的认为前既指书面语又指口头语,而后者则只指口头语。但是就语篇分析和话语分析而言,二者不易加以区别,因为"我们讨论的范围包括书面语言和口头语言"。① 在巴赫金的对话理论中,作为言语实质的话语进入了一种对话关系,与其他层面的语言关系不能并存。话语是一个言语交际实体,它与发话人有关,与对象有关,与前面的话语发生对话关系。话语是三重奏,涉及三个角色:发话人、受话人,以及"由发话人所发现的词语中的人"。② 童庆炳在《文学理论教程》中,给予了的概括是,"话语指一定的说话人与一定的受话人之间在特定的语境中,通过文本而展开的沟通活动。"③ 话语存在的五要素是:说话人、受话人、文本、语境和沟通,体现出话语的交流特点。

在当代思想语境中,话语内涵与福柯直接相关,"'话语'一词原初的涵义主要指涉一种比句子更大的语言单位或语言的用法,后来兼有了能够建构现实的某种陈述的内涵,与福柯有着较为直接的关联。"④ 在《知识考古学》中,福柯认为,话语是以"陈述"为单位,"陈述是话语的原子"。⑤ 因此,陈述的存在特点也就是话语的存在特点。福柯先是否定了几种错误的对陈述的理解,陈述不同于命题,命题服从于同一构成规律的整体特征,而陈述不具有命题语言的自足性、同一性;陈述也不同于句子,句子要遵循一定的语法形式,例如,图表、曲线不是句子,却可以成为一个陈述;陈述又不同于符号,例如,无意间碰到键盘而出现的字符。陈述不必完整,但必须具有一定的功能。关于陈述的规则,福柯论述了四个方面:第一,陈述与陈述对象。陈述面对的不是一个具体的对应物,而是一个参照系统。这个参照系统"确定着赋予句子以意义,赋予命题以

---

① 赵一衡主编:《西方文论关键词》,北京:外语教学与研究出版社2006年版,第224页。
② 同上。
③ 童庆炳主编:《文学理论教程》,修订二版,北京:高等教育出版社2006年版,第69页。
④ 朱国华:《文学与权力——文学合法性的批判性考察》,上海:华东师范大学出版社2006年版,第4页。
⑤ [法]米歇尔·福柯:《知识考古学》,谢强等译,北京:生活·读书·新知三联书店1998年版,第84页。

真实性价值的东西，显现和规限的可能性"。① 陈述自身不是求真的对象，陈述实质上只发挥一个功能作用，它的确定性在外部条件下给定。第二，陈述与主体。陈述主体是一个确定的空白位置，可以由不同个体填充，它和作出表述的作者并不同一。作者在作品中可以缺席、隐藏或自我委派，但是陈述主体在作品中标示出的陈述位置却是确定的，它具有"独特这一个"的不可更改性。第三，陈述与陈述范围。陈述指向的不是总体的个体化原则，而是"把这些意义的单位置于某个它们在其中不断增加和积累的空间的东西"。② 陈述不是从整体语言范围内寻找自身内容，而是从自身出发寻找它的外延关系。第四，陈述与物质存在。陈述的物质性不在于它是否有一个不可分割的、到哪里都通用的意义实体，而在于它必须有一种质料、一个支撑物、一个时期、一个场所和一个地位。"如果陈述不是由某个声音说出来，不是某个表层为它的出现提供了符号，不是在某个可感觉的成分中形成，甚至于不是在某个记忆或空间留下哪怕短短几分钟的印迹。"③ 那么，它就算不上陈述。总体而言，福柯的话语理论基本原则是，话语遵循一种稀少性的原则，以发现陈述的"特殊位置"，"真实"并不摆在那里就清晰可见，它总是出现在特定的时代、背景、语境当中，"真实"也并非隐藏成神秘的东西，人们总是能够通过已说出的话，已写出的文字，沿着它的外沿来确定它；话语遵循外在性的原则，话语一经出现就成了客观现实，在这种情况下，"陈述的分析是在不参照我思的情况下进行的"；④ 话语遵循并合性的原则，任何"真实"如果不与人发生关系都是无意义的，彼此分离的，同样，对于话语，是读者把它们联系起来，在因果关系上把它们追加起来，"从它的惰性中解脱出来并在片刻间重新发现某些它已失去的活力"。⑤ 在福柯那里，话语不是完成的对象物，可以被言谈所讲述，而是指透过话语，我们能够认知世界并产生意义，也就是说，话语也是话语"实践"。

---

　　① ［法］米歇尔·福柯：《知识考古学》，谢强等译，北京：生活·读书·新知三联书店1998 年版，第 113 页。
　　② 同上书，第 124 页。
　　③ 同上书，第 125 页。
　　④ 同上书，第 213 页。
　　⑤ 同上书，第 157 页。

福柯的话语理论主要关涉知识和权力，而对文学作为一种话语存在方式却缺乏系统完整的认识，福柯的话语理论"一旦涉及到文学问题，他就有些犹豫不决了，尽管文学显然是一种重要的话语形式"。① 但是，这并不是说福柯的话语理论思想没有对文学话语认识提供重要启示，在本文看来，如果结合福柯的晚期思想，他的话语理论应该包含三个维度，即知识话语、权力话语、生命话语。② 福柯并不认为权力只有一种"自上而下"的母体存在形式，"福柯反复强调了一个简洁的公式，即'权力来自下面'，也就是说，权力并非从最高统治者发出，而是来自下面的微型权力。"③ 在他看来，权力不仅具有规范性，同时，也具有生产性，权力同时也生产和传播着真理，这种生产和传播反过来又生产和强化了权力。但是，如果仅仅看到，权力不仅仅是对知识的征服，同时也是承认知识的真理性存在并向知识伸出合作之手的话，这还仅仅是二元认识模式。事实上，福柯的"微观权力"思想更加强调两者的互动关系，福柯说："每当我想到权力的结构，我便想到它毛细状形态的存在，想到渗进个人的表层，直入他的躯体，渗透他们的手势、姿势、言谈和相处之道的程度。"④ 知识和权力的交汇处，就像身体的"毛细血管"的功能一样，不断发生着能量的旧质和新质的置换。

福柯的话语理论并非单一认识维度，福柯后期思想着重探讨了个体建构的问题，比如，在自我个体建构中，人首先要明确的问题是，我们自身需要改变的是什么？我们自身改变需要的激励是什么？我们自身改变所需要的最适合方法是什么？我们自身改变所需要实现的目的是什么？他还要对真实话语加以追问，什么才是真实话语？他认为，我们所需要配备的真实话语只和我们与世界的关系，我们在自然秩序中的位置，我们对于发生事件依赖或独立的程度有关；真实话语在我们身体里存在的方式是什么？

---

① 朱国华：《文学与权力——文学合法性的批判性考察》，上海：华东师范大学出版社2006年版，第4页。

② 参见拙文：《论福柯的三维话语理论》，《河南师范大学学报》（哲学社会科学版）2006年第2期，第127—130页。

③ 王岳川：《后殖民主义与新历史主义文论》，济南：山东教育出版社2001年版，第31页。

④ ［英］阿兰·谢里登：《求真意志》，尚志英译，上海：上海人民出版社1997年版，第281页。

他认为，真实话语之所以必要，是因为我们在需要它的时候，能够求助于它，真实话语应该就在我们身上，而成为内化为个体所具有的能力；对这种真实话语的占有技术是什么？他提出"倾听""观察""写作""默记"等具体实现方式。① 他认为，人类可以通过自我建构方式，实现艺术化的生存。这样，我们就能够从福柯的主体建构思想中看到话语理论的又一崭新的维度，即审美的维度。权力不仅有一种"自上而下"的母体形式，也不限于它对个体规训的微分形式，而且就在权力的"微分形式"中，个体可能对权力质疑、批判、转化、输入新质、重新结合，从而获得历史的品质。

福柯的话语理论思想长期在知识和权力共谋的层面来理解，并成为后殖民主义、新历史主义、女权主义、文化研究等理论思潮的思想基础。但是，就在这些理论兴盛之际，就有不断的质疑声音从内部发出，"这同文学研究有什么关系呢？争论和异议就是从界定这种关系的过程中开始的。"② 这种异质性声音终于汇合为新千年以来的"后理论"思潮，在某种程度上，它也是对福柯的话语理论思想更全面的呈现。

在新千年西方"后理论"思潮中，针对文化研究等时髦的理论，指出这是对文学研究主业的一种偏离，认为这些热衷于哲学、心理分析、女性主义、文化理论，是"对文学研究正业的一种偏离，一种令人畏惧的、受到挫折的偏离、或者是一种时髦的偏离。"③ 拉巴尔特写道，理论总是让人感到"太偏于一端，只是……整体的一半，而遗漏的那一半从定义上讲更真实、更富活力、更有本质意义……理论遭到的谴责是，它好像总是缺失了一些某种东西。"④ 在拉巴尔特看来当代文学研究，所缺少的就是"艺术"与"政治"这两端以及它们之间的关系。这样的思想同样体现在"后理论"阵营的"新审美主义"者思想当中，他们反对传统审美

---

① 　［美］L. 德赖弗斯：《超越结构主义与解释学》，张建超等译，北京：光明日报出版社1992 年版，第 306—320 页。

② 　［美］希利斯·米勒：《文学理论的今天的功能》，［美］拉尔夫·科恩主编《文学理论的未来》，程锡麟等译，北京：中国社会科学出版社 1993 年版，第 123 页。

③ 　［英］拉曼·塞尔登等：《当代文学理论导读》，刘象愚译，北京：北京大学出版社 2006年版，第 327 页。

④ 　同上书，第 328 页。

或审美主义所主张的"艺术自主性、个人天才、超验普遍价值的回归",或者布鲁姆所认为的审美是"一种个人的关注而不是集体的行为",① 而认为审美是一种社会的、政治的关怀,新的"审美转向"是文学教育中民主的基础。在伊索贝尔·阿姆斯特朗看来,在"后理论"以及"后审美主义"时期,理论已经变得更加具有"自反性",这种"自反性"首先要求的是一种辩证的观念:"一方面艺术与当代文化政治令人费解地紧密联系起来……另一方面,作品独特的'艺术性'又不由周围的政治、历史或意识形态话语所决定。"② 伊格尔顿指出,后现代主义远非对晚期资本主义的批判,而更像是其同谋,对固定等级制的解构与市场对一切价值的铲平同时诞生,他的"后理论"思想主张的不是抛弃理论,而是要求"更多的理论",在一种更宏伟、更负责的层面上,向后现代主义所逃避的问题敞开,它们包括道德、形而上学、爱情、生物学、宗教等等,这种宏大的构想既包含了拓展的马克思主义,也包含了对自由主义某些原则的重新评价,这样,"他要理解的'无功利性'的观念并不是冷漠,而是对'自利性'的反拨;同时,他所要理解的'客观性'也不是一种虚假的不偏不倚,而是对'他者'独立存在的一种确认。"③ 而这并不是一种简单的多元主义思想,而是对西方启蒙的价值观念展开崭新的批判性思考,正如他在 2003 年出版的《理论之后》中所指出的那样:"倘若理论意味着对我们那些指导性假设的一种合理的体系性的思考,它就将永远是不可缺失的"。④ 或许也正是在这种批判性反思的基础上,我们才能够理解卡勒的那句流行的话:"文学是意识形态的手段,同时文学又是使其崩溃的工具。"⑤ 因为,在此之前,文学形式与意识形态之间关系,的确没有像今天这么迫切。总之,"后理论"思想的背后,已经隐藏了一个重要的"关系本体论"的认识命题。

自反形式以对结构主义或理性中心主义的消解为策略与手段,以重新

---

① ［英］拉曼·塞尔登等:《当代文学理论导读》,刘象愚译,北京:北京大学出版社 2006 年版,第 334 页。

② 同上书,第 335 页。

③ 同上书,第 338 页。

④ 同上。

⑤ ［英］卡勒:《文学理论入门》,李平译,南京:译林出版社 2008 年版,第 41 页。

看重与强调现实读者情感因素为基础和动因，它还将以新的意义建立为归旨。对于文化研究和新历史主义批评，以往只是强调意识形态的核心因素，是不够的，实际上，文化研究对被遮蔽的经验给予去蔽，新历史主义对"历史"形成机制的揭示，都不可能避免消解因素、差异因素、情感价值因素，而且，这些理论中的意识形态的有效性已经不再是建立在封闭的思想体系基础之上。

"自反性现代化"阶段是关于相对于静止的结构行动的权力理论。当代英国学者拉什说："自反性现代化是关于相对结构的一种社会行动者或'能动作用'的日益增长的权力的理论。"[①] 它具有交流特征，"我将证明，在这种情境中倒退的社会结构在很大程度上正在被信息和交流结构所替换。"[②] 而且具有美学维度，拉什说："我想提请注意的不是自反性的认知维度而是其美学维度，……在此，细节被理解为美学的，不仅包含'高雅艺术'，也包含流行文化和日常生活美学。"[③] 自反性现代化的理论还是充满"个性化"而不是单子式的"个人化"的理论，"自反性现代化理论是个性化的一种'强大纲领'。它所描述的事态越来越接近贝克所说的'我就是我'，此中的'我'越来越不受公共纽带的束缚，能够建构其自身的生平叙事（吉登斯语）。"[④] 拉什把自反性现代化理论归结为"权力的理论""美学维度""个性化"，有效地校正了传统话语理论仅仅重视权力因素的认识偏颇。

综上所述，"自反形式"是"接受说"下的总体形式观念，它以新的意义得以生产为目的，以理性结构与存在他者对话为特征，以先前发展出的能动性反身对自己的基础加以"反思"或"反叛"，关注人类的情感领域，重视反叛中的差异价值和权力因素为内容的，自反形式是重视知识、权力、审美之间相互作用的一种"历史性关系话语"。其主要表现形态有"延异形式""召唤形式""话语形式"。

---

① ［英］斯科特·拉什：《自反性及其化身：结构、美学、社群》，见［德］乌尔里希·贝克等著：《自反性现代化——现代社会秩序中的政治、传统与美学》，赵文书译，北京：商务印书馆2004年版，第140页。

② 同上。

③ 同上。

④ 同上。

## 第二节　关系形态：文学接受、自反形式、意识形态

"接受说"下的文学接受、自反形式和意识形态三者之间从总体上说是一种自反关系，这种自反关系应从三个方面来理解，即消解性自反关系、交流性自反关系、生产性自反关系。

### 一　"消解性"自反关系

"消解性自反"是对传统结构性文本的质疑、批判与颠覆，结构性文本不管它表面如何"纯净"，但实质上却依然充当着社会整体结构或意识形态的一个功能而已，所以，接受性文本所要批判与消解的正是这样一个有机统一的结构性文本。这就是说，接受性文本是以反叛或颠覆的方式解构文本的整体性和它背后的封闭的意识形态。

早在法兰克福批判理论当中，布莱希特的"间离"化的戏剧理论、阿多诺的"否定性"辩证法、马尔库塞的"新感性"思想，都是代表性的思想。布莱希特提出以"理性"为本的戏剧理论，他的"理性"既与无产阶级革命理想相联，又与真实和科学密不可分，建立在理性和科学基础上的"理性"，必然突出的是艺术的教育功能，"用艺术手法去描画世界图像和人类共同的生活模型，让观众明白他们的社会环境，从而能够在理智和情感上去主宰它。"[1] 但是，布莱希特的教育方式，不是通过共鸣来获得，而是通过"间离"的方式，让观众从情节中脱离出来，以旁观者的身份重新审视戏剧中的人物、事件，运用自己的理智进行思考和评价，获得对社会人生更深刻的认识。阿多诺在《否定的辩证法》中，针对资本主义社会的文化工业和在它支配下的大众文化，主张不妥协的批判态度，即通过艺术来彻底否定和对抗资本主义的异化现实。在庞大的"意识形态国家机器"面前，任何温和的渐近的在意识形态内部获得进步希求，都成了一种越来越远的声音，变得是对社会结构无关痛痒的事情，对意识形态"大拒绝"是西方马克思主义者提出的又一策略选择，即为了维护现有的领地不被资产积极意识形态同化，必须坚持对"意识形态"

---

[1]　[德] 布莱希特：《论实验戏剧》，北京：中国戏剧出版社 1990 年版，第 56 页。

拒绝和批判的道路。他对现代艺术持赞赏的态度，认为现代艺术采取分解、零散的形式原则，正可以将"意识形态"所结构的整体性、统一性打破，重新唤回艺术世界和现实世界的内在联系。马尔库塞受到阿多诺的深刻影响，在《单向度的人》中针对"消费控制"的资产阶级意识形态状况，指出现实的人已经异化为单一维度的人，而艺术却可以创造一个与现实世界不同的理想世界，由于艺术世界的异质性，它总是与现实世界格格不入，在他看来"艺术就是反抗。"[1] 通过反抗来消除异化，促使人的"新感性"产生。

在解构主义这里，语言的能指和所指之间不再是对应的稳定关系，文本在能指间不停的漂移，作者和文本之间不再是"父子关系"，作者的创造地位被取消，阅读不是按照语法规则复归作品固有的意义，而是按照意指活动自身的规则只有采用"分解式"阅读。在解构主义者看来，语言的本质不是由字和物之间的关系来定义的，语言从现实的羁绊中折回，成为一种自我游戏的、以自我作参考的过程，语言占据了历史的位置，并向意识形态发起猛烈的进攻，揭露意义的虚幻性、真理的不可能性和一切话语的骗人伎俩，它欲摧毁的是"特定思想体系及其背后的那一整个由政治结构和社会制度形成的系统借以维持自己势力的逻辑。"[2]

在德曼对卢梭的《忏悔录》解读中，他否定了这是一部忏悔文本，《忏悔录》中描述，卢梭在一家豪门做仆人的时候，偷窃了一条"粉红银白相兼的丝带"，当被发现时，转而嫁祸一位年轻的女仆人，言外之意，是女仆人想引诱他，结果两个人都被辞退了。如果按照传统的解释方式，卢梭大胆暴露自己的罪孽和羞耻，是一种完整意义上的真心忏悔，而在德曼看来，这不过是以真理的名义为自己寻找到一种精神解脱的借口，"以真理的名义克服罪孽和羞耻；是对语言的认识论的运用。在这里，善与恶的伦理价值，为真理与谬误的价值所替代。"[3] 作者凭借申明事物的本来

---

① ［美］赫伯特·马尔库塞：《爱欲与文明》，黄勇、薛民译，上海：上海译文出版社1987年版，第105页。

② ［英］伊格尔顿：《二十世纪西方文学理论》，伍晓明译，北京：北京大学出版社2007年版，第128页。

③ ［美］保罗·德曼：《解构之图》，李自修译，北京：中国社会科学出版社1998年版，第264页。

面目，从而使伦理失衡的心理得到恢复，而女仆人为此而导致的以后生活并不能为此而改变什么。这就戳穿了"真理"的欺骗性谎言。

解构主义重视差异，面对非理性、非逻辑的事物，研究结构主义本文设计中的自相矛盾，研究这种设计被本文自身所推翻的方式，以证明系统的知识是不可能的，在他们看来，只有消解了总体性，才有助于差异的撒播，才能有助于消除导致社会停滞和思想僵化形而上的原则。对于巴尔特而言，文本可以分成"可读的"和"可写的"两种，"可写的本文"不服从于一个先定的理论模式，文学作品没有一个终极的意义，解释的任务不在于寻找作品的意义和关注它的普遍结构，而在于注意作品本身和阅读过程，文本诞生于其他许许多多的文本。

人们对后结构主义的理论思想存有很大的误解，认为他们只是一味地拆解，不符合实际地放逐历史和意义，批判他们专事"游戏语言"，"只关心语言，并将语言同过去与当今的现实世界割裂开来。"① 而实际上，后结构主义文论中关于文学内部研究和外部研究的辩证观点是非常丰富而深刻的。他们一方面遵循了形式主义的路数，从文本细读出发，通过语言展开解构之途，体现出的是迥异于"科学主义"的别样旨趣；另一方面，他们也拒绝传统的"人本主义"，他们宣判了"大写人的终结"。他们揭露意义的虚幻性、真理的不可能性和一切话语的骗人伎俩，他们试图证明，意识形态结构的历史原来是语言的历史、无意识的历史、种种社会制度和习俗的历史，他们欲摧毁的是"特定思想体系及其背后的那一整个由政治结构和社会制度形成的系统借以维持自己势力的逻辑"，② 从而体现出了强烈的社会批判色彩。

在具体的文论观点上，后结构主义往往将语言批评和历史批评结合起来，找到合适的批评位置，例如，德里达所提出的"意指结构"，他对卢梭进行解读时自身所占据的空间，既不是作者的位置，也不是文本的位置，而是处于作者与文本之间的地带，从而发现了卢梭本人也没有发现的文本定位，德里达解释道："阅读必须总是瞄准某种关系，作者所没有注

---

① ［美］希利斯·米勒：《文学理论的今天的功能》，载［美］拉尔夫·科恩主编《文学理论的未来》，程锡麟等译，北京：中国社会科学出版社1993年版，第123页。

② ［英］伊格尔顿：《二十世纪西方文学理论》，伍晓明译，北京：北京大学出版社2007年版，第128页。

意到，处于他所把握到的和没有把握到的他所运用的语言模式之间。这种关系并不是某种明暗、强弱的量的分布，而是批评性阅读所必须制作的一种意指结构。"① 阅读不是放逐意义，而是重新找到了文本未被发现的崭新意义。

应当说，解构主义是批判理论的极端，却是自反思想的初级，说它是批判理论的极端，是因为批判理论困境不是不要"意义"，而是"意义"难以建立，从而采取了"拒绝"的立场。而解构主义阅读是将语言同现实的铰链中拆卸了下来，割断文学与历史、文学与权力、文学与政治、文学与传统的关系，使"语言折回它本身之中"，② 他们主张一套苛刻的修辞阅读方法，使对这种文本的阅读主要集中在专业者或批评家小范围当中，与一般读者接受能力存在一定距离。

如果仅仅从"颠覆"极端行为上来理解解构主义也许还不够，这容易给人们造成一种"缺漏""不成熟""极端"之感，从而削弱了这一理论的独立价值，在本文看来，解构主义及其方法具有普遍的意义，在社会思想面临巨大转变之际，是社会知识阶层率先感受到这种信息，作为这样一种具有先锋性质、实验性质、探索性质的理论，注定它不是首先面向大众的，而是面向专家学者，苛刻的阅读方法，无异于一种专门性的话语操作。

## 二　"交流性"自反关系

"交流性自反"是对结构主义的"单子经验"的反叛，应当承认的是，结构主义不是铁板一块，它具有整体内部的自我调整性和转换性，但是，无论其内部如何灵活，因其整体上的封闭性，这必然会导致它的"动力"是"消耗性"的，而在"接受说"下，文学形式之所以具有自反性，正在于它通过语言向现实经验与世界的重新开放，因此，接受性文本经验是作品与读者对话后的经验，而不是作品中所蕴含的结构性经验。

对不同经验的重视，是交流性自反关系的突出特点。理性主义时代过去，多元共生时代到来，没有中心、没有旗帜、重视差异成为新的时代特

① 王岳川主编：《后结构主义文论》，济南：山东教育出版社 2002 年版，第 196 页。
② 徐崇温：《结构主义与后结构主义》，沈阳：辽宁人民出版社 1986 年版，第 282 页。

征。过去人们常常把美国称为一个"大熔炉",来自各方的移民们希望被美国精神所同化,而现在人们更愿意把美国文化特征称为"马赛克",移民们的民族文化和传统被强调。在这样的背景下,文学的读者特征和不同的主体之间的交流对话被突出出来。

接受美学通过读者的期待视野及其变更来沟通审美和历史的关系,在读者和文学交流的实际发生过程当中,社会因素不单是排除的因素,而且它就构成了阅读主体的"原因动机",而相对于这种"原因动机",读者和文本的交流构成了阅读的"目的动机",因此,文学活动内在的是一种审美活动,外在的是一种社会活动。作为社会活动的文学认识,汉斯·乌里奇·冈布莱希特提出很有价值的观点,他认为,文学作为一种社会活动,有三个问题需要被追问:本文要引导它同时代的、即本来就包括在内的读者去作什么样的理解呢?各种不同社会历史阶层和时代的读者在本文接受中能够获得何种经验呢?这些经验又是怎样反过来对各种不同阶层读者的社会行为施加影响的呢?① 而在实际的阅读过程当中,交流性体现在两个方面,一个方面是作者和读者之间的交流,文学接受研究即要考虑作者的意图,即"文本作为行动的主观意识";② 另一个方面是文学与社会的交流,即接受活动是一种社会性的创造或生产,体现出一种社会的能动性。这样文学的接受活动,就不能看成是对"历史知识和分析法"的讲解模式,相反,文学接受活动尤其是阐释性的研究,也能向社会学传输动议,以解决方法学上的问题。

作为审美活动的文学认识,具有社会"原因动机"和交流"目的动机"阅读活动,它们并非是一种完全无功利性的活动,而是功利与无功利交织的复杂过程,用卡尔涅兹·斯梯尔的话说就是一种"半实用接受"。卡尔涅兹·斯梯尔重点研究了文学交流过程的形式方面,在很大程度上弥补了冈布莱希特的不足,他的理论顺着伊瑟尔的思想继续前进,在伊瑟尔看来,幻觉与形象是形成阅读过程的核心,斯梯尔同意他的观点,认为这是审美经验的基本所在,他进一步把这种接受过程称为"半实用

---

① ［联邦德国］冈特·格里姆:《接受学研究概论》,载刘小枫编选:《接受美学译文集》,北京:生活·读书·新知三联书店1989年版,第183页。

② ［联邦德国］H. R. 姚斯、［美］R. C. 霍拉勃:《接受美学与接受理论》,周宁、金元浦译,沈阳:辽宁人民出版社1987年版,第397页。

接受"，从而与非虚构文本的"实用接受"区别开来，"半实用接受"的完成需要对语言的"伪参照使用"，即在外在参照和自我参照之间来运用，"叙事小说的独特之处就在于其参照性，亦可看作在参照形式掩盖下的自参照性。"① 在"伪参照"上来阅读文学，需要经过"内省"的环节来补充，通过它来揭示文学的内容，并将各部分构成提炼为主题。

主题的提炼并非仅仅发生在心理学领域，而是发生在语言学、心理学、社会学交织的领域，斯梯尔认为文学接受的关键，就在于考察内省层次或接受潜力。在这方面，他一方面借鉴了言语—活动理论，认为交流过程中是行为的范式而非语言的范式在文艺学中起到主要作用；另一方面他采纳了符号学中的符号与社会能动作用的思想，特别是西尔姆斯拉夫、巴尔特、格雷马斯等人的思想，在他看来，西尔姆斯拉夫的符号学思想更加接近人的现实行为，巴尔特的符号学思想注意了如何通过内涵系统交流思想，格雷马斯力图涉及感觉或意义来探讨结构，结构主义语言学运用于同社会和心理的相互作用，就可以弥补单纯运用言语活动理论的不足。② 总之，在斯梯尔眼里，阅读主题的产生需要在行为、语言、心理三个层面作用关系中加以确定。

应当说，无论是冈布莱希特还是斯梯尔在为文学接受理论作出新的价值贡献的同时，都回避了意识形态这一更关键性的问题，意识形态在文本中的作用方式还不甚明了，而在这一方面做出深入系统研究的是孔特·瓦尔德曼，他对意识形态做出重新解释，"意识形态是一种意义系统，表面上看来，它使霸权形式名正言顺地建立在理性对话上……而同时又有系统地阻碍了任何一个对这种意识形态提出质疑或破坏这种意识形态的真正的理性对话的进行。"③ 他提出一种研究文学文本的"意识形态的批评方法"，这种方法目的在于分析交流过程中歪曲、颠倒或促进理性对话的策略。

瓦尔德曼把文本解释为"进入社会交流活动的语言传递的一种普遍形式"，④ 他把文本的"意义—系统"作为研究对象，这个"意义—系

---

① ［联邦德国］H. R. 姚斯、［美］R. C. 霍拉勃：《接受美学与接受理论》，周宁、金元浦译，沈阳：辽宁人民出版社1987年版，第399页。

② 同上书，第400—401页。

③ 同上书，第404页。

④ 同上书，第405页。

统"是本文交流的个人实现的基础。他认为，文本的意义系统分为四个层次，第一层次是实用交流层次，在这个层次，作者和读者发出和接收的是实用信息；第二层次是文学交流层次，在这个层次作者和读者都摆脱自然存在的身份，成为文学的作者和读者，这时发出和接收的信息是文学信息；第三层次是本文内部交流层次，在这个层次，本文信息的发送者是本文的叙述者，本文内在读者是本文直接的接受者，他们通过传递虚构的信息获得交流；第四层次是虚构交流层次，在这一层次，虚构的发送者是虚构事件中转述虚构的叙述中的人物，接受者是接受虚构叙述的人物，他们通过虚构信息包括虚构事件的词语与非词语的相互作用来达到交流。这四个结构层次与层次之间也处在交流的关系当中，即意义在本结构层次和更深一层的结构层次中间，显示出深度发展的趋向，而交流之所以出现歪曲与倒置的现象，根本关涉到意识形态的概念。

瓦尔德曼把"交流思想"引入文本分层思想，实际超越了现象学与新批评的文本分层思想，"交流"必然会引入"经验"，如果"经验"是一种独立的要素，就必然引起对意识形态与经验关系的重新认识。但是，瓦尔德曼却在这里止步不前，变得语焉不详，遭到霍拉勃的批评，"然而同时，这样一个范型也有造作和偏离之嫌。或许更有说服力的是，使用这样一个图式，并不能使我们获得更多的有关文本交流的知识，或文学作为意识形态的知识。"① 应当说，霍拉勃的批评是切中要害的，瓦尔德曼的提出问题重心在"交流"，是在文本、经验、意识形态三者的关系上，而不是其中某一个分割的要素，他仅仅停留在文本方面，显然难得"关系"之要。

意识形态在结构主义之后具有了新的内涵，它不再仅仅是封闭的观念体系，人们越来越多地看到它具有实践性功能，文化研究和新历史主义文论等均是以话语分析为特征，话语理论本身既包含了包括读者在内的话语构成要素之间的交流和对话，也强调对话中的权力因素和产生的"主题"，差异和权力是它们关注的两个核心要素。话语理论揭露的是知识和

---

① ［联邦德国］H. R. 姚斯、［美］R. C. 霍拉勃：《接受美学与接受理论》，周宁、金元浦译，沈阳：辽宁人民出版社 1987 年版，第 406 页。

权力相互缠绕的真相，在某种意义上，它起到了去除遮蔽，呈现"他者"的作用。但是"话语理论"在把权力运作关系和知识形成作为研究对象的时候，却走向了另一种偏颇的教条，或者说单独从政治权力角度出发问询经验领域，这是过于粗略的线条，或者说，单独依靠"权力"的维度还不能认识"他者"，也不能更有效地介入"他者"，这也正是文化研究和文化诗学内在的症结所在。理论必须在新的知识基础上思考权力和审美的关系。

总之，文学对人类经验领域的关注不在于解决问题，而在于发现问题，因为解决问题是社会整体合作，而发现问题是面对历史实践的细节，在那里，没有统一不变的固定形式，也没有永恒的意义，一切都依靠人们现实的生存需要、感受和愿望。因此，在接受说下，理论与批评的权力依然存在，但是他们却不能不从结构中转过头来，重新审视意义的源头，从某种意义上，消解结构是为了唤起对"他者"的敏感能力。

### 三 "生产性"自反关系

"生产性自反"是指文本的意义不是指向文本背后隐喻的宏大叙事或传统意识形态结构，而是在经验与文本话语交流过程中生产出新的意义，而"平等的"对话和交流仅仅存在于理想状态中，历史上社会意义生产从来都不可能离开意识形态暗箱操作，意识形态既决定了意义产生的性质，也决定了意义产生的方式。新的意义产生方式都有哪些典型，在本文看来，从不同的角度关照这一问题，就有不同的回答，在这里我们讨论出五种代表性意义生产方式，即经验实证方式、读者反应方式、意识批评方式、阐释共同体方式、新意识形态方式。

经验实证方式。把普通读者阅读经验纳入理论领域，这是接受理论的一大特色，结构主义理论把意义封闭在作品当中，读者阅读时只能够接近作品，而不能主观臆测，接受理论的经验实证派主张通过民意测验、统计、分析等方法，在实际中得出读者的阅读感受，从而找到阐释批评与实际阅读效果之间的差距，使阐释建立在客观基础之上。

民主德国学者通过收集有关读者大众的需要，分析他们的兴趣，从而得出结论,"社会主义社会已造成了本质与效用标准的统一。"① 联邦德国学者威尔霍夫为了给作品的品级做出客观性判断,他给 106 位文学批评家发出咨询信,综合结果显示,人们普遍认同实际的文学是"智力的"文学,而最理想的文学是"生命的"文学,同时,他也发现了姚斯理论细微上的不足,姚斯只是从审美距离单一角度推测阅读期待,而事实上读者阅读期待受更为复杂的因素影响,"姚斯提出的理想的结构忽视了美学外的尺度",② 而不同的尺度决定着批评家的态度。通过实证性研究,理论者发现了普通读者和知识读者之间阅读差异,为研究这种差异提供了一种客观性的基础。应当说,这是接受理论走向实践的一种有益的尝试,不管怎么说,普通读者的阅读经验具有独立的存在权力,不能完全被知识读者所包办,使用科学的测量与观察方法,贴近他们的真实感受,从而获得第一手材料,探讨意义产生的发生机制,必然是接受理论的一种实用性很强的基础方法。

应当说,这种经验实证的方法不失为一种获得客观接受效果的有益研究方法,定量分析有时能够弥补主观判断的不足,特别是它直接面对读者,信息直接,更容易了解读者的心理和变化,实践证明,抽样调查、统计学的方法广泛地运用到各种评价系统当中,但是,这种依靠数量和数字的科学实证的研究方法,适用限度是有限的,一部优秀的作品不一定有一部通俗的末流小说更有读者人气,但不能证明后者比前者更有价值,立足于经验数据,最后还是离不开阐释。

主观批评方式。如果认为,新的意义生产只能从实际阅读的普通读者那里获得,未免机械,以批评家和理论者为代表的知识读者,在实际的批评和理论实践过程当中,同样可以置换角色成为"普通读者",而且,他们可以在阅读中灵活地调动自己的知识储备,以判断哪种阅读具有普遍性,哪种是随机性、偶然性,以及什么样的阅读可以上升到知识的普遍层次,等等。总之,无论什么时候,知识读者都是新的意义得以产生、彰显、传播的主力军。

--------

① ［联邦德国］H. R. 姚斯、［美］R. C. 霍拉勃:《接受美学与接受理论》,周宁、金元浦译,沈阳:辽宁人民出版社 1987 年版,第 424 页。

② 同上书,第 425 页。

布法罗批评主要代表戴维·布莱奇从认识论角度强调文学接受的"主观批评"，他说："主观性是每一个人认识事物的条件。"[①] 他认为阐释离不开人的意图和动机，"当我们把阐释看作是受动机支配的重复的象征活动时，反应的概念在经验中就变得能够说明白了，否则即使以最低限度来计算，它的释义也多得无法说清。"[②] 在他看来，批评过程中投入主体意识以及个性再造都是合情合理的，因此，批评过程就是一种象征性的评价活动，"我将能阐明对那座山的感知经验。但是，我却无法阐明那座山，因为它作为一个物体的状况已经与我无关了。"[③] 为了防止批评的任意性，他强调批评应当遵循着一个共同的体系，"主观认识论是一种体系，通过它，反应和阐释的研究或许可以更好地与反应和阐释的经验相联系，从而使认识从某种可以获得的东西转化为人们代表自己和自己所属的群体所能综合而成的某种东西。"[④] 个体解释受到解释共同体的价值观念限制，所谓"解释共同体"，指的是每个个人在认识和解释活动中都体现出他所处的那个社会群体共同具有的某些观念和价值标准。在"阐释共同体"相互监督、制约、协作下，最终能够保证使意义产生符合社会的需要。在知识读者"主观批评"和"阐释共同体"协调作用下，他们遵循意义产生的心理规律，立足于一种公共价值目的，使意义向社会共同价值调整，这种公共价值不必然等于一个统一的意识形态结构，而可能是意识形态话语实践中不断建立起来的价值关系系统，评价这种话语实践的权力只有具有专业水平的知识共同体才能胜任。

读者反应方式。"主观批评"虽然强调了知识读者的主观能动性在阅读中的重要作用，并用阐释共同体和文本阅读心理机制来防范阐释的随意性，但是，他们并没有揭示出"接受性文本"的存在特征和阅读这样文本所需要的能力是什么，菲什的"文本作为事件"思想于卡勒的"文学能力"思想是一种重要的弥补。

---

① ［美］大卫·布莱奇：《主观批评》，见张隆溪著，《二十世纪西方文论述评》，北京：生活·读书·新知三联书店 1987 年版，第 204 页。

② ［美］戴维·布莱奇：《反应研究中的认识论假想》，任孟昭译，载《读者反应批评》，外国文艺理论研究资料丛书编委会编，北京：文化艺术出版社 1989 年版，第 219 页。

③ 同上书，第 220 页。

④ 同上书，第 221 页。

　　在美国读者反应批评中，菲什与伊瑟尔将隐含读者紧紧植根于文本的结构不放不同，他更重视读者的阅读体验。在他看来，伊瑟尔提出的文本结构的确定性毫无意义，因为一切意义的构造都依赖于读者阅读的先在理解结构，针对新批评的"感情谬说"观点，他提出"感情文体学"，认为文学并非生硬的一堆文字符号，而是读者在阅读过程中的体验，意义也不是可以从作品中单独抽离出来的实体，而是读者对文本的认识，并且伴随认识的深化而变化不定，"现在我想指出的是，我经常发现所谓某一作品的基本经验（请不要理解为基本意义）实际上是发生在每一层次上。"①他主张批评家的工作是确切地描述出阅读过程中读者对文本的心理反应，"分析读者在与一个接一个的词语相关时形成的反应"。②菲什提出"意义是事件"的重要论点，他把阅读看成是一种活动，是在读者参与下所做的事，无论是文本的一个句子还是更大的语段篇章，如果离开了读者的阅读经验，就不可能再是文学，也就是说，文本、读者、文学等都不是外在的客体，都是读者经验的产物。但是，菲什所要求的读者并非是普通的阅读者，"作出我所说的这些反应的读者也就是这样一种有知识的读者。"③他需要的是有一个足够容量的知识储存库，尽可能做到"无所不知"，④这是对读者提出的苛刻要求，即使是专业的批评家也未见得能够达到。

　　同样，为了不使批评变为阅读者的随意性批评，乔纳森·卡勒在《结构主义诗学》中对文学阅读的读者也提出了"文学能力"的要求，这种能力是对构成文学的"内在语法"的掌握，"如果要讲一个句子的结构，就必须涉及形成这种结构的内在语法。"⑤有了这种能力，读者在阅读的时候，就能调动令人惊异的意识到的和没有意识到的所有知识，融会

---

① ［美］斯坦利·E. 菲什：《文学在读者：感情文体学》，聂振雄译，载《读者反应批评》，外国文艺理论研究资料丛书编委会编，北京：文化艺术出版社1989年版，第113页。

② ［美］菲什：《自娱的艺术品——论十七世纪文学的经验》，见［英］凯瑟琳·贝尔西，《批评的实践》，胡亚敏译，北京：中国社会科学出版社1993年版，第47页。

③ ［美］斯坦利·E. 菲什：《文学在读者：感情文体学》，聂振雄译，载《读者反应批评》，外国文艺理论研究资料丛书编委会编，北京：文化艺术出版社1989年版，第121页。

④ ［美］菲什：《自娱的艺术品——论十七世纪文学的经验》，见［英］凯瑟琳·贝尔西：《批评的实践》，胡亚敏译，北京：中国社会科学出版社1993年版，第48页。

⑤ ［美］乔纳森·卡勒：《文学能力》，杨怡译，载《读者反应批评》，外国文艺理论研究资料丛书编委会编，北京：文化艺术出版社1989年版，第174页。

贯通，从而赋予这些声音以意思，而如果没有这种能力，文学摆在面前就只能困惑不解。理解有赖于对对象构成体系原则的精通，相对于第一层次的语言符号体系，文学是以语言为基础的第二层次的符号体系，读者在阅读文学作品前，首先需要具有相当多的有关读诗习惯方面的经验。但是，这种习惯并非是个人性的，它作为一种文学惯例为读者和作者所共有和遵守，"人们可以认为这些习惯不但是读者的内含的知识，而且是作者内含的知识。"① 作者必须把一些单词安排到他可以按照诗的习惯来阅读：他不能简单地赋予意义，而必须使他自己和其他人有可能看出意义，这样，文学惯例就不仅仅是读者和作家的事情，而且它也是文学形式的基础。

卡勒强调阅读者要具备"文学能力"，并非要把读者封闭在文学惯例体系当中，而文学能力在阅读中以及在文本构成中，只是一个基础，但在伟大的作品中，文本并不依从于人的愿望；相反，它引导人们去怀疑自身和怀疑社会上通行的理解方式，"文学效果依赖于这些惯例，文学的进展是通过旧的阅读习惯被取代、新的阅读习惯的发展得以实现的。"这是对"文学能力"客观辩证的认识。在他看来，有能力的读者在阅读文本的时候，能够根据已有的法则和程序，建立起自己的阅读方式，同样可以理解，读者面对文学形式的时候，不是被动的接受，而是积极的主动的去构建形式。

人们容易认为菲什给知识读者以过多的权力，以至于他们完全可以全然不顾文本，这是一种结构主义思维下的读者认识模式，事实上，结构主义之后，文本向经验和历史开放，以空白和不确定性为文本特点，意义究竟是什么，作者某种程度上只负责感受，而不负责解释，意义的赋予恰恰是知识读者所要做的事情，这就像我国先锋派文本所表现出来的特征和批评者对它的阅读一样，如果不是以文本作为事件，用思想去建构意义，先锋派的文本是难以阅读的。人们也容易误解卡勒，认为卡勒单从"文学惯例"来要求"文学能力"对阅读主体条件要求太过狭窄，是否这里还可能存在另外一种理解方式，"文学惯例"不过是最靠近文本的一种要素

---

① ［美］乔纳森·卡勒：《文学能力》，杨怡译，载《读者反应批评》，外国文艺理论研究资料丛书编委会编，北京：文化艺术出版社1989年版，第178页。

"代称",而文学惯例背后的意识形态才是它的真实所指,这样,他的文学能力的问题实质是新的意义生产的问题,对文学能力的强调,既是意义生产的条件,同时也是产生它们的限制。

意识批评方式。"接受说"下既然能够重新认识文本、读者要素,也就没有理由不能重新认识"作者"要素,文本可以具有开放性,读者可以以这样的文本为基础"重建"意义,就没有理由否定作者对作品意义的重新赋予,或许,问题的关键不在于是谁说出了意义,而在于这种意义"内在合理性"有多大。意识批评强调读者以自我的心灵去领会作家的创作意识,把文本看成是作者创作意识的客观化体现,是又一种意义产生的模式。

日内瓦学派的乔治·普莱是意识批评的代表人物,在普莱看来,文学作品是充满了作家意识的意向性客体,"一本书并不仅仅是一本书,它是作者实际用来保留其思想、感情、梦想和生活方式的工具。"[1] 阅读过程就是阅读者同作家的精神相遇,重建作家表现在作品中意识过程,"理解一件文学作品,就等于让写作品的人在我们内心向我们揭示他自身。"[2] 而且,阅读不是一个简单的重复他人的复制过程,它是一种行动,是通过自我意识去体验作家的意识,因此,在重建作家意识过程中,实际上同样面对了意识产生后边的制约原则,或者说,面对意识与世界的关系,"由此而发生的一切仿佛把阅读变成一种行为,思想通过这个行为置身于我的内心,而它的主体却又不是我自己。……阅读正是这个样子:不仅屈服于众多陌生的词语、意象和思想,而且屈服于表达和貔虎这些词语、意象和思想的那个非常陌生的原则。"[3] 这样,谁能够以一种特殊的方式感知自己,谁就能够以一种特殊的方式通过作品感知到作家直至宇宙。

普莱之后的批评家更加重视作者深度的"经验模式"研究,"所谓作者的经验模式指作者意识与对象发生关系的个性方式,这种模式潜在于作

---

① [英] 拉曼·塞尔登编:《文学批评理论——从柏拉图到现在》,刘象愚等译,北京:北京大学出版社 2006 年版,第 200 页。

② 同上。

③ [美] 乔治·普莱:《批评与没在性体验》,载 [英] 拉曼·塞尔登编,《文学批评理论——从柏拉图到现在》,刘象愚等译,北京:北京大学出版社 2006 年版,第 199 页。

品之中，是作品个性风格的本源。"① 它们与作家的生平传记无关，他们主张批评家排除现实的干扰，持中立化的立场，将注意力集中在作品内部的意识，以确保意识批评的顺利进行。意识批评模式的意义产生，体现为重返作家经验的特点，但是，这里的"重返"是在接受说性质下的，是"第二轮"返回，这时作家是以一种历史主体，而不是结构的"功能"，所产生的文本是结构与历史互动的结合形式，是作家和读者对话的结果，是读者期待视野的客观化形态，意识批评之所以成为一种新颖的批评而不同于传统的作家批评，正在于它发现了作者在文本中说出了文本意义的位置。

意识形态方式。意识形态方式在某种意义上是"世界"再度通过作家进入文本，并对经验领域产生的影响。新的意义产生不仅是文本的事、作家的事、知识读者的事，它还是一个社会对所需要的意义做出要求的事情，不同的历史国情决定了意义生产的意识形态性质，而不能是简单的文化移植。

民主德国的理论家们力图对接受美学进行马克思主义的理论改造，他们把马克思关于商品的生产、流通、消费看成是一个统一的、不可分割的过程以及生产与消费之间相互依存的辩证关系的学说引入文学理论研究，认为文学作品也像商品一样，要经历生产（创作）、流通（出版、发行等）、消费（接受）三个不同的阶段，而且这三个阶段也构成一个统一的、有机的、缺一不可的文学过程，"我们的出发点是这样的一个认识：作者、作品和读者以及文学的写作、占有和交换过程彼此间相互从属，构成一个关系网络。"② 他们认识到，原来的文学理论研究只限于文学生产，很少或根本不涉及文学接受，固然片面，但是，接受美学离开了文学生产，只研究接受，也同样片面，在这一点，瑙曼的态度十分鲜明，在他看来，生产对于消费来说是"主导要素"，文学生产不仅创造出接受它的能力，而且也创造出接受它的方式。文本对阅读来说也具有"指导功能"，瑙曼把作品具有引导接受的特性，概括为"接受指令"，他这样解释道：

---

① 蒋孔阳、朱立元主编：《西方美学通史》第六卷，上海：上海文艺出版社 1999 年版，第 399 页。

② ［德］瑙曼等著：《作品、文学史与读者》，范大灿编，北京：文化艺术出版社 1997 年版，第 1 页。

"它是这样一个范畴,它表示一部作品从它的特征出发潜在地能发挥哪些作用。"① 而要发挥这种作用,作品就不应是一个封闭体,而要在作品和读者的关系中才能决定。

意识形态实践模式下的意义生产,虽然看似体现为一种线性控制方式,但也可能是在对话的基础上追求的一种"集体认同",事实上,无论何种意义生产方式,都不可能无视意识形态,意识形态是开放还是封闭,不仅仅是一个理论的问题,还是一个社会实践的问题。五种意义生产方式,问题或许不在于"意义"由谁说出,而在于谁说出了"意义"。

总之,"消解性自反关系""交流性自反关系""生产性自反关系"是"自反关系"的三种典型形态,消解性自反关系,强调的是对传统结构性文本的质疑、批判与颠覆,消解理性中心主义的绝对话语权威;交流性自反关系,是强调结构与他者经验的交流和对话;生产性自反关系,是强调通过话语交流的目的使新的意义得以产生,并获得意义的重新稳定性。而意义在何种性质和程度上获得生产,不只是一个理论的问题,更是一个实践的问题,它受制于特定社会的历史条件和理性要求,与一个社会的文明和解放程度相关。

## 第三节　原因阐释:"自反关系"与"微观权力"

接受说下文学接受、文学形式与意识形态之间自反关系的形成,既是晚期资本主义文化逻辑使然,也是思想范式转移的结果,还是社会心理思维水平和文学理论思想自身发展规律所促成。

### 一　"意识形态"与"文化主导"

自反关系的形成的对象语境明显处于后现代语境之下,而关于后现代语境的叫法多种多样,如"后工业社会""消费社会""传媒社会""讯息社会""电子社会""高科技社会""文化主导"等等,每一种叫法背后都指代了一种社会存在的侧面,这说明自反关系产生就语境来说也是多

---

①　[德]瑙曼等著:《作品、文学史与读者》,范大灿编,北京:文化艺术出版社1997年版,第17页。

侧面、多角度、多层次的。

詹姆逊认为，用"文化主导"概念来掌握后现代主义更加准确而有效，"只有透过'文化主导'的概念来掌握后现代主义，才能更全面地了解这个历史时期的总体文化特质。有了'文化主导'这个论述观念，我们才可以把一连串非主导的、从属的、有异于主流的文化面貌聚合起来，从而在一个更能兼容并收的架构里讨论问题。"① 根据詹姆逊观点，这一新时期在美国开始于 20 世纪 40 年代后期和 50 年代初期的战后繁荣年代，在法国开始于 1958 年第五共和国的建立，在这个时期，新的国际秩序，如新殖民主义、绿色革命、计算机和电子资讯等同时确立。在《文化转向》中，詹姆逊指出后现代主义与晚期的、消费的或跨国的资本主义的新时期息息相关，"这种新型的社会生活和新的经济秩序经常委婉地被称为现代化、后工业或消费社会、媒体或景观社会或跨国资本主义。"②

跨国资本主义在施行"全球化"策略的时候，遇到的最大阻碍就是"地方性"，知识从"结构"向"差异"转移，从本质上来说，不是要以"差异"彻底颠覆"结构"，而是"结构"向"差异"能动地伸出触角。伊格尔顿说，"凡是政治上的右派提出全球性行动，后现代的左派就要求地方性思考"，③ 这两种相互作用的力不是一种对抗性的抵消，而是一种朝着一个方向发展的"力量合成"，这样一种关键性质说明的是，当代资本主义"宏大叙事"囊括了一切领域，甚至包括后现代主义文化理论本身，"后现代文化理论远非对晚期资本主义的批判，而更是其同谋"，至于价值问题，伊格尔顿一语道破玄机：对固定的等级制的解构"轻而易举地与人们熟知的市场对一切价值的革命性铲平同时诞生了"。④ 在这个意义上，结构主义之后的理论，与其说是一种决然而彻底的反抗性，倒不如说是结构主义解放出来能动性重新作用"结构自身"并向"他者"敞

---

① ［美］詹明信：《晚期资本主义的文化逻辑》，陈清侨等译，北京：生活·读书·新知三联书店 1997 年版，第 427 页。

② ［美］弗雷德里克·詹姆逊：《文化转向》，胡亚敏等译，北京：中国社会科学出版社 2000 年版，第 3 页。

③ ［英］拉曼·塞尔登等著：《当代文学理论导读》，刘象愚译，北京：北京大学出版社 2006 年版，第 337 页。

④ 同上书，第 337—338 页。

开对话。

同样，"文化主导"下的消费文化可谓蔚为壮观，伊格尔顿在《理论之后》一书中描述出了这样一种疯狂消费的"景观"，"商店酒肆的经理们面对诸如'我们要什么？全要！什么时候要？现在！'这类60年代的口号不知是着迷还是惊骇。资本主义需要一种还没出现过的人；其人在办公室里拘谨节制，在购物广场则挥霍无度。60年代发生的事，只是生产的各种准则受到消费文化的挑战。"① 在消费社会中，精英主义受到平民经验挑战，文化家长式作风难以维系，口音不再字正腔圆，牛仔裤要破旧不堪，奇形怪异不过是一种游戏，风潮时尚不久就可以改变，一切都没什么大不了。但是，这样的文化类型，决不是无关于意识形态，可以说，后现代文化的无历史感、削平模式，适应了资本主义全球化发展要求。

## 二 "范式转移"与"重视经验"

任何社会结构都不可能没有经验的参与，但是在历史上不同的社会结构中经验的性质却有不同，如古典主义时期在实用主义思想下世俗观念是经验领域的特征，自由资本主义阶段经验领域崇尚的是个人主义，垄断资本主义阶段要求经验被社会结构调整，而跨国资本主义时期的经验领域更带有他者的眼光。这种对经验的重视不是简单地以结构要求他者，而更可能是因为他者的介入使结构发生了变化，这种认知范式发生在多个领域。

自然科学领域。随着20世纪科学发展，特别是伴随着爱因斯坦的相对论、玻尔的互补原理和海森堡的测不准原理三种特殊理论的出现，人们惊奇地发现，科学知识的产生依赖于主观的条件，或者说主观基础决定了客体的本质，甚至于首先界说了它的存在。爱因斯坦的相对论说明的是随着观察主体和参照系的改变，原来在牛顿力学下认为时空和质量不变的参数，现在是可变的；玻尔的互补原理证明的是随着观察设置条件的不同，对光的观察结果，会有一片波浪和一束粒子流两种结果；海森堡的测不准原理说明的是观察方式干扰了正在被观察的事物。这些科学发展说明："客观化的能力已经达到极限，任何新的知识即使是过去创立的知识，都

---

① ［英］特里·伊格尔顿：《理论之后》，商正译，北京：商务印书馆2009年版，第28页。

应视作是观察和感知手段的一种功能，其中观察者的作用是至高无上的。"① 知识主体在知识研究中发挥着至关重要的甚至决定性的作用。

哲学领域。波普尔曾提出科学发现始于"问题"，而非始于观察，"问题"是新的观察事实与认识主体头脑中原有观念相冲突而产生的，以"白板"状态从事观察活动就不会提出问题，不能导致科学发现。海德格尔主张理解具有历史性，理解首先具有筹划性质，理解活动是超越活动，即超越存在者的活动，谁"理解"一个文本，谁就不仅使自己取得对这个文本的意义的理解，而且所完成的理解也展示了一种新的精神自由状态，理解包含着全面的可能性，理解最终都是自我理解。伽达默尔认为解释者受自身存在历史性的限制，在对文本的解释时就是并非还原作者的意图，解释者的"前理解"是进行解释活动的积极因素，是解释得以实现的重要条件，任何解释都不可能脱离解释者而单独进行。姚斯继承了伽达默尔的"视野融合"思想，认为文学接受是在读者"期待视野"的制约和调解下的一种解释行为，由于读者的审美经验和"期待视野"具有历史性，因而读者对作品的意义的理解也具有历史性，在文本和读者的关系方面，他还认为，尽管阅读离不开文本的内在条件和特征，并受到它的牵引和制约，但是更重要的是读者，是读者对文本的接受才使文本具有了现实意义，从而体现出读者的能动性和创造性。

社会学领域。当代文学理论以读者的期待视角出发，是社会民主化进程的结果，是文学向人本主义回归的标志。文学从最初只有少数人占有，到后来在广大人民群众中流传，从作家权威到文本权威再到读者权威，体现了文学发展的历史趋势。"以读者为中心，即以人为中心，高扬审美中人的主体性地位，这既是现代社会专制式微、民主扩大的潮流带来思维方式变革的反映，又是新的历史条件下人本主义思潮回归在文学创作和鉴赏中的标志。"② 文学研究重心向读者转移，是文学从"物"走向"人"，从"专制"走向"民主"，是文学艺术向"人本主义思潮"回归的标志。

文学领域。文学理论研究从世界到社会到作家到作品再到读者，是文学理论研究总体趋势。从"模仿说"的"世界"，到"实用说"的"社

---

① 金元浦：《接受反应文论》，济南：山东教育出版社 2001 年版，第 251 页。
② 龙协涛：《文学阅读学》，北京：北京大学出版社 2004 年版，第 8—9 页。

会"与"理性",到"表现说"的"大写之人"与"天才",到"客观说"的"无意识结构"与语言,到接受说的"经验"与历史,可以说,文学理论的发展就像五个"同心圆"不断"向心"的认识过程。马克思关于生产和消费的理论认为,作为社会物质基础的生产活动是由生产、分配、交换和消费构成的完整过程,其中,消费既是一个生产过程的终点,也是新的生产活动借以开始的起点,因而消费环节是不可或缺的。同理,在马克思主义文论那里,艺术生产作为生产的特殊方式,也遵循一般的生产规律,文学活动要经历生产(创作)、流通(出版、发行等)、消费(接受)三个不同的阶段,它们三个阶段构成一个统一的、有机的完整过程。

在当代以文化主导的社会,读者对文学的接受体现为多样化的趋势,它不仅打破了传统经典文本的观念,使通俗文学、民间文学进入文学阅读和研究的视野,而且也突破了文本的限制,图像文学、网络文学、手机文学等纷纷进入人们的视野,文学正在走向自身的开放性。按照希利斯·米勒的观点,传统的文本文学属于印刷时代,由于广播、电影、电视和互联网这些新媒体的出现,印刷意义上的文学行将终结。[①] 这不是对文学的危言耸听,而是指出了文学存在方式的历史性,它有助于理论思考构成文学本身更为根本的质素是什么,至少它不是单单为了维护纸张和文字的特权。

图像文学与传统文学形式有着千丝万缕的联系,迹象显示,文学形式的成果,正在被图像加以利用:体裁转化成了文艺节目类型,修辞转变成了身体动作、肖像表情和环境衬景,共时性结构转化成了历时性情节,优美和崇高风格转化为惊诧、奇异和搞笑,文学本体转化成了视听本体,似乎这正预示着新的文学类型的诞生,它甚至也不仅仅局限在图像与电子,还将进入现实生活的各个角落,体现在文化的多种样式当中。文学文本从而呈现出对话性、开放性、多样性等特点。文学本来就以密切关注经验领域为重要特征,当经验领域活跃在多种文化形式当中的时候,文学也就有理由将目光投向文化,文化研究的活跃并不必然带来文学的终结,相反,

———————————

① [美]希利斯·米勒:《文学死了吗》,秦立彦译,桂林:广西师范大学出版社 2007 年版,第 9—19 页。

它成为文学研究走向经验现实的一个契机。

### 三 "经验思维"与"话语交流"

从心理学发展角度看，自反关系有着后现代心理学基础。后现代心理学从多个角度指出现代心理学的局限：研究的主题常常与实际的人类行为相分离，相当多的研究论文题目和内容不能被一般民众所理解和接受；心理学研究过分追求科学方法，因而不恰当地抛弃了那些不适合这种方法的心理现象；认知心理学的计算机模型忽略人的情感、动机等人格因素，因而是非人的；心理测量把人看作是各种特点的集合物，这些特点大部分是遗传的，因而把人看作是基本静止和不变的；社会心理学常常只考虑人的社会行为，而不顾及其社会背景，因而不能解决紧迫的社会问题。基于现代心理学问题，后现代心理学提出新的设想：（1）心理学研究的适应范围应该是关于文化过程的研究，是关于与意识形态及沟通有关的一切事物，这样，心理学才能为理解和洞察人类与文化的关系提供有用的知识；（2）心理学应从追求绝对抽象、普遍和客观性转向具体、局部和有用。要立足于对自己所处的历史和文化背景进行深刻的反思；（3）心理学不应把自然科学的客观方法作为唯一神圣的追求；（4）心理学对真理的追求有多种途径，不应仅限于实证研究来创立一套中立的真理，而应根据不同的人和不同的文化需要通过对现实的构造来追求真理。① 后现代心理学打破了现代心理学的封闭结构，向经验和历史开放，用过程调节由于整体带来的矛盾和冲突。接受理论立足于读者的阅读经验，促使文本结构向经验调整，由于实际读者阅读经验的多样性，促使各种阐释方法的多样并存和互相融合借鉴，不同经验经过新的一轮对话交流，促成新的理性，与此异曲同工。

姚斯看重读者的现实阅读经验，他把"期待视野"看成是重新理解文学史的核心概念，所谓"期待视野"，就是读者建立在以往的审美经验和生活经验基础上的潜在的审美期待，它一方面受制于文体和生活经验，另一方面又负责对它们进行改造和重构。文本和"期待视野"往往存在一定的距离，这种距离在姚斯看来不仅是客观的，而且是打破读者原来的

---

① 参见杨鑫辉主编：《心理学通史》第五卷，济南：山东教育出版社2003年版，第212—213页。

视界获得新的视界从而构成文学史的必要前提，"如果人们把特定的期待视界与一部刚问世的新作品之间的差异视作审美距离，而对这部新作品的接受又通过否定熟悉的体验或通过把新表达的体验提高到意识的层面而导致了'视界的变化'，那么，就可以根据读者的反应和批评判断的不同程度对这种审美离加以历史客观化。"① "期待视野"在阅读的过程中并不是一成不变的，"（文本的特点）它能够唤起对'中间和结尾'的期待，这在阅读期间可以根据文类或文本类型的特定规则保持原样或变化，改变方向甚或颇具反讽意义地得到满足。"② 这就说明，在具体阅读过程当中随着期待视野的变化，读者所感受到的形式与意义也在变化。

接受理论把一部作品的意义（用 S 表示），看作等于作者所赋予的意义（用 A 表示）和接受者所领会、所赋予的意义（用 R 表示）之和（S = A + R），由于作者赋予作品的意义是个恒量，而接受者对作品的理解会随着时代的变迁和个人的差异有很大的变化，因此，作者赋予的意义作为恒量在后代会被探测出来，当然也可能是存在着接受者与作者之间的时代差异和不同接受者之间的水平差异，而导致部分探测到或根本不见，而接受者所赋予文学作品的意义作为变量，可以从无限小到无限大，它取决于接受者的文化修养，变化范围异常广阔，这样从长远的历史眼光来看，作品的意义基本上就等于文学接受中读者所赋予的意义。总之，读者的话语交流期待强调作品在读者现实阅读过程中动态生成，没有经过阅读的作品还是潜在的文本，作品实现过程也是读者经验的不断介入、参与的对话过程，文学意义的产生不是向恒久过去的返回，而是向历史、当下和未来的开放，作品的意义并非隐没在个体阅读的多样性之中，而是在阐释层次上重新获得确定性。

综上所述，当代社会以文化主导为重要特征，在文化主导下，意识形态打破了自身的结构封闭性，与存在他者展开对话，对话交流使获得意义重新定向，成为新的意识形态存在特征；当代知识范式转移意味了知识产生无法外在于主体经验，这时主体经验不再是人类中心主义的"大写经

---

① ［英］拉曼·塞尔登：《文学批评理论——从柏拉图到现在》，刘象愚等译，北京：北京大学出版社 2006 年版，第 205 页。

② 同上。

验"，而是自律和他律的互动，文学文本从而呈现出对话性、开放性、多样性等特点；现代生活的剧烈变化、信息传播的简便快捷、不同文化和多元价值的碰撞，促使社会阅读心理从"形式思维"水平进入"经验思维"水平，社会心理反叛专制、蒙昧、僵化，接受对话、交流并以此为基础，参与公共事务和价值的维护和生产，这样的社会心理是"自反关系"得以形成主体条件。

# 结　论

通过"形式表现""关系形态""原因阐释"三个层面，在历史地分析了"模仿说""实用说""表现说""客观说""接受说"五种文学观念下的文学接受、文学形式、意识形态三者关系复杂构成之后，本文在最后拟对五种文学观念之间的关系加以简要评述总结，澄清可能存在的误解，并提出"走向'关系诗学'"的思想主张。

五种文学观念并非孤立地排列在历史的地平线上，而是按照"世界"—"社会"—"大写的人"—"无意识结构"—"结构与他者对话"顺序呈现出对文学本性认识的不断演进和深化的过程。

"模仿说"的性质在"传达"，它强调的是文学与世界的关系。与原始宗教和巫术下的"直观""类比"艺术不同，"传达"具有以因果联系为特征的丰富理性内涵。"传达形式"是模仿说下的总体形式观念，它以表征"本体"世界为自己的存在特征，它既不是语言符号，也不是事物本身，而是连接"语言符号"与"意义来源"的"关联项"，它是一种记号、一种权威、一种力量、一种方式、一种效果，根本上是一种本体性关系话语。

"模仿说"下的文学接受、文学形式与意识形态之间的关系是一种"传达关系"，具体表现为自然社会理性传达关系、宗教神学信仰传达关系、人文主义理性传达关系三种主要形态。"自然理性传达关系"建立在以"数理"思想为代表的自然理性基础之上，"数理"被看作解释事物的可靠依据，并就此建立起自然理性的"本体性"真实观念和意识形态；以自然理性为基础，社会理性传达关系建立在社会关系的道德理性基础之上，并以最高道德完善的尺度来建立社会秩序的真实观念。"宗教神学信仰传达关系"建立在精神关怀和终极信仰的基础之上，它克服了原始宗教和巫术的原始思维的非理性成分，具有在观念、情感、行动等方面严整的体系，从而建构起强大的信仰权威。"人文主义理性传达关系"建立在古希腊罗马和基督教文明成果综合的基础之上，人欲、理性、信仰之间关系被重新思考，使人文主义理性话语权威得到建立。

传达关系之所以能够形成并在历史上以多种方式得到呈现，是因为在群体观念背后有一个本体的"真实性权威"，它能够以"最高理性"的方式向人类发布"绝对命令"。随着经验领域不断成熟，"真实观念"和"绝对命令"也在不断调整，原始宗教信仰在理性时代到来之后，沉积成一种集体无意识心理，"逻各斯"的客观理性精神和"努斯"的主观理性精神及它们后来的变化发展的形式，以及基督教统治方式的不断调整，有效地维护了"绝对权威"。口头传播及其修辞技巧所带来的现场感、感染力、震撼力也是传达关系得以形成的传达方式上的条件。在两极分化严重，在经济、政治权利被严酷剥夺，稀缺的文化符号被少数人占有的情况下，普通民众的心理成熟程度只能维持在"对等思维"的次原始水平，这构成传达关系得以产生的重要社会心理基础。

那种认为"模仿说"是基于"二元对立"的思维模式仅仅存在一个"模仿物"和"模仿对象"的观点是不正确的。这种认识，要么把文学形式看成器皿样的"载体"，要么看成为政治或意识形态服务的"工具"，而没有看到，在模仿物与模仿对象之间的第三方面要素，由于这一要素的认识缺失，就容易造成对模仿物与模仿对象之间关系的简单化理解，而不利于揭示模仿说的丰富内涵。作为"关联项"这"第三要素"被发现，一个重要的意义就是通过阐释进入历史，进而发现一种基本文学观念型式下的各种具体观念之间的复杂关系构成。

"实用说"的性质在"表述"，它强调的是文学与社会的关系。它继承了"传达形式"的"记号""权威""效果"等关系要素，而改变了本体界的绝对权威为社会理性权威，改变了直接传达方式为曲折表述方式，改变了对等阅读效果为定向阅读效果，"关系"从外在于语言转移为内在于语言。"表述形式"是以自然人性与社会理性互动为基础，通过"修辞"为意义赋形，通过"类型"为意义规范级别秩序，通过"中心"指向明确意义的理性归属，它是一种权力性关系话语。

"实用说"下的文学接受、文学形式与意识形态之间的关系是一种

"表述关系",具体体现为"修辞层表述关系""类型层表述关系""中心层表述关系"三个层次。理性的感性化与感性的理性化是表述关系的突出特征。修辞层表述关系属于基础层面,表述通过修辞,一方面将经验领域产生的意义空间化、可视化,一方面通过选择和排斥程序使"意义"得以定向;类型层表述关系体现为更高一个级别,它负责对意义进行分类、整理、纳入程序,并按照各自特点赋予相应功能,如悲剧的主人公要是王侯将相,喜剧的主人公要是市井小民,类型的背后是权力的筛选和功能的赋予;中心层表述关系旨在提供意义的最终指向,王权政治是所有意义的最终归旨,意识形态采取以"隐身"的方式行使权力,在表面"自然"的背后,意义并没有多少随意性空间。

"表述关系"的形成原因阐释。私欲的膨胀、公共价值的漠视,信仰的危机,社会结构的失序,使社会长期处于野蛮、残暴和动乱当中,卑贱生命渴望出现新的铁腕君主来恢复社会和平秩序,新的统治一经建立,社会可能暂时忽略它的铁血残暴的一面,而形成王权崇拜,封建意识形态享有至高的话语权威;由于自然人性和世俗观念已经深入人心,意识形态行使不能不借助感性经验的"形象"来隐匿起"真身",理性感性化和感性理性化既是权力的行使特点,也是文学存在方式的特点;文化符号从少数权贵占有到播撒向民间的结果,促使稳固的"本体之真"的隐身,生成变化"至善"的登场,这时,以普通民众为主体的社会心理上升到"定向思维"或"平面思维"水平,他们以自然人性为根基,世俗生活为表象,按照愉悦原则判断事物的善恶。

"实用说"还很少被通常理论所重视,一般认为"模仿说"之后就是"表现说",这等于忽略了存在 200 年之久的"实用说"环节,在这种情况下也就不可能对"实用说"下的形式观念做到完整的揭示。有的理论者虽然注意到了这一思想,但还是将它归为"工具论"思想,这是一种简单化理解。"实用说"的性质在"表述",而不在"工具","工具论"观点只看到文学与政治二者的服务性关系,而看不到自然人性与世俗观念的兴起可能对文学形式、意识形态、阅读要求带来的影响,也就不能将理论认识应用到阅读实践的有效阐释中去,体现出二者的脱节。

"表现说"的性质在"审美",它强调的是文学与主体心灵之间的关系。"审美"继承了"表述"的"真""善"分立思想和诗的情感、形象特征，发展了"真""善"二者的"关系"认识，析出"人"这个历史要素作为"关系"主体；"表述"中的二者关系，是一种分立、互动的关系，但是在根本上是"善"对"真"的统摄，自然人性再合情合理，也要接受理性的管束；"审美"则以"人"为"知识中心"，真与善的关系在"人"的基础上被重新统一起来；"审美形式"是"表现说"下的文学形式总体观念，它是以主体通过反思性的直觉方式的心灵创造为特征，以审美来以沟通悟性和理性、经验和道德、自然和自由之间的关系为使命，具有经验、理性、自然、社会、历史等丰富内涵的一种主体性关系话语。

"表现说"下文学接受、审美形式、意识形态之间的关系是一种"审美关系"，包括中介审美关系、实践审美关系、理性审美关系三个层面。中介审美关系，侧重形而上的审美性质的思考，强调的是审美判断在先验综合的基础上对认识理性和实践理性沟通的能力；实践审美关系，强调的是审美的社会实践能力方面，文学艺术能够通过审美活动克服感性冲动和理性冲动的对立和冲突，在艺术的游戏冲动"活的形象"中使人性的异化得以消除，作家也能够通过反思性直觉的方式，将现实审美化，重新赋予自然和理性以审美心灵内涵。理性审美关系，强调的是审美的历史理性方面，尽管这是客观唯心主义历史观意义上的，它以资产阶级人道主义为价值取向，把知识认识、道德实践和快乐自我结合起来，实现普遍与特殊、一般与个别、形式与内容、精神和感觉、历史和现实的高度统一，审美是对这种唯心的历史理性的心灵关照和把握。

"审美关系"的形成原因阐释。资本主义和封建主义的对抗和矛盾激化导致意识形态领域表述危机的出现，个人主义成为资本主义反抗封建主义的有效武器，同时是资本主义早期发展的思想基础，意识形态突出的是个人主义、自由主义；在思想领域理性主义和经验主义的矛盾最终在德国古典哲学、美学中得到调节，具有审美判断力的"大写的人"与"天才"成为一切知识与艺术的中心，从而为克服表述领域危机找到新的知识出发点和理由；当"人"获得了现代知识中心位置，这种主体意识快速在经验领域中传播，促使社会心理从原来的"定向思维"水平进入到"闭合思维"水平，这种思维水平是"审美自律"形成的心理基础，但是，这种"自律"实际是"他律的自律化"，即外在的约束条件通过在无意识领域的"反思性直觉"方式被主体重新赋予,尽管在当时还不可能充分认识这一点,这种文学充满了丰富的现实、理性和心灵内涵。

以往对"表现说"存在狭隘化的理解,要么认为"表现说"就是作家基于个人情感的心灵表现,要么认为"表现说"只是在浪漫主义文学下理解,而看不到德国古典哲学、美学才是它的理论基础,从而阻碍了对"表现说"中丰富的理性内涵、内部的关系形态及其丰富的变化形式更加深入的揭示。

"客观说"的性质在"客体",它强调的是文学与语言的关系。它继承了"表现说"把文学作为一个独立的精神领域、重视人文精神传统和形式的思想,但是,它并不认为文学源自于作家主体的天才创造,代之的是对形成主体的无意识结构的发现,不是"人说话",而是"话说人",作家仅仅成为使文本得以呈现的一种功能,文学研究的使命不再是作家心灵如何创造了作品,而是文本使意义得以文学呈现的方式怎样,因此它强调的是一种"客体形式观"。"客体形式"是以无意识结构为基础,以文本为中心研究对象,以探索文学语言的特殊性、形式与意义结合的有机性、文学形式的社会功能为特征,体现为深度建构和阐释模式的一种形式性关系话语。其表现主要包括"语言形式""本体形式"和"结构形式"三种类型。

"客观说"下文学接受、客体形式、意识形态之间的关系是"客体关系",它的三种典型表现是"不透明客体关系""透明性客体关系""半透明客体关系"三个方面。"不透明客体关系"是指文学语言是作为依赖艺术传统的特殊"介质性"存在方式,普通经验和一般意识形态被阻挡在外面,不能任意进入文学领域行使权力;"透明性客体关系"是指由于文学形式与意义结合并构成一个有机性整体,文学能够穿越雾障"映照"现实,文学与现实具有一种精神性或理想性的"透明性关系";"半透明性关系"是指理论发现文学是作为结构的一种功能性存在体,一方面主体和文本的差异性已经被理性主义纳入到无意识结构之中,另一方面文学中的不稳定因素也冲击结构,但是在结构主义之下,这种冲击所引来的调整还不能冲破结构的限制。

对"客体关系"的形成进行原因阐释。工具理性在现代社会是意识形态的突出特点,无意识结构成为新的知识"认识型";工具理性表现在知识领域，促使了学科门类的细分，并要求每一学科回答自己学科存在的合理性和正当性，这促使了对文学本性认识深度模式的建立，文学形式体现出复杂多层的构成特点；现代社会人的严重异化、存在意义的隐藏，以及个体心灵对意义的寻觅和渴求，促使社会阅读心理从"闭合思维"转变到"形式思维"，这种对文本的深层意蕴期待成为客体关系形成的心理基础。文学从"他律的自律化"走向"自律的他律化"，即文学结构受制于社会的深层结构。现代社会宗教衰落和非理性蔓延，社会需要重新振作精神领域，这时文学艺术充当了替代宗教的位置和职能，但是，现代文学知识并没有真正找回文学自己，在知识靠权力做虎皮、权力靠知识树旗帜的情况下，艺术传统、神秘自然、上帝宗教成为文学的慰藉方式，文学在总体上呈现出不及物性。

以往对形式主义文论"客体形式"观念不足突出体现在整体化、系统化认识不足，存在分割性理解。如认为形式主义文论就是关于形式的理论，而与经验和意识形态无关，这就难以将形式主义文论关于形式的理解同传统文论的形式技巧区分开来，看不到这种理论的思想生长点；再如以个别理论思想蠡测整体的形式主义思想，而看不到俄国形式主义、英美新批评、法国结构主义的各自重点和深层关联，看不到形式主义文论内部的演进线索。此外，更缺少把"客观说"同其他观念学说加以整体比较鉴别的历史性评价。

还有必要强调的是，以往审美和形式两个概念的使用常常不加区别，似乎审美就是形式，形式也等于审美。尽管两者联系得十分紧密，但是并非没有差别，18、19世纪的审美突出的是主体特征，而20世纪的形式突出的是语言特征。前者的意识形态基础是个人主义、自由主义，后者的意识形态基础是工具理性；前者的主体是一种原创性主体，后者的主体是一种功能性主体；前者重在作家，后者重在文本；前者重视的效果是作家向读者提供审美经验借鉴，后者重视的效果是将读者的审美趣味引向文本深蕴。审美和形式都有自己发展的内涵，审美中有形式，形式中有审美，向历史的前端延伸会找到它们早期的形态，如亚里士多德的"形式"，鲍姆嘉通的"美学"，向历史的后端延伸，当代又有对审美和形式的新的解释，如新审美主义的审美观念，后结构主义的形式观念，等等，这说明理论研究不应不加限定地使用这两个概念。

　　"接受说"的性质在"自反",它强调的是文学结构与存在他者之间的对话交流关系。它继承了"客观说"下的形式分析成果,而打破了它的文本结构限制,使文学文本向存在他者开放。"自反形式"是"接受说"下的总体形式观念,它是以先前发展出的能动性反身对自己的基础加以反思或反叛为思想特征,以解构理性中心主义、关注人类的情感领域、重视结构与他者对话并寻求新的意义生产的一种"历史性关系话语"。其典型表现主要有"延异形式""召唤形式""话语形式"三种类型,同样,它们需要在整体认识和系统关照中加以重新阐释。

　　"接受说"下的文学接受、文学形式与意识形态的关系是一种"自反关系",它的典型形态是"消解性自反关系""交流性自反关系""生产性自反关系"。"消解性自反关系"强调的是对传统结构性文本的质疑、批判与颠覆,消解理性中心主义的绝对话语权威;"交流性自反关系"强调的是结构与他者经验之间关系的对话;"生产性自反关系"强调的是通过话语交流的目的使新的意义得以产生并重新获得意义的稳定性。而意义在何种性质和程度上获得生产,不只是一个理论的问题,更是一个实践的问题,它受制于特定社会的历史条件和理性要求,与一个社会的文明和解放程度相关。

　　"自反关系"的形成原因阐释。当代社会以文化主导为重要特征,在文化主导下,意识形态打破了自身的结构封闭性,与存在他者展开对话,并使获得意义重新定向,成为新的意识形态存在特征;当代知识范式转移意味了知识产生无法外在于主体经验,这时主体经验不再是人类中心主义的"大写经验",而是自律和他律的互动,文学文本从而呈现出对话性、开放性、多样性等特点。现代生活的剧烈变化、信息传播的简便快捷、不同文化和多元价值的碰撞,促使社会阅读心理从"形式思维"水平进入"经验思维"水平,社会心理反叛专制、蒙昧、僵化,接受对话、交流并以实践经验为基础,参与公共事务和价值的维护和生产,这样的社会心理是"自反关系"得以形成主体条件。

　　以往理论缺少对"客观说"之后的"接受说"思想作总体阐释,似乎理论在当代多元思想下各行其是,而事实是在纷纭的现象背后总是存在深层关联,对这种关联加以阐释与建构是理论的使命。"接受说"并非限于接受美学,理论的"读者"转向是 20 世纪下半叶以来整体的理论趋势，我们有理由在"接受说"的整体视野下把握分散性理论的存在秩序。

综上所述，五种文学观念彼此并非孤立地存在，而是随着人类对文学本性认识不断深入有一个历史演进的过程。这种"演进"不是在单一层面发生的，而是经验、文学、意识形态、历史多个层面互动的结果，历史上的文学形式及其观念有其存在的"真理性"，但是对五种文学观念是对文学本性认识的不断揭示这一点上是可以肯定的。

如果把历史上先后出现的五种文学观念看成是对文学本性认识不断"深化"的话，那么，还有必要回答两个容易引起误解的命题：一个是它是否等于一种"究元"的"本质主义"的认识活动？另一个是这种认识"深化"是否暗示了一种进步与落后的优劣判断？

针对第一个命题，本文认为，不能。"本质主义"是以一种先在的恒定判断出发去解释个别，而本文主张的是在已有的认识成果这一"结构"和存在的"个别理论"之间不断互动中，去发现新的知识生长点并建构新的阐释理论。它不仅接受个别理论可以被重新发掘，而且接受认识成果在历史上具有可变性，随着人们对事物认识的深入和事物之间内在联系的新的洞悉，已有的认识结论可能被打破并被重新建构，或纠正错误认识，或充实进新的内涵，例如，"模仿说"长期被人们认为是一种模仿物和模仿对象的"二元对立"的构成模式，而直到近代，学者们通过细致研究才发现构成它的"三个要素"，这说明，原有的认识框架不是一成不变的，人们有理由随着认识深入，质疑前者并做出新的阐释。

针对第二个命题，本文认为，不能这样简单的理解。文学作为人类社会一种特殊的存在事物，有理由去发现它所具有的独立的表现方式、特殊性质和独特功能，而不应将它与其他人文社会学科混同，这是人类文明发展不同学科之间分工协作的内在要求决定的。作为这样一种具有相对独立性的存在事物，人们有理由去不断发现与揭示它的特殊本性和新的表现形式，并形成新的观念形态，历史上五种文学观念的演进，体现出的是人类对文学认识自觉程度的提高。同时，文学的独立性是在整体性中加以区分的，以往人们将其孤立开来，认为可以单纯从它自身的传统就能够判断它的发展，这是自然科学的思考方式，而对于文学还必须将它放到社会、历史、主体、经验、技术等层面加以历时和共时的综合考察，这一方面说明，历史上存在的文学现象和文学观念是一种综合性的事物，具有自身的历史内在适应性和存在的真理性，而不能用后来的文学判断来要求前者，这就像不能用成人的世界要求儿童的世界一样，这里不存在一个简单的对错优劣判断；另一方面也说明，后来的文学研究使命在于发掘与自己时代深层关联的文学命题，却不是要和过去抹平差异而维持原有的认识水平。也应当说明，不能认为真的有一个"黄金时代"在历史的源头，后来的历史就是一个不断"返还"的过程，"黄金时代"是后来人的一种构想，历史的真实很可能是处在一种极度蒙昧野蛮的状态，在这个意义上，"去除遮蔽""发现本相"，必然蕴含了后来人的价值判断，整个过程也将包含批判与重建的双重维度。

对"本质主义"的担心可以用一个形象化的比喻"剥葱"，认为原来寄望的一个代表本质的坚固内核，结果剥到最后"空无一物"，是否可以换一种思维方式思考，"剥葱"的过程本身就可能是一个去除遮蔽的过程，剥到最后也许不是"一无所有"，而是人们又再次发现了存在的本相，它是"无有之有"，是对"道之自然"的回归，也是"结构"与"他者"的互动。一代又一代理论家苦心孤诣的寻觅也许可以不看成是西西弗式的悲壮而无功的努力，而是理论者在传统和时代之间的一次次艰苦探寻与对接，而这样的工作也依然要持续下去。如果是这样，发现"笋"的"包裹性"，就不再是无足轻重，相反，它却可能是真正认识的起点。

后来的文学也不会是一种单一的评价尺度，这就像不能以先锋文学的评价尺度去衡量通俗文学一样，文学的实际存在情况证明，过去的文学并不因为时过境迁而送到历史的陈列馆；相反，它们依然活跃在后来的文学舞台，这不是理性对文学筛选的无力，而是传统文学形式仍旧承担了后来时代社会的文化功能，传统的文学不仅可能保持原有的形式不变，因为那里描述着人类过去的形象，而且可能与新的文学发生互动交流，进而出现新的置换形式。

五种文学基本观念演进不是直线的，而是一个不断从外围向认识中心靠近的过程，这种"向心"是"辐辏"的，每一时代的文学不像自然科学认识那样，以"后者"认识覆盖前者，而是在承认"前者"认识的客观性、真理性的基础上，不断地进行关系互动，从而产生出新的观念形态和它们之间的结合形式。过去的文学观念并不随着历史发展而成为陈迹，相反，它们是伴随着后来观念的出现，像水纹一样向外围漾去，后来时代的文学必然是"辐辏"和"辐射"双向的互动，从而构成一个时代的文学景观。不同文学观念下的文学样式及其它们的变化形式，不仅存在于历史过程当中，而且存在于一个社会中不同层次文化群体中间，存在于个体不同的心理成熟程度的阶段中间，存在于不同主体对审美对象的阅读欣赏接受层次当中，还存在于历史和未来的对话当中。从这个意义上说，传统的文学形式也不会仅仅成为历史的陈迹，而且，它突出了文学研究的"关系"命题。

本文认为，"关系"贯穿在各种文学基本观念认识当中，应当在文学"本体"高度上来认识。历史上的文学观念，无不是一种"关系"的理论，"传达"是一种关系，但是这种"关系"是以世界存在之"本体"为最高指令，"真"能够"统"善"传"美；"表述"是一种关系，这种"关系"以社会之"善"为规定和前提，这时"真"分化出"善"，并在理性与形象互动中"再现"于"美"；"审美"是一种关系，"美"被认定为"真"与"善"或"知性"与"理性"之间的桥梁和基础，审美突出的是人文传统，"人"从外在的"规定物"走向自身的"历史性"；"客体"是一种关系，在工具理性和人文价值的冲突下，文学客体形式使命就在于在精神领域抗拒遮蔽、寻求意义；"自反"是一种关系，它从精神领域走出，直接质疑和颠覆理性权威、关心现实经验、扩大与他者的对话、建构新的意义与价值。承认自身限定性的历史主体"人的存在"再次成为理论的中心命题。

就现代诗学而言，"关系"构成了审美认识的核心。早在狄德罗的"美在关系"思想，已经把关系提升到美的本性认识的高度，"总而言之，是这样一个品质，美因它而产生，而增长，而千变万化，而衰退，而消失。然而，只有关系这个概念才能产生这样的效果。"① 但是，他从经验出发，来说明"外在于我的美"和"关系到我的美"，前者是从事物存在的属性来感受到如比例、协调、秩序、对称等，后者是在事物的相互比较中获得，如玫瑰花和比目鱼比较后，得出玫瑰花更美，却没有说明产生"关系"的性质，这就难免在"关系"认识上表现出相对主义。康德把

① ［法］狄德罗：《狄德罗美学论文选》，徐继曾等译，北京：人民文学出版社1984年版，第24页。

"关系"提升到审美性质中心的认识高度，他说："判断力能够从自己自身获得一个原理，即自然事物和那不可认识的超感性世界的关系的原理。"① "关系"也就此获得了与审美、文学、艺术相关的独有词汇。康德的审美"关系"思想，指明了知性和理性的关系作用内涵，在哲学抽象上，使"关系"的性质得以明确下来，审美判断也是"关系"判断。通过费希特、谢林、席勒、歌德、黑格尔等人，"关系"在主体"心灵"上容纳了经验、理性、现实、实践、历史等丰富内涵。由于近代文论把审美建立在"人类中心主义"认识的基础之上，20 世纪形式主义文论虽然把文学辟为一个特殊认识领域，但是，在人的主体性被无意识结构从内部抽空、知识和权力同谋的历史条件下，审美变成一种"不及物性"的精神存在。在"接受说"中，审美和历史的关系成为一个至关重要的命题，审美的认识品格、实践品格、历史价值品格在实践性的经验层面被重新考量。

强调关系，并非就是拒绝审美，南帆指出："谈论文学与阶级或者文学与民族、性别关系，不等于否认文学与审美的关系。更为细致的分析可能显示，阶级、民族、性别或者道德观念可能深刻地影响我们的审美体验；相通的理由，美学观念也可能影响我们的性别观念或者道德观念。"② 事实上，结构与历史本来就结合在一起，当代社会人类学学者克斯汀·海斯翠普在《他者的历史：社会人类学与历史制作》中认为，近来有关"特殊历史"的研究，充分说明了结构与历史、稳定与变迁的划分是武断的，因为"所有的历史都是植基于结构之中——偶发事实的系统化秩序。反过来说，这样的结构也只有通过历史事件才能显现出来。"③ 这是基于结构与历史之间互动关系体悟下的深刻判断。

"关系"的通常涵义是"人、事物之间的联系和作用"。④ 但是，如果考察"关""系"的中国古代义项，则含有更大的气象，"关"的本意

---

① ［德］康德：《判断力批判》上卷，宗白华译，北京：商务印书馆 1964 年版，第 6 页。

② 南帆：《关系与结构》，长春：吉林出版集团有限责任公司 2009 年版，第 12 页。

③ ［丹麦］克斯汀·海斯翠普：《他者的历史：社会人类学与历史制作》，贾士衡译，香港：麦田出版股份有限公司 1998 年版，第 19 页。

④ 商务印书馆辞书研究中心编：《古今汉语词典》，北京：商务印书馆 2007 年版，第 508 页。

是"门闩"，引申义有"交""通"，① 在古文中与"贯"字通假；"系"在甲骨文中上面是"爪"，下面是"丝"，意象是丝悬在掌中而垂下，它引申义是"继续、连结"。②《易经》有"系辞"，"系辞"是对"爻象"的哲学解释，这里的"系"，含有对宇宙万物和人类社会一切变化的关系体悟和总结的意思。

"关系"如此重要，它不仅能够继承传统文论的研究成果，而且突破了18、19世纪的"审美"限制，超越了20世纪形式主义文论的"文本""结构"限制，还能够广泛吸收其他领域的文明成果，它以综合的视角和系统的方法出发，去发现分散思想甚至对立理论背后的深刻的复杂关联，并以人类理想和历史价值尺度寻求独有的世界阐释方式，它催生着一种新的"关系诗学"理论的产生。

总之，现代科学分工的精细化和科学发展的整体化趋势，深刻揭示了存在事物的普遍联系和辩证性质，以整体的视野和系统的方法通过事物之间的相互关系发现它们的存在性质和规律性在现代科学研究中越来越具有重要的意义。文学是人学，文学以承认自身有限性和强调历史主体性的"人"及其存在价值为前提，正在走向一种自然与社会、经验与道德、知识与理性、中心与边缘、世界与地方、形式与意义、存在与他者、过去与未来的持久对话和价值重构之中，就此本书提出一种新的诗学主张：走向"关系诗学"！

---

① 辞源修订组编：《辞源》，北京：商务印书馆1988年版，第1770页。
② 同上书，第120页。

# 参考文献

## 一　国外主要著作

1. ［古希腊］色诺芬：《回忆苏格拉底》，吴永泉译，北京：商务印书馆 1986 年版。

2. ［古希腊］柏拉图：《苏格拉底的申辩》，严群译，北京：商务印书馆 1983 年版。

3. ［古希腊］柏拉图：《理想国》，郭斌和、张竹明译，北京：商务印书馆 1986 年版。

4. ［古希腊］柏拉图：《柏拉图文艺对话录》，朱光潜译，北京：人民文学出版社 1963 年版。

5. ［古希腊］亚里士多德：《形而上学》，吴寿彭译，北京：商务印书馆 1995 年版。

6. ［古希腊］亚里士多德：《修辞学》，罗念生译，上海：上海世纪出版集团 2006 年版。

7. ［古希腊］亚里士多德、［古罗马］贺拉斯：《诗学、诗艺》，罗念生、杨周翰译，北京：人民文学出版社 1984 年版。

8. ［古希腊］狄奥尼修斯：《神秘神学》，包利民译，北京：生活·读书·新知三联书店 1998 年版。

9. ［古罗马］奥古斯丁：《忏悔录》，周士良译，北京：商务印书馆 1981 年版。

10. ［德］E. 策勒尔：《古希腊哲学史纲》，翁绍军译，济南：山东人民出版社 1996 年版。

11. ［德］鲍姆嘉通：《美学》，简明、王晓旭译，北京：文化艺术出版社 1987 年版。

12. ［德］莱辛：《拉奥孔》，朱光潜译，北京：人民文学出版社1979年版。

13. ［德］恩斯特·卡西尔：《人论》，甘阳译，上海：上海译文出版社2005年版。

14. ［德］康德：《实践理性批判》，蓝公武译，北京：商务印书馆1960年版。

15. ［德］康德：《判断力批判》上、下卷，宗白华译，北京：商务印书馆1964年版。

16. ［德］康德：《任何一种能够作为科学出现的未来形而上学导论》，庞景仁译，北京：商务印书馆1997年版。

17. ［德］席勒：《审美教育书简》，冯至等译，北京：北京大学出版社1985年版。

18. ［德］弗里德里希·谢林：《先验唯心论体系》，梁志学、石泉译，北京：商务印书馆1977年版。

19. ［德］黑格尔：《美学》第一、二、三卷，朱光潜译，北京：商务印书馆1997年版。

20. ［德］黑格尔：《哲学史讲演录》，贺麟、王太庆译，北京：商务印书馆1987年版。

21. ［德］黑格尔：《历史哲学》，王造时译，北京：商务印书馆1963年版。

22. ［德］黑格尔：《小逻辑》，贺麟等译，北京：商务印书馆1980年版。

23. ［德］黑格尔：《精神现象学》，贺麟、王玖兴译，北京：商务印书馆1979年版。

24. ［德］汉斯－格奥尔格·伽达默尔：《真理与方法》，洪汉鼎译，上海：上海译文出版社2004年版。

25. ［联邦德国］H.R.姚斯、［美］R.C.霍拉勃：《接受美学与接受理论》，周宁、金元浦译，沈阳：辽宁人民出版社1987年版。

26. ［联邦德国］W.伊泽尔：《审美过程研究——阅读活动：审美响应理论》，霍桂恒、李宝彦译，北京：中国人民大学出版社1988年版。

27. ［德］瓦尔特·本雅明：《技术复制时代的艺术作品》，胡不适译，杭州：浙江文艺出版社 2005 年版。

28. ［德］瓦尔特·本雅明：《发达资本主义时代的抒情诗人》，张旭东等译，北京：生活·读书·新知三联书店 2007 年版。

29. ［德］恩斯特·卡西尔：《人论》，甘阳译，上海：上海译文出版社 2005 年版。

30. ［德］马丁·海德格尔：《存在与时间》，陈嘉映等译，北京：生活·读书·新知三联书店 2006 年版。

31. ［德］恩斯特·卡西尔：《人文科学的逻辑》，沉晖等译，北京：中国人民大学出版社 2004 年版。

32. ［德］乌尔里希·贝克等著：《自反性现代化——现代社会秩序中的政治、传统与美学》，赵文书译，北京：商务印书馆 2004 年版。

33. ［意］葛兰西：《狱中札记》，曹雷雨等译，北京：中国社会科学出版社 2000 年版。

34. ［意］葛兰西：《论文学》，吕同六译，北京：人民文学出版社 1983 年版。

35. ［法］吕西安·戈德曼：《文学社会学方法论》，段毅、牛宏宝译，北京：工人出版社 1989 年版。

36. ［法］吕西安·戈德曼：《隐蔽的上帝》，蔡鸿滨译，天津：百花文艺出版社 2008 年版。

37. ［法］茨维坦·托多罗夫：《巴赫金、对话理论及其他》，蒋子华、张萍译，天津：百花文艺出版社 2001 年版。

38. ［法］茨维坦·托多罗夫：《批评的批评》，王东亮、王晨阳译，北京：生活·读书·新知三联书店 2002 年版。

39. ［法］吉尔·德勒兹：《哲学与权力的对话》，刘汉全译，商务印书馆 2000 年版。

40. ［法］达维德·方丹：《诗学——文学形式通论》，陈静译，天津：天津人民出版社 2003 年版。

41. ［法］列维－布留尔：《原始思维》，丁由译，北京：商务印书馆 2004 年版。

42. ［法］布瓦洛：《诗的艺术》，任典译，北京：人民文学出版社 1959 年版。

43. ［法］狄德罗：《狄德罗美学论文选》，徐继曾等译，北京：人民文学出版社 1984 年版。

44. ［法］H. 丹纳：《艺术哲学》，张伟译，北京：北京出版社 2004 年版。

45. ［法］克洛德·莱维－斯特劳斯：《结构人类学》第二卷，俞宣孟等译，上海：上海译文出版社 1999 年版。

46. ［法］米歇尔·福柯：《词与物——人文科学考古学》，莫伟民译，上海：上海三联书店 2001 年版。

47. ［法］米歇尔·福柯：《知识考古学》，谢强等译，北京：生活·读书·新知三联书店 1998 年版。

48. ［法］米歇尔·福柯：《性经验史》，佘碧平译，北京：上海人民出版社 2000 年版。

49. ［法］让－弗朗索瓦·利奥塔尔：《后现代状态：关于知识的报告》，车槿山译，北京：生活·读书·新知三联书店 1997 年版。

50. ［法］雅克·德里达：《论文字学》，汪堂家译，上海：上海译文出版社 2005 年版。

51. ［法］罗兰·巴尔特：《写作的零度》，李幼蒸译，北京：中国人民大学出版社 2008 年版。

52. ［法］让－弗·利奥塔等：《后现代主义》，赵一凡等译，北京：社会科学文献出版社 1999 年版。

53. ［法］罗兰·巴特：《S/Z》，屠友祥译，上海：上海人民出版社 2000 年版。

54. ［法］A. J. 格雷马斯：《论意义——符号学论文集》上、下册，吴泓缈等译，天津：百花文艺出版社 2005 年版。

55. ［英］罗素：《西方哲学史》上、下册，何兆武、李约瑟译，北京：商务印书馆 2001 年版。

56. ［英］拉曼·塞尔登、彼得·威德森、彼得·布鲁克：《当代文学理论导读》，刘象愚译，北京：北京大学出版社 2006 年。

57. ［英］拉曼·塞尔登编：《文学批评理论——从柏拉图到现在》，刘象愚等译，北京：北京大学出版社 2006 年版。

58. ［英］M. H. 艾布拉姆斯：《欧美文学术语辞典》，朱金鹏、住荔译，北京：北京大学出版社 1990 年版。

59. ［英］罗吉·福勒：《现代西方文学批评术语词典》，袁成德译，成都：四川人民出版社 1987 年版。

60. ［英］特里·伊格尔顿：《理论之后》，商正译，北京：商务印书馆 2009 年版。

61. ［英］特里·伊格尔顿：《审美意识形态》，王杰等译，桂林：广西师范大学出版社 2006 年版。

62. ［英］伊格尔顿：《二十世纪西方文学理论》，伍晓明译，北京：北京大学出版社 2007 年版。

63. ［英］特里·伊格尔顿：《马克思主义与文学批评》，文宝译，北京：人民文学出版社 1986 年版。

64. ［英］伊格尔顿：《历史中的政治、哲学、爱欲》，马海良译，北京：中国社会科学出版社 1999 年版。

65. ［英］安纳·杰弗森等著：《西方现代文学理论概述与比较》，包华富、陈昭全、樊锦鑫编译，长沙：湖南文艺出版社 1986 年版。

66. ［英］凯瑟琳·贝尔西：《批评的实践》，胡亚敏译，北京：中国社会科学出版社 1993 年版。

67. ［英］雷蒙·威廉斯：《关键词——文化与社会的词汇》，刘建基译，北京：生活·读书·新知三联书店 2005 年版。

68. ［英］沃尔特·佩特：《文艺复兴：艺术与诗的研究》，张岩冰译，桂林：广西师范大学出版社 2002 年版。

69. ［英］休谟：《人性论》下册，关文运译，北京：商务印书馆 1980 年版。

70. ［英］休谟：《人性的高贵与卑劣——休谟散文集》，杨适译，北京：生活·读书·新知三联书店 1988 年版。

71. ［英］特伦斯·霍克斯：《结构主义与符号学》，瞿铁鹏译，上海：上海译文出版社 1997 年版。

72. ［英］斯蒂芬·F. 梅森等著：《自然科学史》，上海外国自然科学哲学著作编译组译，上海：上海人民出版社 1977 年版。

73. ［英］艾·阿·瑞恰慈：《文学批评原理》，杨自伍译，天津：百花洲文艺出版社 1997 年版。

74. ［英］琳达·史密斯等：《智慧之门》，张念群译，北京：中国社会科学出版社 2006 年版。

75. ［英］史蒂文·卢克斯：《个人主义》，阎克文译，南京：江苏人民出版社 2001 年版。

76. ［英］艾伦·麦克法兰：《英国个人主义的起源》，管可秾译，北京：商务印书馆 2005 年版。

77. ［美］梯利著、［美］伍德增补：《西方哲学史》，葛力译，北京：商务印书馆 1995 年版。

78. ［美］撒穆尔·伊诺克·斯通普夫、詹姆斯·菲泽：《西方哲学史》，丁三东、张传友、邓晓芒等译，北京：中华书局 2005 年版。

79. ［美］拉尔夫·科恩主编：《文学理论的未来》，程锡麟等译，北京：中国社会科学出版社 1993 年版。

80. ［美］M. H. 艾布拉姆斯：《镜与灯——浪漫主义文论及批评传统》，郦稚牛等译，北京：北京大学出版社 1989 年版。

81. ［美］乔纳森·卡勒：《文学理论入门》，李平译，南京：译林出版社 2008 年版。

82. ［美］乔纳森·卡勒：《结构主义诗学》，盛宁译，北京：中国社会科学出版社 1991 年版。

83. ［美］A. 杰弗逊、D. 罗比等著：《现代西方文学理论流派》，李广成译，北京：北京大学出版社 1992 年版。

84. ［美］萨丕尔：《语言论》，陆卓元译，北京：商务印书馆 1985 年版。

85. ［美］海登·怀特：《形式的内容——叙事话语与历史再现》，董立河译，北京：北京出版社 2005 年版。

86. ［美］弗雷德里克·詹姆逊：《后现代主义与文化理论》，唐小兵译，北京：北京大学出版社 1997 年版。

87. ［美］弗雷德里克·詹姆逊：《语言的牢笼马克思主义与形式》，钱佼汝、李自修译，天津：百花洲文艺出版社 1997 年版。

88. ［美］弗雷德里克·詹姆逊：《文化转向》，胡亚敏译，北京：中国社会科学出版社 2000 年版。

89. ［美］弗雷德里克·詹明信：《晚期资本主义的文化逻辑》，陈清侨等译，北京：生活·读书·新知三联书店 1997 年版。

90.〔美〕雷内·韦勒克：《批评的诸种概念》，成都：四川文艺出版社 1988 年版。

91.〔美〕雷内·韦勒克：《近代文学批评史》第一卷，杨自伍译，上海：上海译文出版社 1987 年版。

92.〔美〕韦勒克、沃伦：《文学理论》，刘象愚等译，北京：生活·读书·新知三联书店 1984 年版。

93.〔美〕保罗·奥斯卡·克里斯特勒：《文艺复兴时期的思想与艺术》，邵宏译，北京：东方出版社 2008 年版。

94.〔美〕L. 德赖弗斯：《超越结构主义与解释学》，张建超等译，北京：光明日报出版社 1992 年版。

95.〔美〕萨拜因：《政治学说史》，盛葵阳等译，北京：商务印书馆 1990 年版。

96.〔美〕帕尔默、科尔顿：《世界近代史》，北京：商务印书馆 1988 年版。

87.〔美〕科恩：《科学的革命》，鲁旭东等译，北京：商务印书馆 1998 年版。

98.〔美〕埃利希·弗洛姆：《健全的社会》，孙恺详译，北京：中国文联出版公司 1988 年版。

99.〔美〕迈克尔·莱恩：《文学作品的多重解读》，赵炎秋译，北京：北京大学出版社 2006 年版。

100.〔美〕鲁道夫·阿恩海姆：《艺术与视知觉》，滕守尧等译，成都：四川人民出版社 2006 年版。

101.〔美〕H. G. 布洛克：《作为中介的美学》，罗悌伦译，北京：生活·读书·新知三联书店 1991 年版。

102.〔美〕H. G. 布洛克：《美学新解》，滕守尧译，沈阳：辽宁人民出版社 1987 年版。

103.〔美〕V. C. 奥尔德里奇：《艺术哲学》，程孟辉译，北京：中国社会科学出版社 1986 年版。

104.〔美〕道格拉斯·凯尔纳：《后现代理论》，张志斌译，北京：中央编译出版社 1999 年版。

105. ［美］保罗·德曼：《解构之图》，李自修等译，北京：中国社会科学出版社 1998 年版。

106. ［美］赫伯特·马尔库塞：《审美之维》，李小兵译，桂林：广西师范大学出版社 2001 年版。

107. ［美］雅克·巴尔赞：《从黎明到衰落——西方文化生活五百年》，林华译，北京：世界知识出版社 2000 年版。

108. ［美］托马斯·门罗：《走向科学的美学》，石天曙、滕守尧译，北京：中国文联出版公司 1984 年版。

109. ［苏］巴赫金：《文艺学中的形式方法》，邓勇、陈松岩译，北京：中国文联出版公司 1992 年版。

110. ［苏］奥符相尼科夫等编：《现代资产阶级美学》，涂武生等译，北京：中国社会科学出版社 1988 年版。

111. ［俄］维克托·什克洛夫斯基等著：《俄国形式主义文论选》，方珊等译，北京：生活·读书·新知三联书店 1989 年版。

112. ［俄］维茨坦·托多罗夫：《俄苏形式主义文论选》，蔡鸿滨译，北京：中国社会科学出版社 1989 年版。

113. ［俄］雅科夫列夫：《艺术与世界宗教》，任光宣、李冬晗译，北京：文化艺术出版社 1991 年版。

114. ［俄］瓦·叶·哈利泽夫：《文学学导论》，周启超等译，北京：北京大学出版社 2006 年版。

115. ［爱沙尼亚］斯托洛维奇：《审美价值的本质》，凌继尧译，北京：中国社会科学出版社 2007 年版。

116. ［波］符·塔达基维奇：《西方美学概念史》，褚朔维译，北京：学苑出版社 1990 年版。

117. ［波］瓦迪斯瓦夫·塔塔尔凯维奇：《西方六大美学观念史》，刘文潭译，上海：译文出版社 2006 年版。

118. ［波］英加登：《对文学的艺术作品的认识》，陈燕谷、晓未译，北京：中国文联出版公司 1988 年版。

119. ［荷兰］佛克马、易布思：《二十世纪文学理论》，林书武等译，北京：生活·读书·新知三联书店 1988 年版。

120. ［瑞士］费尔迪南·德·索绪尔：《普通语言学教程》，高名凯译，北京：商务印书馆 1980 年版。

121. ［奥］西格蒙德·弗洛伊德：《图腾与禁忌》，赵立玮译，北京：中国民族文艺出版社 1986 年版。

122. ［奥］马赫：《感觉的分析》，洪谦等译，北京：商务印书馆 1997 年版。

123. ［比］J. M. 布洛克曼：《结构主义：莫斯科—布拉格—巴黎》，李幼蒸译，北京：中国人民大学出版社 2003 年版。

124. ［加］诺思罗普·弗莱：《批评的解剖》，陈慧等译，天津：百花文艺出版社 2006 年版。

125. ［匈］卢卡奇：《历史与阶级意识》，杜章智等译，北京：商务印书馆 1996 年版。

126. ［澳］约翰·多克：《后现代主义与大众文化》，吴松江、张天飞译，沈阳：辽宁教育出版社 2001 年版。

127. Michel Foucault, The Order of Things：An archaeology of the human sciences, published in the Taylor and Francis e – Library, 2005.

128. T. Eagleton：Marxism and Literary Criticism, University of California Press, 1976.

129. Tetty Eagleton, Ideology：An Introduction, London：Verso, 1991.

130. Fredric Jameson, The Political Unconscious, London：Methuen, Cornell University Press, 1981.

131. F. Jameson：Marxism and Form, Princeton University Press, 1971.

132. Ihab Hassan, The Postmodern Turn：Essays in postmodern Theory and Culture, Ohio State University Press, 1987.


## 二　国内主要著作

1. 蒋孔阳、朱立元：《西方美学通史》（1—7 卷），上海：上海文艺出版社 1999 年版。

2. 蒋孔阳：《德国古典美学》，北京：商务印书馆 1997 年版。

3. 南帆：《南帆文集（1—5）》，海峡出版发行集团、福建教育出版社 2016 年版。

4. 杜书瀛：《中国 20 世纪文艺学学术史》第一、二、三、四部，上海：上海文艺出版社 2001 年版。

5. 黄曼君：《中国 20 世纪文学理论批评史》上、下卷，北京：中国文联出版社 2002 年版。

6. 伍蠡甫：《西方文艺理论名著选编》上、中、下卷，北京：北京大学出版社 2007 年版。

7. 赵宪章：《西方形式美学》，南京：南京大学出版社 2008 年版。

8. 俞吾金：《意识形态论》，北京：人民出版社 2009 年版。

9. 杨矗：《对话诗学》，北京：人民出版社 2009 年版。

10. 蒋济永：《过程诗学》，北京：中国社会科学出版社 2002 年版。

11. 谭好哲：《文艺与意识形态》，济南：山东大学出版社 2000 年版。

12. 曾繁仁：《中国新时期文艺学史论》，北京：北京大学出版社 2008 年版。

13. 陆贵山：《唯物史观与文艺思潮》，北京：中国人民大学出版社 2008 年版。

14. 董学文：《中国当代文学理论（1978—2008）》，北京：北京大学出版社 2008 年版。

15. 姚文放：《现代文艺社会学》，北京：社会科学文献出版社 2007 年版。

16. 王岳川：《艺术本体论》，上海：上海三联书店 1994 年版。

17. 王岳川：《后现代主义文化与美学》，北京：北京大学出版社 1993 年版。

18. 王岳川：《后结构主义文论》，济南：山东教育出版社 2002 年版。

19. 王岳川：《后殖民主义与新历史主义文论》，济南：山东教育出版社 2001 年版。

20. 陈厚诚：《西方当代文学批评在中国》，天津：百花文艺出版社 2000 年版。

21. 曾艳兵：《西方后现代主义文学研究》，北京：中国社会科学出版社 2006 年版。

22. 王一川：《语言乌托邦》，昆明：云南人民出版社 1995 年版。

23. 朱立元：《新时期以来文学理论和批评发展概况的调查报告》，沈阳：春风文艺出版社 2006 年版。

24. 童庆炳：《新时期高校文学理论教材编写调查报告》，沈阳：春风文艺出版社 2006 年版。

25. 王先霈：《新世纪以来文学创作若干情况的调查报告》，沈阳：春风文艺出版社 2006 年版。

26. 王先霈：《文学理论批评术语汇释》，北京：高等教育出版社 2006 年版。

27. 洪汉鼎：《理解与解释——诠释学经典文选》，北京：东方出版社 2006 年版。

28. 李春青：《在审美与意识形态之间——中国当代文学理论研究反思》，北京：北京大学出版社 2006 年版。

29. 廖炳惠：《关键词 200——文学与批评研究的通用词汇编》，南京：江苏教育出版社 2006 年版。

30. 劳承万：《审美中介论》，上海：上海文艺出版社 1986 年版。

31. 方克强：《跋涉与超越》，上海：上海文艺出版社 2007 年版。

32. 陶东风：《当代文学的文化批评》，北京：北京大学出版社 2005 年版。

33. 蒋述卓：《文化诗学：理论与实践》，北京：人民文学出版社 2005 年版。

34. 周宪：《审美现代性批判》，北京：商务印书馆 2005 年版。

35. 朱志荣：《康德美学思想研究》，合肥：安徽人民出版社 1997 年版。

36. 陶东风：《文学理论基本问题》，北京：北京大学出版社 2005 年版。

37. 夏之放：《文艺学元问题的多维审视》，济南：齐鲁书社出版社 2005 年版。

38. 滕守尧：《艺术社会学描述》，上海：上海人民出版社 1987 年版。

39. 北京大学哲学系编译：《西方哲学原著选读》，北京：商务印书馆 1981 年版。

40. 申丹：《叙述学与小说文体学研究》，北京：北京大学出版社 2005 年版。

41. 俞吾金：《重新理解马克思》，北京：北京师范大学出版社 2005

年版。

42. 姜哲军：《西方马克思主义艺术与美学理论批评》，北京：社会科学文献出版社 2002 年版。

43. 胡经之：《西方文艺理论名著教程》，北京：北京大学出版社 2004 年版。

44. 俞宣孟：《本体论研究》，上海：上海人民出版社 1999 年版。

45. 罗嘉昌：《从物质实体到关系实在》，北京：中国人民大学出版社 2012 年版。

46. 赵宪章：《文体与形式》，北京：人民文学出版社 2004 年版。

47. 胡经之：《西方文艺理论名著教程》，北京：北京大学出版社 2004 年版。

48. 董学文：《文学理论学导论》，北京：北京大学出版社 2004 年版。

49. 陆梅林：《马克思主义文艺学大辞典》，郑州：河南人民出版 1994 年版。

50. 赵一衡：《西方文论关键词》，北京：外语教学与研究出版社 2006 年版。

51. 朱国华：《权力的文化逻辑》，上海：上海三联书店 2004 年版。

52. 衣俊卿：《20 世纪的文化批判》，北京：中央编译出版社 2003 年版。

53. 金元浦：《接受反应文论》，济南：山东教育出版社 2001 年版。

54. 姚大志：《现代之后》，北京：东方出版社 2000 年版。

55. 钱中文：《新理性精神文学论》，武昌：华中师范大学出版社 2000 年版。

56. 刘北成：《福柯思想肖像》，上海：上海人民出版社 2001 年版。

57. 叶朗：《现代美学体系》，北京：北京大学出版社 2002 年版。

58. 王晓升：《西方马克思主义意识形态理论》，北京：社会科学文献出版社 2009 年版。

59. 方珊：《形式主义文论》，济南：山东教育出版社 2002 年版。

60. 朱光潜：《西方美学史》上、下卷，北京：人民文学出版社 1979 年版。

61. 朱立元:《当代西方文艺理论》,上海:华东师范大学出版社 2005 年版。

62. 朱立元:《现代西方美学流派评述》,上海:上海人民出版社 1988 年版。

63. 朱立元:《西方美学范畴史》,第二部,太原:山西教育出版社 2005 年版。

64. 朱立元:《接受美学导论》,合肥:安徽教育出版社 2004 年版。

65. 马新国:《西方文论选讲》,沈阳:辽宁大学出版社 1987 年版。

66. 牛宏宝:《西方现代美学》,上海:上海人民出版社 2002 年版。

67. 徐崇温:《结构主义与后结构主义》,沈阳:辽宁人民出版社 1986 年版。

68. 许明:《新意识形态批评》,北京:首都师范大学出版社 2001 年版。

69. 陆扬:《文化研究导论》,上海:复旦大学出版社 2006 年版。

70. 中国社会科学院外国文学研究所编:《后现代主义文论选》,北京:社会科学文献出版社 1993 年版。

71. 张婷婷:《新时期文艺学反思录》,济南:山东文艺出版 2001 年版。

72. 张秉真:《西方文艺理论史》,北京:中国人民大学出版社 2001 年版。

73. 王治河:《第二次启蒙》,北京:北京大学出版社 2011 年版。

74. 童庆炳:《马克思与现代美学》,北京:高等教育出版社 2001 年版。

75. 王忠勇:《本世纪西方文论述评》,昆明:云南教育出版社 1989 年版。

76. 周宪:《当代西方艺术文化学》,北京:北京大学出版社 1988 年版。

77. 赵毅衡:《"新批评"文集》,北京:中国社会科学出版社 1988 年版。

78. 赵毅衡:《新批评——一种独特的形式主义文论》,北京:中国社会科学出版社 1986 年版。

79. 刘小枫：《接受美学译文集》，北京：生活·读书·新知三联书店 1989 年版。

80. 吴琼：《西方美学史》，上海：上海人民出版社 2000 年版。

81. 陆梅林：《读者反应批评》，北京：文化艺术出版社 1989 年版。

82. 罗钢：《文化研究读本》，北京：中国社会科学出版社 2000 年版。

83. 王汶成：《文学语言中介论》，济南：山东大学出版社 2002 年版。

84. 郑元者：《艺术之根：艺术起源学引论》，长沙：湖南教育出版社 1998 年版。

85. 外国文艺理论研究资料丛书编委会：《读者反应批评》，北京：文化艺术出版社 1989 年版。

86. 张进：《历史诗学通论》，广州：暨南大学出版社 2013 年版。

87. 陶东风：《文体演变及其文化意味》，昆明：云南人民出版社 1999 年版。

88. 伍蠡甫：《现代西方文论选》，上海：上海译文出版社 1983 年版。

89. 胡经之：《文艺美学》，北京：北京大学出版社 1999 年版。

90. 殷国明：《20 世纪中西文艺理论交流史论》，上海：华东师范大学出版社 1999 年版。

91. 许正林：《欧洲传播思想史》，上海：上海：三联书店 2005 年版。

92. 王逢振：《最新西方文论选》，桂林：漓江出版社 1991 年版。

93. 钱中文：《文学理论：走向交往对话的时代》，北京：北京大学出版社 1999 年版。

94. 童庆炳：《文体与文体创造》，昆明：云南人民出版社 1999 年版。

95. 马奇：《西方美学史资料选编》，上海：上海人民出版社 1987 年版。

# 后　记

　　《走向"关系诗学"》脱稿于我的博士学位论文《文学接受·文学形式·意识形态——五种文学观念下的关系反思与理论建构》，之所以使用现在这个名称，一是我在博士学位论文结论部分提出了"走向'关系诗学'"的思想主张，在我看来，"关系"是贯穿古今主要文学观念的核心要素，并且理论正在走向一种注重"关系"的研究范式；二是我接受了方克强先生等师友的建议，这样的表述也许更简洁、醒目些，也比较符合本书的建构意图和精神旨向。

　　我确定这一课题作为研究对象，主要经历了三个阶段：

　　第一个阶段，我的注意力在文学形式方面。我当时的想法是，文学形式是文学存在的标志和形构，从事文艺理论研究，当从文学形式研究入手。我梳理了西方和中国晚清以来的形式观念变化线索，通过梳理，我发现：关于文学形式的认识，历史上没有一条已成的清晰线索可供把握，而且，在当代更是歧义百出，没有定论。试图在文学内部认识文学形式几乎不可能，很多形式观念越是往深处追究，越是与社会历史整体难以分割。

　　第二个阶段，我将目光投向意识形态。倘若文学形式最终将被社会历史决定并说明的话，那么社会历史又由什么解释和说明呢？在我看来，意识形态从来不仅仅是社会历史的衍生物，即强调它反映的一面，还是人类系统反思自身过程的理论化成果，从这个意义上说，它具有完全肯定的价值。意识形态是由哲学、宗教、社会学、政治学、文化学、心理学、美学等具体的学科知识门类构成，要想阐明文学观念，归根到底，离不开意识形态的研究。然而，这时另外一个问题凸显出来，倘若文学形式与意识形态关系如此密不可分，那么，这样关系的进程如何，在当代又发展到了哪里呢？

　　第三个阶段，接受理论进入我的视野。20世纪形式主义文论与社会学文论走的是两水分流的路径，真正从方法论上提出"沟通"审美与历史，或者形式主义文论与马克思主义文论关系的是接受美学。但是，由于其方法论未能有效回应来自其他理论的质疑与挑战，使沟通的问题"悬而未决"。直到理论反思文化研究不足时，审美与历史的关系才再次被问题化。接受理论存在的问题，在我看来，主要在两点：一是其理论陷入了"读者中心主义"的认识局限，不能看到"读者"的出现也是历史的产物，由于缺少整体性视野而不能科学地解释读者的性质，从而也就无法真正建构一种基于读者视域的沟通理论；二是他们并未彻底摆脱"本质主义"的思想束缚，试图找到破解谜题的一劳永逸的方法和路径，事实上，审美与历史的关系，存在于不同的历史阶段、范式之下，而且，性质与类型也是不同的。

　　经过这些梳理与反思，我对自己将要展开的研究工作目标、思维、视角、方法、路径、结构、材料、意义、技巧等逐渐清晰。我认识到我的研究将是文学内部研究与文学外部研究、或者审美与历史、文学形式与意识形态之间关系的研究，并且将要研究的是这种关系的历史形态与范式类型；认识到这样的研究必须依赖于背后的一种"关系思维"，将在共时性关系和历时性关系的交叉中思考对象的性质、形态、条件和机制；认识到这种研究必须借助于综合的、系统的方法，特别是美学的历史的方法、现象学方法、阐释学方法、社会学方法、心理学方法、比较法、文献法；认识到这种关系研究需要照顾到历史上主要的文艺范式或文学观念，从而在整体中通过比较把握个别；认识到要想使研究符合由浅入深的认识规律，有必要在章节上设计出一个从"形式现象"到"关系形态"再到"形成机制"的阐释结构；认识到要想使思想得到完整呈现而又不至于篇幅过大，就要去除过渡性章节，通篇用问题贯穿，让问题促进精简。这样，一个完整的研究计划开始形成。

　　然而，在接下来的探索和写作过程中还是遇到了不少的困难，这些困难主要来自五个方面：一是，三个核心范畴均需要历史的梳理，并针对存在问题和理解困难加以分析，指出问题所在，并给出新的阐释方案；二是，五种主要文学观念，并不具有以往认识的自明性，关于它们的性质、主导时间、理论范围、形成机理等并没有一致的认识，有的观念如"实用说"处于长期被忽略的地位，有的观念如"接受说"能否成为继"客观说"之后的一种新的文艺范式也无定见，这就使本课题在设立研究场域的同时也要探索这种场域的合理性与内涵构成，可以说，本课题研究过程既要处理直接性问题，也要处理间接性问题；三是，三个层面的设置，使宏观视角与微观视角在形式结构上统一了起来，但是，也为研究的细密性、逻辑性、深刻性等方面提出了更高的要求，要求不仅考查文学形式的表现，还要揭示形式之间的生成变化的谱系，不仅要概括某一文学观念下的总体关系类型，还要具体描述同一范式下"关系"的变化、层次和阶段，不仅要阐明某种关系的形成受制于每一种因素的关键性和必然性，还要阐明这些因素如何形成某种统一的思想结构内部互相制约的因素；四是，不同文学观念之间三个层面的立体比较，使每一种文学观念的研究都不再仅仅是自身的研究，而是与其他四种观念互相参照的研究，从而受到其他观念的制约和限制，如同拼魔方一样，必须摆正那一位置的观点，才可能进行下一步的操作，一旦失败，就要通篇重新考量；五是，时间跨度长、文献材料多、思考强度高，都对研究主体提出了严格苛刻的要求。由于这些困难与限制的存在，本研究在一些观点上还是探索性的、尝试性的，有待于进一步修正、深化与完善，整个写作过程也往往"一波三折""十思两成"。

写作也给我带来快乐。德谟克利特说："只要找到一个原因的解释，也比成为波斯人的王还好，"这道出了写作快乐的本体意味。布朗肖说："写作总是与死亡相关"，是生命向死亡的献祭，这道出的是写作的某种神圣意味。对我而言，写作还是一种发现，是认识自我和领悟世界的精神之路的拓展。写作还是一种净化，使纷繁复杂的观念得到整理。写作还是一种关怀，它将反馈给生活和我的学生，"让石头成为石头""让光明投射到瞳眸"。写作还是一种还乡，它为思想插上想象的翅膀，引导灵魂回归"在"的家园！

感谢我的导师张帆（南帆）先生！我最先被先生主张的"关系主义"思想所吸引，并产生探索下去的热情。之后，从文学形式、意识形态到文学接受，得到先生的逐步引导，之间，动辄七八万字的梳理性论文，先生总是细致阅读并给出具体的评价与改善意见。在整个写作过程，如果没有先生的整体性把握和关键处的点拨，就不可能顺利完成如此体量的论文，并获得优秀的成绩。传道与责任，是先生给我的印象最深刻处，让我体会到为师之本。睿智缜思、心怀仁爱、挚爱学术、勤勉高效、待人平易、体道修身，先生在诸多方面为我树立了高标风范！

感谢方克强先生！博士阶段方先生给了我重要的帮助和鼓励。先生优雅、开阔、探元、体物、统筹、严谨、原则、风趣，充满着迷人的人格魅力！先生的课堂，理趣交融，气氛盎然，学生们私下感叹：理论课居然还能这样讲！先生的文学人类学课程和后现代主义文论课程，给我的学术科研带来了宏观的视野、系统的方法、多维的视角和建设性的思想，特别是先生建议我关注"自反性思想"，为我的论文写作打开了思路！

感谢田兆元先生、朱志荣先生、朱国华先生！田先生的"民俗学"和"微物观"，让我充满兴趣和想象，朱志荣先生的"正反合"建议，给我的论文结构设置带来了启发；朱国华先生的文学与权力关系思想让我产生良多共鸣！感谢朱立元先生、郑元者先生、杨文虎先生！先生们不仅审阅了我的毕业论文，还拨冗主持与参加了我的论文答辩！先生们给出的宝贵意见已成为我继续思考这一问题的新的起点！感谢我的硕士生导师姜哲军先生和冯毓云先生、张松泉先生、刘文波先生，感谢先生们一直以来对我的关心和帮助，先生们严谨的治学态度，执着的学术精神，以及对后学的鼓励帮助，始终是我学习的榜样和前行的动力！感谢师兄弟和学友们，刘小新、王大桥、刘汉波、邓伟龙、刘太然、代云红、兰守亭、殷学国、周红兵、李长生、吴芳、祁永芳、侯隽等，你们出色的理论素养和学术见解开阔了我的视野！感谢我的家人，在我每一分成长与收获的背后，都离不开你们的关注、鼓励、支持与默默付出，这份爱，像海洋一样辽阔，像天空一样深远！

本书的出版得到了中国矿业大学"中央高校基本科研业务费专项资金"（项目编号：2014WB17），以及中国矿业大学公共管理学院学科建设资金的部分资助。感谢中国矿业大学科技部和公共管理学院的领导的支持和帮助。感谢中国社会科学出版社哲社部主任冯春凤女士，为本书的出版所做的协调、审校等辛勤工作！

限于作者的水平，书中存在错讹难以避免，诚恳地期待读者的学术批评！这是我出版的第二部著作，也希望在新的一次探索之旅中遇到更多的知音！

陈长利

2017 年 2 月于文昌苑